玛拉沁夫文集

卷八

电影文学剧本

作家出版社

作者简介

玛拉沁夫，一九三〇年八月八日出生，中国著名蒙古族作家，是新中国培养的第一代作家的代表性人物之一。他的作品曾多次获得多种奖项，并受到老舍、茅盾等文学大师的赞扬。

一九四五年参加八路军。一九四六年起从事文艺创作，一九五二年在《人民文学》杂志一月号上发表成名作《科尔沁草原的人们》。一九五二年至一九五四年入中央文学研究所，师从著名作家丁玲。一九五四年返回内蒙古，随即挂职长期深入生活，先后任中国作协内蒙古分会常务副主席、内蒙古自治区文联副主席、内蒙古自治区文化局副局长等职。

玛拉沁夫是中国“草原小说”流派创建人之一，长期从事少数民族文学工作。曾任中国少数民族作家学会会长和中国作家协会少数民族文学委员会主任。

一九八〇年调北京工作，先后任《民族文学》主编，作家出版社社长、总编辑，中国作家协会书记处书记、常务书记、党组副书记等职务。

玛拉沁夫是“中国草原文学的开拓者”，我国少数民族文学战线的主要组织者和推动者。

一九五二年，根据玛拉沁夫的成名作《科尔沁草原的人们》改编的电影《草原上的人们》插曲《敖包相会》的拍摄地。玛拉沁夫题字“天下第一敖包”

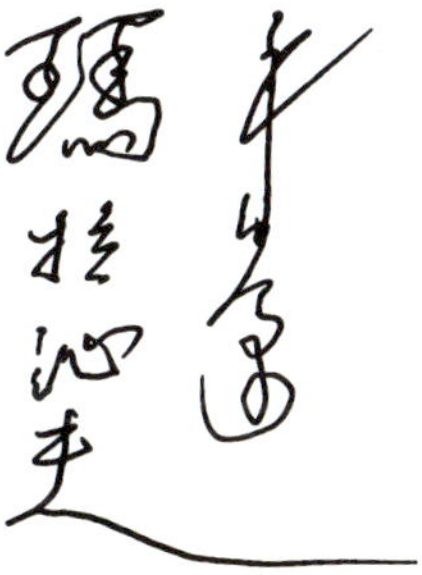

玛拉沁夫与蒙古族摔跤手

一九八六年七月，玛拉沁夫与蒙古族作家敖德斯尔在草原那达慕大会上

一九八六年，玛拉沁夫与八旬老姐姐同唱儿时母亲教给他们的歌

玛拉沁夫与年轻的读者们在一起

一九八六年十月，玛拉沁夫与回族作家张承志在赴蒙古国访问途中

二〇〇九年十月，玛拉沁夫荣获内蒙古自治区文学艺术杰出贡献奖，并与获奖老作家、艺术家们合影

一九九一年五月二十六日，在第四次全国青年作家创作会议闭幕式上，玛拉沁夫祝酒说：为了我们的昨天、今天和明天，干杯！

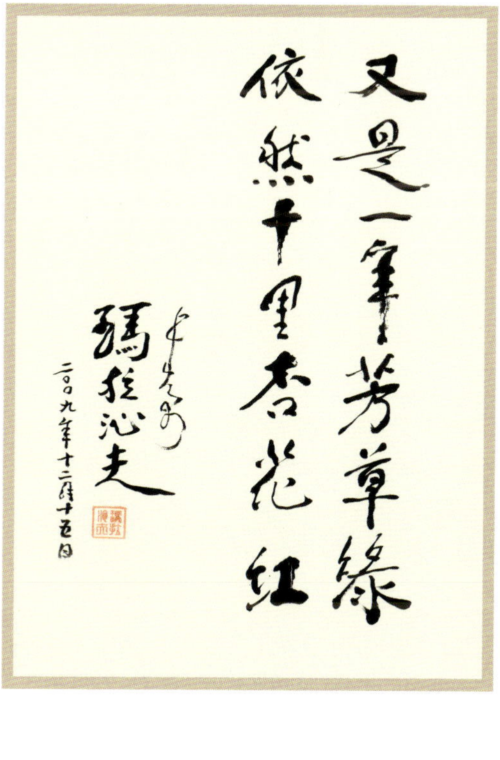

又是一年芳草绿
依然十里杏花红

玛拉沁夫题字

玛拉沁夫的文学创作及其历史性影响

——《玛拉沁夫文集》总序

吉狄马加

玛拉沁夫被誉为中国草原文学的开拓者、中国当代少数民族文学事业的重要推动者。他是中国第一个自觉地以写草原为己任的作家，他的小说把葱郁的草原呈现为生气勃发的生命形式，把自我的艺术个性与民族的艺术传统融合为充满英雄意识与阳刚之气的壮阔境界，浸透着蒙古民族游牧文化的厚重，显示出内在的诗意的张力。他站在历史的高度，用自己的作品呼应现实的变革，对民族的命运做深层的思考和追问，表现出强烈的历史使命和真诚的大爱之心。这使他的小说创作具有扣人心弦的艺术魅力。同时，作为新中国培养的第一代作家的代表性作家之一，他一直锲而不舍地致力于中国少数民族文学事业的建设和发展，为培养一批又一批新生代少数民族文学新人做出了历史性的贡献。

玛拉沁夫是一位创作成就颇丰的杰出作家，在他的作品中，既有史诗性经典巨著、长篇小说《茫茫的草原》（上下部），也有描写重大题材的神采飞扬的中短篇小说和许多韵味悠然、行云流水般隽永清丽的散文及多部电影文学剧本。玛拉沁夫的文学成就，早已突破地域界限，蜚声全国，走向世界。他不仅具有深厚的马克思主义理论修养，而且具有较深的文化学识和艺术素养；不仅创作方向正确，而且在艺术上也刻意求精。因此，他的作品既豪放洒脱、英气勃勃，又明丽清新、深切感人，具有鲜明的独特风格，在我国百花争妍的文坛上，是一束鲜艳夺目的草原之花。

新中国成立后，在党的领导下，少数民族文学蓬勃发展。二十世纪五六十年代，内蒙古已经形成了一个草原文学流派。一个流派的形成，必定需要有一个相当规模的文学群体，同时必定需要有几位优秀代表人物先行，玛拉沁夫无疑就是那个年代草原文学的重要开拓者和先行者之一。玛拉沁夫早在二十一岁时，因创作处女作《科尔沁草原的人们》而一举成名。从此，才情毕现的玛拉沁夫的创作就一发而不可收。其后的几年时间里，他先后创作出了《春的喜歌》《在暴风雪中》《路》《迷路》《花的草原》《歌声》《琴声》《诗的波浪》等三十多篇小说，特别是用数年时间创作出反映蒙古族人民为争取民族解放而英勇斗争的史诗性长篇小说《茫茫的草原》，以及电影文学剧本《草原上的人们》《草原晨曲》《沙漠的春天》《祖国啊，母亲！》和影响了几代人的著名报告文学《草原英雄小姐妹》等，这些作品都强烈地表现了作者一贯坚守的对祖国统一和各民族大团结的珍爱情怀，并以他已经形成的具有浓郁“草原味”的清灵、秀丽的艺术风格，对草原的变革和新生活、新人物，进行全情倾注地描绘，显示出了玛拉沁夫丰厚的民族情怀与民族文化的底蕴。文学大师老舍赞誉玛拉沁夫为“文坛千里马”（一九六三年）。文学巨匠茅盾于一九六二年发表近一万字的长文，专门评点玛拉沁夫的小说创作。他认为玛拉沁夫的作品已经形成了自己的风格，十多年来始终一贯。茅盾先生的结语是“玛拉沁夫富有生活的积累，同时他又富于诗人的气质，这就成就了他的作品的风格——自在而清丽”。

进入新时期以后，玛拉沁夫以饱满的时代意识和旺盛的创造力先后发表了《第一道曙光》《踏过深深的积雪》《大地》《荒漠》《草原的浪花》《青青大草滩》，特别是他的短篇小说《活佛的故事》和中篇小说《爱，在夏夜里燃烧》，堪称是中短篇小说难得一见的翘楚之作，充分展现了玛拉沁夫掌握小说创作功底之深、艺术想象力与表现力之强。《活佛的故事》获得了一九八〇年全国优秀短篇小说奖。

他的创作深深植根于蒙古族人民社会现实的土壤之中，通过更深刻更哲理化地揭示历史发展的规律，推导出充满当代精神的主题；以深厚的民族情感、开阔的民族文化视野，把描绘草原的生活内涵与历史渊源全方位地提高到了一个新的高度。

玛拉沁夫是草原的歌者，是艺术地绘制草原的高手。他所选择的题材、提炼的主题、塑造的人物形象，都具有浓郁的草原色调、草原气质、草原风采。读他的作品，我们可以体会到艺术的神秘的一面，它能把你轻轻带到蒙古草原上，让你犹如置身于一望无垠的绿草丛中，犹如看到了人欢马叫的场景，听到了一首首悦耳的牧歌。因此，人们称玛拉沁夫是中国草原文学的代表性作家，是名副其实的。因为，是他率先同几位少数民族杰出作家一道，将整个少数民族文学创作带进了一个新的层次，提升到了一个新的高度。大家知道，在新中国成立之前，中国是没有草原文学这个概念的。虽有一些个体文学写作活动，但由于各种原因，并没有引起人们的关注。一九五二年一月，玛拉沁夫在《人民文学》上发表了《科尔沁草原的人们》，在全国引起强烈反响。一九五二年一月十八日《人民日报》在“文化生活简评”中称赞这篇小说是“写了新的主题、新的生活，反映了现实生活先进的力量，用新的伦理和新的道德精神教育人民”的优秀作品。也正是在那以后，敖德斯尔、超克图纳仁、云照光、安柯钦夫、扎拉嘎胡、朋斯克、张长弓、杨啸、贺政民、冯国仁等一批内蒙古作家先后推出了一大批草原文学力作，其中有一些是汉族作家，对此玛拉沁夫曾经做过这样的解释，他说：“草原文学这个概念不是民族性的，而是地域性的，是指写草原这一特定地域的文学。内蒙古作家中的汉族同志，有的生在草原，长在草原，写了一辈子草原，甚至去世后把尸骨都埋在了草原，例如著名作家张长弓等，他们的作品当然是属于草原文学，他们本人当然是文学流派的重要成员。”玛拉沁夫的这种开放性包容性的见解是公允的，得到了学界的认同。至此，内蒙古作家以一个群体姿态出现在当代文坛上。

大草原是草原文学的母体。玛拉沁夫不是坐而论道者，他遵循毛泽东同志的教导，一直坚持深入生活。成名后，他在北京学习了两年，一九五四年主动要求返回内蒙古，径赴察哈尔草原，在基层挂职生活了三年，一九五八年到包钢白云鄂博铁矿担任车间党总支书记两年，后受批判，被下放农村改造，参加“社教”“四清”长达三年之久（玛拉沁夫却坦然认为：对一个作家来说，那也算是接触基层体验生活）。总之，不管在顺利时或是逆境中，玛拉沁夫从来未曾消沉过，这一点，我们从他在不同境遇时创作的作品中可以得到印证。因为他对我们的党、我们的共和国、我们这个时代的忠贞信念从未动摇过。玛拉沁夫的创作是蒙古民族一个时代的文化符号。从文化全球化的高度和视角来审视玛拉沁夫的小说艺术，我们不能不得出这样一个结论，即玛拉沁夫的小说是一种有别于其他类型的草原文化小说，这应该是玛拉沁夫对中国文学乃至世界文学的一大贡献。

我所有的知识、智慧和能力，我的潜力的发掘、开发和发展，都集中到一点上，那就是我们的党，我们的共和国给我创造了这样一个机遇。我一辈子经历了很多事情，一个蒙古族少年在文学道路上从毛泽东时代走到习近平年代，我感到非常荣幸。

—— 玛拉沁夫

目录

附录

草原上的人们

根据玛拉沁夫同名小说《科尔沁草原的人们》改编

第一章

在内蒙古自治区呼伦贝尔草原上，每逢春天到来，即使在最偏僻的地方，也会到处飘荡着喜悦的歌声。

现在是夕阳染红了天边白云的时候。

阳光晒化的积雪，顺着山坡流进了大河，河流载着沉重的冰块，从沙岸上漫过。

草原喷散着腾腾的白雾，把远山遮成两段，山顶浮在云上，如同海中岛国。

这是四月的草原，绿茵已铺满了大地，盛开的耶尔盖花把草原点缀得如栽花地毡一样。成万匹的大马群在这锦绣的草原上游动着，马打着滚，撒着欢，吃着草，精壮的儿马像箭一样穿梭追逐着。

在歌声中，我们听见了一声清脆而响亮的吆羊声，接着，萨仁高娃和乌尔沙娜在一个高坡上出现了。

这一对姑娘乍看起来像姐妹，萨仁十九岁，乌尔沙娜十六岁，同样是圆圆的脸、闪亮的眼睛。只是萨仁各方面都比乌尔沙娜大一些，甚至眼睛都稍微大一点，所以，别人都说萨仁比乌尔沙娜大一圈。

她们两人并肩骑在马上，她们背后是珍珠一样滚动着的羊群。萨仁的猎狗嘎鲁见到坡下的大河，就像弹丸弹出去一样飞驰过去，羊群也跟在后面跳跃着抢向前去。狗在河中洗着澡，羊在河边饮着水，剩下她们两人在山坡上遥望着。

萨："乌尔沙娜，你看！"

顺她手指的地方，是一片林木茂密的山峦，山上的松林还没摘净雪帽，使山棱上多了一道青白相间的镶边。火车从树海中钻出来，车上载满巨大的木材，蜿蜒而去。

乌："拉那么多木头干什么？"

萨："盖房子呗，这会儿到处都建设哪。"

乌："姐姐，你说咱们草地上什么时候也盖上房子？"

萨："快啦！"

乌："你总说快，也得有个准日子呀！"

萨："这又不是娶媳妇，还能定出日子来。你忘了老歌上说：'太阳不出来，五色花儿不灿烂。'咱们是：牲畜不发展，好日子就看不见。"

乌："姐姐，你说咱们的牲口再多了往哪儿放去呀？"

萨："咱们中国的草原可大啦……"

乌："我是说咱们的水草不够了，你看，咱们现在连这个从来没用过的牧场也放了牲口，井也打了不少，我就发愁，再发展，牲口比草都多啦！还不得把草原都盖满了？到那会儿牲口都吃什么？"

萨："那才好呢，能那样，咱们就不用到处跑了，（幻想地）咱们定居下来，盖上房子，挖上河，种上草，还能发电……"

乌："你说什么？"

萨："种草啊！牲口愿吃什么草就种什么草，要能那样，这大草原上再多的牲口也放得下了。咱们也点上电灯了，还能用机器挤奶子，剪羊毛……"

乌:“你听谁说的呀？”

萨:“书上说的呗，苏联就这样。”

乌:“咱们什么时候能……”

萨:“你又问！我没跟你说嘛，快啦！”

两人并肩坐下来，萨仁看着远方，乌尔沙娜信手摘下一朵耶尔盖花玩赏着。她们面前是一眼望不到边的畜群。太阳将要被遥远的天边吞没了，这时它就像一个艳装的锡林格勒盟的妇女要走进蒙古包一样，云霞就如同她抖动着的华丽的衣裙。当太阳向大地告辞以前，正用这一天最后的金色光芒涂染着马、牛、羊群的脊背。

她们两人在这景色中慢慢沉入到幸福的幻想里，轻轻地唱起来:

百灵鸟双双地飞着，
是为了爱情来唱歌；
大雁在草原上降落，
是为了寻找安乐；
啊哈嗬咿！
我们努力地工作，
是为了幸福的生活嗬咿。

她们正在唱着的时候，桑布骑着一匹白马从山脚下跑了过来。这位二十一岁健壮的小伙子刚从打狼队回来，他的马鞍后边挂了六七张狼皮，腰里别着打狼棒，一脚实蹬在镫上，一条腿跷起来斜跨在鞍上，歪侧着身子向前飞奔。他一转过山脚，就听见她们动人的歌声，便立刻放慢了马步。这时我们已能看清他那蒙古人的典型面孔了，他的颧骨虽然也很高，但被那晒得紫黑了的两腮衬托着反而更显得英武。他的眼睛在那浓重的眉毛和微微有些下垂的眼皮下遮盖着，这种眼睛是长期生活在风沙中的人所特有的，平常看起来有些呆滞，但遇有危难的时候，立刻闪烁出锋利逼人的光芒。

他得意地让马步随着她们歌声的节拍走着，走了一会儿，他也跟着唱起来：

我们打死了野狼，
是为了牛羊兴旺；
我们赶走了敌人，
是为了草原解放；
啊哈嗬咿！
我们驰骋在草原上，
建设着祖国的边疆嗬咿。

萨仁听见有人和上了她们的歌，忙拉了乌尔沙娜的衣襟一下，两人立刻不出声了，静静地听他一个人唱着。

乌："这是谁？（听了一会儿）噢！是桑布。你听，他那嗓门真高，唱起来跟钻到云彩里似的。"

萨（赞美地）："啊！"

乌："他真有两下子，干什么都行！"

萨仁口头上故意不服气地撇着嘴"哼"了一声，可是心里已被他的歌声打动了，呆呆地望着桑布。

乌："姐姐，我听人家说，桑布在他们小组里说过，今年他们一定要把红旗从我们小组里夺过去。"

萨仁正凝神看着桑布，听她说到这儿，立刻触动了自己的自尊心，然后自信地笑了："嗯！他呀！他还想去摸摸月亮呢，妄想，我们小组是铁打的！”

乌："对，铁打的！”

萨："不，是钢打的，钢比铁还硬。"

乌："对！钢打的！”（两人同时笑起来）

这时，在山那边出现了一只又饿又瘦的狼，狼后边跟着宝鲁。宝鲁身穿一件劣质的蓝缎子宽下摆的长袍，袍角用两幅五尺多长的红绸子缚紧在小腿上，跑起来红绸穗要飘出三四尺远。他胯下骑的一匹灰花马的白鼻梁骨很像他那个秤砣鼻子，他的脸整天像用碱水洗过一样紧绷在一起。狐皮帽的长毛几乎要把他的眼完全遮住，不过这在他已习惯了，因为他反正是不管看什么东西都要用手掀开皮毛打起凉棚来，并且只有这时那双被上眼皮盖起来的眼睛才能稍微睁得大些。

宝鲁是从城里回来的，半路上碰上这只被打狼队追打得已经走投无路的饿狼。狼看见他，掉头跑向河边，宝鲁追了过去。狼跑着，忽然看见羊群，又飞速地向羊群窜过来。宝鲁看见狼要吃羊，立刻勒住了马。

宝："好！想吃点心啦，去吧！这一回，我的好劳模啊！我看你还能不能保证一只羊也不死。"

他掉过马头藏在沙窝子后边。

在那平坦的河岸上，羊已饮饱了水，刚聚到一块儿。

狼向羊群奔去，羊惊散，羊咩咩地哀叫着挤到一块儿向河的下游跑去。

乌尔沙娜听见羊叫，回头一看羊群已散成几堆，她站起来，向更远一点的地方一张望，发现狼已跑进羊群了。

乌（大叫）："姐姐！狼！狼！……"

萨仁回身上马跑下山去，她的猎狗也发现狼，跳跃着扑上去。

桑布看见狼进了羊群，放马过来，从萨仁身后抽走套马杆追入羊群内。

羊群见马跑来，自动让开一条胡同。

一只老山羊正用角抵住狼的利爪，桑布挥杆将狼套住，在狼刚要回头咬住马杆时，他一反身将狼拖倒，接着，拖起那正在挣扎的狼绕着羊群跑起来。

马跑向河边，狼掉在河中又被拖上来。不大会儿羊被圈回来了，狼也被拖死。桑布又将狼拖到萨仁跟前，将套马杆还给她。

宝鲁在沙窝子后边，见桑布已将狼打死，沮丧地掉马走去。

宝:“倒霉，羊没吃倒丢了一张狼皮。”

桑布用刀子把狼皮剥下来，将刀上的血在毛上拭净，插入鞘内，然后站起身抖掉狼皮上的土。

萨仁一直站在一边看着，桑布替她将狼套住使她很感激，可是她不愿说出来。

桑布举起狼皮，很随便地说:“狼这玩意儿，你不打它，它也会自己给你送上门来。怎么样？羊没损失吧？”

萨:“哼！你想让我们谢谢你？（**故意骄傲地说**）没有你，我们照样能打死它。”

桑:“得啦！劳模同志，刚才我要是不在这儿，让它吃上你几只羊，你今年说不定就落选啦！”

在他们说话时，乌尔沙娜将羊群安置好也走了过来。

乌:“桑布，你是从打狼队那儿来的吗？”

桑:“是啊！你们看，刚缺一只不够五对，真走运，这儿碰上啦！”

乌:“看你打的都是小狼，评功的时候，两只小的顶一只大的。”

桑布摸着她的头，嘲笑地说："人小，什么事都冒充内行，谁说两只小狼顶一只大狼，你能说你这小崽才顶半个人吗？"

桑布说完和萨仁一起大笑起来。

乌尔沙娜生了气："跟你说话总是叫人吃亏。"说完，领着猎狗追赶羊群去了。

乌尔沙娜走后，山坡上只剩下桑布和萨仁。桑布这时已将狼皮在马鞍后边拴好，回过头来看了看萨仁。

萨："啊？"（*她以为桑布要向她讲话*）

桑："啊？"（*他也以为萨仁要向他讲话*）

两人互相看了一眼，发现彼此都没问过什么话，又都低下头去。

萨仁鼓了鼓勇气，勉强找了一句话问："你是从打狼队来吗？"

桑："是啊，我刚才不是说过了吗？"

萨："你们打狼任务已经完成了吗？"

桑："没有！"

萨："你们原来不是说四月十号完成任务回来吗？今天已经是四月十三号了！"

桑："不！本来我们春天的打狼任务已完成了，后来大伙提出延长到四月底，这样一来，连冬天的任务，在春天里都可以提前完成，到了冬天就可以把盟里给的打狼任务超过一倍。"

萨："能找到那么多的狼吗？"

桑："往远处走啊，靠近大山上和树林边上的狼可多了！"

萨："哎呀！别的小组情形你知道不？你们男人们都走得那么远，要是来了风暴怎么办？"

这时乌尔沙娜已将羊群由河边赶上了草场，桑布、萨仁不约而同地拉着马跟随上去，他们一边走一边说着。

桑："哎！你在上次青年团小组会上不是说过，你们小组的妇女保证完成打狼时期的一切工作吗？为什么到这时候又没信心啦？”

萨：“谁说没信心啦？我们小组就剩下十九只羊没下羔子啦，接羔百分之百是稳稳当当的，防风暴的准备工作都做好了，搭好了三个羊圈、一个马圈，就是今天来风暴我们也不怕。”

桑：“那么你说哪个小组有问题呢？”

萨（诚恳而关心地）：“我是替别的小组着急，特别是你们的……”

桑：“我们的？我们小组的妇女还要提出来向你们挑战呢！”

萨：“挑什么战？”

桑：“今天晚上你就知道了，（半开玩笑地说）她们想替你们把红旗保存两天呢！”

萨（笑着说）：“那个呀，你知道不，我们那红旗杆子是柳树枝做的，往我们组一插就长出根来了，就怕你们拔不走啊！”

桑（俏皮地）：“真能这么样才好呢！”

乌尔沙娜见桑布走近羊群，忙嚷：“桑布，走远点，羊看见你马身上的狼又该跑散了！”

桑布微笑着看了她一眼：“好，我就走！（转向萨）今天晚上咱们开团小组会就准备讨论这个问题，阿木古朗同志也参加。”

萨：“好！……”

她想再说点什么，可是又觉得说什么都不合适，最后只看着他点点头。

桑布说完，骑马驰去，他跑得很快，马鞍后边拴着的狼皮被马抖得像活起来一样。

萨仁呆呆地目送他走远，停了一会儿，才恢复了原来的样子，回头对乌尔沙娜说：“你听见了没有，他们想赶过咱们组去……”

乌:“咱们也会赶过他们哪!”

萨:“乌尔沙娜,我想把咱们接羔接一个活一个的条件提高到养活大,一个都不死。”

乌:“我看行!”

萨:“那么咱们回去就跟咱们组的妇女们商量商量,在会上提出来。”

萨仁高娃的蒙古包内,白依热戴着老花镜看着报,宝鲁掀帘进来。

宝:“老爷子,忙什么呢?”

白:“啊!坐!人常说‘活到老学到老’。你看,人家察哈尔盟有个劳模说,大风雪天牛群没草吃要想不叫它冻死,可以叫牛舐一点豆油吃,这样就什么都不怕了。你看咱们就不知道这个办法。”

宝:“这办法怕管不了大事,我看顶要紧的还是人,你说这会儿人都上山打狼去了,要有场风暴,比冻死几个饿死几个可厉害多了。”

白:“咱们把羊圈、牛圈都打好了,大概不要紧。”

宝:“‘圈’能管多大的事,你能保得住不叫风吹开?一开了我看咱们怎么去拦,男人们都不在家,光凭妇女能管个什么用……”

白:“这话也对呀!对!这不行!得叫他们都回来,年轻人就好往邪里走。发展牲口是好事,可一心不能二用,又想发展牲口,又想打狼,怎么能行!”

宝:“咳!别说了!咱们说话管个屁用啊!”

白:“我得跟萨仁说说……”

宝:“说怕也不行,她是小组长,她说了算,你说了可不算。”

白:“她管得了我?”

宝:“拉倒吧!这个年头儿少说话比什么都强!”

白："她不听，我找阿木古朗说。"

宝："那更不行，这其实还不是阿木古朗的主意！"

白（有点生气）："那更好！他跟我摆老资格可不行，按咱们老规矩，他是个兄弟，他得……"

宝："得了，为这事生气干什么。来！我从城里带回一瓶二锅头来，三杯水酒下了肚，管它太阳从哪边出……"

白依热看见酒就真的什么都忘了，马上取出银碗与宝鲁对斟起来。正在这时，萨仁的小狗顶开帘子钻进了蒙古包。白依热看见小狗知道是萨仁来了，忙把酒碗藏在怀中，其实他并不是怕她，而是为了自己曾因嗜酒误过事，所以不愿意女儿看见。

宝鲁见白依热的样子，知道是萨仁回来了，也忙把刚才的话题岔开。

宝："老爷子，你知道不知道这会儿狐狸皮能卖什么价？"

白（被宝鲁突如其来的问话问愣住了）："你怎么想起这个来了？"

宝："你知道，我是进城去卖狐狸皮刚回来。"

萨仁高娃走进包来，解下头巾，正要换衣服，忽然看见宝鲁。

萨："宝鲁，你怎么又进城了？人家打狼都超过了任务，你老是往城里跑。"

白："不！（他替宝解释着）他是进城卖狐狸皮去了！"

萨："爸爸，人家的事，你替他解释干什么！你不知道，别的小组参加打狼的人都超过任务啦。就是你（对宝）三天两头往外跑……给咱们组丢人！"

宝："我是没法子，你知道，我手头困难，不把狐狸皮卖出去连饭都没的吃了！"

萨："你是真的没饭吃了吗？（说着，她过去把刚才盛酒的银碗拿起来嗅了嗅）看！这是什么？"

萨仁一边说着话，一边已将劳动时的夹罩衣脱掉，露出里面穿的大红缎棉袍来，并顺手割了一块羊肉给她的猎狗。

萨："你们小组就是你劳动上不带劲！"（她说完走了出去）

宝："是，是，我改。"

萨仁走出门之后回头对白依热说："爸爸，我今天晚上开青年团的会，回来得怕很晚，你先歇着吧。你少喝点吧！上了年纪的人，别……"

白："我知道！知道！——你不吃点饭再走？"

萨："我带两块奶豆腐就行了。"

萨仁刚走出蒙古包，见阿木古朗从远处来了。周围的大人小孩立刻包围了他，向他问好。萨仁紧好了马肚带，也凑上前去。

萨："阿木古朗同志，上哪儿去呀？"

阿："你们青年团不是晚上要开会吗？"

乌（正在收拾羊圈，见阿来也凑上前去）："哟！你这么大年纪还参加青年团呀？"

阿："我要没有这把胡子，还想参加少先队呢！"

白依热听见阿木古朗的声音，也从蒙古包走出来。

白："你这个老头子啊！别参加少先队啦，把你的支部书记当好就行了。"

阿："哎！老伙计，你又怎么啦？"

白："我问你，你把青年人都弄去打狼了，要是来了风暴可怎么办？"

阿："这个，我问问你们小组长怎么办吧。"

萨："爸爸，咱们办法不是都讨论好了吗！"

白："讨论好了？我越想越悬。你说，要是风暴把圈吹开了，咱们哪儿来的那么多人去截牲口去？"

萨："你忘了咱们天天搓绳子啦？这老粗的绳子得多么大的风

才能吹断呀？”

白：“这话可也是个理，不过我是发愁万一出点什么事……”

阿：“老伙计，我问你，你要是把马整年价拴在一个地方吃草行不行？”

白：“那还不得饿死！”

阿：“对啊，牲口不撒缰绳让它吃草不行，那咱们草原要不放开手让它发展行不行？”

白：“那个……”

阿：“你说啊，咱们要不发展，能有今天的好日子吗？”

白：“我是早些年叫风暴吓怕了，哪一年风暴也得糟蹋不少牲口。”

阿：“这会儿不是早好了，第一咱们有准备，第二要是有风暴，政府会及时通知，你怕什么！”

白：“对！你说的也对，不知道为什么我一看见你我就没理了。”

阿：“你听别人一嘀咕就又有了意见啦，是不是？”

一句话说得大家都笑起来。

阿：“老伙计，你就吃亏在这耳朵软上面，少听点闲话吧，你早先见过这么好的日子吗？这会儿光你们小组就快有上万头牲口了。要是都依着你的主意，一辈子也别想发展这么多。”

白微笑不语。

阿：“别不吱声，以后牲口还得多呢，照咱们盟的计划，今年秋里咱们一区就能再增加几万头牲口。”

白：“我的老佛爷！那么些个往哪儿放去！”

阿：“办法可多了。种草，机器打草。”

白：“对，以后你们不用说，你们往哪儿走我就跟着得啦！”

阿：“你想想，要不组织起来，咱们的牲畜还能发展吗？——萨仁，咱们走吧！会是不是在西边桑布那儿开？”

萨仁与阿木古朗骑马走去，萨仁的猎狗也追了上去。

宝鲁在蒙古包内偷偷地看着他们向西走去。

在包内。宝鲁见白依热进来，又取出酒来。

宝："他们都开会去了？"

白（见宝鲁还在，有些生气）："我说宝鲁，你这个人可真不对，你怎么不好好打狼去呢？（他重复着阿木古朗的话）你想想，要不组织起来，咱们的牲畜怎么会有发展？"

宝鲁被他这突然转变的态度蒙住了，停了一下，又找寻新理由说服他："你不知道我的心思啊！"

白："怎么的？"

宝："算了！不说了！"

白（焦急地）："你有话跟我说怕什么的？……说，你说说……我这个人就怕听半截话。"

宝（没说话，先给他递过一碗酒来）："你喝了我再说！"

白（将酒一口咽下去，喝完后，又有些后悔，解释地）："我闺女倒不是拦阻我喝酒，不过我不好意思当着她们的面喝，你知道，我从小就喜好这个物件，如今就剩下你这一个酒伴子了。对啦，你快说说吧！"

宝："你别怨我心直口快。依我说，萨仁高娃真是个好人，不过，好人也免不了上当。"

白："怎么的？"

宝："你知道不？这会儿打狼队的期限又延长啦，他们想把今年一年的任务都在春天完成。"

白："要是真能完成，倒也好！"

宝："咳，你不知道，咱们吃亏就怕吃在这上头，人家桑布心眼多，前些日子不是已经把咱们这边的狼打完了吗？那就只好到他们那边靠山的地方打去了。你想想，这要万一来了风暴，人家离家近，咱们可就干着急赶不回来。”

白："嗯！这倒也是个事！”

宝："所以说我就回来了，其实我自己没有多少牲口，我怕的是咱们小组有什么差错。你说我这不是为大家好吗？可这一回来萨仁就把我批评了一顿。”

白（又被他激怒了）："那个孩子就是这点不好，按说，人们选她当劳模，又选她当人民代表，我看着也觉得光荣。可是，有了点事她就好批评这个批评那个的。为这事我时常告诉她，办公家事不可能一百个喇嘛都念一样经，谁愿意干啥就干啥得了，这本来是为了她好，可是她呢，有时听两句，有时就跟别人一样说我的主意过时了。唉！这……”

宝："来来，还是喝酒吧！那是你们父女俩的事，其实，我看萨仁高娃对你也实在有点……这事情反正很不好说……来，干杯！干杯！”

在一个八块哈恩的蒙古包里，点着一盏煤油灯，十来名青年团员开着小组会。现在正是桑布发言。

桑："刚才各小组把本组的情形谈过了，大伙既然都同意要超过计划，那么咱们就讨论一下具体办法吧。到四月底还有十八天，五月一号咱们就要开始注射，这一切工作都得在注射以前完成。这是个不容易的事，偏偏这个月又是容易来风暴的时候，要把风暴算进来，就是四件大事：接羔、打狼、防风暴、注射。要是扣去了三四天的风暴时间，那么，咱们打狼顶多不过半个月了。咱们既要在这半个月里再完成打一百八十只狼的计划，又得让接羔和风暴都不受损失。大伙看看怎么办？”

天已黄昏，白依热送宝鲁出蒙古包。

在宝鲁快走到自己蒙古包前的时候，远处地平线上出现了两条灯光，一辆小吉普车开了过来，停下。车上的人和宝鲁彼此问好。

车上人："阿木古朗在这儿吗？"

宝："你有什么事啊？三更半夜的，到家喝点茶吧！"

车上人："不啦！有急事。中央气象台有通知，明天一早四点多钟，有风暴打咱草地过，你知道阿木古朗在哪儿？"

宝（**想了一会儿，故意地**）："当然在区政府啦，区政府在东边，过一个沙岗就是。"

车上人："那怎么有人说他到这儿来了？"

宝："那我就不知道了。"

车上人："好吧，我们去看看，那你就告诉你们这儿老百姓，早点准备着吧，等区里来通知可能太晚了。"

宝："那一定，那一定。"

车走，宝鲁回到自己蒙古包前将他的羊拉回包内，又出来把自己的蒙古包加了一道绳子，然后回到包里取出一把刀子磨着。

青年团小组会上，一个年轻的姑娘正在讲话。

年轻姑娘："我们小组的妇女们讨论过了，男同志既然能提前完成打狼任务，我们的接羔计划也要……"

一个男青年："怎么，你们接羔也想提前吗？"

一个稍大些的姑娘："哎呀！也不是你下羔子，你怎么能叫它提前？"

年轻姑娘："你们听我说完哪！我不是说要提前，我是说要提高。我们以前订的条件是接羔要接一个活一个，这会儿我们要保证养活到大一个都不死。"

一个小姑娘伸了伸舌头："哎呀！这可不容易！"

年轻姑娘："我们还要和萨仁高娃她们小组的妇女挑战，怎么样，你们组应战不？”

萨：“不用着急，我们早提出来了！”

年轻姑娘：“我知道你们以前的条件是接羔百分之百。”

萨：“不对，我们已经改了！”

年轻姑娘：“什么时候改的，我不信！”

萨：“你不信问问阿木古朗同志，我们不光要养活到大一个也不死，就是风暴来了，我们妇女们也包下了！”

阿：“是！她刚才在道上跟我说的。”

桑：“那就不用争了，既然都提出来了就是都应战了。我看再讨论一下，万一有了风暴，打狼的人怎么和家里人配合吧。”

一个稍大些的姑娘：“你们不回来我们也能干得了！”

又一个妇女站起来：“那不行，我们组牲口多，他们不回来可不行。”

汽车找到区政府，只有一个看门的人在那里。

汽车上的人问：“阿木古朗在哪儿？”

看门人：“去开会了！”

车上人：“别的区干部在不？”

看门人：“找着他就都找到了！”

车上人：“那你快带我们去找一下吧，急事，别再走错路。”

看门人上了汽车。汽车开走。

汽车陷在一个沙窝子内。

月亮刚升上草原，在这静静的夜色里，还看不到一点风的信息。

青年团的会即将结束，桑布发言。

桑：“今天大伙儿讨论的办法很好，我看虽然妇女们都提出来保证做好打狼时期的三防工作，不过打狼队的人遇到有事的时候也得回来参加，要想这样，你们就得专门有人联系，要不然我们上了山你们找都找不到。”

阿：“这个我可以派人专门负责。”

桑：“要能这样咱们就什么困难也没有了！好吧，我看最后该请阿木古朗同志给咱们总结总结吧！”

青年们听到请阿木古朗讲话，全体鼓起了掌。

阿：“今天大伙的发言、挑战就是顶好的总结，我还有什么说的？我同意大家的意见。你们都是青年团员，你们不但是完成了党提出来的任务，这一次又提出来要超过任务，这就是说，大家有决心当党的助手。可是光有了计划还不行，有了计划不执行，那就好比是光套上了车不拉东西一样。这次我们一定要保证计划完成，保证车上要装满了东西拉回来。”

青年们鼓起掌来。

桑与阿商量了一下，回头向大家说：“好，我们就散会了，妇女同志回去就准备起来，打狼队的人今天晚上还回山上去，免得误了工作。”

人们散去，蒙古包内其他区干部也睡了下来，只剩下阿木古朗，他打开本子，将油灯移近，在本子上记着一天的工作。

月亮已升上了草原的上空，镶嵌在团簇的白云里，像是在棉堆里挂了个黄灯笼。这时，寂静中透出了一丝凉意，五色的花瓣收拢起来了。

萨仁开完会，骑着她的大红马，带着小猎狗，轻轻地哼着一支情歌，往家里走着。

桑布骑马从她后面赶来。

萨：“你没到山上去吗？”

桑:“我就去,怕你一个人害怕,赶来送你几步。”

萨:“我并不怕呀!”

桑:“你说,我不该送你?”

萨:“那随你的便。”

桑布想走,可是萨仁又怕话说得生硬,回头看着他笑了笑,桑布又不走了。两人放慢了马步。

桑:“我总觉得咱们不如小时候那么随便了。”

萨:“我就不觉得。”

桑:“不对。”

萨:“为什么?”

桑:“那为什么我一碰见你,就有点心跳呢?”

萨仁没说什么,咯咯地笑起来。

桑:“你笑什么,你就不心跳吗?”

萨仁更放开声大笑起来。

桑布有点不好意思:“好,我走了!”他虽然这样说,可是并不拉他的马头。

萨仁还是歪头笑个不止,桑布沉不住气了,打马跑去。

萨仁(想叫住他,却又不好开口,只好向他喊):“再见!等你打狼回来用整羊欢迎你。”

桑布的马跑远了。

在青年团开过会的蒙古包内,阿木古朗已经睡下了。忽然间,蒙古包外群狗狂吠起来,接着又传来了汽车声,他惊醒了,听了听,连忙披上皮衣走到包外。

蒙古包前停下一辆吉普车,车上人嚷着:“阿木古朗同志在这儿吧?”

阿木古朗走上前去:“哦,副旗长,你一个人来了?”

副旗长："你们可真难找啊！快点准备吧！中央气象台通知，明天一早四点多钟有风暴从草地经过……"

阿（惊讶地掏出怀表看了看）："啊！这已经两点了，你们怎么这么晚才来？"

旗："我打听了一下，有人说你在区政府，结果却到这儿来了，这一绕不要紧，把汽车陷到沙窝子里了。"

阿："真糟糕，他们打狼队刚走了。"

旗："哪儿去了？"

阿："上山去了。"

旗："这还行！快叫回来……"

阿："叫是来不及了，不过还好，她们妇女已经组织起来了。"

旗："那你们要立刻把区上干部全部派下去帮助她们。"

阿："对，这就出发。"

旗："好！你们区就由你负全责了，我还要赶到四区看看去。"

阿："行！我们保证不出问题。"

副旗长上了汽车，汽车开去。

阿木古朗立刻折回蒙古包内，把睡着的同志们的毯子一掀，叫道："同志们，马上起来，风暴来了。"

人们纷纷从睡梦中爬起来。

阿（向一人说）："你去通知山上的打狼队，在明天早上四点钟前要赶回各组。（又向另外几个人说）你去第三村。你去第九村。你去第二村……你们去后不要再返回来了，就在那儿帮助他们工作。"

人们出动在草原上。

一个骑马的人跑到一个蒙古包前喊："风暴要来了！风暴要来了！"

睡在车上的人爬出来："啊？风暴？"

一个年老妇女掀帘走到包外祷告着。

年轻的姑娘从被窝里跳起来："风暴？"

中年牧人掀被爬起来："风暴？"

顿时，草原上轰动起来了。

萨仁仍旧一个人向家里走着。天上的乌云慢慢地将月亮全部遮住，当微光透过较薄的云块时，使人们看见了正在奔驰聚拢的浓云。萨仁仰头看看天色要变，天边已完全昏暗了，连忙重重地抽了红马几鞭子，赶回家中。

在萨仁刚跳下马来的时候，风头已到。

团蒿草像团球一样从草原上一个接着一个滚过去。

车上的毡子掀起来了。

柳条帐子吹倒了，风发出刺耳的啸声。

萨仁进包里一看，白依热还在醉醺醺地睡着觉。

萨："爸爸！爸爸！来风暴了！"

白（醒来）："什么？风暴？"

雪花已从蒙古包的天窗口飘了进来，白依热见状连忙合十念了一声佛，赶忙爬起来穿上了皮袍子。

萨仁的小狗跟进包来围着他身边汪汪地叫着。萨仁刚换好衣服，一个妇女抱着一个小孩急速地跑进他们包内。

妇女："萨仁！不好了！我们蒙古包叫风掀开了！"

萨："你快把孩子放在这儿，我帮你收拾去。"

萨仁和白依热帮助那个妇女把蒙古包捆好，乌尔沙娜追了过来。

乌："姐姐！快看羊羔子去吧，刚才又下了三个！"

萨："大家别慌！咱们还是按照过去分配好的工作动手干吧！"

人们纷纷跳上马去。

萨："爸爸，你们快照顾羊圈去。乌尔沙娜、古尔格勒，你们快去把羊羔子都抱进蒙古包里去。喂！你们赶牛的还不出发吗？来吧！看马的跟我来！”

羊群被风暴所惊，在羊圈中乱动着，挤得柳条编的圈墙东倒西歪的。

宝鲁从黑暗里走出来，手里拿着他刚磨好的刀子，走到羊圈前将拦圈绳子割断。

宝鲁看看左右没有人，上前把栏杆拿掉，又把圈门打开，羊群跑了出去。

宝鲁干完这一切，拐个弯隐入人群中。

萨仁骑马向前跑时，宝鲁赶上来。

宝：“组长！幸亏我没走，我干什么？”

萨：“好！你帮助我们赶马去。”

羊群从圈里跑出来后，顺着风向洼地跑去。

一个妇女惨叫着：“不好了！羊叫大风吹跑了！”

萨仁听见喊声停顿了一下，忙折回头来向大家说：“快！羊有人管！我们快追马去，千万别让马群跑散了。”

白依热带人赶到圈前见羊群已跑散，大叫：“羊圈怎开了？”

一人说：“风吹开的吧！这可怎么办哪？”

白：“快去取一块白毡子来，追上头羊，羊就跟着毡子去了。”

一个人取了一块白毡子过来，白依热接到手中，立刻打马向前跑去：“来吧！跟我来。”

萨仁领着宝鲁及三个妇女追上了正在野外吃草的马群。

他们把马群围拢起来，赶着马群在风雪中游动着。

白依热一伙人追上了羊群，白依热跑在最前边，他赶上了头羊，下马抱住头羊，然后用毡子将羊头挡住，羊群走得越来越慢了，后面的羊也慢慢聚拢过来。

萨仁一伙人赶着马群走近一块沼地，宝鲁趁没人注意，驱赶着几匹马向沼地跑去。正在这个时候，从山口内冲出一阵狂风，风吹得昏天黑地，风把马群劈成两段，宝鲁趁势将一股引到了沼地边上。

风过去后，萨仁发现马群跑散了，忙喊："不好！马奔沼地跑过去了，要是陷进去一个也出不来！你们看着这些马，我去追那几匹去。"说完，她打马追向前去。

宝："组长，哪去呀？"

萨："快，马奔沼地跑了。你快回去，我去追回来。"

她说后，打马向那几匹跑散的马奔去。

宝鲁回到大马群内，和大家一起赶着马群向另一个方向游动着。

这时雪越下越大了，地面上的积雪已没去半只马腿。

萨仁赶马回来时风雪更大了，她已看不见大马群在哪里。因为只剩十来匹单独的马，所以很不好控制，追上这匹，那匹又跑掉。

走着，一匹马陷进雪坑，萨仁赶它出来。又一匹马陷进雪坑，萨仁又去赶，一不小心自己的马也陷入坑内。她努力提缰绳，马一跳，人和马又一起跌入坑内。

嘎鲁只是汪汪地叫着，扒着地上的雪。

剩下的马因无人控制，四散跑开。

在另一处，桑布和他小组的另一个中年牧人赶着马群来山前避风，他们刚把马赶近山坡，就看见了前面有几匹无人看管的马。

桑布奇怪起来："这是哪个小组的马呢？人哪儿去了？"

中年牧人："坏了！这几匹马非糟蹋了不行。"

桑："不能让它们糟蹋了！你赶着马群，我去追回来。"

他一弯腰，打马冲入风雪内。

桑布把一匹马赶到他的马群内，又去赶另一匹。

他赶过几匹马，其他的马都自动向他们的大马群靠来。

在桑布正去驱赶陷在雪中的马时，忽然发现一条小狗直向他跑来。那狗跑到他跟前只是汪汪地叫着。

桑布看清是嘎鲁，奇怪起来：“这是怎么回事呢？”

桑恍然大悟：“哦！刚才跑散的马，一定是萨仁他们组的，奇怪呀！她上哪儿去了呢？”

他想了一想然后向嘎鲁喊道：“走！去！去！去！”嘎鲁像一支箭一样向萨仁陷下去的方向跑去，桑布也打马跟它跑去。

嘎鲁回去的道已被雪盖平了，它只好一边嗅着一边向前跑着寻找，终于到了一个地方停下。

桑布下马一看，白茫茫一片，什么也没有。他正怀疑间，嘎鲁用爪在雪中扒出一块绛红色的布头来，桑布认出这是萨仁的腰带，立刻在那里接着把雪扒开，把完全被大雪埋住了的萨仁救出来，并把她抱了起来。

桑布在抱萨仁时，发现她的衣兜内有个未绣完的烟荷包掉了出来，他看了看，然后又偷偷放到她衣服内。

桑布将萨仁抱到一个平坦的地方，萨仁已经不省人事了，桑布急切地摇着她，抚摸着她冻僵了的脸，不住地叫着：“萨仁！萨仁！”同时把她紧紧地抱在自己怀里，解开皮袄把她暖起来，又把自己跑得发热的脸偎贴在她脸上。这样停了一会儿，她慢慢地苏醒过来了。

萨仁慢慢吁了一口长气，她想睁眼，可是睫毛已冻粘在一起，她想抬手揉一揉眼睛，可是手却失去了知觉支配不动。桑布一看，连忙用自己还很热的掌心在她两眼上温抚了一会儿，她睫毛上的冰融化了，眼皮也能动了，可是睫毛梢上仍挂着冰碴儿，像长了白色的睫毛。

这时风暴已经稍稍平息了一些，虽然雪粒尚不住被风扫向阴洼的地方，虽然浓黑的云块还不住地拥挤着向东南方的天边飞滚过去，但较薄的云层中已透出几线强烈的阳光，像几条闪电样的探照灯直射到无边的雪原上，使白茫茫的大地反映出刺人的白色。萨仁刚一睁眼，立刻被这强光刺得失去了视觉，连忙又把眼闭上了。

萨（闭着眼睛问）：“我这是在什么地方啊？”

桑：“你被雪埋住了！”

萨：“你是谁？”

桑：“是我！你听不出来吗？”

萨仁一听见是桑布，感到有些难过，把头一歪，又倒在桑布怀里了。

萨：“我看不见了！”

桑：“你闭一会儿眼吧！一会儿就看见了。”

萨：“马呢？”

桑：“我替你圈住了！”

萨：“哦！”

桑布忽然想起让她这样躺着是不行的，这样会冻僵在这里，立刻又把她搀起来，用力摇着她：“萨仁！你要活动一下，来！我扶你走！”

萨仁振作了一下，站立起来，然后推开桑布：“我自己走！我能动！”她用了极大的毅力支撑住自己的身体，虽然只有胯骨还有点知觉，可是终于移动了冻僵的腿，桑布趁势为她拉过马来，递给她缰绳，她摸着马鞍，爬上马去。

萨：“我要回家看看，不知道小组这会儿怎么样了。”

在萨仁的家里，乌尔沙娜和另外几个女孩子正看守着包内的羊羔和牛犊，这时从蒙古包天窗的缝里，透过来一条亮光，恰恰照到乌尔沙娜抱着的羊羔身上，她们立刻掀开帘推开门走到包外。

大草原上，风雪过去了，最后的几团乌云也向南飘去。太阳光已不是几道，而是成千上万道，像蒙古包上的伞架一样从云的罅隙中投射下来。剩下的灰色的云渐渐散成鳞状，由灰色又渐渐变成了白色。

桑布和萨仁骑在马上已走了一阵，萨仁虽然神志已经清醒，眼已睁开，可是仍带有点倦意。当太阳光投射到他们身上时，都发现对方浑身雪白，已变成冰人一样，不由得对笑起来。桑布用马鞭打掉自己和萨仁身上的雪。

马群在雪地上游动着，两人斜跨在马上边走边谈。

萨："你怎么找到我的？"

桑："嘎鲁领我找到的。"

萨："你们的马群没受损失吧？"

桑："不但没损失，还救了别人的！"

萨："噢！你又是让我谢谢你！"

桑："不用！不过这一回你们小组可不骄傲了吧？"

萨仁看了他一眼，看出桑布是故意逗她，于是也故作不服地哼了一声，撇着嘴盯着他。

桑："你别不服气，我起初不知道这些马是你们的，我要知道是你们小组的……"

萨："知道是我们的怎么样？"（用含情的眼光紧盯着他）

桑："那我就……"

萨："就不管了！"

桑："更要管了！"

萨仁不好意思地转过头去，桑布趁势抱住她，她倒在他的臂弯里。

这时阿木古朗出现在他们背后，萨仁和桑布猛回头吓了一跳，只见他胡子、头发都结了冰，全身雪白，像个古代的白盔白甲的武士。

“阿木古朗同志！”他俩的马分开了。

阿：“是你们！”

萨：“阿木古朗同志，你可真成了白胡子老头儿了，不光胡子白了，帽子也白了。”

阿：“别说我啦，看看你们也一样。（大家彼此相视笑起来）我是帮助第九小组赶马群回来的。你们组怎么样？”

萨：“我们这儿跑散的马都截住了，还不知道家里怎么样呢！”

阿：“走，到你们小组看看去。”

在萨仁高娃小组的畜圈旁，风暴过去，一切都安定下来，白依热领着几个人打扫着羊圈。这时阿木古朗、萨仁和桑布赶着马到来。

阿（对白）：“老伙计，风暴吃掉了几只羊啊？”

白依热回头生气地看了阿木古朗一眼，刚要大发脾气，一见萨仁赶着马回来了，忙放下活儿，上前去问萨仁。

白：“萨仁，牲口没受损失吧？”

萨：“没有！”

白：“这么大的风暴，没受一点损失？你真算是……”

萨：“别夸我了，多亏桑布救了……”

桑：“那不是我救了她，是嘎鲁！要没有它领着我，说不定这会儿还在雪里埋着呢！”

白：“那不对，还是得谢谢你，只有谢人，哪儿有谢牲口的！”

在他说话时，嘎鲁撒着欢扑到了他身上，它张着嘴叫着，亲热地嗅着他。

白：“看，我一谢你，它倒吃起醋来了。”

说得大家笑起来。

阿："你们家里的羊怎么样？不用说，有咱老伙计，不会出事儿的。"

白："还说呢，羊群差点都被雪埋上了。"

阿："怎么？"

白："人都打狼去了，这是你的好主意。"

阿："怎么是我的好主意？"

白："我早说过，现在春天还没有过去。你就不能把人们都组织去打狼，你看这一回多危险！"

阿："你们不是安全地过来了吗？"

白："过来了。要不亏了宝鲁在家里，光是老娘们儿，牲口非死几个不行。"

阿："那可不一定。"

白："你说什么不一定？"

阿："有的小组准备得比你们还差，可连半点危险也没出。"

这时乌尔沙娜正修理羊圈。忽然发现刚才拦羊圈的绳子断头是个齐头，她看了看，马上拿着绳子来找阿木古朗和萨仁。

乌："萨仁姐姐，你看，是谁把咱们羊圈的绳子割断了呀？"

她把割断的绳子交给萨仁。

萨："阿木古朗同志，你看这绳子断得多齐呀！是刀子割的。"

桑："这里一定有问题，萨仁，你们全组的人都在家，快叫出来，当众追问一下，这一定有坏人。"

白："这是安心要害咱们！乌尔沙娜，你去把大家都叫来，快些。我非得查出这个混账东西不行。"

阿（**上前制止**）："不要这样着急！我们有了证据就不怕查不到人。大家先别嚷嚷，我们应当好好地调查一下。大家还是忙自己的活儿吧！"

众人散去。白依热在众人后边大骂着。

白:“这是什么没良心的人干的呀!他这不光是对牲口啊!不行,查出这个人我非得把他眼珠子挖出来不行。”

众人散走后,阿木古朗对桑布说:“你跟我来!”

阿木古朗和桑布进蒙古包。

蒙古包内。

阿:“这次事情不简单哪,特别是现在朝鲜的战争正打着,咱们又在边境上,所以我们今后要好好地注意。不几天就给牲口注射了,注射的时候牲口都集中到一起,这要出个事更不得了,我们一定要万分警惕,所以我们给你一个任务:你要负责好好了解一下你们这村里的人。”

桑:“好。”

第二章

注射站设在几口有水车的井旁，周围是起伏的山丘，浓密的柳林。

无数的畜群漫山而来，骆驼饮水，牛饮水，马饮水。

那边正给马注射。桑布一组捉马的人换下来，新上来的一组人中有宝鲁，大家去捉头马，宝鲁也正去捉一匹生个子马。

白依热赶着羊群，到了井边，给羊饮水。

一个饮完牲口的人：“我们走了，井你们看着啊！”

白：“行，交给我们吧。”

宝鲁把这匹马追出群外，套住。

马突然斜里一跑折断了套马杆子，宝鲁坠地，马也向河丘窜去。

这时萨仁正在为马剪毛消毒，见马跑，忙骑上宝鲁的马追了下去。一会儿萨仁将马截了回来，桑布正坐在地上休息，见马跳跃跑来，众人上前都难捉住，于是他步行闯了上去。

桑布一下子就把套马的绳子拉住，但马很调皮，突然用力一闪，拉得他向前栽过去，谁知他却趁势抓住了马的门鬃，马前蹄悬空立起来，他又被吊在空中，众人正惊叫时他一翻身跳上了马背。

白依热在饮羊中听见这边有喝彩声，忙跑到小山上去观望。到了山上，白看见桑布正空身骑在马上，马向前掀，向后仰，都没把他摔下来，他就像一块补丁一样补在马背上。

白（欢欣地狂呼）："好样的！好马就得有好骑手，这匹马要是骑出来，那达慕大会非得第一不行。"

他正观看时，宝鲁从地上爬起来，借着洗手的机会在井里撒了一包东西。

桑布骑的那生个子马跑累了。他把马引到注射站前，突然从马身后跳下来，一下子扯住了马尾，借着马想挣脱的力量将马摔倒。众人趁势上前按住，萨仁也急忙赶来为马剪了毛消了毒，注射人员迅速地打了一针。打完，那马猛跳起来从萨仁身上跃过跑向群内。

阿木古朗来找到萨仁："快去，把你们组的赶来注射！"

萨仁到了井边，见井边没有人，这时白依热正从山坡上下来。

萨："井边一个人也没有，你怎么就撒开手走了？"

白："我看着呢！不要紧。"

萨："快去吧！该咱们的羊注射了。"

白（对一个刚来饮牲口的说）："你们看着井啊！"

说完，他赶着羊群走去。

注射完，人们干完了一天的工作开始了愉快而热闹的生活。

这时天已黄昏，天边映着彩霞，羊背驮着金光，马撒欢，牛顶角，骆驼成行地走着。在注射场上，每个蒙古包都升起炊烟，每个包前都聚集着人群。区干部也趁机开放了唱盘唱着新歌曲，这一来吸引来不少人。孩子们看着画报，姑娘们跳着舞，还有一些人围着个老民间艺人听他唱古老的民歌。

萨仁正在给她的小马驹灌奶，乌尔沙娜找到了她。

乌（严肃而秘密地告诉她）："我和桑布说过了。"

萨："他怎么说的？答应了没有？"

乌："他说……（**她学着桑布的粗嗓门**）嗯！"

萨（**急切地问**）："他是笑着答应的还是绷着脸？"

乌："谁看见他的脸来，他头也没回。"

萨："啊？（**想一想，有些生气**）那就算了！"

乌："不过我一走他又追来问了我一句说：'真的吗？'"

萨："你怎么说？"

乌："我也装着生气地说：'假的！'"

萨："咳！你这个死丫头，怎么跟人家耍态度呢。"

乌："好，你骂我，我再不给你传话了。"

萨："好，我不骂，你快告诉他说，我在敖包旁等他。"

乌："他早去等着啦！"

萨："真的？"

说完她扔下小马驹，领着小嘎鲁就去了。乌尔沙娜也跟她走去。

萨："你回去吧！"

乌："姐姐不是干什么都带着我吗？"

萨："这个事你去干什么？"

乌："那你去干什么？"

萨："我有'工作'！要紧的'工作'。（**说到这，乌只好站住**）你快回去吧，牲口刚打了针，好好看着点，把东西也拾掇一下，咱们明天一早回去。"

萨仁走去，乌看着她撇了一下嘴，羞了她一下。萨仁迎面遇见了阿木古朗。

阿："你们小组怎么样，萨仁高娃？"

萨："什么怎么样啊？"

阿："接羔完了吗？"

萨（自信地）："百分之百啊！"

阿："真行啊！"

萨："你放心吧，今年的红旗呀……"

阿："又叫你们保住了，是吗？"

萨（骄傲而自豪地说）："嗯！"

阿："你说保住红旗，就万事大吉了吗？"

萨："怎么？"

阿："我们的工作也要跟走路一样，你要想走得快，先得把道铺平了，你忘了上次风暴当中有人用刀子割断羊圈的绳子的事了吗？我们的道上还有绊脚的石头啊！"

萨（点头）："嗯。"

阿："常常道上的一块小石头就能把车子弄翻了哪！"

萨："是啊，我也这样想过。我们小组别的人都没啥，就是宝鲁，不过他的情形你也知道，从把国民党打跑了以后他老实多了。"

阿："老实？'老实'马摔死人，可得注意啊！"

萨仁觉得阿木古朗说得很对，她不断地点着头。

阿："你们还有什么困难？"

萨："小困难我们能克服，大困难你都给解决了。"

阿："这可不行。你要看不见困难，就别想再往前进步了。你们小组在接羔、打狼、防风暴上组织起来了，可是畜产品加工、改良畜种、剪毛拉盐这些事你们都想过没有？这都应当组织起来，能那样咱们可就大进一步了！"

萨："从前这些我都没想过。"

阿："现在做起来也不算晚哪。"

桑布在敖包旁等着萨仁，他唱着歌：

十五的月亮升上了天空哪，
为什么旁边没有云彩？
我等待着美丽的姑娘啊，
你为什么还不到来？

萨仁从山后出现，她接他的歌唱起来：

如果没有天上的雨水呀，
海棠花儿不会自己开；
只要哥哥你耐心等待哟，
你心上的人就会跑过来。

唱完，萨仁跑上前去，二人双双地拉起手来。

萨："你等急了吗？"

桑："我可把你等来了！"

桑布张开双手等着她。

萨仁赶上前去搂住他的脖颈，桑布顺势把她拦腰抱起来抡了一转，然后两人同时跌倒在草地上。

一双鸿雁在高空飞了过去。

萨仁和桑布相会在敖包上，下面是一道清清的河流，河两边长满了秀美的柳林。

白依热因为今晚要赶回家去，到处寻找萨仁。

白依热找到柳林边抬头向敖包上看。

萨仁和桑布相抱着并坐在一起，嘎鲁像懂人情似的，站在一边看着他们。

白依热看了一眼忙退回来。

白:“噢!是这么回事!”

他像是很赞赏着他们似的,晃着头转身走回来,走了几步,坐在一块石头上,看着羊在吃草。

桑布拉着萨仁的手站起来向无边的金黄色的草原上走着。嘎鲁跟在他们后边。

桑:“你到底找我干什么?”

萨:“你知道不?我们上半年的工作任务已经完成了。大风暴也熬过来了,眼看着就到了草原上最好的时候——秋天……”

桑:“你这话是什么意思?”

萨:“你忘了,你在那次大风暴完了以后跟我要求什么来?老人们说秋天是成亲的季节。”

桑:“那么说……你答应我了……”

萨:“等等……你看,我们接羔已经全部完成了,百分之百,你高兴不?”

桑:“当然高兴,不过……”

萨:“你别急,你猜我想什么?我现在想今年的劳模跑不到别的组去了,桑布!你今年的打狼成绩可也不坏啊!要是到秋天以后你能到我们组里来,那咱们组就是全旗第一……”

桑:“我为什么要到你们组里?”

萨:“咱们不是到秋天要办喜事吗?”

桑布的自尊心受到了很大的刺激,转身走去。

萨仁莫名其妙地愣了一下,然后追上去叫住他:“桑布!桑布!”

桑布停住,回头看着她。

萨(很委屈,又有点伤心地):“你这怎么回事啊!我已经答应你了,难道你不答应我吗?”

桑:“我可以答应,不过得到那达慕大会以后……”

萨:“那是怎么回事啊?”

桑布上了马，然后大声地说："不光你胸前能挂两个奖章！也不光你们小组应该得到光荣！"说完驰马跑去。

萨仁看着他的后影，伤心地坐下来，两手抱住了头。

乌尔沙娜从山后边跑过来，边跑边叫："萨仁姐姐！"

白（忙站起来阻止她）："嘘！有什么事儿跟我说，她有工作。"

乌："不好了！咱们的羊死了二十九只！"

白："啊！什么？（一把抓住她）真的吗？"

乌："真的。"

白："老佛爷呀！这是出了什么事儿啊？"

白边说边往回跑，跑着又转回头说："我得先告诉萨仁。"想了一想他又停下："不，我还是先去看死的羊！"说罢跑了回去。

乌继续叫着："萨仁姐姐！萨仁姐姐！"

羊死的地方围着很多人。

白依热哭起来："完啦！完啦！我那可怜的女儿呀！我那可怜的羊呀！"

乌："老爷子，别哭了。"

宝："哭也没有用了，咳！要说注射这个事儿也真不容易啊！"

白："什么？你说是打针打死的？"

宝："我可没那么说，人家注射队这些同志手艺可高了。我是说，就是手艺再高也有给错药的时候。"

白："对呀！对呀！我找他们去！"

白说完就向注射的地方跑去。

注射人员正在蒙古包内休息，白依热闯进来。

白："你们打针把羊都给打死了，我要到旗里告你们！"

注射人员："怎么，羊死了，死了多少？"

白："二十九只！"

注射人员："不可能啊！不可能！我去看看。"

他们刚要出去，阿木古朗、桑布、萨仁和乌尔沙娜进来了。

注射人员：“阿木古朗同志，是羊死了吗？”

阿：“先别吵吵，咱们应该想一想原因在哪里呢？”

白：“这还不明白？就是打针打死的。”

阿（想了一会儿）：“你们白天在哪饮的牲口啊？”

萨：“哦！我想起来了，白天我去赶羊，羊在井边喝水，井边上没有一个人。”

白：“我没离开井，羊经常喝井水，井水能有什么毛病！”

阿：“不管是不是井水的问题，咱们先拿到城里化验一下再说。（对注射人员）你们看怎么样？”

注射人员：“同意！我们也检查一下带来的药品。”

羊死后的第二天。

在区政府里，萨仁高娃坐在阿木古朗的对面。她痛心地哭泣着。

阿：“我知道你从羊死以后，一提起这事就难过。”

萨：“阿木古朗同志，你别管我吧，我什么都哭出来就好了。”

阿：“这个我明白，不过事情已经过去了，哭又有什么用呢？”

萨：“可是我什么都完了呀！”

阿：“真的什么都完了吗？”

萨：“是完了呀！这些羊从揣上羔子我就白天黑夜地伺候它们，下羔的时候大羊的奶子不够吃，每天我一口一口地喂它们；刮风下雨怕它们冻着，我在怀里暖它们，有时天唰啦一冷我为它们一宿一宿地睡不着觉，可是现在呢？……”（她又哭起来）

阿（同情地）：“是叫人心痛啊！”

萨：“我不光是心痛那几只羊，你知道我们和别的小组挑过战哩！”（她越说哭得越厉害）

阿：“因为丢了荣誉难过，那是应该的。”

阿木古朗站起来走动着："不过，真正的荣誉没有不经过一点困难，伸手就拿过来的。"

阿木古朗看了一眼墙上的志愿军作战的招贴画，指着说："你想一下在朝鲜的志愿军同志们吧！他们为了祖国在守着阵地，有时他们的阵地也会被敌人占领了，可是，他们还能去夺回来；敌人打伤了他，他还是冲上去，最后还能再进一步攻下敌人的阵地。你呢，敌人连我们的阵地还没占，刚给了我们一点小破坏，你就抬不起头来了。"

萨仁听他说到这儿，用袖子拭了一下眼泪，抬起头来。

阿："你才十九岁，你的生活就好比那春天的柳枝刚冒芽，怎么能因为这点小事就灰心了呢！"

萨（坚决地）："阿木古朗同志，你不用说了，你等着看吧！我这会儿什么也不说……"

阿（笑了）："这就对了，好好干，你不过刚得过一次小光荣花，还有更大更红更美丽的光荣花等着你呢！"

剪羊毛的时候到了，萨仁已经把小组里的人都组织起来，现在全组已经没有一个闲人，全体在蒙古包前愉快而紧张地劳动着。

萨仁抱着一大包羊毛送到成山样的羊毛堆上。

一只熟练的手剪着绵羊的绒毛。

打毛的地方，两排妇女对坐着，用柳条抽打着刚剪下来的毛。

她们一面劳动一面唱着剪毛歌：

羊毛像绣珠花儿开，
雪白的羊毛剪下来；
羊毛像金银花儿开，
成山的羊毛堆起来。

歌声重复一遍又一遍。

正在大家紧张劳动时，萨仁四处一看，发现宝鲁又不在了。

萨仁问一个妇女："宝鲁怎么又没来？"

乌："我看见他一早起就拉马走了。"

萨："又干什么去了？"

白："哦！他跟我说过，说他缺钱用，进城里去卖狐狸皮去。"

萨："他这张狐狸皮哪年哪月才能卖掉啊？"

在城里公安局长的办公室内。

局长问桑布："关于宝鲁的历史你还有什么要补充的吗？"

桑："根据从科尔沁旗那边来的一个牧民说，见他有点面熟，可能就是他们那边的那个蒙奸的儿子，国民党来的时候他给他们带过路。"

局长点点头："哦……"

桑："国民党退走以后，他还挺老实，打从朝鲜一打起仗来，他往城里就越跑越勤了。"

局长仍旧静静地听着，不时在一张纸上记几个字。

桑："可我怀疑风暴时割断羊圈的绳子、注射站死羊的事都是他捣的鬼……"

局长拿起桌上盛水的瓶子："水化验了，是下了毒的。"

桑："还有哩，上回刮风暴时，副旗长说，汽车从我们那儿过时明明告诉过我们村里一个人，可是问谁谁都说不知道……还有那次萨仁她们小组马群跑散了，我也觉着有点怪。"

局长："对！这些事应该仔细了解一下，不过更要紧的是注意他今后的行动。好吧，你回去后有情况都跟我们联系，不过你回去时不要从那个皮货店前面走，免得叫他看见你也来了。"

局长送桑布走后，另一个公安人员拿着一份档案册走进来。

局长："证明我掌握的材料都是可靠的，我看那个皮货店暂时还不要惊动它，可能他们趁朝鲜情况一紧急还要大活动一下，我们一定要再查一查他到底还跟什么人有联系。"

在吕绶卿的皮货店里，从挂满各种皮毛的地方转过去，可以看见吕绶卿正和一个人谈话。

吕："……他父亲早叫八路军枪毙了，那时候我给他改了个名字叫宝鲁，送到草地去了。他现在正在这儿，我给你介绍一下，以后由你和他联系。"

吕掀开门帘走到外屋："有货请拿进来看吧！"

宝鲁肩上搭着一张狐狸皮走了进来。

吕把门关上："来！我给你们介绍介绍，以后由你和他多联系，我不便到你们草地去了，你再进城来时这个地方也不一定能找到我。"

宝："怎么？你要搬家吗？"

吕："这你不要管了……"

宝向那个人点了点头："您以后多照应。"

那一个人戴上帽子："好！我走了！"

他刚走到门前，吕拦住他："走后门。"

那个人掀开狐皮从后门走了出去。

吕转身让宝鲁坐下："坐下说吧！这些日子怎么样？"

宝："注射时候给他们……"

吕："就毒死二十九只羊，是吗？"

宝："困难啊！"

吕："你说，到底是有什么困难？"

宝："空着两只手，实在难办事……"

吕绶卿想了想，拿出一沓钞票放在宝鲁面前。宝鲁正看着钞票时，吕又把一支手枪放在钱上。

吕:“这就好办事了吧？”

宝犹疑着:“这事……不过……以后到底是怎么办呢？”

吕:“以后你还愁什么？美国人一打过鸭绿江来，还愁没你的事做，不过得好好干，干好了让你当个旗长不成问题。”

宝被他说得不知该怎么好。

吕:“好！你回去吧，今年秋天那达慕大会上见，那会儿正是个要紧的时候，不出今年冬天美国军队准能打到这儿来，咱们还要好好出点力呢！”

宝:“好！那达慕大会见！”

第三章

字幕：

草原上的人们紧张地劳动着，完成了一年的任务，现在到了大草原上最幸福的季节——秋天，所有牧民都赶来参加一年一度的那达慕大会。

牧民们一队又一队地走着。有坐车的妇女、骑马的青年和骑骆驼的孩子。行列中一个悠长的声音唱起来，唱歌的人是桑布。男牧民们合唱着：

高山站在云霞上，
牛羊藏在深草里，
你要是想把骏马骑，
你就去捉一匹。

萨仁坐在车上领唱，女牧民们合唱着：

我们的草原无限美，

我们的姑娘更美丽，
你要是想让她爱你，
劳动要数第一。

四面八方的人们合在一块儿，大家互相问好。

白依热："今年来的人真不少啊！"

一群妇女："因为咱们日子过得好啊。"

人们会合在一起，歌声也合在一起。

男牧民们齐唱：

春风掀起你的领巾，
看见你明亮的眼睛，
在我们一起劳动中，
对你有了爱情。

女牧民们齐唱：

秋风打开你的飘带，
跑来了马上的英雄，
在我们一起劳动中，
对你更加尊敬。

全体牧民合唱：

我们草原的人们，
生活在一个大家庭，
相敬相爱，

共同劳动，

建设着幸福的草原，

使祖国更加繁荣。

在歌声中，各旗的牧民从河旁、丛林中间，从帐篷前，分头结成行列，举着大旗走向大会会场，阿木古朗领着他们区的人走着。几个喇嘛也夹在行列中间，向大会场走去。

大会开始，盟长讲话：“牧民们！同志们！我们的那达慕大会现在开幕了！今天到会的有远处赶来的人，有青年学生，有怀里抱着的小孩，也有过了百岁的老爷爷。今天来的人都非常高兴，这是为什么呢？就是因为咱们在这一年紧张的劳动中战胜了风雪灾害，克服了水草不足的困难，咱们的牲畜发展了百分之二十，文化教育和卫生工作也有了很大的成绩，如今我们的病人减少了，孩子生多了，乌主席号召我们要‘人畜两旺’，我们已经做到‘人畜两旺’了。

“你们看，我们的合作社给大家置办了各式各样的货物，有各式各样的绸缎布匹，还有新式水车和打草机，你们要什么有什么，你们说合作社是拿这些东西来开展览会的吗？不是，那是因为草原上的人们需要它，今天大家都带着一年的收入想把心爱的物件买回去，这就是说明我们富裕起来了，这些草原上的人民从来没有这样富裕过，我们以后还要更富裕，我们将来还要种草、发电，我们要叫草原成为世界上最好的皮毛生产地。同志们！这个好日子是哪儿来的呢？这都是因为我们有了共产党，有了伟大的毛主席！”

群众欢呼：“毛主席万岁！”

欢呼声经久不息。

会场中开始了交易，合作社、百货公司、花纱布公司、粮食公司的货物占满了两条大街。所谓大街，完全是用镶花的帐篷搭起来的。

群众争抢着购买东西。

白依热挤到粮食公司门前大叫：“给我买十三袋白面。”萨仁找着白依热，拉他到卖打草机的地方，里面堆满各式打草机和水车。

白：“这多少钱一台呀？”

卖打草机的人：“七百二十五万。”

白：“哎呀，合三匹马的价钱哩……”

萨：“你又舍不得钱了。”

卖打草机的人：“这个可顶十四匹马使呢！”

这时乌尔沙娜来找萨仁。

乌：“姐姐，快去，咱们买书去。”

萨：“什么书？”

乌：“种草书。”

萨：“我这儿正买打草机哩。”

乌：“这个不忙，那书去晚了就叫人家买光了。”（硬拉她走）

萨（只好跟去）：“爸爸你先买下，我就来。”

乌尔沙娜和萨仁到了新华书店门口，书店旁边是展览会，人们正鱼贯向里走，展览会外面安着一个扩音器，喇叭内正在说着话，俩人停住。

扩音器广播：“‘内蒙古人民的胜利’和‘抗美援朝’……”

萨：“看你又站住了，你到底是想干什么？”

乌（又看见展览会）：“姐姐，咱们也去看看吧！”

萨：“你看花了眼了，忘了买书了。”

俩人进书店。

乌：“同志，有什么种草的书吗？”

书店女同志忙得满头是汗：“有，你是要蒙文版的还是汉文版的？”

乌："姐姐你说哪样好？”

萨："两样都要吧。"

萨仁付书钱时，错掏出了给桑布绣好的长飘带的烟荷包。

乌（顽皮地）："这又没有桑布，拿出烟荷包干什么？”

站在她们身旁买书的人，都转过脸来看萨仁的烟荷包，萨仁脸红，装起烟荷包，拉着乌尔沙娜的手就往外走。

走出书店之后萨仁生气地说："你在那么些人面前什么都说。"

乌："你还封建呢！既做了，就别怕人们看。"

萨："别废话了，走！快开会去吧！”

桑布从百货公司买了些东西走出来，忽然看见宝鲁鬼鬼祟祟地到一个私商处买东西，桑即随宝走去，宝走到了吕绶卿的铺子前，桑也故意走到对面一家铺子里买东西。

桑："掌柜的，把镜子拿给我看看。"

桑接过镜子，通过镜子注意着宝鲁的活动。

宝买了两盒洋火，刚要走。

吕："喂，老乡等等，我还得给你开发票呢！”

吕在一张发票上写了几个字，交给宝鲁。

吕（小声地说）："不要丢掉！”

宝鲁拿起发票左右瞟了两眼急忙走去。走出不远，他刚要打开发票看时，桑布从后面上来了，他忙把发票藏起。

桑（故意着急地）："宝鲁你在这儿啊！大家都在找你，摔跤比赛就要开始了，你是咱们区的摔跤手，可别给咱们区丢人啊！”

说完拉着他就往摔跤场跑。

宝："我，我还想买点东西。"

桑："东西什么时候买都可以，摔跤可就这一次机会，你常说公事要紧，走吧，走吧！”

宝鲁和桑布到了摔跤场，宝鲁脱去衣服，换上摔跤服，桑布殷勤地帮助他换，宝鲁恐怕发票被人发现一直拿在手中，等快上场时，桑布见他将发票急忙装进脱下的衣兜里。这时“颂摔跤”的歌声悠扬四起，宝被几个歌手架起，推了出去。

宝鲁挥动双臂以摔跤手特有的舞蹈姿态进入场中。

宝与对手摔起跤来。

桑布见宝鲁已上场，忙拿起他脱下的衣服，从他衣兜里将那张发票掏了出来，发票上写着：“今天到河东柳林集合放火。”看完重又装进衣兜里。

在分组讨论劳模候选人的会上。这个会场由阿木古朗主持着，会场在一棵大柳树下边，人们围坐在草地上。

阿：“关于桑布还有什么意见吗？”

牧民甲：“桑布怎么还不来呀？他到哪儿去了？”

阿：“推选桑布为打狼英雄，如果没有意见就算通过了。”

众：“没有意见了！”

白依热敲打着烟锅子愤怒地说：“我有意见！”

阿（奇怪地问）：“你不同意桑布？”

白：“不是，我说还应当再讨论一次我们的小组长。”

一人问：“谁是你们的小组长啊？”

白：“萨仁高娃呗！”

一个女孩子：“老大爷，你别说是‘我们的小组长’啦，就说是‘我的女儿’吧！”

众人大笑起来，萨仁被大伙笑得更加难为情了，低下头去。

白（不好意思地解释着）：“这不是因为她是我女儿我才夸她，她的劳动你们在咱们旗里挨着个儿打听打听，那是一千个里头也挑不出第二个来……”

一个中年妇女说：“可是她死了二十多只羊哩！老爷子，咱们可不是选死羊的劳模啊！”

几个妇女笑起来。

乌尔沙娜实在忍不住了，嚷起来：“我说！你们笑什么？……”

萨仁见她又要发言，不住地拉她的衣襟。

乌扒开萨仁的手站起来：“你们直笑什么！别讽刺人……”

白（抢着说）：“她是死了几只羊，你们也不考察考察，那能怨她吗……”

乌（没等白说完又接过来）：“她在死了羊以后表现得可好了，组织我们小组放‘敖特尔’、剪羊毛，还有，帮助军属烈属，抗美援朝，还有，还有……反正好处多了，我都不会说。”

阿：“好了，大家不要争了，我提议让萨仁高娃自己谈谈吧！”

众：“对！同意！”

萨（站起来）：“我没什么说的……我确实是死了二十几只羊，可不管是怎么死的，总归是我的责任，我一定要搞明白，作个教训……说到别的方面，那都是我应该做的，我还得向大家学习哩……我没别的话说了。”

说完，她坐下来，大家沉默了一会儿。

一妇女：“萨仁说得对呀！死羊的事闹不清，她的问题也不好谈。”

阿：“好！我负责把大家的意见反映给大会评论委员会去研究吧！”

众：“同意！”

阿：“好！那么散会吧！”

散会后，萨仁一个人走着，乌尔沙娜追上来。

乌：“姐姐，你别难过了！”

萨仁看了看她没说话，搂着她的腰一起走着，这时各种娱乐活动已开始，说书、电影、跳舞，到处充满了欢乐，但萨仁都没有心思去看。

乌尔沙娜想不起用什么合适的话安慰她，只好提起桑布的事。

乌："你别难过了！桑布这不是选上了，你不是说过吗！桑布一选上打狼英雄你们俩就……"

没想到这句话反而刺伤了萨仁的心，萨仁甩开她的手就走了。

桑布领着公安人员来到摔跤场，让他们留在场外，他一个人扒开众人到场内一看，宝鲁早不在了。他忙询问周围的人。

桑："宝鲁哪儿去了？"

有一个胖胖的歌手回答："他早走了！"

桑布又从人群中挤出来。

桑："他早走了！"

一个公安干部："那你们几个人赶快分头去找吧！我带上人到河东柳林那儿埋伏，等着他们来。"

他们纷纷上马。

宝鲁到一枯树下，从树窟窿内取出一支驳壳枪来，上马跑去。

萨仁牵着马在小河边走着，她心情已经平静一些了，轻轻地哼着一支哀怨的歌。

她走了一会儿，坐了下来。她的小狗嘎鲁爬到她膝上，摇着头看了看她，然后歪着头偎依到她的怀里。萨仁抚摸着嘎鲁的头，好像这时唯有嘎鲁能了解她的心情。

秋风吹过来，柳林轻轻地摇动着。

宝鲁骑着那匹灰花马，飞快地从那达慕大会场跑过来。

萨仁高娃正在悲哀地坐着，忽听有人声，她仔细一听知道是宝鲁，猛然站起来，喊道："谁？"

宝鲁正在看那张纸条，被这意外的喊声吓了一跳，他抬头一看，见萨仁从柳林中站起，大吃一惊，心想：她怎么到这里来了！他马上把纸条揉成一小团，藏在手中。

宝："是我……是我。"

萨仁见宝鲁神色慌张，答话支吾，又见他急忙把纸条揉成一团，对他怀疑起来。

萨:“你上哪儿去？”

宝:“我……我吗？我去参加那达慕会。”

萨:“你参加那达慕会，为什么朝这儿走？”

宝:“噢！我走错了吗？我是去看电影的。”

萨:“好，我们一块儿走吧！我也去看电影。”

宝:“不，我一会儿才去哩。”

他说完鞭马而去。萨仁更觉得他形迹可疑，她想:他为什么说参加那达慕大会，却又不去了呢？这时因宝鲁弯腰去打马，一支亮闪闪的手枪从他短衣后面露了出来。萨仁像不相信自己眼睛似的看了看后，她也打马向宝鲁追去。

萨（**在宝鲁背后喊**）:“宝鲁，等一等，咱们一块儿去吧！”

宝鲁一看萨仁已经追上来了，他只好把马步放慢一些，萨仁趁宝鲁不防备，一纵身由自己的马背跳到宝鲁的马屁股上，宝鲁发现事已不好，但也回不过身来了。萨仁抱住宝鲁的腰，并抓住他的手枪。宝鲁的马因为俩人在背上打架也吃惊飞跑起来，萨仁抢到枪之后，趁马的飞跑，将宝鲁用力往下一推，宝鲁四肢朝上摔下马来，而萨仁因坐在马屁股上，没跑几步也被摔下来了，萨仁给桑布的烟荷包从怀里掉在地上。宝鲁见萨仁也摔下来，站起来，向萨仁冲过来抢枪，这时嘎鲁从宝鲁身后上来咬住他，周围的狗也都狂叫着奔来。宝鲁见情形不好，骑上萨仁的马打算逃走，但是萨仁的马不肯给生人骑。他骑上后那马就前掀后仰地尥开了蹶子，没跑多远他就被摔下。

萨仁扳了半天枪机也弄不开，因为保着险。她抬头一看，宝鲁已摔下来，嘎鲁已追了上去，她也冲过去了。

萨仁一边追一边喊:“来人哪！捉反革命啊！”萨仁追了半

天，一想，徒步追他是追不上的，她捉住大红马骑上追向前去。

萨仁和嘎鲁追赶着。

宝鲁正跑间，忽然想起来，掏出一瓶煤油向地上洒了几处，用火点着。

宝（狠狠地说）："我叫你们追，我要烧死你们，把你们的牛羊群、那达慕大会、大兴安岭的森林都烧成灰！萨仁高娃，来吧，追吧！有本事你们再追！"

萨仁忽然看见前面烧起大火，豆粒大的汗珠从她额头上滚下来。

萨："这可恨的东西，放火了。"

她的马跑到火边嘶叫着停住。

萨（画外音）："这可怎么办！火着起来草原上的牲口都得烧死，还有森林和那达慕大会场……我怎么办，救火吗？我一个人怎么救得了！我回去通知他们？不，火一烧起来他们会来救的。这家伙放火明明是拦住我，趁这机会想逃走……你想错了！你是草原的罪人，你跑不了！"

想完，她叫了几声嘎鲁，嘎鲁上了马，她用前襟把嘎鲁裹住，然后拍了拍马脖子说："大红马！这回该你出力了！"她用力地打马，马箭一样直入火线。

熊熊的火焰随着风势发出震耳的呼啸声和爆炸声，浓烟卷上萨仁的脸，火舌从她头上掠过，她的衣服烧着了，头巾烧着了。

然而她终于冲了过去。谁能知道就在这紧要关头，她的马却不能走了呢？

萨仁和马一起昏倒在焦黑的冒着烟的草原上。

吕绶卿和另外两个人，在河东树林里焦虑地等待着宝鲁。

吕："宝鲁怎么还不来呢？不会出什么意外吧！"

一个人："不会，不会！"

另一个："你们看，怎么火已经点着了！"

吕等三人一边看着火势一边说："哦，宝先生已经动了手了！好啊，好啊！着得再旺点！我看咱们也动手吧！"

桑布过山坡，看见了草原上烧起的连天大火。

桑布："不好了！反革命分子先动手了！我快回去报告。"

他转过马头，来到刚才萨仁与宝鲁抢枪的地方，他见地上有一块粉红色的东西，跳下马捡起一看，是一个长飘带的烟荷包。

他想（画外音）："这是哪个姑娘绣的啊？这是怎么一回事？"他把烟荷包装入怀里。

桑又想（画外音）："不去管它，还是救火要紧。"

他上马刚要放快跑，阿木古朗领着群众打火队过来了。

桑布马上又转回去，一个人先冲进火线扑了上去。

千百匹马飞跑着，每个骑手都高举着打火工具，向火区奔来。

阿木古朗跑在打火队的前面。

白依热愤怒地奔驰在马队中。

萨仁渐渐苏醒。她衣服上的火星还燃烧着。

萨："我这是在哪啦？哦！我是追反革命分子来的！"

她一想到这一点，便咬着牙站起来拉马，但头被烟熏得发昏，又侧下来。

她知道再不追，宝鲁就会逃远了，所以向嘎鲁说：

"去！去！"

嘎鲁顺着宝鲁的脚印追了过去。

待了一会儿，萨仁完全苏醒过来，她慢慢地站起来，遛遛马，又上马追去。

宝鲁慌不择路地逃上了沙岗，他发现前面又是柳林，就潜入林中。这时嘎鲁也追了进去。宝鲁见嘎鲁追来，急忙拐弯，蹚过一道小河岔子藏在柳丛里。

嘎鲁追到河边，找不到他的踪迹，又顺着河追了下去。

宝鲁见狗跑过去，放下心来。

但他刚放了心，萨仁又追来了，他只好又藏在柳丛后边。

萨仁走来，宝鲁准备好扑上去的姿势。

萨仁不知宝鲁藏在柳丛后面，寻找着走进柳林。

火舌卷着浓烟闪烁着。

烟团如同乌云一般遮住了天空。

阿木古朗领导大家打着火。

打火队把整个火线分成了五六块，分块后又分成一段一段地扑打着。

群众将火扑灭了一段又一段。

萨仁这会儿和宝鲁已厮打到一起，萨仁力小，被宝按倒。萨仁一边喊着一边和宝厮打着。

嘎鲁扑进了柳林，到处找不到宝鲁，它向东南西北方向都转了一下，正在耸耳寻觅时，听见萨仁和宝鲁的厮打声，掉头过河奔向柳丛。

萨仁又压倒了宝鲁，但是萨仁的枪已经离了手。宝鲁伸手去拾枪，萨仁咬他的手，宝鲁伸手又去拾枪。萨仁已无力了。

宝鲁的手刚刚摸到了枪，正在这时嘎鲁飞跑过来“汪”的一下咬坏了宝鲁的手，宝鲁一抽手，萨仁上前抓住了枪。

萨：“不要动！我开枪了。”

宝鲁举起了手，但是他并没死心，还是一步一步地向萨仁靠近。他猛然回手将萨仁手中的枪打落在地上，这时，忽听身后有人喊：“不许动！举起手来！”

宝鲁缓慢地转过头看去，原来是阿木古朗、桑布、白依热领着许多群众站在那边。

萨仁一边喊着“阿木古朗同志！”一边跑过去抱住了他。

阿木古朗用粗大的手，轻轻地抚摸她烧焦的头发。

白依热看见捉住的是宝鲁，愤怒地跑到他面前。

白："哈哈！原来这都是你干的，我瞎了眼，呸！"

他一面说着，一面狠狠地打了他三个耳光子。

阿木古朗："来，把他带走！"

桑布上前把宝鲁按倒捆起来。

公安队的同志从另一边押着吕及另外两个特务走了上来，盟长的汽车也开来了。

人们上前和萨仁握手。

在第二天的那达慕大会上，群众一阵热烈鼓掌后，盟长继续说下去。

盟："……萨仁高娃不仅在劳动上是我们的模范，在防风暴、防灭火和防特斗争中也表现了奋不顾身的勇敢精神，现在我们给大家介绍……"

群众把萨仁高娃拥上台来，她站在台前，不知说什么好。

盟："你说吧！有什么说什么。"

萨："……我的羊死了以后，我觉得什么都完了，后来党教育我，阿木古朗帮助我，我才明白光为个人荣誉难过是不够的，得为大家……我们是生活在毛泽东时代的大家庭里，我们草原就是祖国的大树上的一根树枝，我就好比树上的一片叶子，我绝不能因为自己不好影响祖国的建设，我得加劲干，得让全国各族的人都能穿上我们的羊毛织的毛呢，穿上我们的牛皮鞋，我们蒙古草原和祖国是分不开的。毛主席给了我们好生活，我们也只有这样才对得起毛主席、共产党。就是这么个事！我不会说了！"

群众大鼓掌。那达慕大会又开始了。

马在跑，人在笑，歌声在四处飘。

萨仁在怀里寻找一件东西。

桑:“你找什么？”

萨:“你不要管！”

桑:“你呀！不用瞒着了，是不是这个？（取出捡到的萨仁绣的荷包）这一次可到了我手里了。”

萨仁要抢他的，桑布拉马跑开，萨仁纵马追上去，一把抱住桑布。

萨:“这会儿你也跑不了啦！”

两人并肩相抱向前跑去。

前面河流滚滚而来，肥美的草原代替了他们的影子。

——剧终

一九五二年八月初稿

注:此作与海默、达木林合作

草原晨曲

草原上，雪已经融化了，但它还没有脱去枯黄色的春装，辽阔、荒凉。

几个青年牧民，手持猎枪，箭也似的飞驶过来，他们追击着一群张牙吐舌的野狼。

马蹄急骤地敲着大地，黄尘四起。

跑在最前头的胡合乘马射击，一只野狼随枪声滚倒。

他任马飞驰。从死狼旁跑过时，在马背上弯下身去毫不费力地随手捎起它来。他大笑着，转身向后边远远抛去。

这时加米扬跑过来，双手接住死狼喊道：

“胡合，别把狼皮抛碎了，那就不值钱了。”

胡合像是没有听见，继续向前驰去。

跑到一座小山上，众人不约而同地勒住了马。胡合望着逃远了的狼群沮丧地说：

“要不是遇上下坡路，非追上它们不可。”

“你不怕伤了马背，下坡路也照样跑嘛！”拉西宁布从一旁说。

众人大笑。

这时，胡合跳下马来，说：

“拉西宁布，别说空话了，前边就是白云鄂博圣山，你敢连马都不下就从山前跑过去吗？”

众人先后不一地下马来。

胡合眺望着远处那座巍峨峥嵘的白云鄂博峰，虔诚地祈祷起来。

“白云鄂博——我们的圣山，宝山！”

众人也跟着作了祈祷。

胡合做完祈祷，将视线再转向狼群消失的远方草原，摇了一下头说了一句：

“看不见了。”

但话音刚落，他隐约看见在那群狼消失之处，出现了一面日本鬼子的膏药旗。他不由得喊道：

“你们看哪，那是什么！”

远处出现两辆日本军用卡车，车前打着一面日本国旗，车开得很慢，像一条蛆虫在爬行。车前车后簇拥着二三十个步兵，迈着有节奏的步伐走来。

胡合打马跑到一座庙旁的张东喜家门前喊：“张大哥，日本鬼子来了！”

张东喜汉人打扮，走出门来问：“什么？”

“日本鬼子！”

他们一同来到山上查看。有人在说：

“他们来干什么？”

“朝白云鄂博开去了。”

白云鄂博山下，搭起帆布帐篷，飘起日本国旗。

帐篷上印着“日本地质勘查株式会社”的字样。

一只穿着日本黄翻皮军用皮鞋的大脚，踩在乌兰察布区域地图上。

一个日本军官跟几个穿黄便衣的人，一会儿看地图，一会儿拿起望远镜照一照白云鄂博，指手画脚地说什么。其余的人，东三西四地都在奔忙。

胡合、张东喜、加米扬、拉西宁布和一群牧民，趴在附近山头上观察鬼子的行动。

他们在草原上飞驰着，一家一户地传布消息："日本鬼子要开采白云鄂博圣山了！"

老年牧民迎着晚霞向白云鄂博遥拜。

牧民妇女早晨将第一勺奶茶向白云鄂博山的方向泼洒。

牧民们夜里在张东喜家里秘密集会。

胡合在牧场上，向一群群人鼓动，要他们起来反抗日本人开采白云鄂博。

牧民们背着猎枪、弓箭聚集起来。

牧民自发武装包围了日本勘探队。

牧民们在附近山岗打埋伏。拉西宁布用力将弓箭拉满，两眼充满愤恨，后手一松，飞箭直穿日本国旗之红心，紧接着胡合一枪射断旗杆。两个人眨了眨眼，对笑了。

日本人惊慌失措，向四处盲目还击。

军用卡车出动了。车上架着机枪，满载士兵。胡合等人骑马在前鸣枪引逗，汽车向他们直追而去。汽车在山坡上急驰，前面突然出现深沟，刹车不及，连车带人全部滚了下去。

牧民们点着了荒火，顺风向直扑日本勘探队帐篷。

日本军官派出卡车追击牧民之后，以为万事大吉，在帐篷里，几个人饮酒行乐。

帐篷着火了。掉在地上的日本国旗着火了。那个军官见势不妙，准备逃命，去拿自己帽子，可巧这时帽子也着火了。

他只得光着头往外跑。火舌舔了他的头，伤痕累累。他逃出帐篷，不顾一切地跑进另一辆卡车司机篷里，自己开着车逃命。

他的部下从后边急追过去，有的上了车；有的迈上一只脚又栽了下来；有的两手好不容易地把住车厢，但两脚无处蹬踩，吊在半空，直喊救命……

在草原的一座小城镇。

在日本忠实走狗官布协理的客厅。

官布对镜子整理着衣饰：他身穿圆花缎蒙古长袍，头戴礼帽，对着镜子把一副黑框养目镜戴上又摘下，摘下又戴上。他煞费心机地打扮着自己。

镜中可见：他的女仆秀芝和他的儿子道尔吉正在忙着清理客厅。

官布对着镜，吩咐道：

"快点收拾！山村先生就要来到了。那把椅子靠墙放，桌子上的茶点盘子放正些。"

女仆，十八九岁，做活手脚利落，长得十分清秀，汉人模样。

"秀芝！"官布叫道。

"是，老爷！"

"过一会儿，山村先生一进门，你上前接他的帽子和大衣。"他又转向道尔吉，"孩子，对吧？"

"爸爸，对的！"

道尔吉往门旁一站，说："站在这个地方，这样接。"

"孩子，爸爸叫你上洋学堂没白费钱，你学了不少洋礼，这对爸爸很有用。你像是知道爸爸有洋客人，这次请假回来，帮了爸爸大忙！"

道尔吉年十七八岁，身着日本侵华初期的学生制服。他在北京读书。

道尔吉往门外一看，小声叫道：

"爸爸，日本人来了！"

官布拖着笨猪一样的身子，忙三迭四地边向房门走，边做手势叫秀芝站到门旁。

在白云鄂博受伤的那个日本军官，头缠绷带，进院来下了马。卫兵们接过马去，他一个人走进屋里。

官布在门口满面笑容地迎接他，背地里用眼睛不断指示秀芝。秀芝接过日本人的手套、大衣，要接帽子，看了一眼那家伙的脑袋，不由得怔了一下。

官布请日本军官坐了下来，他自己毕恭毕敬地躬身站在地当中。

"我头痛，不能多说话。"日本人说道。

"是，在白云鄂博出的事……实在遗憾！"

"别说了，现在大青山里八路军游击队闹得很凶，皇军不能到白云鄂博去，你想办法把白云鄂博的坏人抓来杀了！明白？"

官布过分敬谨，末了一句话没有听清楚，用蒙古话忙问儿子：

"他说的什么？"

儿子用蒙古话替他翻译。官布明白之后，连连点头说：

"明白，明白，我官布说到哪，做到哪。有人告诉我他们的头子叫胡合、加米扬，这两人我都认识，他们一个也跑不了。"

秀芝端上茶。日本军官目不转睛地注视她。等她退出后，日本人问官布：

"她很漂亮，干什么的？"

官布忙答：

"我家的佣人，是汉人，叫秀芝，她的哥哥也住在我们旗里，叫张东喜。"

"张东喜！你来啦？"胡合从很远看出他来，边喊边纵马驰来。

“把鬼子赶走了，谁不高兴？听说乡亲们都在这儿，我也就来了。”

这里是日本勘探队的地址，现在已成一片灰烬。

“走，咱们到那边去吧！”

牧民们在这灰烬上聚集一起，唱着草原歌曲。

胡合、张东喜走来，歌停。

胡合站在小坡上，向群众高声说道：

“乡亲们！我们乌兰察布草原的老百姓，几百年来一直祭白云鄂博，它是宝山，是圣山，只有保住它，草原才能有风水，老百姓的日子才能有过头。日本鬼子知道它是座宝山，就想开采它，把它里面的宝贝都挖走，但是我们到底把鬼子赶回去了。乡亲们，现在我问大家一句话：如果鬼子再来，我们怎么办哪？”

群众不约而同地高喊：

“再叫他们滚回去！”

一位年长者提议：

“为了庆贺我们的胜利，大家一同上山去，唱一支赞歌！”

众人呼应：“好啊！”“对！”“走！”

黑压压一片男人们，唱着白云鄂博赞歌，往山上走去。

妇女们留在山下。少数老太太，在山下向白云圣山磕头祈祷。

一位姑娘拉了拉奶奶的衣襟，小声地说：

“奶奶，我也想上山去看一看。”

老奶奶忙转身来“嘘”了一声，说：

“孩子，白云鄂博是圣山，有神，自古以来女人就不能上去，你奶奶七十三了，还没上过一回呢！快跪下磕头！”

姑娘听了奶奶的话，跪下磕头。但她没有奶奶那么虔诚，不断地以羡慕的眼光张望那些走在山坡上的男人们。

男人们在高不可攀、黑宝石般的白云鄂博山顶上，排成一行。绕着敖包唱着赞歌。

一支马队从草原小城镇急驰出来。

黄昏了，牧民们还在山上歌唱着。

马队奔驰在草原上。

马队包围了一座蒙古包，喊叫：

“胡合出来，衙门叫你有事。”“出来，出来！”

一个老太太艰难地爬出门来呻吟般地说：

“他不在家！”

“到哪儿去啦！”

“不知道啊！”

一个衙门兵提枪进包里查看，出来说：

“不在家。”

“到加米扬家去抓！”马队首领勒过马头喊。

马队飞驰而去。

等马队走远，老太太突然站起来，手脚变得非常轻快，跑去跨上一匹没有鞴鞍的马，向白云鄂博方向闪电般飞驰而去。

在途中遇上一群人，她知道是胡合等人，急喊：

“胡合！”

“妈妈！”

走近来，她又说：

“孩子，衙门派人抓你来了，快躲起来！”

“他们在哪儿？”

“到咱家没抓到你，他们奔加米扬家去了。”

胡合听罢，吃惊，只说了一句：“妈妈，你先回去吧！”

胡合拉转马头，跑走。母亲从后喊：“胡合，当心一点！”

胡合追上加米扬说：“不能回家去，衙门的兵来了。”

大家不知如何对付，无策。

加米扬急问："怎么办好？"

张东喜与加米扬同路，他出主意说：

"依我看，先到我家躲一躲吧！他们知道我是个汉人，不会想到你们会藏到我家里去的。"

胡合想了想说："好吧！"

众人跟张东喜沿着山谷走去。一匹马嘶叫了一声。

衙门马队听见马嘶声，向山谷追来。

众人不知道前面有衙门马队，因此被包围了。

"你们是干什么的？"马队连续喊话。

众人面面相觑，束手无策。胡合欲走出答话，被张东喜一把拉住，张向他使了一个眼色，仿佛在说：叫我来挡他们。他拉马跨出一步，说：

"我叫张东喜。这些人是我请来的客人。"

"干什么请客？都是一些什么人？"

"我盖了一间新房，这些人都帮过我的忙。"

"有没有胡合和加米扬？"

他踌躇了一下说："没有，没有。"

"过来检查看！"马队头领向部下喊道。

张东喜见势不妙，回头悄声说：

"你们快跑！"

胡合、加米扬勒过马头，欲跑。马队拥过来，堵住去路。这时，有一个家伙认出胡合、加米扬来，喊：

"胡合、加米扬都在这儿，抓到了！"

马队拥上前来。搏斗。

监狱，潮湿阴暗，由窗口可以望见远处的草原、丘陵，近处的土房、庙宇。

胡合、加米扬、张东喜戴着原始刑具，手脚和脖子扣着九九八十一个铁环的铁链，每环一斤重，共八十一斤。天窗外走着一个老年的看守。

秀芝在自己房里，包着一包东西，心神不安，眼角挂着泪水。

房门慢慢地开了。道尔吉蹑手蹑脚地走进来，见秀芝在包东西，急忙上前问：

“秀芝，你生我的气了？要走吗？”

秀芝住手，低头站着。过了一会儿，有所用意地说：

“少爷，我能到哪儿去？”

“这么说你没生我的气！”

秀芝不语。道尔吉上前拉她的手，被她推开了。

“少爷，我哥哥昨天叫衙门抓来押在监狱里，你能叫看守让我跟哥哥见一面吗？少爷，只要你肯帮忙，你是能够做到的。”

“他犯了什么法？”

她摇了摇头，道尔吉沉思片刻，容光焕发，说：

“好，我先去，过一会儿，你就来。”

“谢谢，少爷！”

“别谢了，往后我要求你，你也肯帮忙就行了。”

秀芝羞怯地低下头。道尔吉向外走去。

穿过小街道，路过大庙前，道尔吉来到监狱。

监狱头目向他请安：“少爷，你好！”

“好，你好！”道尔吉说，“听说昨天你们抓来了几个人？”

“是的。白云鄂博的两个牧民，还有一个汉人。”

“我爸爸叫我来告诉你：要是有一个汉族姑娘来看他们，就叫她进去。”

“是，少爷！”

秀芝来探望胡合，见其悲惨情景，她失去迈动双脚的力量，站在门口，不禁落泪。

胡合艰难地走过来。秀芝扑倒在他的怀中，哭叫：“胡合！”

“秀芝，别哭，你怎么知道我们在这儿？”

秀芝向窗外走动着的老看守指了一下，说：

“他告诉我的。”

胡合：“你回去看一看我妈妈，告诉她，我们很好，叫她老人家别难过。”

这时张东喜也走了过来。秀芝上前抱住他的手臂，喊：“哥哥！”

张东喜替她擦泪，笑说：“你的眼泪能把这个监狱冲倒吗？——哭顶啥用！”他改换口气，又说：“秀芝，你回去照顾一下小玲。从你嫂嫂死后，小玲一直由胡合妈妈抚养，我本来想等你和胡合结婚，就由你把她抚养成人，可是如今，我们都被关进了监狱……”

秀芝低泣，擦泪。道尔吉站在她的身旁：“我在北京读书，整个北京城也找不到你这么漂亮的姑娘！”

秀芝像是没有听见他的话，岔开话题说：“为什么给我哥哥他们锁上那么重的铁链呀！他们也逃不了跑不了的，把铁链取去吧！”

“我爸爸说，他们也逃不了跑不了的，把铁链取去吧！”道尔吉对看守头目说。

“是，少爷！”

黑夜。狂风。由监狱窗口吹进杂草枯叶。胡合等人挖着监狱的后墙，满头大汗。“紧点挖，快天亮了。”

墙洞。

张东喜压低声音说：

“逃出去以后，我们马上就去找游击队。”

加米扬：“游击队？”

张东喜与胡合交流了一下目光，坚定地微笑着点了点头。

看守走了过来，他们停止谈话，胡合用背挡住墙洞。

看守走过，他们又挖，洞渐渐大了。

“秀芝不会找不到咱们约定见面的地方吧？”胡合说。

张东喜：“不会的，她常走那条路。”

墙洞挖大了。胡、加、张先后钻了出去。

在监狱房后，有马棚。加米扬先看见马棚里拴着几匹马，他做手势骑马逃走，三人齐奔马棚，哪里知道马棚旁拴着守夜狗，狗狂吠，事到这个地步，三人不顾一切解下马各骑一匹，向城外逃跑出去。

狗狂吠。看守不知出了啥事，过来观看，三匹马没影了，大喊：

“有贼了，马丢了！”一面顺监狱后墙往前院走。不料被石头绊倒。一看后墙出了洞，目瞪口呆，忙开监狱门，见犯人已经逃走，鸣枪，并赶紧报告头目。

头目叫醒马队。

胡等在山中羊肠小道上急驰。在草原上急驰。

马队追出来。已经接近胡等，射击。胡等继续逃跑，又射击。

张东喜突然上身抖了一下倒在马背上。

“受伤了吗？”胡合问。

张东喜：“别管我了，你们快逃！”张东喜摔下马去。

加米扬忙中生智，说：“胡合，你照顾张大哥，让两匹马跟着我跑，我把他们引到别处去。”

胡合想了想，说：“只有这样。你马上加鞭，别叫他们追上。”

胡合跳下马，向张东喜爬去。

加米扬立刻转变方向领上两匹空鞍马逃走。

马队追过来，在胡合、张东喜附近停住，向四方寻视，发现前面三匹马改变了方向，他们直追过去。

等他们走远，胡合悄声问："怎么样，大哥？"

张东喜不语。胡合抱起他一看，前胸血满。

"丢下我吧，你快到跟秀芝约定的地方去，要不然她该着急了。"

"大哥，不能丢下你，好在离那个地方不远了，叫我背你去吧！"

胡合背着张东喜爬山越岭。来到一座山冈上的大树底下，叫张东喜躺在地上。

这时秀芝从远处跑来，高兴地说：

"你们总算是跑出来了。"

忽见哥哥前胸血迹，大惊，跑过去扑在哥哥身上哭道：

"哥哥，你怎么啦？"

胡合："秀芝，哭顶啥用！大哥伤势很重，应该快想办法。"

这时，张东喜无力地说：

"我活不成了，胡合！"张东喜双手握着胡合和秀芝的手说；"我死了，你们把我就埋在草地上吧！蒙汉百姓是一家人！秀芝，哥哥死了，就留下你一个人……"

秀芝痛哭。

"你好好活下去！"张东喜又把眼光移到胡合身上，"胡合，我们是多年的朋友，我很早就知道你跟秀芝要好，我死以后，多多照顾她！还有，我的女儿小玲……"

胡合点头。张东喜困难地呼吸了一下，又说：

"如果一旦他们逼得你在家乡没办法住下去，你就过黄河到鄂尔多斯游击队去找方之诚，他是个好人，记住，他叫方之诚……”

胡合重复了一下：“方之诚！”

张东喜闭上双眼——死去了。

秀芝：“大哥！”痛哭。

胡合、秀芝在山头树下用石头盖上张东喜的尸体。

秀芝：“胡合，我怎么办呢？让我跟你一块儿走吧！”

胡合：“秀芝，眼下你不能跟我一起走。衙门会派人到处抓我的，我只能这一天那半天地躲他们。等过些时候，稍微消停下来，我再想办法给你捎信来。”

秀芝：“胡合！我已经有孕四个月了。”

胡合：“我知道，我尽可能快些想办法，叫我们的孩子平平安安地生下来。我不能在这儿多待了，你也回去吧！再见！”

秀芝含泪说：“再见，我等你——胡合！”

秀芝在哥哥坟前停立，目送胡合离去。

胡合走出很远，回头望去，见秀芝仍站在原地向他招手。

官布又急又气，在客厅里踱来踱去，发着脾气：

“我要割你的脑袋！这事让我怎么向日本人交代？”

监狱头目吓得魂不附体，畏缩一旁。

“一定有人通敌，放走了犯人，限你三天，必须查出来！”

“是！”

“莫名其妙，锁着那么沉的铁链就能打开逃跑，天下能有这样的怪事吗？”

监狱头目不解其意地辩解说：

“您忘记了，没有给他们扣铁链哪！”

“这么重要的犯人，你为啥不扣？祸根都在你这儿！”

监狱头目由不解其意渐渐变为惊讶发怔。

“老爷，您这是说什么呢？不是您叫少爷去告诉几件事吗？一叫您的女仆——秀芝可以随便进出监狱，二叫我取掉犯人的铁链……”

没等他说完话，官布吃惊地急转过身来咆哮道：

“你胡说！”

“老爷，当差的怎敢胡说，您可以叫少爷跟我当面对证。”

“他已经上学去了！”

两个人都沉默了。良久之后，仿佛他们一起从梦中醒来，互相看了一眼。还是监狱头目先开了口：

“老爷，事情已经大白了。我看，老爷，您生气没有用，让我们想想办法把日本人对付过去也就算了。”

他见官布已经变得束手无策，上言道：

“少爷叫犯人张东喜的妹妹秀芝迷得神昏智乱，他为了把那个姑娘弄到自己手里，假传圣旨，闹出事来。您说，我们下边当差的人，哪敢违背老爷您的指令？没承想，这些都是少爷闹的鬼！再说，您少爷跟秀芝的来往早满城风雨，无人不晓了。”

“什么？”

“秀芝怀孕已有几个月了。好，您少爷跟犯人张东喜的妹妹勾搭，到头来，放走了三个犯人……”

“住口！”

监狱头目已经变得理直气壮：

“老爷，你不用发脾气了，这件事如果叫日本人知道，他们不但收拾您的少爷，说句实在话——就是您也得被怀疑。”

官布的步伐越来越慢了，沉重了，终于停了下来，自言自语地说：

“也会怀疑我……”

“依我看，事到如今，只有一个办法：给日本打个假报告，就说犯人越狱潜逃，让这件事自消自灭吧！再说，最近旗民正闹营救胡合等人的风潮，这么一来岂不是一举两得，既应付了日本人，又平息民愤。”

官布若有所思地“嗯”了一声。

“还有一点，当差的也想提醒您，秀芝的肚子一天比一天大了，您应当想法叫她快点离开这个地方。等养下孩子来，可就难于收拾了。那些嫉恨您的人们，马上会抓住您少爷跟犯人张东喜的妹妹私通，放走犯人这件事大吵大嚷的……

“好了，好了，我脑袋都快炸了，你先回去吧！”

“是！”

监狱头目退出，官布随后即喊：

“回来，回来！”

监狱头目返回来。

“秀芝这件事交给你办吧。”官布说。

“是，老爷！”官布与监狱头目耳语。

秀芝房间。

炕上放着包好了的包袱。秀芝在低声哭泣。

突然进来两个人，用布堵住她的嘴，将她的手倒捆。她挣扎无效。拉出房去，推上一辆骆驼车，向城镇外走去了。

在城镇口上，秀芝忽然听见一阵马蹄声。她扭头看去，只见衙门的马队又向草原开去了。秀芝不由得跳下车来。

只听马队后面的监狱头目在喊：“今天一定要抓来！”

“放心吧，抓不到逃犯，绝不回来！”

马队走远了。押送秀芝的人把绳索猛力一拉，秀芝被拉倒在车上，她无声地（放不出声来呀！）哭泣起来。

车轮在草地上转动。

押送者不时回头望一望秀芝。见秀芝苦境，渐渐同情起来。他停住车，解开秀芝身上的绳索和堵嘴的布，说：

“孩子，你真可怜！别恨我老头子刚才狠心，叫你吃苦了。我为了想有口饭吃，才干这个造孽的差事啊！”

秀芝：“要把我拉到什么地方去呀？”

“官布老爷叫我们把你送到呼和浩特他的公馆去，叫你在那儿当佣人。”

“什么？呼和浩特？离这儿多远哪？”

“约莫有四百多里吧！”

“天哪！”秀芝痛哭起来。

骆驼车向前走去。

骆驼缓慢的脚步。

马飞快的脚步。

衙门马队飞跑着。

胡合跪在母亲身旁。母子分别，难舍难离。

“妈妈，到了鄂尔多斯，找到方之诚那个人以后，我马上就把您接去，您保重身体吧！”

“孩子，有多大的灾难，妈妈肩上也能担得住！你快走吧！”

“张大哥临死的时候，叫我把小玲抚养成人，妈妈您多费心吧！”

“妈妈知道。”

“妈妈！”胡合抱住老母哭了起来。

“孩子，你看妈妈没哭，妈妈还笑呢，这儿不能多待，快走吧！”她眼含泪水吻儿额头。

“妈妈，黄乳牛快下犊了，别叫它跑远了。到春末剪了羊毛，您换一件新袍子吧！妈妈我走了！”

“走吧！”

胡合给佛爷和妈妈叩完头，背上皮口袋。

一狠心走出蒙古包。但是这时母亲突然哭喊了起来：

“胡合！回来，你不能走，不能走，妈妈不叫你走！……”

胡合不忍听妈妈的哭声，转身回到包里，抱着老母，哭道：“妈妈，妈妈！”

母子抱哭。

衙门马队飞驰。

母子仍抱哭。

衙门马队越来越近了。

胡合母亲镇定下来，发觉这样抱哭不是疼儿子，而是害儿子，她替儿子擦了泪水，又吻了一下他的额头，祝福说：“一路平安——老佛爷保佑！”

胡合移动着沉重的双脚，走出门来，忽听近处有马蹄声，他惊醒，跑去跨上马背，向黑暗中驰去了。

黄河汹涌的浪涛。

浪涛冲击着木船。水花溅上船身。

大型木船上坐满了衣着褴褛的乘客：老人、妇女、商人、孩童，还有骡、马、山羊、猪、骆驼……

浪涛。河面。

画外传来男人低沉、悲壮的歌声。

胡合坐在船尾呆视着远方，唱着故乡流浪人的歌曲。

胡合的视线移到浪涛上。

歌声渐强。

浪涛，旋涡，急流……

浪涛冲击船身，船身摇摆。

浪涛猛力地冲击船身，水花像爆炸似的四处溅起。

字幕:（以欢腾的那达慕大会为背景）

十几年过去了。草原从动乱中被解放出来。牧民按照传统习惯，每三年在富饶的秋天大祭一次白云鄂博山，在这一天举行盛大的那达慕大会。

接连字幕背景，一群马齐奔而来，这是一场激烈的跑马比赛。

欢腾的人群。红旗。主席台，台上中央挂着毛主席像。一眼便知，这是解放后的那达慕大会。

摔跤比赛。

……

白云鄂博山下一片白色布帐篷。炊烟、篝火。牧民们欢度着愉快的那达慕大会。

牧民围坐一起，在唱草原歌。

胡合已经是四十多岁的人了。他领着一个粗壮高大的英俊青年，向白云鄂博山走来。他们所骑的马全身是汗，一看就知道是远路而来的。

胡合指着一片草原，对那青年说；

“关其卡，爸爸就在这片草原上长大的。那时候咱家的冬营地在那个小山下面。”

“我们快要到白云鄂博山了吗？”

“快到啦！”

他们从茂密的森林中走过。

走过一座小山，来到张东喜生前居住的那间土房前，胡合不由得勒住了马。

庙已破落，土房也倒塌了。

他呆望着说道：

“这里就是张东喜生前居住的地方。”

父子二人，不约而同地沉默了。

马儿移动了脚步，他们进了平原。

从这里隐约可见高高的白云鄂博山上有人群行走，有彩旗飘扬。

“前面就是白云鄂博了，山上有那么多人，今天大半是祭山的日子吧！”

“爸爸，我先跑过去看看。”

关其卡说完，一人打马跑上山，到山上张望了一会儿，回过头喊：

“爸爸，人山人海的，是祭山呢！”

胡合走来，在山上停立片刻，眺望着白云鄂博山，情不自禁地说出：“啊，家乡，白云鄂博山，我回来了！”

“爸爸，咱们快点走吧！”

他们来到白云鄂博山下，牧民们围坐着，正在举行盛大的野餐。人们唱着民歌。

胡合在一个高坡上叫儿子同他一起停下来，倾听乡亲们的歌声。起初，他只是按节奏轻轻摇头，后开始小声哼调，小声唱起，大声与乡亲合唱，最后索性放声独唱起来。

他那嘹亮的歌喉立刻把众人的声音压下去了，众人不约而同地把视线转向他。有的人在问：“那是谁，唱得这么好？”“唱的是咱们这地方的歌，是乌兰察布人！”

胡合仍昂首高歌。

加米扬在人群中倾听歌声：“这个人的声音，这么耳熟啊！”他说着用手遮着阳光，向山坡观望。

胡合的歌声。群众随他合唱起来。

唱的是白云鄂博赞歌。加米扬回忆起十几年前赶走日本鬼子后，群众在白云鄂博山上唱赞歌的情景。他的青年伙伴——胡合在群众中领唱……

回忆中的歌声与现实的歌声混合起来，加米扬不由喊出：“胡合！是胡合！”

他喊着向山坡跑去。

胡合认出是加米扬，歌停，在山头拥抱。

他们向群众走过来。群众迎了过去。

加米扬将胡合领到群众近处：“乡亲们，你们认识他是谁吗？”

群众哄哄相问，不知是谁。

“他就是我们乌兰察布的英雄，十几年前领导我们反抗日本鬼子的胡合！”

加米扬介绍后，群众惊奇：“胡合！”“他就是胡合！”“早就听说他的名字，今天才看见本人！”

群众拥过去围住了他们。

拉西宁布激动地拉住胡合的手问：

“还认识不认识老朋友？”

胡合细看了两眼，喊道：“拉西宁布！”拍了一下他的胸部说：“你还是那么结实。射箭还是那么准吗？”

加米扬看了一下胡合身后的关其卡，不知如何作介绍：“这个小伙子是……”

胡合接过话去：“是我的儿子，在鄂尔多斯收养的。”

青年们向关其卡围去。

小玲走近粗大的关其卡身旁，比比个子，做了一副鬼脸。惹得青年们大笑起来。

这时拉西宁布做手势，叫小玲走过来。

“娜布琪，给胡合大叔问安！”

胡合："这孩子是……"

"是小玲！"

"小玲？！"

胡合全身颤抖着走上一步，将小玲紧紧抱住，在她头发上轻轻亲了一下。

拉西宁布从旁补充说：

"从小我给她起了个蒙古名字，叫娜布琪。我一直把她当作蒙古孩子看待的。"

加米扬："老朋友们见了面，话就长了，我们一边吃着喝着，一边谈吧！"

有人喊："对，让远道来的客人多喝一点。"

胡合立刻答复说："我可不是客人，我们是乌兰察布的主人哪！"

说罢，胡合与众同笑着，向野餐地点走去。

加米扬对一个英俊的青年说：

"查干朝鲁，把你大叔的马接过去。"

他又向胡合介绍说：

"是我的儿子。"

查干朝鲁："大叔您好！"随手将马缰接了过去。

加米扬指了一下小玲，对胡合说：

"你逃走以后，你母亲叫官兵折磨死了，好心的拉西宁布抚养了她。日本倒台以后，我从外地回来时，她已经是个天不怕地不怕的野姑娘了。那时候，我以为你会回来……"

"我参加了鄂尔多斯游击队，后来党又派我在那里做地方党的工作，一直没有空儿回来。"

拉西宁布以好奇的口吻说：

"是啊，听说你当了大官，嗯……嗯，你没把东西带回来吗？"

“什么东西？”

“嗯……财产。”

胡合笑答：

“全部财产都带回来了。”

“在哪儿？”

他指指马鞍上的小包说：

“那不是吗！”

众笑。拉西宁布疑惑。

他们来到野餐地点。

烤羊肉、煮整羊、各种奶食、大瓶酒，丰盛的野餐。

众人围成圈，席地而坐。有人拉琴、唱歌。

胡合、加米扬、拉西宁布等老朋友们坐在一起。

小玲坐在胡合身旁。他看见她，不由得微笑起来，他抚摸着她的头发，转身问加米扬：“秀芝一直没有音信吗？”

“没有！”

“这么多年来，我一直在盼望着有那么一天能够再一次看见她……”

“如果她还活着，她也一定在盼望着那一天呢！”

提起秀芝，使人回忆起苦难的过去。

沉默的琴声。

深沉。

琴声停止。

拉西宁布又与胡合搭话：

“听说你的腿受了伤，又上了年纪，是退伍回来的吧？”

“腿是受了伤，可是，老朋友，共产党员有时是从这行转到那行工作，但他们永远不会退伍的。”

这时传来马蹄声。两个骑马的人刚下马来，查干朝鲁便走过去接马缰绳，向众喊道：

“盟长回来了，道尔吉同志也来了。”

群众站起，欢迎盟长。

盟长向群众问好，并走过去与胡合握手交谈。

在另一个角落里，拉西宁布和群众甲、乙在一起小声谈论着。

群甲：“真有这么回事？”

拉西宁布：“在那达慕大会上道尔吉告诉我的嘛！”

群众乙：“胡合回来了，我们什么也不怕，要是汉人来挖咱们的圣山，他一定像十几年前那样，领着我们闹反抗！”

群众甲：“汉人有那么多地方，为啥跑这么远来挖我们的圣山？我不信！”

拉西宁布：“你不信？道尔吉跟盟长一块儿来了，你把他叫来问一问。”

群众乙：“我去叫他。”

他从人群后面走到道尔吉身旁，用手捅了他一下，道尔吉回过头来，群众乙打手势叫他过来。道尔吉笑问：“喝酒吗？”群众乙点了点头，二人一齐走来。

群众甲靠近道尔吉，咬着他耳朵问：

“是要来汉人开采白云鄂博圣山吗？”

道尔吉却反问：“谁说的？”

群众甲、乙看拉西宁布。这时道尔吉醒悟过来，假笑了一下，支吾说：

“噢，是的……是要来勘探队……”

群众甲点着烟，吧嗒吧嗒抽着，叹了口气说：

“看来圣山的宝贝，迟早要叫人挖走啊！”

拉西宁布猛地喝尽一碗酒，两眼充满醉意，语无伦次地说：

“汉人……汉人来了……我们走……”

道尔吉关切地上前扶他："你有点醉了！"

拉西宁布推开道尔吉，猛地站立起来，他醉了，身子摇晃着。

"乡亲们！"他用醉眼扫了一下全场，高声喊道，"我们在这儿庆祝胡合回来，是因为他领着我们保卫过白云鄂博圣山。但是，现在汉人又要来开采我们的圣山……"

"决不叫他们动圣山的一块石头！"

"我们像从前那样保卫圣山！……"

加米扬："喂！大家别吵！拉西宁布，你把汉人跟日本鬼子相提并论对吗？"

拉西宁布："汉人跟日本鬼子是不是一样，我说不出个理来。但是对汉人什么时候也不能相信。从前，汉人做买卖，一边嬉皮笑脸地跟你说着话，一边把你腰包给掏光了。"

加米扬气愤至极："拉西宁布！你当着小玲的面骂汉人，不脸红吗？"

拉西宁布："不，娜布琪不是汉人，她喝蒙古的水、吃蒙古的奶长大的。"

关其卡给拉西宁布斟满酒，说：

"大叔，照你说，汉人就没有好人了？"

"孩子，我没有那样说，我是说，我害怕汉人。"

查干朝鲁："汉人有啥可怕的？跟咱们一样，也是两只耳朵、一个鼻子。"

另一个青年牧民："听说白云鄂博圣山出铁，那对我们国家……"

群众甲："我们是牧人，没有钢铁也能过日子！"

群众乙："谁来动我们的圣山，胡合领着我们再闹反抗！"

另一批群众火了："你反抗谁？反抗毛主席吗？胡合，你说他们的话对吗？"

拉西宁布:“胡合，你从前是我们的领头人，现在你倒说呀！”

争论已经起来了，双方都希望得到胡合的支持。他们喊着:“胡合，你说一说！”“胡合大叔评一评理吧！”“胡合说得一定对！”

胡合未曾开口先笑了，仿佛方才没有发生过任何争论。他叫关其卡给每个人斟满了酒之后，不慌不忙地说:

“乡亲们，我一回到家乡来，我感到人人是朋友，个个是亲人！为了咱们在家乡团圆，先来喝一杯酒，然后唱一支歌！”

“对！”

群众欢饮。胡合领唱起一支歌，众人合唱起来。

加米扬唱着歌。

老年牧民、青年、少女唱着歌。

盟长唱着歌。

只有拉西宁布沉默着。

歌声把人们的感情又联系在一起了。酒已经喝了不少，人们的脸上闪着红光，幸福和友爱激荡着每个人的心胸！歌停。沉默片刻，胡合又接着说道:

“乡亲们，刚见面就争吵，可不合乎咱们蒙古族人的礼节。刚才你们竟打断别人的说话，按照牧民的传说，打断别人说话的人，下一辈子只长半块舌头……”

他那有趣的语言和幽默的表情，立刻把大家都惹笑了。

“乡亲们，”他又说，“白云鄂博是座宝山，我们为了它作过很多斗争，坐牢、流血、牺牲……”

群众乙:“胡合，你是我们的领头人，为了保住圣山，我们宁愿再跟你去坐牢，流血……”

“不，乡亲，你说错了！”胡合斩钉截铁地说，“现在没有人叫我们去坐牢、流血、牺牲了。”

他又转向全体群众：

“从前，日本鬼子来开采白云鄂博山，是想用它的铁去加强他们的力量，实现他们霸占世界的野心。那时候，我们起来闹反抗是对的，也是永远值得骄傲的事！但是今天，如果把毛主席派来的勘探队，也跟日本鬼子一样看待，那就大错特错了！时代不同，事情也不一样。日本开采它，是为了叫我们永远过牛马生活，永远当亡国奴；今天国家开采它，是为了我们永远不再受帝国主义的侵略和压迫，叫我们蒙古人走上幸福康乐的大道。既然白云鄂博是座大铁山，国家又那样需要钢铁，我们就应该用双手捧着它，献给我们的国家！”

他停了停，用茶水润了润嗓子又说：

“刚才我的老朋友拉西宁布的话，好像是说汉人都不是好人。老朋友，你说这样话实在不合适。想一想吧！张东喜的血是为谁流的？他临死的时候对我说：蒙汉百姓是一家人。多少年来，我一直牢记着他这句话……”

他激动得声音颤抖起来。他的话打动了在场的每个人，他们沉默了。

最后，胡合短而有力地说道：

“一句话，我们应当支援、帮助毛主席派来的勘探队！”

一直倾听着群众争论的盟长，这时才开了口：

“今天我们大家来聚餐，本来不想谈什么工作问题，尤其是关于勘探白云鄂博山这件事。我们准备在两天以后，派大批干部下来跟老乡们商量，做宣传。但是今天既然老乡们争论起来了，那么我就先说几句吧！大家都上过白云鄂博山，它的每块石头都是那么黑，那么沉，跟铁一样！老乡们说它是宝山，那是千真万确。根据一般估计，它是世界上少有的大铁矿。如果有一天我们能够把它勘探清楚，进行开掘，炼出千百万吨钢铁来，那时我们乌兰察布草原为国家、为内蒙古自治区、为蒙古民族，做了多大的贡献哪！”

盟长的话说到中间时，拉西宁布便听不下去，猛地端起一大碗酒，咕嘟咕嘟一口气喝了下去。因喝得过猛，胡须上、衣襟上都洒满了酒。喝罢，起身便走。群众甲、乙互相使了个眼色，也退席而去。

金黄色的秋天，天高气爽，万里无云。

在白云鄂博附近的牧场上，娜布琪唱着欢快的歌曲在牧羊。

东南方腾起滚滚灰尘，不时传来汽车声。羊群受惊抬起头来。娜布琪跑上山岗望去，远处有五辆卡车、一辆吉普车直向白云鄂博山驶来。

汽车驶近了。她趴在山岗上窥望：汽车上坐满了人，那些人像是回到了自己的故乡，一片欢闹，有人指着前方高喊：

“前面就是白云鄂博山了。”

车上的同志们抑制不住内心的喜悦，不约而同地唱起一支轻快的青年勘探队员之歌。

到了白云鄂博山下，车停。一面红旗插了起来，上写“中央地质局二四一勘探队”。

青年们跳下车来，有的向白云鄂博山的方向高跳欢呼，有的兴奋得在草地上打起滚来，有些人从车上往下卸东西。

住在东山坡的四户人家，得知勘探队到来的消息，正在拆蒙古包，准备搬到别处去住。

蒙古包拆散了，装上了牛车。

群众甲对群众乙比比画画说了几句，便向拉西宁布家跑去传告消息。

拉西宁布的家。群众甲闯进门来，气喘吁吁地说：

“开采圣山的汉人来了，我们那两户人家都已经搬走了，你快拿主意吧。”

拉西宁布：“你们都走，我当然也不留在这儿。”

即将生产的拉西宁布的老婆，躺在一旁半哀求半责怪地说：

“往哪儿搬呀，我一步也不能动了。”

“你别说了，不搬怎么着？你惹得过汉人吗？——那个野姑娘还不回来！”

娜布琪仍以极端好奇的心理，观察着那批新来的人们，对这批人的每个举动、每件用具，她都感到新鲜、奇特。

一个女同志下汽车来，脱下帽子打尘土，在她那两条辫子没有散下来以前，根本看不出是个女同志。那女同志背着红十字包，看上去是个医务人员。

娜布琪看见她不由得笑了，她丢下羊群奔跑回家，去找青年伙伴们。她在家的附近碰见了查干朝鲁、关其卡，他们正在那里垛羊草。

关其卡力大如牛，用绳子捆起一车草，不费力地背了起来。

娜布琪跑到他身旁喊：“关其卡，你真有劲，背多少啊！”

关其卡：“劲多哪！再把你加上也能背得动！”

泼辣好事的娜布琪跳下马，喊着：“你吹牛！”跑过去往他背上一跳，关其卡没有提防，两个人一齐滚到地上。

娜布琪咯咯笑着搂住他的脖子说：

“怎么样，认输了吧？”

关其卡刚要还嘴，看见胡合、加米扬从远处走来，他急说：

“快放开手，我爸爸来了！”

“来怕什么，还不许青年人闹着玩了？”说着咯咯的笑声更大了。

胡合、加米扬边走边交谈着。

胡合："我的工作问题，盟委书记说，他个人的意见是叫我担任区委工作，但有的同志说，支援工业，叫我到矿山。他问我有什么意见，我说，党指到哪儿，就打到哪儿。"

加米扬："这么说，还要等些日子啊！"

胡合摇了摇头："不，工作不能等，你不找它，它永远也不会来找你，在盟委决定以前，我打算帮助咱们这里的支部做些工作。"

加米扬："那太好了！"

正在这时，娜布琪撒娇地跑到胡合跟前说：

"关其卡吹牛，他说扛那么多草还能把我背上，可我刚碰他一下，他就倒了。"

胡合："看你头发上满是干草，淘气的孩子！"

娜布琪理了理头发，说：

"大叔，"她又转向几个青年人说，"喂，你们也听着，山下来了那么多人，有男有女，热闹极了，你们快去看看吧！"

胡合与加米扬异口同声地说：

"汽车倒是比马快呀，他们先到了。"

"谁啊？"她问。

胡合："是北京来的勘探队！"

正在这时，拉西宁布在家门口喊叫："娜布琪，快回来！"

娜布琪不知家里出了什么事，对几个青年不愉快地说了一句："你们去看吧，阿爸叫我回家去。"

她牵着马回家去了。

娜布琪无精打采地回到家里，一进包门就看出势头不对了。阿爸正在收拾东西，姨母在一个角落里呻吟着。

娜布琪怔住了:“阿爸，这是……”

拉西宁布擦了擦满头大汗，耷拉着脸说:

“搬回北甸子去。”

“姨母，能动吗?”

姨母从一旁说:

“他老糊涂了!鬼把他迷住了!”

拉西宁布对娜布琪说:

“快去把羊赶回来。”

“山下来了那么多人……”

“什么人?”

“大概是开圣山的吧!”

“那你把羊群就丢在山上回来呀?”

娜布琪耷拉着头，拖着脚走出包去。她去牵马时，拉西宁布已经开始拆蒙古包的围毡了。

娜布琪叫马懒洋洋地走着。

蒙古包只剩下围墙木架了。

娜布琪赶羊回来，走到山坡，不见家影，四处寻视，看见远处三辆牛车向北方爬行而去。

“已经走了!”

她只好把羊群向那牛车爬行的方向赶过去。

走出不远，忽听拉西宁布向她招手喊叫:

“娜布琪!娜布琪!”

喊声紧迫，必有急事，娜布琪纵马奔去。

牛车停在荒原上。

姨母的惨吼苦叫声。

娜布琪跳下马，直奔姨母躺着的牛车。

“姨妈，您肚子痛吗?”

拉西宁布站在一旁，束手无策："她在这时候要生，这可怎么办？"

娜布琪见姨母那般痛苦，又同情又气愤：

"快想办法吧，您没见姨妈这么受罪吗？"

"在这么大的草地上，我、我有什么办法呀！"

拉西宁布抱住头蹲在草地上。

这时娜布琪却镇定下来，目不转睛地想了一会儿，对姨妈说了一句：

"您忍一会儿，我就来。"便跨上马闪电般飞走了。

她在方才放牧的山岗上找到了查干朝鲁和关其卡。

她把姨母在荒原将要临产的紧急情况告诉了他们。

关其卡："救人要紧，快去找接生婆。"

查干："到哪儿去找？"

娜布琪："方才我看见山下那些人里，有个女同志，她挎着一个背包，跟旗里医疗站大夫的背包一样，上边也有个红十字。咱们找他们帮帮忙行不？"

查干："关其卡，你说行吗？"

关其卡："只有这条路了，管他行不行，求一求看。"

查干："你汉话说得好，你领头。"

三人齐向山下走去。

一辆吉普车飞驰在草原上。车前飞驰着三匹马。

汽车、人马赶到在荒原上的拉西宁布的牛车旁。

从汽车里走出一位女医生，正是娜布琪见过的那个人。后面跟着一位护士。她们走到拉西宁布老婆跟前询问情况。

这时，胡合、加米扬等不知这里出了什么事，也赶了来。

那位医生经诊断后说："是难产。为了避免发生意外，搬到我们勘探队医疗站的帐篷里住吧！"

拉西宁布对汉人深抱怀疑，无从作答，只说："这这……"

胡合有点急了："老朋友，啥时候了，你还顾三怕四的！你女人的命就要耽误在你身上了。到勘探队去吧，出了事，我担着。"

拉西宁布仍犹豫不定。胡合自作主张地对女大夫江燕说：

"把她带去吧。"

又转身向娜布琪：

"你陪着去！"

众人将拉西宁布之妻抬上汽车。

车开动。娜布琪乘马随去。

拉西宁布本意离开此地，以躲避汉人，哪想到却在荒原上出了事，而且恰巧停在离勘探队很近的地方。

送走妻子之后，他叹气说："听天由命吧！"

加米扬："快卸车，把包搭起来吧，等他大婶养下来现搭就来不及了。"

关其卡："来，大伙儿动手！"

大家替他卸车，最后拉西宁布才不得不顺手随做。这时，胡合走近他来，指了一下一眼便能看到的山下勘探队，逗他说："搬吧，越搬离汉人越近了。"

拉西宁布边卸车，边对胡合说：

"我快五十了，老婆也四十了，我们一辈子没养孩子，这次老佛爷赏了个脸，刚要抱到孩子，唉，难产了！"

蒙古包搭起来了。

牲畜也赶到近处。

从勘探队那里，有一匹马放开四蹄，像只燕子直飞而来。

这里的人们不知是喜是忧，个个屏住气，等候消息。

是娜布琪跑来，她用力勒住马，报喜说：

"阿爸，大喜。"

拉西宁布不相信自己的耳朵，问："什么？"

"养了一个大胖小子！"

"嗬！胖小子！"

他丢下活计，像个淘气的孩子那样，不顾一切地向前跑去。谁也不曾见过他能跑得如此之快！他跑出不远，停下，又往回跑来。但不知为什么，突然又转回去，全力跑了。

胡合目送着他，笑道："他高兴得发疯了！"

拉西宁布跑到勘探队。

哪承想，勘探队的人们，黑压压地都站在医疗站帐篷外面，等待他到来向他祝贺。

拉西宁布看见那么多人，他有点胆怯了，放慢了脚步。

顿时，勘探队员们欢腾地一齐向他拥来。

李队长拉住拉西宁布的手说：

"我代表全体勘探队员们给您报喜！我们刚来到草地，在我们这里诞生了一个新生命。"

群众鼓掌、欢呼，将老汉送至医疗站门口。

江燕大夫和小女护士，身穿白衣，出门来迎接他：

"请进吧！"

拉西宁布走进帐篷，见妻舒适、安静地躺在军用床上，一张床上睡着婴儿。当他与妻子的眼光相遇时，他惭愧地停住了脚步，停了片刻，终又走到妻的床旁。

他看了一眼妻子，又看了一眼婴儿，显得十分窘迫，但内心充满激动，他找不到一句适当的话语了！

妻子见他那副样子，宽恕地、甜蜜而又无限幸福地微笑了。

娜布琪在草地上牧羊。从南面开来一辆汽车，车近。她大胆地走上前去拦路。车停，她毫不拘束地问司机：

“我想尝一尝坐汽车的滋味，让我坐一坐好吗？”

青年司机从车篷里露出头来说：

“请吧！”

她一跃而上，车向前开去。在那青年司机身旁，她坐了一会儿，说：“跟骑马也差不多少！”

司机笑了，他问：“你到哪儿下车？”

“很想再到你们那儿看一看。”

“欢迎欢迎！”

“我叫娜布琪，懂吗？汉话就是叶子。你叫什么名字？”

“我叫林祥。”

汽车到了山下，他们下车来，他领她上山参观。从这个钻塔，到那个钻塔，到处都是友谊的笑脸。最后下山来，他又用汽车把她送回牧羊的地方。临别时她拉着他的手说：“希望以后还能坐上你的车！”

“再见！”林祥从车窗招手与她告别。

汽车开动了，娜布琪久停原地。

拉西宁布一个人在野外，脸上那忧虑的云雾比从前淡薄了。他那匹马，慢慢地走着，他骑在上面是一晃一晃，显得十分洋洋自得，充分表现出他今天喜悦的心情。

道尔吉横道过来，与他寒暄之后，问：

“你上哪儿去了？”

“勘探队救了我的老婆孩子，我给送药钱去了。”

“噢，要不你那么扬眉吐气的，是得了胖小子！恭喜、恭喜！”

“谢谢！”

“咱们走着聊一聊，让马喘喘气。”

“好。”

二人下马牵缰走着。

“这次来的汉人跟过去来的汉人有点不一样啊！”拉西宁布极为神秘地说。

“噢，怎么？”

“你说怪不怪，他们为了救我的老婆孩子，开了那么多花销，可是我去付钱，他们死活不收。这些人，真好，真好！”

“噢，原来他们给了你一点小便宜呀！”

“话不能这么说，人家对咱们实在不错呀！”

“你相信他们啦？”

“我……一想他们是汉人，就不敢相信；可是……想到他们那片好心，就……”

“就相信了？”道尔吉轻蔑地笑了一下，“拉西宁布，你不是小孩啦！”

拉西宁布低头不语。

道尔吉看出他那矛盾的心情，便得寸进尺，说：

“做贼的为了偷走人家的东西，会先拿出几块糖把看门的小孩骗哄住的！”

拉西宁布把他的话琢磨、咀嚼了一会儿，摇头说：

“你那样说不对，他们为啥不骗别人，非找我这样一个没声没响的老头子呢？”

“是啊，这才看出人家汉人会来事嘛！”

拉西宁布疑问地看了他一下。

道尔吉接着说：“他们不是看中你了，是想先给你几块糖，叫你做个样子，让旁边的牧民看一看。”

拉西宁布突然停住了。

拉西宁布睁着一双半信半疑的眼睛。

刮风了。翻滚着草浪。

道尔吉那张凶狠的脸。他说："汉人对蒙古族人好是暂时的。他们把白云鄂博圣山里的宝贝挖走以后，就又要欺压蒙古族人了！"

"你听谁说的？"

"我从区里已经转到勘探队工作了。"

风沙漫天，纷纷乱乱！

拉西宁布呆呆地站了许久，之后，猛地转身上马，朝家的方向策马而去。

拉西宁布的家。

"搬！搬！在这个家里我说了算，不管你们说什么，我非搬不可！"

老婆在一个角落哭着。娜布琪站在门口，不语。

拉西宁布看了娜布琪一眼说："嗬，你长大了，翅膀硬了，动不动就是'我走，我走'，庙小留不住大神，你想到哪儿就到哪儿去吧！"

娜布琪紧咬嘴唇，抬起头来，内心极为痛苦。但她已经是个会克制感情的大姑娘了，她慢慢转过身来，缓缓地答道：

"阿爸，人家勘探队对咱家那么好，咱们还搬走，这在哪条理上也说不过去呀！"她的声音慢慢变为坚定，接着说，"我知道阿爸爱我，把我从小抚养成人……但是我不能离开这个地方，我想跟关其卡一起去学习……"

"去吧，马上就去！"

"姨妈眼下还不能累着，阿爸要是非搬走，我把您送到新营地再回来。"

在荒原上，娜布琪急速地走着。她不安地仰视乌云密集的天空，脚步更加快了。

关其卡在一座沙丘上牵着马等候着，看见她来了，立刻迎了过去：“娜布琪，你怎么没骑马来？”

“把马留给阿爸了。反正到了矿山，马也没用了。”

天边雷闪，开始落雨点了。

“下雨了，快走吧！”

关其卡先上马，随后又拉上娜布琪，叫她跨在身后。

雨大了，他们二人紧依在马背上，马费力地跑着。

“真不凑巧，赶上了雨天！”娜布琪说。

“要想当工人阶级，就不怕困难！”

“不久，我们就是工人阶级了！”

“工人阶级万岁！”两个淘气的青年喊叫着，向雨中的草原冲去。

娜布琪和关其卡坐在李队长的办公室里。她说：

“……就这样，我把他们送到新营地，帮助他们把家安置好，就跟关其卡一块儿到这儿来了。”

李队长笑着，他仿佛听了一个有趣的英雄故事，两眼充满钦佩的神情。

“到矿山来了，那我们一定帮助你们解决学习和工作的问题。我们这里七十二行，行行都有，小伙子，你想学哪一行？”

“我要当钢铁工人。”关其卡不假思索地答道。

“总公司正在计划培训一批蒙古族钢铁工人，目前可以暂时在矿山上当工人。”

他转身向娜布琪问道：“那么你呢？”

这一下，娜布琪慌了，脸红了，一时回答不出。憋了半天，最后说出：“跟林祥学技术。”

“林祥？噢，学开车？好吧。你先给他当助手！”

林祥驾驶着汽车，娜布琪坐在助手席位上。

几十部汽车，车车满载。

林祥和娜布琪检修着汽车。娜布琪浑身油泥，鼻脸污黑，一眼便知她是那样热爱运行工作。林祥耐心地指教她。

他们行驶在草原上。

钻塔在狂风中矗立着。

一面长长的红布标语，从钻塔顶上吊下来，上写："战胜严寒，坚决提前完成国家勘探任务！"

钻塔增多了，人们坚持战斗。

标语上落满了雪花，厚厚的雪花。

天昏地暗，山下帐篷被刮翻了！

冷啊，温度表停留在零下三四十度之间。

从白云鄂博山顶向下俯视，雪原茫茫。

在暴风雪中，汽车、人马围在一口井旁，井口封冻了，人们用铁管戳碎厚冰。

打出一桶水来。小小一桶水，半桶是冰块。

人们在风雪中急躁地叫嚷着。

一辆吉普车急驰而来。李队长跳出车篷，跑到井边，只看了一眼，就听有人在喊：

"几十部钻机，几百个人马，就这么一口小井啊！"

"队长，钻机缺水都要停了！"

队长："不能叫钻机停下来！这是国家任务！汽车队全体出动，到临近小河去拉水！"

风雪。汽车像条长长的带子，一辆接着一辆到附近小河去拉水。

正在这时，远处传来"轰隆轰隆"的爆破声。

远处不时传来轰鸣声。

汽车开到河边，突然遇到一种奇怪现象：河的厚厚的冰层，不停地嘭嘭爆炸，冰块四飞，露出干沙河底。

汽车司机都不明白这是什么现象。顺着河身去找水，但别处都是冰块，却看不到一滴水。

汽车在河边徘徊。

司机们互相打问：“这条河前几天还有水，怎么突然干了？”

一个上年岁的工人说：“今年可能是奇寒，河水冷崩了。”

帐篷里坐满了人。人们用手捧着干炒面吃着，有的人用碗装满雪，化成水喝着。

李队长吃了一口炒面，说：

“趁吃饭的机会，开个会吧。同志们！今年这地方出现这样的奇寒，这是我们没有预料到的。现在附近的河、井全都冻死了，几十部钻机停了，我们几百个人马也没水喝……”

李队长说到这里，有人插嘴说：

“我们没有水喝倒好办，钻机停了，国家勘探任务就受到了威胁。”

“当然国家勘探任务是最主要的，但是人马也不能没有水喝。大家动动脑筋，出出主意，把这个难关闯过去。”

紧接队长的话，有人说：“依我看只有一个办法，把冰雪化成水，暂时先对付几天，等这阵寒潮过去，就好办了。”

全体人员出外扫雪。

汽车队拉来成山的冰块。

一车雪，倒进锅里，只化成一脸盆水。

冰块更难化，煤火融融，满锅里大冰块，所化的水，只能盖住锅底。

墙壁上新贴标语：“不喝水，不洗脸，国家任务放在前。”

李队长在帐篷里化雪。

他看着那一锅雪所化成的一碗水，说："像这样化水解决不了我们用水的问题，这也不是长远之计，如果寒潮延迟下去，又怎么办呢？我们必须在附近草原上找到水源地——湖泊或是河流。"

他对身旁的一位同志说：

"你去告诉汽车队队长，马上派二十辆车，出去寻找湖泊和河流。只要找得到水，远些近些无所谓。"

汽车打着灯，在夜的雪原上爬行。

转过山岗、平原和洼地。

人们聚精会神地注视车灯所及的地方。

到处是雪、雪、雪！

人们脸上挂着忧虑的神色。

胡合冒着风雪走着，不时停住，用极度不安的眼神瞅一瞅摸索行进的汽车。胡合在风雪中走着。

李队长等候着寻找水源的消息，忽听有人敲窗户，李队长出外去看，出乎他意料，原来是胡合牵着马，站在窗前。李队长上前扶他，并说：

"胡合同志，是你！快进帐篷里暖和暖和吧！"

胡合边拴马边点了点头。

李队长领他进了帐篷，下意识地去提暖瓶给他倒杯热水，刚伸出手去，便想起好几天没有烧过开水，失望地抽回手来，不好意思地说：

"请原谅！这么大的风雪里，你到我们这儿来，可我们连杯热水也不能招待你——我们这里没有水！"

胡合像小孩般天真地大笑起来了，李队长惊疑地抬头看他。他说道：

"如果你们有水，我就不来了。"

李队长仍不解其意。

“我知道你们勘探队没有水，机器就不能打转，几百个人马更没办法！你们的汽车老是在雪地上转来转去，大概是找水吧？”

“是的。”

“可是你们在附近不会找到水的！天气太冷啊，小河都冻崩了，没有水，没有！”

“我们问过一些蒙古族老乡，他们也都说没有。”

“不，你说错了。有，有水！”

“有水？”李队长欣喜若狂地靠近他来。

“草地上，这样寒天，只有泉水不冻。从这里往西北走，约莫五六十里远，在山洼里，有一个白音布拉格清泉……”

深雪中，胡合骑着马在前面领路。

一辆吉普车跟随而行。

暴风雪。只有车灯照出一条微弱昏黄的光线。

胡合顶风雪走着，忽然身后汽车不停地鸣笛，不知发生了什么事，他停住等候汽车。

他忽然想起一个办法：找些东西做标记，叫汽车码着标记跟来，他就不必停下等候了。但是在茫茫雪地上，哪里找得到做标记的东西呀？这时风吹起他的袍襟，他计上心头：撕下袍襟做标记。于是从红布里面蒙古大袍的前襟上，“哧”地撕下一条布来，向汽车摇动布条示意，叫他们码着标记跟来。李队长开车门向他招手，似乎明白了他的意思。

胡合索性下马来，走一段路，在雪面上露出的干草枯木上挂一条红布。

汽车陷在雪里，等开动时，已经看不见胡合了。

但是前面雪上有红布条在风中摇曳，他们知道是胡合做的标记，跟去。

胡合的袍襟、红布面被一条条地撕下。

胡合在深雪中艰难地迈动着脚步。

袍襟的红布面已经撕到上半身。

雪原上一条直直的斑斑点点的红布标记。

胡合的背影，艰难的脚步。

手在撕布条。

他在一根蒿草枯梗上拴着标记。

胡合那张慈祥而带有笑意的脸，胡须、眉毛……

帽檐上结满了霜花。

李队长坐在车里，忽然看见从车旁驰过去两位骑者，骑者在车前勒住马。车停，李队长认不出那个人是谁，细看了又看看，最后认出来了，喊着“方书记！”跳出车外。

“老李，你好！”

方书记下马，走过来与他握手。

“方书记，你什么时候到的？这几天困难越多，就越盼你早些到来。”

“这些，以后再谈，你们的情况怎么样？”

“有人领我们去找泉水，他在前面走呢，那些布条就是他做的标记——大概是怕我们迷了路吧！”

胡合牵马走着，然而他脸上不再是欣喜的神色，而是有什么苦痛折磨着他似的，紧皱着眉头，脚步迈得沉重，走几步停下来揉一揉左腿。

他终究不得不停了下来喘息着，为了不至于倒在雪地上，他扶住了马背，咬着牙站立着。

他想（画外音）：“不能倒下去！不能倒下去！再走三五里就到了！”

隐约看见白音布拉格泉水了。

一阵不能忍受的剧痛，他“哟”的一声，倒在雪地里。

正在这时，方书记与通信员赶到了。他们跳下马扶起他来。

胡合费力地抬起眼帘，他模模糊糊地认出方书记的面孔。方书记也认出他是胡合，不由得喊："胡合，你是胡合！"

胡合几乎不相信自己的眼睛，紧紧抓住方书记的手说："你是政委——我的老首长！"

"胡合，我是方之诚。"

"你怎么来到这里的？"

"我已经转业，到包钢工作来了。"

他的通信员从一旁说：

"他现在是包钢总公司党委书记。"

"方政委，真没想到，我们在这地方见面……"

胡合说着，泪水糊住了两眼。在那泪水模糊的眼前，浮现出回忆的场面：他在鄂尔多斯游击队左腿负伤时，方之诚政委也像今天这样扶过他呀！过去的情景，战斗中的友谊，一幕幕浮现出来……

当他镇静过来时，耳边仍然刮着风暴。

李队长他们也赶到了。

胡合从过去的战斗回忆与方政委的友谊中，得到了力量，站立起来，说了一声："受伤的腿犯病了，有点痛，不要紧！"又一瘸一瘸地艰难地向前走去了。

在一个山洼中，终于找到了水源——闪着一片银光的白音布拉格。

胡合站在泉旁，他的袍襟完全撕光了。他欣慰地微笑着说：

"找到了——这就是白音布拉格！"

通信员："汉语就是富饶的清泉！"

大家与胡合紧紧握手，道谢。之后，踏着深雪，不顾一切地跑过来，扎下头痛喝泉水。

方政委从通信员马背上拿过一只双筒猎枪，走到胡合跟前说："老朋友，我知道你爱打猎，为了感谢你帮助勘探队找到水源，把这支猎枪送给你作个纪念。等明年春天，天气暖和了，你到包头我的家里去住几天，咱们好好聊一聊。"

他把猎枪双手递给了胡合。

胡合："方政委，我跟了你多少年，可没想到有一天会在这儿跟你见面。用一句蒙古古诗里的话来说：让我们的友情像这口泉水那样喷涌不歇吧！"

喷涌的泉水，化为汹涌的河水。

春天到来了。黄河开化了。远山上开满了野花。

在一个春光明媚的日子，胡合到包头来找方书记。

他好不容易在工地上找到了方书记。

方之诚在几丈深的沟道里与工人们共同劳动着，全身是泥。

胡合认出他来，喊："方之诚同志！"

方书记也认出胡合，爬出沟来，擦了擦手掌上的泥，与他边握手边说："我一直盼着你来呀！我们痛痛快快地打它一天猎。"

胡合："盟委已经通知我到白云鄂博矿山党委工作了，我是来向你接受任务的。"

方书记："我的矿山公司党委书记同志，今天是星期天，不谈工作，我先领你去看一看我们的工厂，之后，再找道布钦去打猎，他也调到包钢当副经理了。"

胡合："那太好了。"

在不远的地方停有一辆吉普车，他们上车。车动，方书记自己驾驶着。

汽车顺着一条刚刚踏成的羊肠小道行进。驰过干涸的昆都仑河床。

一路上，到处插着测量队的红白小旗，拉着细绳。

车开到河西岸，在高坡处停住。他们下车来。

前面是一片无边荒原，一只雄鹰在上空傲然飞翔。远处丘陵上有一群黄羊在游荡。

方书记指着这片荒原说："这里就是我们的工厂。"

胡合："哪里有工厂啊？"

方书记："不久，在这里就会出现世界上第一流的钢铁联合企业。那里要建立高炉，高炉那面是焦化厂，那里是热电站，靠南面就是炼钢厂、轧钢厂……"

他转过身来指着河东，又说：

"河东边，将出现一座崭新的城市，不久那里就是一片楼房。这一切都不是空想，是在三两年内就会出现的。如果说过去的内蒙古草原可以与最落后的地方相比的话，包钢建成之后，我们这个地方就能够与最先进的地区相比美！是的，我们就要在这片荒无人烟的草原上，建立起世界上第一流的钢铁基地！培养出成千上万的蒙古族钢铁工人！"

当他们二人都沉浸于那将实现的理想中的时候，一群黄羊恰从他们前面闲散地走过。方书记一见，用胳肘碰了一下胡合，使了个眼色。

胡合举起猎枪，打了几枪，飞奔着的黄羊，滚倒几只。

他们把猎获物搜集在一起。

胡合打趣说："我的方政委，在世界第一流钢铁基地上，还能这样愉快地打猎，这可是我没有听说过的事！"

方书记回答说："这也许是最后一次了，过不了几天，这些黄羊就得搬家了。"二人笑了，拉上野物，上车，往回走。

汽车轮在草地上转动。

娜布琪试着开汽车，神色很紧张，就像城里人第一次骑马。林祥从一旁指导着她。

初开车，掌不住盘，不偏左就偏右，汽车弯曲前进。

车开到加米扬家门前停。加米扬、查干朝鲁和一群牧民，从包里出来迎接。

娜布琪为了叫乡亲们知道是她开车来的，有意在司机座位上多耽搁了一会儿，直到有人喊出“娜布琪学会开汽车了”时，她才悠然走下车来与众人寒暄。

加米扬迎过来说：“好孩子，有志气，这么大一匹机器马，叫你给驯服了！”

查干：“娜布琪，旗里要送一批蒙古族青年去当工人，我们刚报了名，只等政府批准了。”

娜布琪：“这么多人都报名了？”

加米扬说：“都去当工人，牧业战线上没有兵也不成啊！现在我们开会正在讨论统一调配劳动力的问题，既支援工业建设又不荒废牧业生产。”

娜布琪向加米扬问道：

“大叔，你也报名当工人吗？”

加米扬开朗地笑着答：“我离开牛羊就会寂寞得死去，我天生是个牧人。”

众人笑。

“还有很多青年人跟我们一起搞牧业，我们正在成立合作社呢！”加米扬接着说，“我们打算去把你阿爸找来，老朋友们都同心协力闹合作，就他不合群还行！他没来看过你吗？”娜布琪摇头。

“让孩子出来这么长的日子，他不闻不问，这老头子，老糊涂了！”

在人们谈论的当儿，查干一直在汽车跟前，摸摸这个，动动那个，不时又以羡慕的眼光看一看娜布琪。

他喊道：

“喂，多新的汽车呀！咱们叫娜布琪开上车，兜一圈回来好不好？”

“好！”众人立刻响应。

娜布琪：“我们给水源拉东西呢。”

众：“兜一圈就回来，耽误不了你们工作。”

娜布琪：“林师傅，你说……”

林祥：“我更希望坐上你开的车兜兜风。”

众人欢呼。

娜布琪为难地说：“林师傅，我怕……”

林祥小声地鼓励她：“勇敢些！”

他们进车篷。众人上车，车动。

起初，娜布琪紧张得脸都有些变色，林祥不断地从旁鼓励，叫她沉住气。

车上人们为娜布琪喝彩。

车进入正常行驶，娜布琪稍许松弛。她听见车上乡亲们在交谈：

“是娜布琪开的吗？”

“她怎么学得这么快，一定是那个汉人开呢！”

查干的声音：“我趴到车窗看一看。”

查干伸长脖子从车窗探视，见娜布琪操纵，便喊：“是她开的！”

他又对娜布琪说：“娜布琪，乡亲们都在夸你哪！”

娜布琪自吹自擂地答说：“有啥可夸的，我头一个月就已经会开了。”

话刚说到这里，车前突然出现了一块巨石，娜布琪见势不妙，急转，车拐得过猛，险些出事故。林祥未及插手，娜布琪已机智地转危为安，但她吓得色变神飞，久久平静不下来。林祥松了口气，说：“好险哪！不过这一关证明你已经具备了一个司机应有的冷静和机智。”

娜布琪费力地从惊慌中平静下来，勉强地向他笑了。

查干又探过头说：“娜布琪，你这是故意吓唬我们乡下人哪！”

娜布琪轻松地一笑：“那当然！”

林祥忍不住“扑哧”笑出声来。

呼和浩特。秀芝家。

秀芝已经是四十岁的人了，多年的孤寡生活并没有使她失去年轻时的俊秀。

她离别胡合时怀孕，来呼和浩特养一女，叫彩霞，现在已经十八九岁了。身材健美，性格开朗。

秀芝正在为女儿收拾行装，暗自流泪。

正在这时，彩霞从外跑了进来，忙喊：

“妈，我们下午两点半出发……”

见母哭，怔了一下，上前半跪母前：

“妈，瞧你！我又不是去做贼当骗子，你哭什么呀！我跟您说过多少遍了，包钢是咱们国家三大钢铁基地之一，是咱们内蒙古自治区建设规模最大的地方，我们……”

秀芝擦了擦泪水，打断了女儿的话：

“‘我们共青团员，应该到祖国最需要的地方去！’对不对？你那几句话妈都能背下来了。”

母女二人幸福地笑了。

秀芝：“别叨咕了，快收拾东西，火车快开了。”

火车长鸣，车开。

彩霞从车上向秀芝、杨大婶招手告别。

车上，都是支援包钢建设的青年，与车站上送行的人们恋恋不舍地招手。

火车车轮化为汽车车轮。

彩霞和一群男女青年坐在卡车上。

路旁有一路标：包头—白云鄂博。卡车向白云鄂博方向开去。

彩霞在白云鄂博山下操纵中型塔式吊车。

吊车从右向左转动，现在正是草色青青的夏季。娜布琪站在彩霞身旁当助手。

吊车从右向左转动，大雪纷纷，娜布琪操纵着吊车，彩霞从旁监督指导。

吊车又从右向左转动，已是春天，雪化，鸟鸣，娜布琪在单独操纵吊车。

远处，彩霞开着另一台吊车。二人遥相呼应。

拉西宁布骑马到白云鄂博矿山来探望娜布琪。

在街上他一下子遇见了道尔吉。道尔吉假声假气地与他亲热，请他到宿舍里坐。拉西宁布进屋，说：

“我是来给女儿送点奶食的，你帮助我找到她吧！”

道尔吉瞟了他一眼，别有用心地说：

“给女儿？谁的女儿？”

拉西宁布没有明白他的意思，说：

“我是说的娜布琪，离开了她，我们老两口儿白天黑夜地想她呀！日子过得也没有一点意思！”

道尔吉冷笑了：

“你想人家，人家可不想你呢！”

“她生我的气了，过些日子会好的。”

“她回到自己汉人堆里去了。”

“你说什么？”

“拉西宁布，你把她从小抚养成人，费了多少心血呀！”

“是啊！”

“可是人家翅膀一硬，就把你们孤苦伶仃的老两口儿一丢，再也不看一眼了。”

“不，她想我们，她是生气出来的。你怎能说我女儿的坏话！”

“娜布琪不是你的亲生女儿，她是汉人的种，是汉人！”

拉西宁布无话答对了，自言自语道：

“她是汉人的……”

拉西宁布从道尔吉家里无精打采地走出来。

他瘫痪了似的坐在马上，向北看着。

林祥开着车，来到娜布琪吊车附近，停车出来说：

“娜布琪，你的进步真快呀，我祝贺你！”

娜布琪从吊车操纵台上回答：

“这和你过去对我的帮助也分不开呀！起初调我来学开吊车，心里可憋气了，人站在这儿，心老是想着汽车。这玩意儿不像汽车那样这儿溜那儿跑，不适合我的性格，可是没过几天就习惯了。”

“什么时候咱俩换着开几天吧！”

“我还不想离开它呢！”

林祥笑了起来。

这时关其卡、查干朝鲁和一群蒙古族青年走了过来。

林祥与他们搭话：“你们到哪儿去了？”

关其卡：“上山劳动去了。”

林祥："坐我的车走吧！"

众人："那就先谢谢了！"

说着争先恐后地上了车。

只有关其卡剩下来，对娜布琪说：

"晚上一起看电影，去吗？"

娜布琪结束工作，边下吊车边答：

"跟未来的蒙古族钢铁工人一同看电影，当然是一件光荣事啰！"

关其卡认真地说：

"娜布琪，我跟你是说正经话，去吗？"

娜布琪从上兜里掏出两张票来说："你看，我早就买了两张票。"

关其卡高兴地向车上同伴们跑去了。

但是当他看见娜布琪甜蜜地微笑着跳进林祥的司机篷里时，他的两眼里充满了妒火。

车开。

车在山下公路上急驰。

娜布琪从车篷看见前方公路旁有一位蒙古族牧民骑马走着，她按笛警告。谁晓得那正是拉西宁布，更没料到他的马听到车声、笛声竟然大惊，不分方向，掉头猛跑，险些把主人摔了下去。

过了一会儿，娜布琪才渐渐认出拉西宁布。她叫林祥急停住车，跳出车篷，边喊："阿爸，阿爸！"边向他追了过去。

然而他跑远了，没有听见。

她停下来，急得直跺脚。

正在这时，道尔吉到来了，他递给她一包东西说：

"你姨母给你捎来的。拉西宁布不想见你。"

"阿爸不想见我！"她说着两眼盈满了泪水。

青年们跳下车来围住她，劝她别哭。

道尔吉和青年们十分热情，一一握手，并问：

“你们都来学习啦？来多久？”

众答：“快一个月了。”

他与关其卡握手时说：“你们父子俩都来干工业了。”

又转身向大家：

“快到地方了，我们走一会儿吧！”

关其卡：“林祥同志，我们走着回去了，谢谢你！”

林祥说声“好吧”将车开走。

道尔吉安慰了娜布琪一句：“别难过了。”

众人随他向前走去。

道尔吉：“兄弟们——原谅我没有称呼你们是同志，你们学习得怎么样啊？”

众：“很好！”

关其卡：“你也来矿山工作了？”

道尔吉：“哪个内蒙古人不愿为矿山建设出点力呀！可咱们不像人家汉人那样懂技术，打杂吧，在矿山公司行政科工作。”

查干：“不懂技术，学呀！”

“你们青年人学吧！”他假笑了一下，顿了一顿又说，“不过我作为你们的兄长，有一个问题想提供给各位蒙古族老弟们考虑，我们蒙古族，是个少数民族，人少，所以在跟大民族，说得直接一些，就是跟汉族打交道的时候，应当顽强地抵抗他们的同化！”

一个青年：“什么！同化？”

道尔吉：“就是说不要变成了汉人！”

他整理一下马裤，抬了一下脚上的马靴又说：

“看我，到哪里也认得出是个蒙古族人！”

青年们笑了。

道尔吉立刻严肃起来："兄弟们，这不是说笑话，你们看一看自己，还像点蒙古族人吗？蓝制服，制帽，学汉文，说汉话……"

关其卡："再过几个月，公司就要送我们去鞍钢，不懂汉文、汉话，怎么向汉族老大哥们学习呀？"

查干："我们为了学技术才学的汉文汉语，技术，你懂吗？那可不是简单玩意儿啦！"

道尔吉走在人群当中，说："但是民族利益要比学习技术重要得多！"

关其卡："技术也重要！蒙古族人的双手，不只是为了拿套马杆才长的。毛泽东时代的蒙古族人，要用这两只手炼出钢铁来！"他末了骄傲地说了一句："我们就是未来的第一批蒙古族钢铁工人！"

道尔吉："我真无法估计，钢铁时代对我们蒙古游牧生活起多么大的破坏作用！"

关其卡："你这是什么话？难道你不愿意我们蒙古民族进到社会主义？"

道尔吉："嘿嘿嘿！这帽子戴不起！好了，你们已经到了，以后再说。"

门口挂着牌子，上写"包钢总公司蒙古族工人文化补习学校"。

青年们走进门去。

娜布琪叫住关其卡，把两张电影票交给他说：

"我晚上要找胡合同志谈一谈，你找个同志一块儿去看电影吧！"

夜晚，胡合办公室，异常朴素。

娜布琪面带悦色，显然和胡合的谈话，消除了她的忧闷。

胡合抚摸着她的头发说：

“你不是小孩了，怎么能老是叫人替你擦眼泪呀！”

娜布琪不服：“我才不爱流泪呢，今天是特殊情况嘛！”

“你刚才还……”

“您是我们的党委书记嘛！”

“嗬，真有话说！好吧，抽个空儿，我非去找拉西宁布算算账不可，不单是你这一件事。除了这，他到底为什么老是跟大家不合群？天不早了，你回去吧！”

娜布琪不知想起什么，环顾了一下全屋，问：

“您住在哪儿啦？”

“这是我的办公室，又是宿舍。”

“怎么没有床？”

“没有床也能睡嘛！”

说罢，他收拾了桌上的杂物，抱过行李，铺在桌上，说：“这不是很舒服吗？”

“我们当工人的都有床，可您是……”

“是党委书记，噢，就必须与众不同，里三间外三间地住上几间房子，又是办公室，又是会客室，是吗？我们有些工人同志，眼下没有床，还不是睡地铺？我睡在桌子上，总算是不错的了。”

娜布琪极为感动，见他褥子很薄，便说：

“您的褥子太薄了，明天我给您送一床来。”

“不用了，谢谢！”

“再见！”娜布琪走出门去。

胡合刚要躺下时，电话铃响了。他拿起话筒：“喂，是啊，你是采矿车间，啊，啊，好，我就去。”

娜布琪一个人走在街上，电影院早已散场了，最后熄灭了门灯。

她走到一座未完工的立有脚手架的建筑物旁时，听到从黑暗处传来彩霞的低语声：

“谢谢你——关其卡，这部片子太有教育意义了。”

“我再送你一段路吧！”

“不用了。再见！”

“再见！”

娜布琪听了他们的对话，不由得起了疑心，她嫉妒而又痛苦地紧皱眉头向宿舍跑去。

矿山女工宿舍，彩霞、娜布琪同室。娜布琪已经睡了，然而仍皱着眉头。彩霞在灯下伏案写信，写完，轻声读了起来：

“妈妈！时间过得多快呀，离开您已经半年多了！妈！我想您！在我小时，您不是常常谈起草原吗？今天，草原上发生着惊人的奇迹，只要您来看它一眼，就会明白解放后的草原与您年轻时所了解的草原变得多么不同！我在这里生活得愉快极了。妈，我认识了许多蒙古族青年，我很喜欢他们……”

秀芝在灯下读着女儿的来信：

“妈，我认识了许多蒙古族青年，我很喜欢他们……”

读到这里，她拿信的双手，松弛下来，落在膝盖上，两眼直呆视着灯光，胡合年轻时的面影渐渐浮现出来，又消失下去。

她两眼里盈满泪水。

白云鄂博镇。人群围着一辆装饰得五彩缤纷的卡车。旗帜。标语。

最醒目的一条大字标语是：“欢送蒙古族工人去鞍钢学习！”

去学习的蒙古族工人们都穿上新制服，胸前挂着光荣花，被前来欢送的人们包围着。

胡合跟青年们走在一起，看去也是出门的打扮，有一个老牧民打趣地问:“胡合，你也到鞍钢学习呀？”

胡合:“我代表大家给青年们送行，可以说是送行工人。”

众人笑。

娜布琪与往日打扮得十分不同，显得异常漂亮，也来送行。她身旁站着林祥，她与青年工人们说笑着，然而两眼却不时向四处急切地盼顾，她在寻视关其卡。

关其卡也在人群中寻找着她，当他好不容易发现她时，可巧看见她与林祥在一起大笑着。他嫉愤地扭过头去。

这时彩霞跑来与关其卡双手相握，热情告别。而这一切，也恰被娜布琪看得一览无余。

她扯下白纱巾，愤然离去。

彩霞见关其卡笑得有些勉强，看出秘密，问:

“娜布琪惹你生气了？”

“没有。”

“怎么，你没有见到她？”

关其卡摇了摇头。

彩霞有些急了:

“她来了，来了，刚才我还看见了。你等着，我去找她。”

彩霞急忙向人群中跑过去。

这儿找，那儿找，不见她。

彩霞问林祥:“看见娜布琪没有？”

“她一个人回去了。”林祥向远处看了看，又说，“那不是！”

彩霞急向远处的娜布琪跑去。

汽车开动了。

人们互相热情道别。

关其卡在人群中最后寻视了一眼，仍不见娜布琪，便失望地走进车厢。

彩霞拉着娜布琪的手，向汽车停处急速地跑着。

她们跑来时，车已远，送行的人们四处散去。草原上只留下一道长长的车辙。

娜布琪抱住彩霞痛哭起来。

汽车在草原上飞奔。

青年们恋望着故乡的草原。

查干："等我们学习回来，白云鄂博破碎厂就建成了。"

"到那时，电车也上山了。"胡合拍了一下查干的肩膀，把话接了过去。

青年们给胡合让座位，他阻止说：

"我不坐，大家也别坐了，看一看我们的草原吧！"

牧区一片繁荣景色：

在张东喜的旧居附近，那座破庙已完全倒塌了，在那里已盖起了一排排整齐、高大的房屋，有一群小学生向汽车招手——那里是小学校。破庙的南面是铁路，火车吐着长长的烟雾驰过，北面是笔直的公路，有几辆汽车，扬着灰尘。

在那附近已经集成为牧民聚居点，几百座白色蒙古包排设一起，很壮观！

肥壮的牛羊群，斑斑点点，有一个老牧民拧开自来水管的龙头，清水喷涌，羊群围槽饮水。

出现这些画面时，胡合（画外音）：

"牧业支援工业，工业又带动了牧业，我们的草原变化多快啊！"

查干朝鲁突然喊道："爸爸！"

原来加米扬骑马飞驰着向这里招着手。

胡合敲司机篷，车渐停。加米扬赶了上来，查干跳下车去与父告别。胡合从车上说道：

“老社长，儿子去学习，你也不到镇上送一送啊！”

“昨天我去了，今天我们要开社员大会，脱不开身哪！”

说着他转过身，双手搭在查干肩上，说：“孩子，上车吧，好好学习，别净顾玩儿。”

胡合：“老朋友，孩子学习回来，该给娶个媳妇了。”

车上众人笑。加米扬吻儿前额。

查干上车，车动。互相喊着：再见！

远处牧民们也向他们招着手。

胡合：“今天有多少人欢送你们哪！他们是为了什么？”

众：“希望我们到鞍钢好好学习。”

胡合：“对！他们希望你们到鞍钢向汉族老大哥学好本领。小伙子们，有多少人羡慕你们，同时也向你们寄托着希望啊！二十年以前，我们在这片草原上跟日本鬼子和他们的走狗作过斗争，那时，真没想到草原会有今天这样的好时光。我们的民族，原来是个落后的民族，我们想要学习一种新东西，掌握一门科学，非得好好加把劲不可。在包钢建设中，党一直充分注意到培养民族职工的重要意义，今天送你们到鞍钢学习，就是最具体的一个例子。希望你们时刻牢记党的教导和关怀，成为又红又专的蒙古族第一批钢铁工人。”

众人怀着感激的心情热烈鼓掌。

晚间。在包钢职工宿舍。

胡合对大家说：“我已经把你们向总公司做了交代。你们还要坐好几天火车！今天早些休息，谁也不许乱跑。”

等大家上床入睡以后，胡合一个人向门外走去。

关其卡悄声问道：“爸爸，你上哪儿去？”

“出去逛一逛。”

“我也去。”

胡合打了下他的屁股说：“快睡！”

他走出楼去。

他在离大街很远的群楼之中，费了好大力气，才转到大街上来。街上人山人海，灯火辉煌，热闹异常。

有一群人操着东北沈阳土音谈着话，另一些人又用上海话相互打着招呼。

胡合边走边想（画外音）：“那年，我在这块地方，和方政委打过黄羊，可几年工夫，盖起了多少幢楼啊！”

他被草原的新的面貌所吸引，欣喜无比，信步溜达。

他在楼群中行走。

又在另一楼群中行走。

他看了一下手表：“这么晚啦！该回去了。”

他加快步伐，向前走去。

来到前面一幢楼跟前，才要走进门去，仔细一看，却不是他住的那幢楼，他自言自语说：“噢，走错了。”

他转向另一幢楼。

来到另一幢楼跟前，一看也不是他住的职工宿舍。

他问一个工人：“工人宿舍在哪儿？我找不着它了。”

工人：“这一幢幢三层楼都是职工宿舍，您找第几街场第几幢楼啊？”

胡合心里有点慌了，但嘴上说：“噢……谢谢了……我知道哪座楼了。”

他焦急地向前走着，不时四处寻视。

画外音：“糟糕！连号码也没记住，到哪儿去找啊？为啥把楼都盖成一模一样、一个颜色呢？这可叫我到哪儿去找啊！”

他前额上出现了汗珠。

画外音:“我迷路了！”

忽然有一个女同志怀中抱着一个小孩匆忙走了过来，胡合上前问:“同志，你可知道今天打白云鄂博来的蒙古族工人们住在哪儿吗？”

那个女同志想了想说:“知道，您跟我来吧！”

她领他走了几步，回头来问:

“您同他们一起来的吗？”

“是的。我来送行。”

那位女同志边走边看他，突然喊道:“您是胡合同志！”以致把怀里甜睡着的孩子一下惊醒了。

胡合纳闷了。

“同志，你是……”

“我给拉西宁布的女人接过产。”

“你是江大夫！很早就回到包头来啦？”

“在白云鄂博待了四五个月，就回包头来生这个孩子，后来就留在包头厂子了。”

他们来到灯火通明的大街上，在路灯光下，胡合探身去看江大夫的孩子，问:

“他几岁啦？”

“五周岁了。”

“跟我们的包钢同岁。五年，短短的五年！”他望着夜战中的包钢，远处是一片光和烟的世界，颇有感触地说，“我真没有想到会有一天在自己青年时代放牧的地方迷路！迷路，多么幸福的迷路啊！”

胡合送走青年工人们之后，乘车回矿山。

在草原上，遇见了拉西宁布，他骑着一峰骆驼慢慢腾腾地走着。

胡合叫司机停住车，自言自语地说："真是巧遇，是他！"他又对司机说，"你把车开到前面山坡上等着我吧！"

他下了车，老远就向拉西宁布打招呼：

"拉西宁布，你好？"

"好。你好？你……"

"我是到包头送青年们去鞍钢学习的，没承想，回来的道上碰见了你！你上哪儿去呢？"

"到旗合作社买了点东西。"

"咱们矿山百货公司什么都齐全，又比旗合作社近便，你为啥不到那儿去买呀？"

"那儿……"

"那儿是汉人的！是吧？老朋友，可我这个蒙古族老汉在那儿当党委书记呀！"

拉西宁布沉痛地说："听到你叫我老朋友，我心里真难过！是啊！我们是多年的老交情，但是汉人来把我们拆散了！"

他们说着来到了山坡上。这里树木繁茂，景色诱人。

山坡上有一坟墓，墓碑上刻着蒙汉文："张东喜之墓。"

他们来到了墓前，脱帽，静默。

胡合："这些树，都长得这么高了！"

拉西宁布："每年春天，我都领着娜布琪来镇上的。"

胡合："拉西宁布！你还没有忘记张东喜，这很好！但是你刚才说了些什么？是汉人把我们拆散了吗？不是张东喜这些汉族同志们，给我们内蒙古草原创造了幸福！是张东喜同志领导的反抗日寇的斗争，把我们的命运联在一起，使我们的友谊保持了几十年！我们都是四五十岁的人了，不应该忘记我们是怎么样生活过来的！……"

他越说越激动了！他的眼前浮现出二十年前，他、加米扬、拉西宁布同张东喜共同斗争的情景，张东喜死前的最后一幕……

他那皱纹满布的眼角上出现了泪水。

当他镇静过来时，拉西宁布已不在他的身旁。

拉西宁布牵着骆驼走了！他的步伐比那骆驼步伐更为沉重、踉跄，踉跄、沉重……

拉西宁布的家。老两口儿，闷坐不语，心事重重。

过了半天，拉西宁布站起，手提几根绳子无精打采地说：

“拉羊草去吧！”

老婆替孩子正了正枕头，满肚怨气地说；

“跟乡亲们东邻西舍地住在一块儿多方便，人家早就成立了合作社，就是你疑神疑鬼，非搬出来不可。他们在白云鄂博住着，也没叫汉人给吃了。这倒好，单门独户，出去拉车草，就没有一个邻居替你照应一下家，把一个孩子留在家里……”

拉西宁布生气了：“你别叨咕起来就没个完，他不是睡了吗！”

他一生气，把没抽完的烟袋，猛力一磕打，就走出门去，以致烟火掉在围墙附近的干草堆上都没有看见。

老婆顶不过他，她虽然满肚怨气，仍随后跟了出去。

老两口儿赶着两辆牛车向草场走去。

包内，小儿睡得很甜。

烟火在干草堆里冒着烟，烟越来越大了。

在草原，老两口儿不语地一前一后走着。

包内被浓烟所弥漫，干草着了。

老两口儿来到草场，准备往车上装草。

从蒙古包天窗冒出灰色的烟。

一辆卡车在草原上飞驰。

林祥开着车，助手对他说：

“领导上叫咱们三天之内把这批供应牧民的粮食拉完，我看，用不了三天，加把劲儿两天就能完成。”

林祥：“没问题。”

汽车扬起滚滚黄尘，向前奔驰而去。

老两口儿装满车，往回走来。

从蒙古包天窗冒出浓黑的烟。

林祥开着车，老远就看见大道左面有一座蒙古包冒着可疑的浓烟，他焦虑地皱起眉头，对助手说：

“你看那座蒙古包！”

“失火啦！”

“可能！”

他立刻拐过车，加足马力直奔而去。

六十，七十，八十马力！

林祥那焦虑的脸。

老两口儿慢腾腾地往回走着。

汽车开到蒙古包近处突停，听见包内有小孩的哭声。

林祥急跳下车，向蒙古包跑去。

当他踢开包门时，浓烟和火舌齐冲出来。

助手从他身后急喊：“林师傅！”

然而他仍奋不顾身地脱去外衣，钻进包去。

不一会儿，当他用自己外衣包着那孩子闯到包门口时，由于烟熏火燎，身体不支，晕倒地上。但他直到失去知觉的最后一秒钟，仍勉强支撑着将那孩子救出包外，助手马上接过小孩。而正当这时，蒙古包整个塌了下来，将林祥压在火堆之中。

拉西宁布突然看见家处一片烟火，惊慌失色，“啊”地怪叫一声，双手捂住脸部。

拉西宁布慢慢地将双手从脸部移了开来。他站在医院走廊里。

一群工人、干部和蒙古族牧民向手术室的门巴望着。

印报机飞快地转动，一张张《包头日报》印了出来。

醒目的标题：林祥舍身救牧童

全市不同民族、不同年龄、不同职业的人，都在抢读这张报纸。

娜布琪手里拿着一张报纸，焦急地跑进医院大门。

鞍钢，宏伟、沸腾的鞍钢。

包头派去的民族工人们已经分别到各车间实地学习。

汉族老大哥们，亲切而又认真负责地指导着他们。

关其卡和同伴们，在熔炉车间实习。

下班了。大家回到宿舍，一开门看见房里放着一堆信件。众人顿时欢腾起来。

每个人都想从信堆里找到自己的家信。收到信的高兴了，没有收到的失望了，但仍一遍遍地查寻。

关其卡一人对此表面上不怎么热心，他带上盥洗用具要去洗漱，正在这时，查干朝鲁收到家信高兴地走过来说：

"关其卡，你不看一看有没有家信？"

关其卡应付了一句："没有人给我来信。"

另一个青年："等家信要有耐心，一两次收不到就泄了气还行？要鼓足干劲，力争上游，等着等着，就等来了。哈哈……"

关其卡对他的话不加理睬，向外走去，突然后面有人喊：

"关其卡，有你的信！"

关其卡回头看了一眼说："别逗了。"

那个人仍喊："你自己来看。"说着举起一封信，"瞧，关其卡三个大字写得清清楚楚。"

关其卡半信半疑，外表上故作镇静，心却直跳，他走回来说：“拿来，我看！”

“没那么便宜，你说，请不请客？”

他仍故作镇静地说：“什么客也不请，你不给，我也不要。”

“好，你不要，咱们把它归公，来，哪个同志给朗诵朗诵。”

听说要把他的信公开朗诵，他沉不住气了，上前把那个同志的胳膊倒拧过来，说：“给我，给我！”

那个同志哎哟不停，只好将信交给了他。

“动武的不算英雄！”

关其卡只急于读信，那个人的话都没进他耳里。

他用颤抖的手拆开信，第一眼光看信尾的寄信人名字，他狂喜地说了一声“娜布琪”，丢下盥洗用具，跑出房去。他跑啊，跑，跑到街头公园，找到一个空椅坐下来，呼呼气喘着如饥似渴地读了起来。

正当大家聚精会神地听着家乡新闻的时候，关其卡迈着沉重而缓慢的步子回来了。他的神色完全出乎大家的意料，低着头，沉着脸，右手无力地拿着那封来信。人们停止读信，都向他望着，有人问：

“关其卡，出了啥事？”

他走近大家，把信交给那个读信的小伙子，说：

“先念这封吧！”

众人惊疑不解。

读信人接过信来，先将全信扫了几眼，还没有读信文，他便神色惊怔了。

众：“你快念哪！”

他这才开始读：

“……矿山汽车队的林祥，从大火里救人，全身被烧伤。”

"被救出来的恰是我的小弟弟。林祥的伤势严重，据说有生命危险，现在已经转到北京去治了。他那舍身救人的英雄事迹，传遍了全包头！关其卡，你记得他吧？他是我的师傅，也是我最好的朋友……"

读到这里，有人急问：

"到北京以后治疗情况怎么样？"

读信人在信文上扫了几眼，回答道：

"有关林祥的事，只写了这些。"

信读完了，人们沉默了。

关其卡站起来说：

"同志们，我提议，我们以在鞍钢的包钢实习生的名义，给林祥同志写一封慰问信。"

"同意！"

关其卡："我虽然文化不高，但自告奋勇，我执笔。"

他拿过纸笔，坐下来准备写信，忽然在他眼前出现了娜布琪的面影，耳边响起她的声音："他是我的师傅，也是我最好的朋友……"

有人说："你写呀！把我们听到他受伤消息以后的心情好好描写描写。"

又有人说："就写我们用更好的学习成绩，表示我们的慰问！"

他镇静过来，对自己说（画外音）："你想什么哪！"

他立刻摆脱那种不应有的嫉妒情绪，开始写起信来。

包钢的星期天。

娜布琪来到方书记宿舍门前。

方书记宿舍窗前有一块不大的花池，秋后，花谢了，方书记正在打花籽。

“星期天玩得好吗？”他问。

“洗洗头发，又看了一场电影。”娜布琪回答说，“方书记没出去呀？”

“我爱打猎，可季节不对，在家里打打花籽。”

娜布琪：“这是您自己种的吗？”

方书记：“嗯。”

娜布琪：“您的爱好真广，又爱打猎又爱种花。”

不知为什么方书记不作声了。

娜布琪：“这花多么好看，从哪儿买的花籽呀？”

方书记勉强地笑了一下说：“不是买来的。”

娜布琪：“是别人送的？”

方书记摇了摇头：“也不是。”

娜布琪：“又没买，又没人送，是天上掉下来的？”

方书记笑了：“是我妻子留下的。”

娜布琪：“您爱人……”

方书记：“她和孩子，在解放战争时期，被国民党杀害了。”

突然他们不言语了。打花籽的手也都迟缓下来。

半晌，方书记说：

“她生前爱种花，为了纪念她，我每年春天都种她留下的花籽……”

娜布琪听后极为感动，直说：“您太好了！”

正在这时，胡合和道布钦来了，握手。

“我们来迟了。”

他们同进房内。

他们饮茶，谈话。

方书记：“总公司党委决定派你们三位到北京去慰问林祥同志。”

娜布琪惊喜地抬起头来。

道尔吉骑着马，到白云鄂博附近的牧区。

他在拉西宁布家里遇到了群众甲、乙。

他们寒暄之后，道尔吉问：

“过冬的草料都准备好了？”

那三个人面面相觑，答说：“准备好了。”

道尔吉：“就在这儿住着吧，白云鄂博山跟前，蒙古族人去不得，整天轰轰地崩山，吓得羊吃不进草，喝不进水。唉，在这么好的秋天，牲口瘦得像干草，再说，我作为一个蒙古族人，乌兰察布的蒙古族人，看见圣山被他们挖成东一道沟、西一条沟，心揪着痛！”

说到这里，他装得十分悲痛，头低了下去。

群众甲、乙神态犹豫，低头不语。

拉西宁布不同从前了，以厌恶的眼光看着道尔吉。

道尔吉继续说：

“包钢是汉人的！在那儿蒙古族人根本不受重视，更谈不到培养。拿我来说，大小也是个蒙古族高级知识分子……”

群众乙：“什么？搁屎的盆子？”

“高级知识分子！但是包钢八九个经理里，就没有我的位！这次到旗政府联系一件微不足道的事，也派我来，这就是他们的民族政策！一句话，在包钢，蒙古族人连个落脚的地方都没有！”

群众甲：“道布钦同志不是在包钢吗？”

道尔吉听到道布钦这个名字，立刻怀着一种仇恨心理，说道：

“道布钦有职无权，是一块牌子。再说，他除了会给汉人溜须拍马以外，会个啥？在我念大学那时候，他也许连个数都不会查呢。他凭什么当副经理？呸！”

一直保持沉默的拉西宁布，到此时忍无可忍：

“俗话说，狗放屁，什么时候都是那一个味。你说来说去，只是一个意思：只有你这个官布协理的少爷才能当包钢经理。”

道尔吉即刻申辩：“哎，你……”

拉西宁布不再理睬他，对群众甲、乙说：

“咱们干活去吧！”

道尔吉：“你们干什么活儿？我也帮助你们干一会儿。”

拉西宁布：“我们搬家！”

“搬家？往哪儿？”

“搬回白云鄂博去！我们已经入社了！”

说罢，向群众甲、乙一摆手，三人一同走出包去。

包里只剩下道尔吉一个人，他怔了半天，向包外冲了出去。由于跑得过猛，把头磕到门顶上，像条狗似的叫着，跑了。

北京。医院。

道布钦等从病房走了出来，在走廊遇到一位大夫，他们与她握手说：“大夫同志，我们今天回包钢去了，这次我们来给你们添了许多麻烦！”

大夫：“才来几天就走啊？”

道布钦：“我们已经完成了慰问任务。至于治疗和护理，就完全靠你们了。”

大夫：“我们医院的党团员们，前几天开会讨论了林祥的英雄事迹，大家都得到很大的教育。治疗和护理是我们分内的工作，请转告给包钢全体职工同志们，林祥同志的情况已经大有好转，我们努力叫他早日痊愈。”

“谢谢你们！再见！”他们齐向大夫道别。

走出医院，上了卧车，道布钦对司机说：“到前门车站。”

车开动。他们从车窗观看着首都风光。

他们从车窗观看着田野风光。

火车吐出长长的烟雾在飞奔。车上挂着“北京—包头”的牌子。

车上广播着歌曲。

在同一次车的另一车厢里，坐着送去鞍钢学习的工人们，他们正在打扑克。

在另一个车厢里，坐着秀芝。一个战士关切地问她：

“大娘从哪儿上车，到哪儿去？”

“从呼和浩特上车，到包头去。我女儿在包钢工作，她非得叫我搬到那儿去住。”

车上广播：“旅客同志们，播音室为了活跃旅途生活，约请有艺术专长的旅客，来播音室演出文艺节目。现在我们请包钢女工娜布琪同志演唱蒙古族民歌。”

“娜布琪！”关其卡放下扑克自言自语道。

青年工人们：“她怎么也在这次列车上？”

广播传出娜布琪的歌声。

关其卡：“是她！”

他扔下扑克，到播音室去了。

秀芝静听歌声。歌声传来了，她说：“再唱一支吧！”

“您喜欢蒙古族歌曲？”战士问。

“唱的是乌兰察布草原的歌子。我在那儿长大的。”

这时关其卡领着道布钦、胡合、娜布琪恰从秀芝身边走过，胡合走过时不慎碰了她的手，回头道歉，她说“没有什么”。两个人视线相遇，但没有认出来，胡合他们走开了。

关其卡把他们领到自己车厢，大家为在火车上巧遇而欢闹起来。

在列车门口，关其卡和娜布琪偎依而立。

在关其卡脚下扔着三四只烟蒂，看来他们谈话已久了。他们幸福地凝视着远方，外面是辽阔的树木、青葱的原野。过了许久，当他们那充满神采的眼光碰到一起时，他们情不自禁地拥抱、接吻了。

包头车站。

欢迎的人群，握手、拥抱、说笑。

关其卡扶胡合下车来，在人群中看见彩霞。他喊道："彩霞！你来……"

彩霞："我来欢迎你们，同时也接我的母亲。"

胡合："你母亲来了？母女团圆，好事。"

关其卡："我把爸爸送上车，回来帮助你搬东西。"

他把爸爸送到道布钦的卧车上，又返了回来。这时，彩霞已经接回了妈妈，秀芝高兴得流了泪。彩霞把关其卡介绍给妈妈："他是蒙古族同志，刚从鞍钢学习回来。"

关其卡："大娘在路上受累了。"

秀芝："路近，不累。你叫什么名字？"

"关其卡。"彩霞从旁代答。

秀芝用标准的蒙古音说了一遍。

关其卡："您发音这么标准，一定会蒙古话。"

秀芝："会一点。"

他们带上东西，向站外走去。

大篷车在包头新、旧区中间的笔直马路上行驶。

青年们抑制不住内心的喜悦，唱着歌。

前面就是包钢了，车内几乎成了跳舞场。

秀芝、彩霞也坐在这辆车上。

到了职工宿舍，但小伙子们不下车，硬要求马上到河西看一眼厂子再回来。

关其卡："回到包钢，不先看一看厂子，谁吃得下饭哪！"

众:“对，我们不下车！”

关其卡与车上的公司人员联系了一会儿，回头说:

“公司的同志同意大家的要求。”

众人欢呼，车向厂子开去。

关其卡:“不过，因为今天晚上还开欢迎晚会……”

有人问:“欢迎谁呀？”

有人答:“欢迎你！”

关其卡接着说:“所以我们到厂子不下车，只从外面看一下就回来，同意吗？”

众:“同意！”

有人说:“反正我们一生都要在这儿工作了。”

关其卡来到彩霞旁坐下来，说:

“今天晚上领大娘去参加晚会吧，我已经跟那位同志替你们要了票。”

彩霞:“好吧！”

车向前行驶。

秀芝从侧面看着坐在女儿旁边的关其卡，在她眼前突然隐现出胡合青年时代那矫健的影子。

众人突然欢腾起来:“快看哪！我们的包钢！”

车窗外，包钢，宏伟的包钢——草原的巨人。

汽车向前行驶。

汽车来到灯火通明的俱乐部门前停下来。

在俱乐部的休息室，人们有坐有站，吸烟、谈话。

蒙古族工人们进门来，有一位同志迎过来对大家说:

“同志们，总公司党委第一书记等着要接见你们，请大家跟我来。”

在休息室一个角落，党委书记方之诚等迎接他们。

胡合坐在离他们不远的地方抽着烟，与娜布琪说着话。

彩霞领着母亲来了。她向胡合点头致意。

彩霞叫母亲坐下来，可巧坐在胡合身旁。

彩霞："妈妈，您坐着，我去拿一份节目单，看演些什么节目。"

彩霞离去。

秀芝坐在胡合身边，无意地看了他一眼，把视线移开了。

方书记："同志们，我代表总公司党委，祝贺大家学习归来。你们是蒙古族第一批现代钢铁工业的工人，在你们走后，我们向鞍钢又派去了第二批和第三批蒙古族培训工人。包钢，它除在我国工业上占有重要意义之外，它又是我国少数民族在汉族帮助下飞跃发展的良好榜样，也是我国各族人民在祖国社会主义建设中，紧密团结、合作的象征！"他说到这里，转身向站在他旁边的道布钦笑着说："但是，也有那么一批少数人……"

道布钦："是那么一批少数败类。"

方书记接着说："对！他们不这样看问题，照他们说，包钢的建立，给内蒙古人带来了大灾大难。"

大家都笑了。

方书记："你们没有忘记有一个自称为蒙古族高级知识分子的道尔吉吧，这位先生散布了许多诸如此类的言论。"

道布钦："最近我们收到许多牧民来信，纷纷揭发道尔吉的错误言行，光是拉西宁布老汉一个人就来了三封揭发信。"

在他们交谈的时候，彩霞拿着两份节目单回来了，给了母亲一份，将另一份递给了胡合。

胡合接过节目单时，看见了秀芝，他问彩霞："这位是你的……"

胡合与秀芝的视线碰到一起了，两个人突然同时变了脸色，都怔住了。

彩霞还不明白发生了什么事情，从旁答说：

“是我的母亲。”

然而在这刹那间，离别了二十年的情人，互相都认了出来，同时站起来喊出对方的名字！

秀芝倒在胡合老汉的怀里，哭了起来。

彩霞摸不着头脑，忙扶住妈妈问：

“妈，怎么啦？”

两个人都很久说不出话来。

胡合终于含着悲喜交集的眼泪，说：“秀芝，我逃走那年，听人说，你被日本人害死了，没承想，你还活着……”

秀芝慢慢抬起头来，转身对女儿轻轻说道：

“孩子，给你爸爸问安！”

彩霞仍说：

“妈，这是怎么回事啊？”

胡合突然喊道：

“关其卡，你来！关其卡！”

关其卡从人群中穿出来。

“爸爸，什么事？”

胡合对秀芝说：“秀芝，他是我的儿子！”

他又拉过娜布琪说：“她是小玲。”

秀芝顿了一会儿，喊了一声：“小玲……孩子！”抱住娜布琪痛哭。

胡合说：“我们的孩子都这么大了。”

二人搂住孩子们，流出泪水。

这时人们都向他们走了过来。

道布钦：“胡合同志，道尔吉是个什么样的人，我们都清楚了，现在只有一个问题，再需要你证明一下：十年前你被关进监狱的时候，是不是他把你救出的？”

胡合：“不管他现在怎么样，过去他救过我。”

秀芝听说道尔吉这个名字，惊讶地问：

“哪个道尔吉？”

“就是官布协理的儿子。”

“他救了你？”

“是他叫看守去了刑具，我们才逃出监狱的。”

秀芝的嘴唇激烈地抽动起来，过了半天，才说：

“不，胡合，不是他救了你。”

方书记：“这位是……”

彩霞：“是我的妈妈。”

胡合：“我不是跟你说过二十年前死去的张东喜吗？她是他的妹妹，彩霞是我的女儿。”

方书记、道布钦听出根源，上前握手祝贺。

“祝贺你们全家团圆！”

众人鼓掌。

开幕的铃响了。

方书记：“戏开演了，请吧！”

道布钦：“看完戏，我们再谈。”

众人入场。

夏日的清晨。金色的曙光，怒放的花朵。马路上刚洒过水，高大的建筑物上五彩缤纷。彩旗、标语、绘画，连那路旁的树木都打扮得如同出嫁的姑娘。

全城沉浸于节日欢腾的气氛中。

一辆辆经过装饰的汽车急速驰过，车上站满青年男女，他们都唱着节日的歌曲。

蒙古族牧民们穿着鲜艳的衣装，马队成伍，高歌奔来。

欢唱，欢唱，到处是歌声。

第一道阳光射在一座巨大彩牌上，上面写着“庆祝包钢出铁出钢出钢材”的大字标语。

大街小巷，人群簇拥。

广播器内播送着包钢将要出第一炉钢的消息。

在荒凉的草原上建成了的钢铁城市。

包钢在建设中，宏伟的包钢，沸腾的包钢。

从首都，从全国各地纷纷派来代表团。

这是多么伟大的时刻！

庆祝大会，人山人海，蒙汉人民站在一起。

关其卡等蒙古族钢铁工人，与汉族工人并肩工作于炼钢炉旁。

在那灿烂夺目的闪耀着的火光下，蒙汉工人在欢笑。

全城在欢腾！

在那目不暇接的欢乐的人群中，胡合幸福地微笑着。这时他耳边响起方书记说的话：“如果说过去的内蒙古草原可以与最落后的地区相比的话，包钢建成后，我们这个地方，就能够与最先进的地区相比美！”

人群欢呼。钢水奔流。火花四射。

蒙古族牧民们在欢呼。

拉西宁布将孩子高高举过头顶。

江燕将孩子举过头顶。

欢呼！鲜花的海洋！

蒙汉工人并肩欢笑！

——剧终

一九五八年十月

注：此作与珠兰琪琪珂合作

沙漠的春天

人物表

娜仁花：二十六岁

纳木尔：六十多岁

布洛干：四十多岁

鲁　华：二十一岁

哈　吐：二十二岁

拉格瓦：五十多岁

塔　拉：四十多岁

塔　妻：四十多岁

鲁新志：二十七岁

苏　格：二十六岁

莎　仁：二十岁

桑　布：五十多岁

赵大夫：二十七岁

巴达玛：五十多岁

解放军干部：四十多岁

达木林：四十多岁

丹　巴：五十多岁

第一章　大漠滚滚

狂风翻腾起整个沙漠，遮天蔽日。

在那黄尘腾起处，地动马嘶，只见一群马，顺风跑散，牧马人迎着风沙在追拦。

此刻，从马群上面望过去，远处沙山上隐约可见一个骑者的身影。变焦距镜头：那位骑者就是娜仁花，白马、红袍，健美。

山下，大漠滚滚，沙尘漫漫……

娜仁花望着那狂风飞沙，望着被流沙迅速侵没着的牧场，动情地想（画外音）：“千百年来，在我们这里，风沙就是这样为非作歹！……我们一定要治住它！”

风沙愈猛。

忽然画外传来牧马人的呼喊声：“把马群拦住！拦住……前面是湖水！”

娜仁花转身勒缰：“啊，马炸群了……”

她观察了下情势，两腿猛夹马肚……

在飞奔的马背上，她的前胸紧贴着蓬乱的长鬃，两眼直盯着前方。

在狂风中跑乱了的马群，像洪水般涌了过来……

娜仁花接近马群，压住边侧，极力想扭转方向，几经搏斗，没有做到。

这时马群已经拥到了湖边。在这千钧一发之际，娜仁花为了不使马群落湖，毅然冒着自己连人带马落湖的危险，紧贴着湖边，以力挽狂澜的大勇，奋力拦引，最后终将马群引到沙滩的方向。

在一处洼地，马群被拢住了。

牧马青年哈吐策马过来，认出娜仁花，喊："娜仁花同志！什么时候从北京回来的？"

娜仁花："这不，刚回来！哈吐，马群怎么回事？"

他们的坐骑在狂风中不能停立，喷着鼻气，不停地捣动四蹄。

哈吐："达木林社长调马群，马群一动脚，风大，就拢不住了！"

娜仁花："调马群干什么？"

哈吐："咳！你去北京参加国庆观礼这一阵子，咱们这儿出的怪事，几大车拉不完！"

娜仁花："拣大个儿的，给我说说！"

哈吐："头号怪事，达木林社长决定全公社百分之九十的劳力和畜力都离开这儿！"

娜仁花："哪儿去？"

哈吐："说是为了度过灾荒，一部分拉脚赚钱，一部分搬家逃荒！"

娜仁花："噢？"

哈吐："这不，把我放的这一群马也劈三瓣：三分之一拉脚，三分之一逃荒，三分之一卖掉……"

娜仁花："卖牲口？"

哈吐："达社长说，这是旗委副书记塔拉同志同意的。可咱们这儿，好多干部、社员都想不通；我，干脆反对！"

公社院里车马很多，人来人往，十分忙乱。

拉格瓦副社长手里拿着物品登记表、人员花名册，正在组织拉脚和搬家的准备工作。苏格、鲁华、莎仁骑马跑进公社院。

苏格跳下马问："爸爸，对到外地去逃荒，群众有那么多意见，公社领导怎么不听啊？"

在一旁兴高采烈地修理车具的上中牧桑布，接过话说："还提啥意见！达社长说得好：'拉脚赚现钱，搬家度荒年'，小伙子，这次拉脚，工钱大，一块儿去吧！"

苏格："娜仁花走之前，跟大伙研究过咱们公社的生产规划，都出外逃荒，这儿的工作怎么搞？"

莎仁："遇上点灾害，就耷拉着脑袋去逃荒，我们坚决反对！"

拉格瓦："别把话说得那么刺耳，什么逃荒？"

桑布："哎，就算是逃荒吧，咋的，该逃也得逃！"

青年们："我们不去！"

拉格瓦："哎，哎，骑马别往泥潭里骑，说话别往吵架上说，你们这是……"

达木林社长从公社办公室出来："怎么回事，怎么回事？"

桑布忙迎上去："达社长，你费劲败力给各大队找了度荒的地方、赚钱的门路，可他们拿娜仁花的旗号吓唬人，说不去。"

达木林："嗯？为什么？"

鲁华："娜仁花同志去北京之前，安排好叫我们一手抓今年的抗灾保畜，一手抓长远的治理沙漠规划，这您是知道的……"

达木林："治理沙漠？嘀嘀嘀，说的比百灵鸟唱的还好听！这古老沙漠，海海漫漫，无边无际，谁能治理它？自古以来有治山治水的，谁听说治理过沙漠的？"

“我来回答这个问题！”——是娜仁花的声音！

她骑着马出现在大门口。

众惊喜地：“娜仁花同志！”一齐向她拥去。

有人在喊：“娜仁花同志回来了！”

娜仁花一跳下马，就被群众团团围住，说不完的一句句热情的话，握不完的一只只有力的手……

当娜仁花走过来跟老贫牧纳木尔握手问候的时候，纳木尔向她问道：“你这次进北京，见到伟大领袖毛主席了吗？”

娜仁花无比兴奋地回答说：“见到了！”又转向众人：“同志们！这次我们参加首都国庆十一周年庆典，不但看见了伟大领袖毛主席健步走上天安门，而且在国庆宴会上，我又幸福地跟毛主席握了手！……”

群众一听沸腾起来，情不自禁地高呼：“毛主席万岁！毛主席万万岁！”

娜仁花：“同志们！我还从毛主席身边带回了一件东西。”

群众：“嗬！从毛主席身边带回来的东西！”

娜仁花：“你们猜是什么？”

众：“什么东西呀？”

娜仁花从挎包里拿出用红绸包着的一只又红又大的苹果，她高高举了起来：“你们看！”

群众相拥，争着：“苹果！”

娜仁花：“这不是一只普通的苹果，是从毛主席那儿带回来的！在国庆宴会上毛主席接见我们的时候，慈祥地微笑着跟我们问这问那，还把这一个个又红又大的苹果递到我们手里。当时我激动得什么话都说不出来，只在心里默默地向伟大领袖宣誓：毛主席！有您给我们力量，我们一定要把荒凉的沙漠，改造成富饶的绿洲！”

群众高呼："毛主席万岁！毛主席万岁！"

娜仁花："我特意把这只苹果带回来，就是要让这苹果，在咱们沙漠上生根，开花，结果！"

纳木尔："这就是说，要改造沙漠！"

鲁华："改造沙漠，才能长出苹果树！"

娜仁花："是啊，我们就是要治理沙漠！达社长，刚才你说有治山治水的，没听说谁治理过沙漠。叫我说：能治山，能治水，就能治沙漠！我刚回来，有些情况还不够了解，对搬家逃荒，群众有意见，我们召开公社党委会再研究一下。"

公社办公室。

娜、达、拉、纳已经到场。

达木林看了下手表："时间已经到了，还有几位没有来。"

娜仁花："稍等一会儿吧，今天是临时通知开会的。"

达木林："也好。我还正想跟你谈谈心呢。"

纳木尔："我们在这儿，不碍事吧？"

达木林："这说到哪儿去了！"掏出香烟，"给，给！"喊了两声，往纳木尔和拉格瓦那儿，高高地各扔过去一支香烟。他又点着烟，不紧不慢地说道："我达木林有心想把党的工作做好，但是你也了解，我是个穷要饭的出身，文化不高，工作上可能漏洞不少。就拿这次组织度荒来说，我认为在这样的灾年，如为群众着想，这也许是唯一的出路。可是你一回来，就闹得群众七嘴八舌九股劲，我觉得工作不太好做了。"

纳木尔从旁插言："哎，娜仁花回来之前，社员里头也不都是唱你那一个调的。"

拉格瓦却不说话，低头抽烟。

娜仁花："达社长，靠逃荒过日子，可干不成个社会主义呀！"

达木林：“但是，小灾小倒场，大灾大搬家，这不是我达木林的创造。”

纳木尔：“那是老说道啦！”

达木林：“对，是我们牧区常年形成的一种传统习惯。”

娜仁花：“我们不能叫旧的传统习惯捆住手脚啊！在牧区建设中，是自力更生、艰苦奋斗、战天斗地、大搞草原基本建设，还是听天由命、靠天养畜、因循守旧、屈服于自然、做自然的奴隶？是走什么道路的大事啊！”

达木林：“道理是正确的！可是今年干旱、风大、膘情不好，在这儿牲畜怎么过冬啊？”

这时，有几个大队党支部书记相继到场，娜仁花与他们一一寒暄之后，说：“我去北京之前，跟同志们商量过这个问题，这次回来又向旗委书记布洛干同志做了请示。咱们把工作分成两步走：头一步先把今冬明春的抗灾保畜工作做好；第二步，明年一开春，咱们把队伍拉出去向大沙漠开战！”

一个大队党支部书记：“行！眼下各大队就应该发动群众，日夜苦战，风口夺草，为牲畜准备好过冬的饲草。”

另一个大队党支部书记：“再派人去旗里拉饲料粮，双管齐下。”

娜仁花环视了一下会场：“党委成员都来了，那咱们开会具体讨论一下吧。”

天刚蒙蒙亮。娜仁花家。娜、苏已起床，小孩还在熟睡。

苏格正在往马褥子里装行装：“这次我去旗里拉饲料粮，你是不是把跟达社长争论的问题，给旗委写个汇报，我给捎去。”

娜仁花：“我已经给布洛干同志用电话汇报过了。”

苏格：“他怎么说？”

娜仁花：“完全支持我们的意见。”

她亲切地把蒙古式皮帽子给苏格戴上，说："你们去旗里拉粮，要对路上的困难想得多一些。"

苏格："这你放心。我去抓马，今天就出发。"说罢走出。

娜仁花的婆婆巴达玛从另一间屋走过来：

"你刚回来就起五更、赶大早的，什么事这么急？"

娜仁花给小孩盖好被子说："今儿个苏格出门去拉粮，我领着大伙儿去风口夺草……"

"什么叫风口夺草？"

"就是从风婆嘴边上把牲畜过冬的草夺下来。今年春早，草没长好，入了秋风又大，牲畜过冬的草还没有落实呢。"

"我明白了，你们是大早趁没起风去割草。好，我去烧奶茶。"

娜仁花感动地："妈，我和苏格整天忙在外头，家里家外的活儿，全留给您一个人了。"

"哎，集体的事比家里事要紧。群众扶你，党信得过你，你就把心全扑在集体的事上吧！"

天亮了，娜仁花骑马，慢步走过沙原。

有一人身穿红色运动服，脚穿白球鞋，以标准的运动员步伐跑了过来。原来是鲁华。

娜仁花："鲁华，你不分春夏秋冬总是锻炼哪！"

鲁华放慢步伐，跟在马旁："每天早晨不出一身汗，一天不舒服，惯了……您现在就去打草场啊？"

娜仁花："是啊！"

鲁华："您到我们家坐一会儿，我洗完脸一块儿去。"

娜仁花："好，上来！"

鲁华一纵身，与娜仁花同骑一匹马，向她家的方向驰去。

鲁华家。

鲁新志给娜仁花倒着奶茶说："给鉴定鉴定。"

娜仁花："是你熬的奶茶呀？"说着品了品："嗯，还真够味儿呢！"

他们都笑了。

鲁华在屋外刚洗完脸，擦着毛巾进来说："哥！从明天起跟我一起早晨去跑步，白天去打草！"

鲁新志笑了笑对娜仁花说："你看，我妹妹到这儿落户一年多，性格都像点蒙古族姑娘了。这次我来，深感跟他们的思想差距越发大了。"

鲁华："别说空话，谁叫你不来？一年就来看我嫂子一次，生怕我们这儿的风沙吹疼你的嫩脸皮！"

娜仁花："看这炮打得多猛！哈哈哈！"

鲁新志："妹妹，我跟你嫂子不一样，人家是大夫，哪儿没生病的？可我是学林业的，这儿满目黄沙，我来有用吗？"

听了这话，赵大夫很不自然地向娜仁花看去，当她们的目光相遇时，先是赵大夫微微一笑，接着娜仁花也轻轻地笑了。

"鲁新志同志，你刚来，还没有真正认识沙漠。"娜仁花说，"其实沙漠才是你们林业工作者最好的战场。"

鲁新志："沙漠是林业工作者最好的战场？"

娜仁花："我们这里需要有千万个造林英雄。"

鲁新志困惑地："沙漠上寸草不生，造林从何谈起？"

娜仁花："我国沙漠总面积占全国土地面积的百分之十三！这是多大的数字啊！现在，这么大面积的土地上，不但不生长财富，反而沙漠天天还在向更大的面积扩散！如果我们把全国的沙漠都改造成富饶的绿洲，那对中国革命和世界革命会有多大的贡献！"

窗外，朝霞映红了沙原……

鲁新志：“娜仁花同志，你的想象力真丰富！”

鲁华：“什么想象，这是实际！”

娜仁花：“我有些想法，很希望向你们搞林业的请教，有空我再来。”

鲁华对娜仁花说：“咱们走吧，以后再跟他辩论！”

他们都笑了。

一阵欢乐的笑声——打草场上。迎着朝霞正在打草的一群姑娘们，看着哈吐跑来。

一个姑娘喊道：“胖子，怎么来晚了？”

哈吐：“我把马蹄表的劲儿上得足足的，还放在枕头边上也没听见它叫唤，这觉啊，没个睡够！”

娜仁花拿着芟刀走过来，排进打草队的行列，割草。

哈吐不好意思地说：“我睡过了站，晚来了一会儿。”

娜仁花：“哈吐同志，不要紧，等你抡起芟刀来，准能一个顶她们俩！”

哈吐：“就凭你这一鼓励，我也得一个顶她们仨！”

在一片欢笑声中，那个小姑娘说：“嗬！胖子更胖了！”

哈吐：“连公社党委副书记都叫我哈吐同志，我就没个名儿啦？”抡起芟刀吓唬那个小姑娘，小姑娘在众人的欢笑声中跑走。

娜仁花熟练地抡着芟刀……

割倒的草，整齐地成了一条线。

娜仁花飞快地抡着芟刀，冲在尽前头。

姑娘、小伙子都不示弱，紧追其后。

一条条割倒的草线，越来越长了……

娜仁花流汗的脸……

远近沙梁上刮起一层薄薄的沙尘……

鸟儿贴着草梢低低飞过……

灌木丛传来尖厉的风声……

娜仁花抬头观望天空，风渐起……

在风中，娜仁花同社员们一起往各种车辆上抢装牧草……

装满牧草的各种车辆，顶着狂风飞沙，在黄昏中行驶……

黄昏中，有一个人骑着马来到沙漠上。这时沙梁上一座被流沙半埋的喇嘛教白塔下站有一个黑影，那黑影看见骑者走近，便背脸站着，手里轻轻摇动一顶破帽子——显然是暗号。

骑者突然勒住马缰："是你呀，鬼似的！"

黑影突然转过身来，一张凶恶的老脸：原来是牧主分子丹巴。

丹巴："听说娜仁花要改造这块沙漠？"

那个骑者牵着马，背对镜头，观众始终看不到他的脸部。他说："只要是改造沙漠，还分这块那块？"

"可要早点提防，绝对不能叫他们到沙漠上来闹腾啊——我的嘎西上尉！"

"我禁止你这样叫我！"

丹巴冷笑几声，说："我这是在提醒你：就在这座白塔的正南一百五十步的地方，埋着你我两条命！……他们到沙漠上去闹腾，那地窖一旦被发现，你我就……"

"你呀，眼光短浅！"

"我眼光短浅？"

"你只知道就事论事地保你那个地窖，那能保得住？"

"那……那怎么才能保得住？"

"娜仁花不是常说，让社会主义在沙漠地区生根开花吗？要是果真像她说的那样社会主义在这儿扎了根，那么你那个地窖怎样保也保不住，要想保住地窖，而且等有那么一天咱们还要打开它……”

丹巴按捺不住地：“啊，等有那么一天咱们还要打开地窖！”

“就是！我们要把失掉的天下，再一步一步地夺回来！那就要想方设法不叫社会主义在这儿干成，挖了他们这条老根，你那个地窖，不保也保住了。”

“啊，对呀！那我能帮你做点啥？”

“一般情况下，不要跟我碰头，如有特殊情况，还是使用原来的暗号，平时不要乱接近人……但是从前给庙上当过管事喇嘛的桑布除外，他是你很好的传声筒。走吧！”

丹巴匆匆离去。

在沙漠里，桑布喇嘛背着一大捆草，微闭两眼，一边走路，一边轻声背诵经文，显出十分虔诚的样子。

牧主丹巴，用小车拉着一车砖从后头走来，见旁无别人，便搭话道：“桑布喇嘛！……”

桑布一惊，猛睁眼，问：“噢，谁？”

丹巴：“叫惯了，应当是桑布同志。嘀嘀嘀，你好！”

桑布认出是丹巴：“你这个老牧主，老实点！”

“哟哟，别吓唬我了……来吧，把草放到车上，我给拉回去。”

“不用，在这儿歇歇脚就行了。”

丹巴帮他放下草捆：“不是说全公社逃荒搬家吗，你还老远的打草干啥？”

两个人背着风坐在沙地上，抽起烟来。

桑布：“达社长把地方都联系妥了，娜仁花从北京一回来就给顶了，不搬了，唉……”

“今年春旱秋风，可不是好兆头啊！”

“谁不说呢！这不我给自留畜打闹点过冬的草。”

“我刚才听你念佛经，就知道你是想在大灾年驱驱邪……”

“唉，这两天一合上眼老是做噩梦呢！”

“在这样大灾年，谁不心慌慌的。可是娜仁花让死守在这儿，你是上中牧，团结对象，怕什么？凑上几个人跟她去闹！不然，说句丧气的话吧：凶多吉少，大难临头啊！”

公社办公室。

毛主席给娜仁花的那只大苹果，镶在绿绒衬底的玻璃箱里，放在一个小立柜上面。

桌子上摊开一张《布尔塔拉人民公社治理沙漠规划图》。

娜、华、莎、哈围站在桌旁。

娜仁花："这次我们在内地参观许多农业先进单位，他们五八年'大跃进'时，都修了水库，现在已经受益。根据他们的经验，我们在远景规划中提出修建沙漠水库，是完全正确的。"

哈吐："那当然！沙漠，就是干旱，不抓水，就不可能从根本上改造大沙漠！"

纳木尔开门走了进来。

娜仁花："大叔，您还没休息？"

纳木尔："苏格他们有没有信？"

鲁华："我们正在等电话。"

纳木尔："大风老是这么刮，流沙漫路，拉粮的车队就更难进来了。现在就有人散布什么'凶多吉少，大难临头'的谣言，要是粮食不能按期拉来，阶级敌人还要钻空子捣乱的。"

娜仁花："敌人暴露是好事。他们的眼睛从来没有离开我们，我们的两眼更要紧紧盯住他们！”

门外传来汽车声。

旗委副书记塔拉拍打着身上的尘土，走进来，后面跟着达木林。

众：“塔拉同志，你好！”

塔拉：“你们好！都在这儿。”

纳木尔：“怎么这么晚才到？”

塔拉往椅子上一瘫：“推了一天车，精疲力尽。先打个招呼，娜仁花，这一次我来是想了解一下，为什么你一回来就把你们公社的度荒方案给一风吹了？”

娜仁花欲做解释，但被塔拉摆手阻止：“现在大风期到了，我看你们今年怎么过冬！……噢，今天不谈了，不谈了，明天上午我要亲自听你汇报！”

塔拉先走出门去，达木林紧紧跟随。一阵汽车开动声。

娜仁花同大家交换了一下眼色。

娜仁花：“是特地请来的。”

纳木尔：“看样子还要来一场风暴。”

娜仁花：“沙漠人民在风暴里长大的，不要紧。”

塔拉走在居民点的街道上，在晨雾中有几个挑水和赶牛犊的妇女向他寒暄。

塔拉想着自己的心事，缓步前行。

塔拉走进了娜仁花的家门。

正在喝早茶的娜仁花、拉格瓦和巴达玛都很惊奇，他们不约而同地说着：“你好！”但心里对这位旗委副书记大清早突然到来做着各自不同的猜测。

塔拉特地向巴达玛问候：“老嫂子，身体好吧？”

"好，你一升上旗委副书记，就把乡亲们忘到北沙坨子后头去了。这么长时间也不来一趟，我家马桩子周围都长了草啦！"只有巴达玛老太太不了解塔拉这次到来的缘由，因此给他斟茶时，依然按照牧民好客的习惯，刚见面总是先说些轻松幽默的话语。

塔拉拿过两块奶豆腐放进茶碗里。

娜仁花："您找我听汇报吗？"

塔拉沉吟一下："不，我是来找你听意见。"

这句话，立刻使屋里的空气变得严肃起来……

拉格瓦："党把这么重的担子放在娜仁花的肩上，你们老干部要多批评教育啊！"

巴达玛从旁抱不平，说："娜仁花这孩子，没明没夜，忘吃忘睡地为公社、为群众操心、忙乎，你们谁也没有我做婆婆的知道得多，你们不心疼她，还东一阵风、西一阵雨地朝她来，想怎么着？塔拉，你不把话收着点，你老嫂子也不是个光有笑脸的人！"

塔拉忍不住哈哈大笑起来，说："老嫂子，对我们来说，辛苦和错误是不能互相抵消的。"

巴达玛："人要是眼睛有了毛病，就兴许把直的看成弯的呢！……"

拉格瓦："哎，你唠叨什么哪！"

巴达玛很不情愿地走到另一间屋去。

塔拉："娜仁花，我怎么也想不通，为什么在这样干旱的灾年，提出度荒方案，反倒成了错误？"

娜仁花："达社长的那个方案……"

塔拉："不，是经我同意的，可以说是我的方案。"

娜仁花："不管是谁提的方案，要把公社百分之九十的劳力和畜力都调离开这儿，那我们向大沙漠进军、建设草原的计划，怎么去完成？”

塔拉：“我的娜仁花同志！现在全国遭受自然灾害，形势是严重的。不要说像我们这样边疆沙漠地区，就是在内地农村有的也在搞包产到户，城市工业有的也在下马。现在当务之急是防守，而不是进攻。”

娜仁花：“不对，您对形势的估计是错误的！毛主席给我们制定的是鼓足干劲、力争上游、多快好省地建设社会主义的总路线，那些包产到户、下马防守，是走回头路，我们不能听！”

塔拉：“同志！现在摆在我们面前的问题是如何度过灾荒！”

娜仁花：“那么，怎么才能度过灾荒？”

塔拉：“快去找地方，寻门路……”

娜仁花：“走掉呀，躲开呀，或者还用旁的什么歪门邪道捞钱混日子呀，那都不是发展牧业的正确道路！您过去在我们这儿当了那么多年书记，做了许多工作，成绩不小，但正是因为道路问题没有很好地解决，没有在草原基本建设上下力，所以就影响了牲畜的发展，直到现在，我们的抗灾能力还这样脆弱……”

拉格瓦：“娜仁花！塔拉同志你可别……”

塔拉竭力控制着自己，摆了下手说：“叫她说完，说完！”

娜仁花：“现在就是要改变过去那种因循守旧、靠天养畜、无所作为的老样子，我们要横下一条心，在改造沙漠、建设草原上用心思，流血汗，下力量！让沙漠变得快些，再快些！”

塔拉冷冷地：“说完啦？”

娜仁花给他换了碗热茶，双手递过去，说：“有什么不对的地方，您批评！”

塔拉站起来，漠然地说了声：“再见！”走出屋去。

娜仁花和拉格瓦都没想到塔拉会这么突然告辞，忙起身送他，但他连头都没有回。

娜仁花自言自语说："我倒的茶，不合他的胃口——看来他是想来说服我的！"

塔拉急步走在村头，满脸怒色。

忽然远处传来一个姑娘的喊声："拉粮的回来了！拉粮的回来了！"

眨眼间，那姑娘骑着马跑到塔拉身旁。原来是莎仁。

"我们公社去旗里拉粮的回来了！"

莎仁边喊边向村外跑去。

人们向村外拥去，比比画画向远处眺望……

远处，在风沙中，隐约可见一条望不到头的马队，正在向这里缓缓移动……

娜仁花、拉格瓦到来，几个姑娘围住娜仁花嚷嚷吵吵："苏格他们回来了！"

拉格瓦："看见苏格了吗？唉！我这眼睛啊！"

众姑娘："看，那个领头的，保准就是苏格！"

变焦距镜头：走在马队尽前头的不是苏格，而是一个身材魁梧、风尘仆仆的中年人，在他身后跟着苏格等很多人，都牵着驮粮食口袋的马匹和骆驼。

娜仁花惊喜地喊了起来："嗬，旗委书记帮着送粮来了！"

随即向前跑着，喊着："布洛干同志！"

其他群众也都认出布洛干。"布洛干同志"的喊声汇成巨响，迎接着马队……

公社办公室。

莎仁用大壶拎来了洗脸水："爸爸洗脸吧！"

布洛干洗着脸："怎么样，孩子！这风沙可是锻炼人的好地方啊！"

莎仁："可我不够坚定，哭过两次了。"

布洛干："为什么呢？"

莎仁像炒豆似的说了起来："前些时，娜仁花同志领着我们深入沙漠，做调查研究，提出要打破传统习惯，改造沙漠，大搞草原基本建设，要让社会主义在沙漠地区扎根，您说这有多好啊！可是达木林社长非要叫我们都离开这儿，说什么牧民自古以来就是逐水草而居，还说有治山治水的，没听过有治沙漠的……您说气人不！"

布洛干："这么一气就哭了一鼻子，那么第二次呢？"

莎仁："为了牲畜安全过冬，娜仁花同志从北京回来后发动群众，拼出'大跃进'的劲头，风口夺草，各大队也都打了好几十万斤草，可是据说塔拉同志有指示，让我们必须在风季到来之前赶着畜群离开这儿！……"

布洛干对塔拉递眼色："哟，老塔，还有你的不是哪！"

塔拉笑了笑："这孩子有点意思。"

莎仁接着说："娜仁花同志不同意，达社长就告到塔拉同志那儿，据说还要追查这件事……这不，都来了。我真替娜仁花同志担心！"说着，又要哭了。

布洛干："嗯！你这一哭，我很高兴啊！"

莎仁一抹泪："啊？您还高兴！"

布洛干："这说明你的心在沙坨子里生了根啦！"

这时，娜、达、拉、哈等走进来。

娜仁花："我们把粮食都卸完了。"

达木林："旗委两位书记都在这儿，什么时候我把下一步工作安排汇报一下？”

布洛干略思，说：“听说你们各生产大队都打了几十万斤草，我们还是先到队里看看。”

忽然一阵风沙吹进屋来，房门打开了，纳木尔手拿车鞭进来。

布洛干欣喜地：“嗬！走起路来还像猛虎下山哪！”

纳木尔：“这年月，人是越活越心盛，脚底生风啊！”

塔拉：“拿鞭子，出门啦？”

纳木尔：“我送草料来了。”

众：“送草料？”

纳木尔转身把门一开，只见公社院里停有装满饲料的五辆马车和一辆装满粮食口袋的骆驼车。

布洛干：“这是怎么回事？”

纳木尔：“五八年‘大跃进’，娜仁花同志在我们大队当党支部书记，在我们放牧小组搞了一个绿化试验点。虽说只是在羊圈前后围了几块小园子，种了点粮、草、树木，可是闹灾害真就难不住我们，今年我们小组粮草还富裕一点，这不，拉来了。你们掌握全面，哪个畜群缺草料，就拨给他们吧！”

布洛干：“哦？别人闹灾荒，你们却有富裕的粮草！娜仁花同志在沙漠上搞的绿化试验点有这么大的优越性！”

塔拉：“那是‘大跃进’的时候闹起来的。”

达木林：“现在没剩下几个了。”

娜仁花：“达社长，你应当给布洛干同志讲讲是因为什么就没剩下几个？”

布洛干：“是啊！”

塔、达不语。

纳木尔：“‘大跃进’的时候，人们思想大解放，敢想敢干，娜仁花同志头一个提出向大沙漠开战的口号，一下子各大队都来响应，搞了很多绿化点，真是轰轰烈烈！”

娜仁花：“可是接着就刮来那么一股风，说改造沙漠是叫牧民倾家荡产，硬把绿化点一个一个给砍掉了。”

纳木尔：“我们小组这个绿化点，是娜仁花同志硬顶着才保留下来的。”

布洛干：“这么说，绿化试验点上的斗争，很激烈呀！老塔，咱们俩带个头，明天到他们那儿好好学习学习，推广他们的经验！”

达木林一个人站在自己的窗前，一口一口猛吸着烟，两眼直愣愣望着窗外风沙，想（画外音）：“要推广他们的经验……好吧，将计就计，拿他们的绳子捆他们的手脚！”

布、塔在娜、达、拉、莎的陪同下，来到了纳木尔小组的畜群点上。

这个畜群点，在沙漠上是罕见的。它在一片沙海中，显得格外生机盎然！房舍前后是种植牧草和饲料的园子，园子里有两口大井，一前一后，给这里提供充足的水源——园子刚刚秋灌，畦池中波光粼粼，几道灌木丛把园子分成了几个大方块，井然悦目。整个园子用柳笆围墙保护着，墙外还有一道防风林。

他们走进园子大门，两排钻天杨，像仪仗队似的迎接他们。他们边走边指画，赞不绝口。

纳木尔领着放牧小组的同志们出来欢迎客人们。

他们参观整洁而温暖的羊舍，大羊、小羊都是那样肥胖、健壮，它们正在吃着嫩绿的牧草、树叶和料食。

他们又看了草垛和树叶堆，看了粮食和写有“苜蓿草草籽”字样的草籽箱……

纳木尔领着客人走出园子登上一座小沙山，由此可以望见小绿化点的全景。

当他们走到沙山斜坡上那座久经流沙埋没而只露出上半截的喇嘛教白塔旁，布洛干往下面望着，满怀激情地说："同志们，看看咱们的小绿化点，沙漠要是经过了改造，还是蛮可爱的呢！"

塔拉："沧海一粟啊，在大沙漠里头，往最好上说，它也只算是个小盆景，就像这座被流沙埋了大半截的白塔一样，看起来不也挺好看的嘛！"

布洛干："我相信，娜仁花他们搞这个绿化试验点时，不是为了给我们修盆景，而是要用它来展示沙漠的未来。"

纳木尔："塔拉同志，就说这座白塔吧，也不是为了好看才修的。在很多年以前，这一带还是一片美丽的草原，可大沙漠从北面一步一步往这里漫了过来。那时，丹巴的老子，也是个吃穷人血肉的牧主，跑出来假发慈悲，说什么修一座喇嘛教白塔，就能把沙漠拦住。人们害怕沙漠，就出钱出力，修了这座白塔。后来才知道，老牧主修这座白塔，是为了孝敬他的老祖宗……"

莎仁："孝敬他的老祖宗？"

纳木尔："因为老牧主家的祖坟，就在这前头。"

鲁华："真可恶！明天把它挖掉！"

一听"挖掉"二字，达木林神志顿然异乎寻常，但他很快又镇定了下来。他这一不寻常的表现，被娜仁花所注意。

达木林虽然没有看娜仁花，但他感觉到她在注视他，因此赶忙找个话头，说："布洛干同志刚才说得完全正确。娜仁花搞的这个绿化点，不是盆景，不是为了好看，事实证明绿化试验点优越性很大。"

塔拉没料到达木林突然改换腔调，责怪地瞟了他一眼。

达木林继续说："我们应当全力以赴，继续试验，搞它个十年八年，总会搞出点名堂来。”

塔拉愤然：“真不理解！……”

娜仁花略思：“是叫人不好理解，如果我们十年八年光在绿化点上打转儿，那它就不成其为试验，而是成了一条捆住自己手脚的绳索。”

达木林：“我支持搞绿化点，总不会落什么不是吧？”

娜仁花：“我们搞试验不是目的，目的是要改造整个沙漠！这个小绿化试验点使我们尝到了甜头，也吃到过苦头。”

纳木尔：“是这样，从五八年‘大跃进’搞起这个绿化点，失败好几次，苦头没少吃，光是叫大风沙前后就给毁过三回。”

娜仁花：“几年来的经验教训告诉我们：在这茫茫沙漠上要想从根本上治住风沙，光在房前房后打转转，搞这种小绿化点不行。”

纳木尔：“你不先把大沙漠治住，光弄些小园子，那大沙漠一张嘴就给吞掉了。”

娜仁花：“所以今后我们要到大沙漠上去千军万马地搞大面积治沙！”

布洛干：“这个设想，有改天换地的气魄。来，大伙坐下，请娜仁花同志详细地谈一谈！”

达木林家。

塔拉满面怒色，来回踱步。

达木林耷拉着脑袋坐在炕沿上吸烟。

塔拉：“你是怎么回事？也想凑热闹，搞绿化试验啦？净点邪火！”

达木林：“我那是采取的一种灵活策略，让她在试验阶段上停步不前，没料到娜仁花转手又把大面积治沙方案给驮到我们身上了。”

塔拉严厉而又不满地：“工作问题上有争论，坚持原则嘛，党员之间搞什么灵活策略，胡闹！”

达木林见势不好，急转腔调：“唉！你看不出来吗？我是挡，挡不了；拽，拽不住。没有办法的办法呀！”

塔拉：“什么挡不了、拽不住，我们决不能让她去胡闹！”

达木林：“对，决不能让群众跟着她去倾家荡产！”

塔拉：“到不了那个地步。多年形成的一种生产或者生活方式，那不是有什么人出一两个新招就能改变得了的。她那一套，行不通！”

达木林：“哎哟，你可不敢小瞧她呀！”

公社办公室。

布、娜、纳正在谈话。

娜仁花：“他老是拿塔拉同志当挡箭牌。动不动就是‘我的救命恩人’，其实，塔拉同志过去当骑兵排长时，参加解放我们这个地方的战斗，也不止是救了他一个人。”

纳木尔：“譬如娜仁花和苏格吧，就是塔拉同志亲自救出来的。”

娜仁花：“但是我不想像他那样称呼塔拉同志。因为，我觉得我们，包括塔拉同志在内，都是毛主席、共产党把我们从苦海里搭救出来的。”

布洛干：“说得对，我们的救星是毛主席、共产党！”

纳木尔：“所以，我一听达社长那个词儿，就像叫马蜂螫了似的难受，可人家还把它当歌儿唱！”

夜。布洛干和塔拉躺在床上谈心。

“老塔，你一直在这儿工作，了解这里的情况……”

“不敢说绝对完全了解吧，反正闭着眼串门也不至于迈错门槛儿。”

“我来到旗里时间不长，你得多帮助哟！”

“谈不上帮助，你要了解什么事只管问……说实话，有一次来了一位记者，我光给他介绍这一带的风土人情、历史沿革，就谈了三天三宿，那还刚说到合作化！”

“我想问你一件事……不过别谈三天三宿，咱们明天早晨还要赶路呢。”

二人同时笑了起来。

“听说咱们部队解放这一带的时候，你就跟娜仁花和达木林有过接触。”

“是这样。那是在十多年前……”

茫茫沙漠，烽烟滚滚……

中国人民解放军一支骑兵部队，正在追击败退的国民党匪兵。当时还是骑兵排长的塔拉，高举马刀，冲锋在前。

塔拉排长从一个穷苦人家的破旧蒙古包旁，乘马驰过。

忽听蒙古包中有人呻吟呼救：“救救我的孩子，救救我的娜仁花！……”

塔拉勒缰，马刀入鞘，下马，走进包里。

在四面灌风的包里有一位病倒的老额吉，还在呼救。

塔拉：“我们是中国人民解放军，您家出了什么事？”

老太太：“前些天我和另外一个女奴隶巴达玛带着病出外要饭，从王爷府门前走过，后来王爷和福晋太太得了重病，就说是因为我们有病的奴隶走过王府门口给冲的，就把我的女儿娜仁花和巴达玛的儿子苏格给抓走，去为王爷和福晋太太替死……”

塔拉：“什么？替死！”

老太太：“今天在王府门前，喇嘛念经‘送鬼’，要把两个孩子，用大火活活烧死！”

塔拉：“啊？是这样！”

老太太：“解放军同志，快去救救我们的孩子！”

塔拉：“好，您等着吧！”说罢，走出，外面风沙滚滚……

王爷府门前。

经坛大摆，几十个披挂齐全的喇嘛，在宗教奇声怪调的鼓乐声中，正在念经。

旁边是一堆熊熊大火。

各种涂抹酥油的面塑，在火旁闪着光。

激愤、蜂拥的群众，被王爷的伪军用刺刀、长枪阻挡在警戒线外。

两个十三四岁的小孩子（小娜仁花和小苏格），被王爷的伪军推架着走进警戒线内。

两个孩子在竭力反抗……

大火在熊熊燃烧……

塔拉跃马上沙岗。

见远处，大火。

塔拉仇恨满腔地抽出马刀，高喊：“同志们，冲啊！”

中国人民解放军骑兵部队以排山倒海之势，向王府夹攻过去。

密集的枪声。

伪军惊慌失措，边退边胡乱鸣枪。

忽然，王府门开，王爷的总管冲出门来，喊叫道："他妈的，放什么枪！王爷和福晋太太死了！"

伪军军官："报告总管大人，共军到了！"

总管："啊？给我打！打……"最后一个字还没喊完，便被击毙。

我骑兵部队冲了过来。

老奴隶纳木尔向穷苦牧民们喊道："人民解放军救咱们来了，乡亲们，走啊，跟魔鬼们去讨还血债！"

我骑兵部队与穷苦牧民两面夹攻，伪军很快被歼。

在一片混乱中，塔拉终于找到"替死"的孩子们。

塔拉对那个女孩子："娜仁花，快跟我来！"

小娜仁花闪着两只愤怒的大眼睛，说："不，我不认识你！"

塔拉："我是人民解放军，你额吉叫我来找你！"

他拉住小娜仁花刚要走，忽然从身后传来一个喊声："苏格，我的孩子！"一对中年夫妇冲过来，紧紧抱住那个男孩，痛哭起来。

塔拉："他是你们的孩子？"

那位老牧民说："我叫拉格瓦，他是我们老两口儿的独生儿啊！"

塔拉："你们把孩子领回去吧，我送这个小女孩回家去。"

他说着抱起娜仁花，跨上马背，急驰而去……

塔拉掐灭了烟蒂，略顿，缓缓地说："当我把娜仁花送回到家时，她的妈妈已经死了！……我们的部队继续前进，来到一个村落附近的时候，我们又遇到了一个人……"

布洛干打断他的话问："那个人就是达木林吗？"

塔拉："是他！他是个要饭的，躺在大路旁乞求着：'救救我吧，救命啊！’我小时也要过饭，一看见要饭的心就揪着疼！我把他送到人民政府，做了安置……啊，一晃十多年了。”

布洛干：“在这十多年里，我们的娜仁花变化有多大呀——从旧社会的殉葬品，变成了旧世界的掘墓人，一个崭新的人！”

朝霞满天。村头。

布洛干、塔拉牵马走着。

娜仁花，一个崭新的人，走在一旁。

布洛干：“娜仁花同志，我认真地考虑了你那个改造沙漠的宏伟设想，我个人认为很好，很大胆，也很正确。回去以后提交旗委会研究一下，希望你跟干部和群众再具体讨论讨论。只要我们走毛主席指出的道路，又有群众的拥护，我看就可以大胆地去实践！……”

娜仁花：“困难还是很多的。”

布洛干：“搞社会主义，一直存在着尖锐、复杂的阶级斗争和路线斗争。我们就是要在斗争中前进！”

娜仁花：“现在我最关心的是，我们改造沙漠的计划，在旗委会上能不能得到支持。”

布洛干：“我们改造沙漠，是用具体行动响应毛主席发出的‘愚公移山，改造中国’的伟大号召，应当得到支持。”

娜仁花：“但是，老实说，我对这一点是有些担心的！所以我想给旗委的领导同志们赠送一本书，作为一个党的基层干部，我请求旗委领导同志们在讨论我们提出的改造沙漠的计划之前，首先认真地学一学这本书。”

布洛干：“老塔，看来这个建议我们应当接受。”

娜仁花将一本毛主席的光辉著作《愚公移山》，用双手捧递到布洛干的面前：“这是我从北京带回来的。”

布洛干："《愚公移山》！"他激动地接过书去，"娜仁花同志，你在北京那么忙，还想到了我们旗委的这一班人！"

一轮红日冉冉升起……

娜仁花提着一包很沉的东西从外面回来。

娜仁花："妈，您来，我跟您商量件大事！"

巴达玛："看你说得这么正经，跟我能商量啥大事？"

交谈中，婆媳走进屋来。

娜仁花打开包袱，里面是几个花盆。

娜仁花双手托着一块红绸，说："您看这是什么？"

巴达玛看去：红绸上是十几粒种子。她问："种花啦？"

娜仁花深情地："妈，这是毛主席给的那只大苹果的籽儿，我要拿它种出苗来，再嫁接、培育，让毛主席给咱们的那只苹果在沙漠上生出子孙万代来！"

巴达玛："啊，真有那么一天，毛主席给的苹果，在咱们的沙漠上传宗接代，长得满山遍野全是，那该多好啊！"

娜仁花："那一天一定会到来。但是要想在沙漠上满山遍野地长出毛主席给的苹果树，头一步，就要用这些籽儿育出苗来。"

巴达玛："你刚才说的假（嫁）接呀真接呀，听都没听说过。"

娜仁花咯咯地笑了。

她说："妈，咱们沙漠人，对育苗栽树，早先确实没碰过，但是不会咱们学，不懂咱们问，这不是主要的。做这件事最主要的是要有一颗永远朝着毛主席跳动的红心！……"

在阳光充足的窗前，几个花盆里露出了嫩绿的小苗。娜仁花精心地为它们喷水……

小苗长高了。娜仁花坐在苹果树苗旁聚精会神地阅读着《愚公移山》。

在公社院外的粉墙上，鲁华和莎仁架着梯子，正在写着蒙汉两文的大字标语："愚公移山，改造中国"。

第二章　绿色沙漠

一面红旗随风飘扬，上写："愚公移山，改造中国"（蒙汉文）。

歌声起：

扛大旗，
顶风寒，
千军万马战沙山！
为革命，千难万苦何所惧？
挥彩笔，一张白纸写新篇！
沿着毛主席革命路线，
我们大步向前，向前！

歌声中，在我们面前呈现出沙漠地区从不曾见过的壮观：

一队队浩浩荡荡的治沙大军，高举红旗，迎着朝阳，向沙漠开去！

队伍中有穿蒙古袍的老人和妇女，有身背武器的男女民兵，有戴着红领巾的少年儿童……

他们从几路，同向一个目标进发……

前面是一座高高的沙山。

“就在这儿安营扎寨！”哈吐领着几个民兵，跑上沙山，把那面写有“愚公移山，改造中国”（蒙汉文）的大旗插在高高的沙山顶上。

沙山顶上立起一顶帐篷，门前立一木牌，上写：布尔塔拉人民公社治沙指挥部（蒙汉文）。

沙山上出现了许许多多的帐篷，像黄色海洋之中无数白帆……

锅灶立起来了。

几个青年民兵，把武器支立在一边，摔起跤来。

娜仁花和戴着“副指挥”袖标的纳木尔走来。

纳木尔：“小伙子们，把劲儿留下来往沙山上使啊！”

青年们亮出胳膊，指着肌肉疙瘩说：“劲儿都在这儿储存着哪！哈哈哈……”

纳木尔：“嗯，就凭你们这股劲儿，也能吃掉几座沙山！”

青年们：“打哪儿下口？”

娜仁花在沙山上摊开《治理沙漠规划图》，往白塔周围一指，说：“就从这儿开刀！”

在公社办公室。

达木林气急败坏地正在打电话：“塔拉同志！我向你汇报一个严重情况。娜仁花竟然不顾我的反对，串通公社党委常委纳木尔等人，把主要劳动力全拉到沙漠上去了！人家要当新愚公，而且还是女愚公！简直是狂热病发作！我再也不能沉默了！我要向旗委提出控告！控告！……”

正在这当儿，拉格瓦领着桑布走进来，好像要找什么单据，但听到“控告”二字，不由得坐下来，想听个究竟。

塔拉在办公室接电话，答说："用不着控告，娜仁花的大面积治理沙漠方案，旗委还没有讨论嘛！"

电话里达木林的声音："可是她已经把人马拉上山去了！"

塔拉："拉上去，再拉下来嘛！"

达木林对着话筒说："对，对！塔拉同志，这我就托底了。"他放下电话，好像刚看见拉格瓦他们似的："噢，你们在这儿，反正你们也听见了，我已经告到旗委了，我听塔拉同志的。"说完把门一摔，走了出去。

在公社院外，正在往一辆骆驼车上装煤的牧主丹巴，见达木林走过来，便急忙摇晃帽子……

达木林一怔，转以申斥的腔调，问："煤往哪儿拉？"

丹巴："报告社长，是给治沙的拉……"接着突然压低声音，急迫地说："在白塔那儿，开工啦！"

达木林"哼"了一声，还没等说什么，桑布走了过来，他立刻提高嗓门："你要老老实实接受监督改造！"

丹巴："是，是。"

骆驼车在沙漠小道上走着。

桑布坐在车上，丹巴走在一旁……

治沙大军开战了！

沙漠上人声鼎沸，异常欢腾。

娜仁花领着群众两人为一组，正在栽沙蒿，远看去，恰像战场上摆开了宽阔的散兵线。

长长的骆驼队，驮着沙蒿栽子，从一片明沙上走过，峰峰都像展翅欲飞的大鹏……

一排排沙蒿骄傲地占据了征服沙漠的光荣岗位……

夜色朦胧，灯火点点，明沙滩上治沙大军的帐篷群。

一阵号声过后，灯熄，寂然。

娜仁花和拉格瓦走过帐篷群。

娜仁花："治沙大军这面大旗既然打开了，叫我们再卷起来，也没那么容易！"

拉格瓦："可是塔拉在电话里说，旗委还没讨论咱们大面积治沙的计划呢。"

娜仁花："那可能是真的。但是我们没有做超越公社党委一级职权范围的事，搞大面积治沙，在我们公社党委会上是多数通过的。"

拉格瓦："你自己拿主意吧，我来告诉你个信，意思是别到时候人家下手拧咱们胳膊了还没点提防。我回去了。"上马。

娜仁花："我明白啦。……您路上提着点马嚼子，沙蒿栽子成堆，别惊了马。"

拉格瓦离去。

娜仁花一个人往回走，思绪万千……她想起布洛干同志说的那句话来："搞社会主义，一直存在着尖锐、复杂的阶级斗争和路线斗争，我们就是要在斗争中前进！"正在这时，从一个帐篷里突然闪出一个人影，他向四周环视片刻，便急速向帐篷外的空旷沙滩走去。

娜仁花发现这一可疑的人影，便尾随过去。可巧遇上值勤的武装民兵哈吐，他刚要跟娜仁花说什么，被她用手势止住，并示意前面有可疑的人影。

那个人走到较远的地方，跪下向西天不停地叩头，嘴里还念念有词："老佛爷在上，饶恕我桑布喇嘛！沙漠的一草一木都是老佛爷安排的，我们动它有罪呀！可是我桑布是被上边派工派来的，我不能不干活儿啦，我没罪呀，我没罪！"

娜仁花和哈吐早已站在他身后，看出是桑布在祈祷，又好气又好笑，强忍着站在那儿看着他。

桑布突然发现身后有人，一惊，爬起来就跑。哈吐边追边说："不整整你的迷信思想，你是每天晚上自己不睡觉，也不叫别人睡呀，非抓住你不可！"

突然哈吐被什么东西绊倒了，他仔细看，是煤堆。当他爬起来再要追时，脚痛得要命，一步也跑不动了，便喊："桑布大叔，你还不站住，我脚崴了！"

桑布听出是哈吐的声音，脚步慢下来："哈吐？把脚崴了？"他怯懦地返回来。

白天，人们都出工了。哈吐爬到帐篷门口眺望着，远处是治沙大军热火朝天的战斗情景……他着急地把拳头往沙地上一砸，自语：

"从七岁小孩到七十岁老人都栽沙蒿去了，可我……"

"你得把脚先养好……"公社医院赵大夫给他的脚换药，包扎。

哈吐看了她一眼，又要砸拳，但见娜仁花走来，这一拳总算收住了。

赵大夫："娜仁花同志，你坐，我还要到工地上去。"说着，挎上药箱走了。

哈吐："你看，正在这个时候！……哎，要是真的抓到了一个特务，或者反动牧主，别说崴脚，就是断腿，倒也心甘情愿。可跟桑布折腾了半天，结果，活儿也干不成了，真是的！"

娜仁花靠近他坐下来，说："不，哈吐同志，这脚没白崴呀！"

哈吐："有别的情况？"

娜仁花略顿，说："昨天，听说有个别的人，也在说什么沙漠上的一草一木都是神安排的，动不得……好像跟桑布是一个师傅教出来的徒弟。"

哈吐："师傅是谁？"

娜仁花："是啊，他们的师傅是谁？你这个拿枪的，要动脑筋哪！我们改天换地，治理沙漠，是一场革命！既然是革命，阶级敌人就会千方百计地进行破坏和捣乱……"

哈吐忽然想起什么，说："对呀，昨天是我派桑布喇嘛跟车叫牧主丹巴去拉煤的，一定是老牧主在背后捣鬼！我去找他算账！"

娜仁花："事情还没有完全暴露出来，不要急。咱们一方面派民兵监视丹巴的活动，另一方面对桑布这样的人，要耐心地多做思想工作——猎人捕捉野兽之前，总是先把障眼的草木拨开。"

夜。帐篷里别人都睡着了。哈吐两眼直瞪着，耳边响起娜仁花的那句话："猎人捕捉野兽之前，总是先把障眼的草木拨开……"

哈吐的脚好一些了。他闲不住，在帐篷外面，堆起一堆断了把的锹镐，正在修理。

桑布给他们小组来换锹，走到哈吐跟前有些不好意思，换上锹，就想走，但被哈吐叫住："大叔，有烟吗？"

桑布只得停住，把烟袋和烟火递给他。

哈吐卷了一支烟卷，说："坐一会儿，给，你也抽一袋烟。"

桑布："不啦，他们还等着用锹呢！"说完，又要走。

哈吐："大叔，别走，今儿个咱俩得谈一谈。"

桑布不安地坐下来。

哈吐边干活，边说："大叔，你当过喇嘛……"

桑布："这有啥！……"

哈吐："我不是说这个。你当过喇嘛，还有迷信思想，但这是人民内部矛盾……"

桑布："当然成不了敌我……"

哈吐："那天晚上你给老天祷告，说什么……一草一木，动不得，那是谁的话？"

桑布："谁的话？我说就是我的呗！"

哈吐："不，是你师傅教给你的。"

桑布："师傅？谁？"

哈吐喊道："我正要问你！"

桑布："你，你为什么对我这样？干脆把我当成反革命得了。"

哈吐："就看你犯没犯反革命的事，要是犯了，就是亲爹，我也对他实行无产阶级专政！"

桑布："好，我就等你来专我的政了！"起身，愤然欲走。

哈吐看他要走，自己又不能跑过去拉住他，一着急端起身边的枪就喊："站住！"

桑布一看端起枪来，更恼了："好，你小子，往这儿打，这儿，这儿！"指自己的脑袋。

哈吐这时才觉察到自己端起枪来不对，自言自语："哟，怎么干这蠢事！"放下枪就喊："大叔，大叔，我这枪里没子儿，回来，回来，我还有要紧的话跟你说哪！"

桑布停住脚，回身来说："一会儿是大叔，一会儿是专政，到底是大叔还是专政，等你定了谱，咱们再谈。"

说完，走了。

达木林穿行在遍布沙滩的治沙大军中间，他脸色阴沉，偶尔跟人威严地打一下招呼。

他在治沙的人群中见到了娜仁花。

达木林冷冰冰地问："这还得闹腾多久啊？"

娜仁花沉思了一下，严肃地回答说："改造整个沙漠，我们这一辈可能完不了。"

达木林："我不是说笑话！"

娜仁花："我说的更不是笑话！"

达木林："直说吧，我来是叫你们停工的！"

娜仁花一转身，用锋利的眼光注视着达木林……

附近群众："停工？为什么停工？"

达木林："我已经向旗委做了报告，我不能再容忍你滥用群众的革命热情！"

娜仁花："我们感谢你打报告，帮了我们的忙，旗委已经派来调查组了！"

达木林："在哪儿？"

同群众一起汗流满面地劳动着的旗委调查组的同志们，擦着汗走过来，与达木林握手。

调查组负责同志："我们来到这里，看到广大社员群众治理沙漠、建设草原的高昂革命精神和革命热情，真是受教育呀！我们跟一部分贫下中牧和大、小队干部已经座谈了几次，还想约个时间听听你的想法。"

达木林："我希望你们向旗委如实反映我的意见！"

调查组负责同志："这一点我们可以做到，而且我们相信旗委一定会支持布尔塔拉人民的革命精神！"

哈吐快速地挖着栽沙蒿的坑子，赶到达木林跟前，把挖出的沙土一锹一锹地扬过去，达木林躲不及，扬了他一身。就在他躲闪的时候，哈吐说："不管他是谁，要想阻碍我们治理沙漠，那他就闪到一边去！”说着又扬起沙土，达木林赶忙躲闪。这时，纳木尔老人走过去，将一把铁锹往他手里一递，说：“社长，别闲着！”

达木林看他一眼。他指了指戴着的袖标，说：“在这儿，得听我的！”

众笑。

治沙工地上，热火朝天，充满劳动的欢乐……

沙蒿的栽植面积越来越大了……

晚霞中，收工后，人们往宿营地走去。

娜仁花和纳木尔走在新栽的沙蒿丛中。

哈吐跑来报告说：“桑布突然请病假回家了。”

娜仁花略想：“病了？……得的什么病？”

哈吐：“听说胃病犯了。”

翌日中午。

桑布在家里睡觉。醒来，伸展腰身，打了打哈欠。听见外间屋门响，喊道：

“哎，我说，做饭的时候，把我从工地上领回来的那两个馒头也热上，每人一份嘛，凭啥留给他们！”

门帘一掀，娜仁花走了进来。

桑布几乎不敢相信自己的眼睛，赶忙半卧半起，嘴唇干动，不知说什么是好。

娜仁花一脸笑影地说：“大叔，这一阵子我只顾忙，您胃病犯了都不知道，趁晌午休息，来看看。好些吗？”

桑布：“痛得我一宿没睡！”

娜仁花拿出两个药袋：“这是给您带来的胃药。”

桑布:“你大婶放着一群牛犊，顾不上管我，叫你费心了，这咋说的！”

娜仁花:“今天我来看您的病，还想跟您谈谈心。”

桑布恐惧地:“啊？又是那个师傅的事吧？”

娜仁花略思，严肃地:“是啊，现在我们改造沙漠，可有人暗地里散布沙漠的一草一木是神安排的，动不得，这是有意破坏我们的治沙运动！”

桑布:“我可不是有意破坏，我是迷信思想……”

娜仁花:“但是您的迷信思想的火苗是别人给扇着的！”

桑布:“不，不，我没受煽动。”

娜仁花:“那么为什么那些破坏治沙运动的言论跟您说的话一模一样呢？这不是很明白吗——有人在背地里捣乱！”

桑布:“我，我不知道。”

娜仁花一字一顿地:“不，您、可能、知道！”

桑布不语。

娜仁花:“您平时不很好学习，不注意改造思想，所以敌人就想利用您思想老根上保留着的旧的传统观念。他们是想把您从我们身边拉走，大叔，可要看清楚啊！”

娜仁花的家院。

苹果苗已经移到院中。巴达玛领着小孙子正在给苗浇水。

鲁新志拎着两个大皮箱走进院来。

巴达玛一时认不出是谁。

鲁新志:“大娘，您好！认不出来了？我是鲁华她哥。”

巴达玛放下活儿，欢喜地:“哟，是你呀！俗话说:水草肥美的地方鸟儿多，幸福的人家客人多。欢迎你来呀！”

鲁新志:“我刚下汽车，东西太多……”

巴达玛："快放这儿吧。这次来可得多住些日子啊！"

鲁新志："大娘，我要跟您做一辈子邻居了！"

巴达玛："调到我们沙窝子里来了？"

鲁新志："嗯！"

巴达玛感慨地指了一下那畦小苹果树苗，说："这就好了，要是你们懂行的人侍弄它，兴许都开花结果了。"

鲁新志听了这话，看了一下小树苗，心里一震，走过去轻轻抚摸它的嫩叶，以满腔的愧疚和激动的感情，自言自语说："我来晚了！"

巴达玛："说晚也不算晚，他们上了沙山没几天，你快赶上！……哟，你看，只顾说话，连碗奶茶也没叫你喝，快进屋！"

桑布家。

桑布："快进屋，在外头吵嚷什么！"

老婆从外面走进屋来："你说你干的是什么事！装病回家来，人家娜仁花晌午不歇着跑来给你送药，说道理讲政策，你就是旱了八年的地皮，也该湿透了。"

桑布："是啊，娜仁花的心意我不是不明白，娜仁花的话不是不入我的心哪！唉！……"

老婆："那还'唉'什么，去找娜仁花，把老牧主丹巴给你出的坏，一五一十全坦白就得了呗！"

桑布："坦白？那他们把我跟老牧主穿在一根绳上，事就没个完啦！"

老婆："群众就没个尺码？一分不是，定不成两分罪，怕啥？"

桑布无精打采地走在居民点的小胡同里。

达木林迎面走过来："老桑布，干什么哪？"

桑布迟疑地："我，我去找娜仁花想谈点事。"

两人离去。

等桑布已经走出很远时，达木林突然停住脚步，转过身来，自言自语："他找娜仁花谈什么事？"脸上痉挛地抽搐了几下，喊："桑布！桑布！你回来！回来！"

达木林家。达木林递给桑布一支烟，并给点着："你想谈什么事啦？"

桑布不敢正视达木林："我是找娜仁花同志……坦白一件事。"

达木林："哎咳，别用坦白这个词儿，就说什么事吧！"

桑布："为了这个事，民兵排长哈吐找我谈过话，后来娜仁花又找我，耐心地帮助教育我，她还给我老婆做工作，叫她帮助解除我的思想顾虑。我看到娜仁花一片好心地挽救我，我要再不交代，真就对不起共产党了。"

达木林："快说什么事吧！"

桑布："栽沙蒿的时候，我怕招灾生祸给佛爷叩过头……还散布过流言蜚语……"

达木林："为这，不是批评过你了吗？"

桑布："可是你们不知道那是谁给我出的坏。"

达木林紧张地忙问："谁？"

桑布："那都是老牧主丹巴给我出的主意！"

达木林："哦？"

桑布："特别严重的是，丹巴还向我散布反革命言论，说什么'红马年，要变天'，叫我别跟娜仁花跑得太欢。我真糊涂啊！上了牧主的当！"他几乎要哭了。

达木林沉默不语，显然他的内心紧张得比桑布还厉害！过了半天，他走近桑布，压低声音问："这些事情你跟谁都没有说过吗？”

桑布：“没有，就是娜仁花那样耐心教育我，我也没有向她交代。我对不起党啊！”

达木林紧张的脸色稍许舒展了一些：“这个老牧主，贼心不死！……你交代的情况很重要，由我直接来处理。为了不走漏风声，我们一言为定：你不准跟任何人再讲这些事，听见没有？”

桑布：“是，是。”

达木林：“就是跟娜仁花也不要说了，我当社长的亲自调查，亲自处理，亲自向上级汇报。”

桑布：“太好了，我总算放下了一个大思想包袱！那我走了。”

他刚走到门口，又被达木林叫住：“等等！”

达木林走过来跟他胸脯贴胸脯地站着，用既神秘又严厉的语调说：“阶级斗争非常复杂，你一定要记住，跟任何人都不能再说这件事！”

桑布连连点头：“一定，一定！”走出屋去。

屋里，那架老式座钟在嗒嗒作响。

达木林把帽子一摔，倒在床上。

座钟嗒嗒嗒……

他两眼呆视着顶棚，想（画外音）：“这块是检举揭发，那面是在地窖前后翻腾，太可怕了，担惊受怕十多年，啊，十多年哪！……”

座钟嗒嗒嗒……

“嗒嗒嗒……”一双沾满泥水的马靴的踏步声。

十多年前的达木林，身穿长袍，腰别手枪，在夜色中走到一扇门前，轻轻敲门。

屋里面，大牧主丹巴正在包装财物，听见有人敲门，急忙用手挡住灯光，轻轻走过去，脸贴在门上，小声问："谁？"

外面答："我，嘎西。"

丹巴："嘎西？"

门外声音："不认识吧？请看！"

"嚓"的一声，从门缝塞进两张纸来。

丹巴急忙拿过一看，目瞪口呆："王爷的信，国军的委任状！"

颤抖的手开了门闩。

嘎西走进门来，环视全屋，见满屋是大小包裹，不解地问："这是怎么回事？"

丹巴："这里已经被共军占领了！"

嘎西："啊？……确实吗？"

丹巴："千真万确。王爷的信上叫我拉起队伍，发枪发炮，把共军阻挡在我们旗境之外，时已过迟，来不及了。"

嘎西："那怎么办？我还带着三车枪炮弹药哪！"

丹巴："在哪儿？"

嘎西："为了防备意外，我没叫车倌进村，他在村外面，等着哪。"

丹巴："你那个车倌叫什么名字？哪儿的人？"

嘎西："叫达木林，王爷姨太太陪嫁时的奴隶，家离这儿远啦。"

丹巴："好。在我家祖坟的下面，有个秘密地窖，把你带来的枪炮弹药和我这些东西，还有你我二人这张委任状，全藏到那里去；把你的那个车倌达木林干掉，死尸也扔到里头，而后，你就用他的名字，装扮成穷要饭的，过了这阵儿，再说！"

嘎西："就这么干！"

急剧旋转的舞蹈……

热烈奔放的音乐……

无尽欢悦的笑语……

暴风雨般的掌声……

在演出场地的上空，挂着一条横幅标语（蒙汉文）："热烈庆祝治沙大会战胜利结束！"

娜仁花和纳木尔一同走了过来。

他们看见鲁新志夫妇也在场，上前握手。

纳木尔指着鲁新志不知说了句什么话，他们都笑了。

他们（包括鲁新志夫妇）又向另一个演出场地走去。

那里由一位老艺人带领几个青年正在演唱蒙古族曲艺"好力宝"，情绪热烈，引起观众一阵阵喝彩！

在欢乐的人群中，他们看见了桑布老汉，真像他自己说的那样卸了沉重的思想包袱，而今是何等轻松、舒畅啊！他热烈鼓着掌，纳木尔走过去捅了他一下，好像还开了一句玩笑，周围的人都乐了。

他们（加上桑布）又来到了赛马场。

广播喇叭，中断音乐，广播说："下一项进行走马比赛。请同志们踊跃参加……"

纳木尔拉来两匹马，将桑布的军，二人上马，站到了起跑线上，一声枪响，比赛开始。

纳木尔一马当先——他那匹马"走"得又快又稳，骑者坐在鞍上腰身连一点摆动都看不出来！

桑布却怎么也压不住马，那马"走"几步，"搂"几步（这在走马比赛中要扣分的），末了，根本就不跑正路，东串，西奔，搞得桑布狼狈不堪！

纳木尔的马一直没丢"走"，第一个跑到了终线。

人们热烈地鼓掌、喝彩！

最后，他们来到了人们聚集得最多的场地。

这儿将要进行精彩的乘马射击和乘马劈刺表演。身穿蒙古族艳丽服装的男女武装民兵们，让马放开均匀的步子跑圆场，正在做准备活动。

突然人们热烈地鼓起掌来，原来是娜仁花全副武装跨上了马背！

人们拥挤地观望这位女书记的马上风采……

娜仁花站到了由哈吐指挥的民兵队列中。

表演开始了！民兵们一个个纵马驰去……

忽然，有人喊了一声："看哪，娜仁花准备起跑了！"

随着哈吐的一声号令，娜仁花的马像飞箭似的冲了出去。

她那鲜艳的头巾，像一团火在燃烧，飞腾！

当接近靶区时，只见她一瞬间熟练、协调而潇洒地完成取枪、栉缰和托枪等一系列动作，直立在马镫上，在飞奔中她开始向人形靶射击，一枪，一枪，一枪……

接着又向地面上的拟人气球射击，随着枪声，气球一个一个破碎。

最后她把枪背上，又抽出马刀，向靶球、靶杆跑去。随着马刀的左右劈刺，那些立在两旁的靶球一个个被刺穿，靶杆一个个被砍断……

在雷鸣般的掌声和欢呼声中，娜仁花在奔跑的马背上高举马刀，向人们致意！……

当她跳下马来时，立刻被群众围住了。

纳木尔："今天，大伙儿真高兴啊！"

莎仁："治沙大军一出马，头一回合就绿化了三千亩沙漠，咋不高兴啊！"

欢乐的笑声……

在欢乐的人群中，娜仁花以悦耳的歌喉，唱起《金色的沙漠上》：

金色的沙漠上，
洒满了灿烂的阳光，
辽阔的边疆上，
春风万里红旗扬！
踏遍沙海千重浪，
战斗豪情满胸膛，
昔日黄沙漫漫处，
今朝绿浪滚滚如海洋。
遥望北京中南海，
心中升起红太阳！
毛主席，您的教导是力量的源泉，
我们永远团结战斗在您的身旁。

在歌声中出现：

蓝天，白云，秋雁归……

雪原，冰山，冬风来……

冰化，雪消，春花红……

一队骑马的青年男女纵马驰过……

马队跑上附近小山下望：在比过去更大的面积上，沙蒿郁郁葱葱，翻滚着绿浪……

男的站在马镫上欢呼，女的站在马镫上摇头巾……

成群的春燕唱着歌儿，贴着沙蒿丛飞过……

在牧场上牛羊群寻食春草……马群在滚动……

朝霞、红日……

拉格瓦在马群中放牧。

达木林耷拉着脑袋无精打采地走来，说："苏格呢？给我抓一匹马吧！"

拉格瓦："出门呀？"

达木林闷头抽烟，不答，良久后连叹几声说："唉，人常说一棵草绊倒一匹马，刚搞治沙的时候，我一时担心说了句'别让群众落得倾家荡产'。其实这是无意中说的话，后来在'反右倾'运动里，娜仁花就把我这句话跟彭德怀的'得不偿失'论给挂起来。你也知道，在公社党委会上我都检讨过三次了，这不，今天又来电话，叫我马上去参加旗委召开的学习会，备不住还得再……"

拉格瓦："再检讨呗，说错了嘛！"

达木林："是啊，检讨呗。不过，你找个适当的机会跟你儿媳妇说说，只要她不老是抠住我那句话不放，这一关就过去了。"

拉格瓦："你俩中间，我是哪一头也递不过话去。过去她顶你，我劝过；反过来你压她、整她、告她，我也劝过。几年了，你们谁听了？……"

达木林："旗委在电话里还说叫你把社里工作全面抓起来。一块儿回去吧！"

两匹马跑在沙原上。

莎仁领着布洛干来到栽沙蒿的地方。

"爸爸，您看，我们栽的沙蒿全活了，那一片是前年栽的，那一片是去年栽的。"

布洛干停马，望着……

“孩子，你会作诗吗？”

“嘿嘿嘿，怎么从沙蒿子跑到诗上去了？”

“哎！沙蒿子也是诗啊。”

“嘿嘿嘿……”

“孩子，你想一想，在这原始的、历来被认为是神圣的沙漠上，当人们为了改造它、绿化它，踩下第一锹土、栽进第一棵沙蒿、种上第一棵苹果树的时候，这不就是诗吗！”

一苗苗苹果树，移植到果园肥沃而湿润的土地上……

娜仁花、布洛干等都在参加移植树苗的劳动……

牧民们不分男女老少都聚集在这里，欢声笑语，彩旗招展，小学生们唱着动听的歌。

苹果树栽完了。

在群众热烈的掌声中，娜仁花高声说道：“同志们，今天是布尔塔拉沙漠上最不平凡的一天，是永远值得纪念的一天！伟大领袖毛主席送给我们的苹果，已经在我们沙漠上育苗，嫁接，长成了树，很快就会开花结果。以后每当我们尝到这些树结下的苹果，我们虽然远在祖国的边疆，也会感到近在毛主席的身旁！……”

在《东方红》的主旋律中，出现了毛主席的画像。

公社党委会议。

娜仁花：“我们在改造沙漠、建设草原上刚刚开始做些事情，但是就这一点成果，也是从斗争中得来的，阶级敌人破坏我们，党内也有一些人反对我们，但都不能阻挡我们前进。同志们，只要看一看我们的周围还是无边无际的大沙漠，就会感到工作做得再多也嫌少，步子迈得再大也嫌小……”

布洛干："在改造沙漠中，为了在速度上更快些，成效上更高些，娜仁花同志还有一个新的计划，她跟我谈过。今天在你们公社党委会上提出来，大家议一议吧。"

娜仁花："算不上是什么计划，说起来只是一句话：我们除了继续栽沙蒿和灌木进行固沙外，是不是可以在大沙漠上试栽一下乔木——高杆林？"

人们纷纷议论起来：

"这就是说要把一丈来高的树栽子，直接往明沙滩上栽！"

"在沙漠上大面积栽植高杆林，如果能够成功，既能防风，又能固沙，还能给牲畜提供大量树叶做饲草……"

"而且在改造沙漠的速度上、成效上都会提高很多倍！"

"我看这一仗能打赢！"

"嗯，是个好主意！"

娜仁花："我们改造沙漠，首先要把大沙漠的手脚捆住。"

布洛干："也就是常说的固沙吧。"

娜仁花："但固沙不是目的，我们的目的是把流沙固定下来以后，在大沙龙的黄色脊背上种草、种树、种庄稼。一句话：向大沙漠要草，要粮，要牲畜，要财富！在沙漠地区建设社会主义和共产主义！"

众顿时沸腾："向大沙漠要草，要粮，要牲畜，要财富！"

"在沙漠地区建设社会主义和共产主义！"

布洛干："这是用毛泽东思想武装起来的一代新人崭新的思想境界！"

纳木尔："为了这个目标，大家撸胳膊挽袖子，干吧！"

娜仁花："可是紧接着就又出现一个问题：将来几万亩地种草、种树、种庄稼，沙丘变成花果山，牲口头数也要翻几番，到那时候，水跟不上来行吗？"

布洛干:“我明白你的意思了。”

娜仁花:“那就请旗委领导上支持一下,批准我们远景规划中的那座沙漠水库,提前施工!”

布洛干:“人要是路一走正,胆子越来越壮,胃口越来越大呀!”

众笑。

布洛干:“对的,搞社会主义嘛,就得有点倒海翻江的胆量,地动山摇的气魄!我回去告诉旗里有关部门,叫他们协同你们先搞个计划方案。”

公社办公室,阳光明媚,一片寂静。

鲁华一个人伏在桌子上写着什么。

哈吐走了进来,他刚要在鲁华对面一条长凳上坐下,鲁华头也没抬就问:“哈吐同志,进办公室也不敲门?”

哈吐:“嗬!这么严的条令,没听说过!”

鲁华:“你没看电影上都那样吗!”

直到这时,她还没有抬起头来。

哈吐:“哎,你眼皮都没抬,怎么知道是我?”

鲁华:“不用看,只要听见脚步声就知道是你,像砸夯似的。”

哈吐难为情地看了看自己的脚:“怎么也不像砸夯吧!”

鲁华咯咯笑了起来,但头还是没抬,笔还是没停。

哈吐:“我来找你有事……”

鲁华:“你没看见我正在忙吗?”

哈吐缓缓地带着感情地说:“鲁华,我妈非得叫你到我们家去,她想好好看看你……”

鲁华“嗬”了一声,笔从手中掉在桌上,这才抬起头来,左手捂着胸口,急切地问:“你跟她老人家说了些什么了……”

哈吐低头用手抠着桌角，憋着笑，不说话。

当他俩的眼光碰到一起时，都扑哧笑出声来。

鲁华："你告诉她老人家，过两天我一定去看她。现在我正忙着给报社写稿介绍咱们公社改造沙漠、建设草原的事迹哪。布洛干同志说这篇稿子特别重要，因为对沙漠能不能改造、在牧区能不能多快好省地建设社会主义的问题，在党内，在社会上还存在着尖锐的斗争。这篇稿子就要回答这个问题。"

哈吐："那你在稿子里头，可要把阶级立场站得稳稳的呀！"

鲁华拿过稿子："那当然，你看！"

哈吐看见标题写着：

执行毛主席的无产阶级革命路线

多快好省地建设社会主义新牧区

在大雪纷飞中，几个青年正在阅读一张报纸，大字标题是：

执行毛主席的无产阶级革命路线

多快好省地建设社会主义新牧区

莎仁穿着皮袍、毡靴，围着长长围巾，手拿一张报纸，高兴地喊着："登出来了，咱们公社的稿子登出来了！"跑进公社办公室。

办公室里只有达木林一个人，他坐在火炉旁喝着茶正在看报纸。

莎仁："达社长，好消息！"

达木林仍无动于衷地看报。

莎仁："咱们公社的稿上了报，你当社长的还不高兴？"

达木林这才放下报纸，说："报纸就印你那一张？"

莎仁发现达木林看的也是同样报纸。

"达社长，这回您不会反对改造沙漠了吧？"

"哎呀，别说反对呀！"

莎仁又说："这回要在沙漠上试栽高杆林了，您这位社长可要带个头啦！"

"我这，算不上是带头，反正紧跟人家后头跑呗！这不，为了在你们挖完树坑之前把树栽子从永胜县林场及时运到，忙得我上火、着急，血压都高了！"

哈吐率领青年突击队，冒着初春的风沙在明沙滩上挖着树坑。当达木林牵着马走来时，都围上来询问树栽子的情况。

哈吐："前几年你的血压可太低了。"

青年们哈哈大笑起来。

达木林："前几年的事就别提了，再好的马也有个打前失的时候，里外里我检讨过不下这个数了！"他五指张开，把手掌翻了一个个儿。

莎仁："这么说树栽子一定能按时运来？"

达木林："没问题！我已经借到汽车了。"

两辆挂有拖车的卡车，拉着树栽子飞驶在公路上。

汽车来到了植树造林的工地。

人们蜂拥而来，高兴地喊着"树栽子拉来了！"抢着往下卸……

一株株树栽子，被埋进坑里，浇水、培土、脚踩……

汽车又开走……

植树造林大军满滩遍野，

植树造林的面积越来越大……

树栽完了！一千多亩明沙滩上小树行距整齐地俨然挺立。

收工了，人们个个兴高采烈！

哈吐："小拇指刚动就栽了一千亩树，要是咱们甩开膀子真打实凿地干起来，这治沙的本事就用不着传给子孙后代了。"

娜仁花："刚迈头一步，就敢说这大话，你真好大的胆子啊！"

纳木尔："是啊，树是栽上了，可老往沙漠上大片地戳这么高的树杆子，这是头一回，脾性摸不透，能不能栽活，还得看一看。"

一个青年："这几年治理沙漠，一个响一个兔子，哪儿放过空枪？没问题！"

纳木尔："好，这个，胆子更大！"

众人一阵大笑。

姑娘们的欢笑声洒满了美丽的草原。

莎仁等一群姑娘穿着艳丽的民族服装，在草海绿浪中采着各色鲜花。

鲁华和纳木尔站在附近高坡上。

鲁华："大叔，时间过得真快呀，六年了……"

纳木尔："是啊！六年前的今天，你到我们布尔塔拉沙漠来落户，我赶着车去接你，也是走的这一条路……"

鲁华："回来的时候，车走到这儿，就陷到沙子里了，怎么也拉不出来。"

纳木尔："你当时说，大叔，咱们一块儿推，我就不信沙漠能挡住我们前进的道！”

鲁华：“后来，合起劲儿来一推，真就没挡住……”

“哈哈哈……”二人同时大笑起来。

鲁华：“六年过去了，这儿完全变了样！”

纳木尔：“娜仁花领着头，咱们就是用推车的那股合心劲儿……”

鲁华接过来：“把沙漠改造成了美丽的草原！”

这时，莎仁等一群姑娘喊着：“鲁华！鲁华！”纷纷跑过来将一束束鲜花递到鲁华手中：“祝贺你在布尔塔拉沙漠上迎接第六个丰收的秋天！”

一束鲜花放在窗台上。

鲁华开着窗户，正在写日记。

（画外音）：“一九六四年金色的秋天，来到了我的窗前，来到了我的第二个故乡——亲爱的布尔塔拉沙漠上……”

哈吐骑着马又挎着一匹，从村外急驰而来。

来到鲁华家，下马，进屋，慌慌张张拉住鲁华的手就往外跑：“快！快！”

“出了啥事？”

“咱们栽的树，全没活！”

一千亩高杆林，一片枯黄……

娜、纳、华、哈、鲁、苏、莎和许多群众站在高杆林中，观察、研究着枯死的原因。

莎仁抱住娜仁花，哭了："全没活，怎么办哪！"

娜仁花替她擦着泪，说："咱们牧民有句谚语你记住：流眼泪莫如攥拳头！怎么办？查原因、找问题、总结经验教训，再干呗！"

纳木尔从沙土中挖出几根树栽子，看了看根部，说：

"栽的时候水浇得不少，培土踩得也挺实，为什么就没扎下根呢？"

鲁新志："沙漠太干燥，水分容易蒸发。"

哈吐："往后再栽，要赶在雨前雨后。"

鲁新志："这很重要。"

在纳木尔小组的羊舍旁，一棵大杨树上挂着一盏马灯，灯光下纳、华、哈、莎、赵、鲁等人有站有坐。

娜仁花站在他们当中，指着一排茂密的杨树说："你们看，过去我们在这块明沙上搞试验，栽的这些树全活了，而且长得这么茂盛，用同样的方法栽的，这次为什么就没活？"

纳木尔："是啊，看来死树的原因，不单纯是技术问题。"

娜仁花："死树的原因眼下还没查清，但有一点我们是知道的，从治沙以来，有人一直在我们背后咬牙切齿！"

鲁华："您是说，有人破坏？"

娜仁花："针对当前的斗争情况，我重新学习了毛主席在党的八届十中全会上的讲话。"她从蒙古袍前怀中拿出八届十中全会公报，继续说："同志们，你们听，毛主席说：'社会主义社会是一个相当长的历史阶段。在社会主义这个历史阶段中，还存在着阶级、阶级矛盾和阶级斗争，存在着社会主义同资本主义两条道路的斗争，存在着资本主义复辟的危险性。'毛主席还告诫我们：千万不要忘记阶级斗争。"

众："千万不要忘记阶级斗争！"

哈吐："嗯！要是查出是哪个家伙搞的破坏，把他交给我！"

鲁华："那是以后的事，当前我们应当研究一下，检查死树的原因从哪儿入手。"

娜仁花："要从树栽子上入手。"

鲁新志："对！我负责把树栽子普查一遍。"

哈、赵先后说："我也参加。"

娜仁花："为了从事实上得出结论，我建议，咱们再去运树栽子，在同一地点上，再栽它一次。"

哈吐："对，看它到底能不能成活。"

纳木尔："嗯！稳扎稳打，是个掏狼窝的办法！只是季节不等人哪，上冻前，能栽上吗？"

娜仁花："我看能！大叔，你们在家观察动向，我去拉树栽子。"

长长的骆驼队走在沙漠上……

娜仁花、鲁华、莎仁各牵一组骆驼，向前走去。

娜、华、莎骑上了驼背，骆驼队从一条急湍的河流中涉水而过……

鹅毛大雪，纷纷扬扬。

但毕竟没到冰冻时节，大雪随下随化。

在这塞外特有的雨雪中，骆驼队返回来了，驼峰两侧驮着长长的树栽子，忽闪忽闪……

雨雪中，娜仁花豪情洋溢的脸……

她们又来到了那条急湍的河旁。

然而河流变了样，水面上漂浮着一块块冰雪。

骆驼队停了下来。

莎仁："能过吗？"

鲁华："不是成堆的冰凌，能过。"

娜仁花："鲁华，你打头，莎仁跟着，我守尾。"

骆驼队好不容易开始渡河……

鲁华的驼队过去了，莎仁的驼队也过了一多半，娜仁花骑在驼队的第一峰骆驼上，开始下河。但没走几步，忽见一堆冰雪浮游过来，将莎仁驼队的最后两峰骆驼冲倒了，它们驮的树栽子掉在河里，眼看就要被激流冲走。娜仁花见势紧急，喊了声："莎仁！把我的骆驼牵出去！"便奋不顾身地跳进冰河里打捞那四捆树栽子……

激流、风寒、冰雪……

几经搏斗，娜仁花终于扑到树栽子近旁，一捆一捆地聚拢着。忽然一个旋涡卷来，将她绊倒，几捆树栽子同时向她压了过去。

传来莎仁的喊声："危险！躲开树栽子！躲开！"

娜仁花没有躲开，反而以全身之力站了起来，逆着激流，用身体挡住树栽子，但脚底站不稳，不停地摇晃着。

这时鲁华在河岸上跑过来，忽然看见娜仁花血流满面，急喊："莎仁！娜仁花同志受伤了！"立刻跳进河里。莎仁不知发生了什么事情，跟着也跳进水中。

娜仁花见她们都跳下河，命令地："快，把树栽子往河边拉！"

鲁华："娜仁花同志，你受伤了！"

娜仁花更严厉地："快拉！"

冰雪、风寒、激流……

她们全力地、前倒后扶地逆流向河岸靠去……

她们终于把四捆落水的树栽子拉上了河岸。三个人全身都是泥水和冰雪。

鲁华赶紧撕扯腰带，给娜仁花包扎头部伤口。

莎仁替她擦着脸上的流血，哭了。

娜仁花："傻丫头，把树栽子保住了，还哭！"

鲁华也哭了。

娜仁花："你也学她！"

鲁华的手贴在娜仁花的额头上，一惊："啊，你发烧了？"

娜仁花："这么用劲儿，身上还能不热？"

她们给那两峰骆驼重又驮好树栽子，继续前进。

公社医院。

赵大夫给娜仁花包扎伤口："娜仁花同志，你发烧了！"

娜仁花："赶路急了点，没啥。"

赵大夫："你需要休息。"

娜仁花："赵大夫，你替我休息吧！哈哈哈！"

她一甩手，跑出屋去。

娜仁花领着治沙积极分子们，在秋雨中紧挨着枯死的高杆林，又栽起树来。

一锹锹挖在潮湿的沙地上……

一张张挂着雨水和汗水的脸……

一株株树栽子，迎风挺立……

娜仁花和群众一起站在沙滩上，你一把我一把地抓起炒米干干地吃着。群众给娜仁花递水，她谢绝，让给一位老人喝……

娜仁花带着满身泥水爬上沙梁，高声喊道：“同志们，有的同志提议：我们应当抓紧雨后这个难得的时机，尽快把树栽完，所以今天晚上要挑灯夜战，大家同意不？”

“同意！”整个沙山都在回答。

沙漠奇迹：

灯火布满了整个沙山……

沙山通明，人声沸腾。

他们的干劲比白天更足，栽植的速度更快，一片热气腾腾……

灯火在沙山上移动……

娜仁花站在高处，喊道：“同志们，还有一百多棵就全栽完了，抓紧时间！”

突然，她感到一阵昏迷，天旋地转，倒在地上……

有人在喊：“啊！娜仁花同志昏倒了！”

众惊，奔跑过来。

娜仁花躺在病床上，仍在昏迷中。

吊瓶，输液。

赵大夫守在床边。

一辆吉普车在沙漠公路上奔驰……

坐在后排座位上的达木林幸灾乐祸地：“这是大自然对她的惩罚！”

塔拉坐在前座上望着车窗外向后退去的丘陵，沉痛地说：“看见一个青年同志这样固执地犯错误，真叫人痛心！”

达木林：“经过这次失败，如果不再胡闹下去，倒也罢了……”

塔拉：“还叫她胡闹下去，我们做领导的就是犯罪！布洛干同志到自治区开会去了，我跟在家里的一位常委碰了碰头，这次必须忍痛采取果断的组织手段，我们已经做出了决定。”他掏出公文。

达木林看了看，眉开眼笑。

塔拉：“到了公社，马上宣布！”

公社门前，聚集了许多人。

塔拉宣布道：“同志们，由于娜仁花同志搞所谓治沙运动，在经济上造成极大损失，在政治上造成恶劣影响，犯了严重错误，为此，旗委决定娜仁花停职反省，到生产队劳动！娜仁花因病没有到场，此决定，由达木林同志传达其本人。”

拉格瓦惹人注目地一跺脚，愤然离去。

众：“这个决定不合理！”

达木林：“谁敢说旗委决定不合理？”

哈吐：“作为一个共产党员，我敢说这个决定不正确！”

众：“对！就是不正确！”

义愤填膺的群众，一个个来到公社医院探望娜仁花。

他们走进病房，看见赵大夫一面清洗注射器，一面暗自擦泪。

鲁华忙问：“出了什么事？”

赵大夫所答非所问地：“她真是个有顽强毅力的人！”

莎仁：“娜仁花同志怎么啦？”

赵大夫：“从诊断来看，她发高烧，至少有三天了！”

干裂的嘴唇、紧迫的呼吸——娜仁花还在昏迷之中。

赵大夫目不转睛地观察着她的变化。

娜仁花的全身微微一颤，当大家正要向她围过去时，她在高烧的昏迷中呼喊："还有一百多棵，抓紧……"

人们感动得眼里闪着泪花。

小莎仁竟已哭出声来……

这哭声，使娜仁花从昏迷中清醒过来。

人们一齐向她围了过来。

娜仁花抬起眼帘，看了看同志们，发现莎仁在擦眼泪，她的唇边困难地显出笑丝，轻轻说："莎仁，你又忘了……"

莎仁不解其意地转过泪脸："什么？"

娜仁花："流眼泪莫如攥拳头……"

纳木尔轻轻握住她的手问："好些吗？"

娜仁花渐渐完全清醒过来："你们都在这儿？大叔，不是还有一百多棵没有栽完吗？……"

众不知说什么是好，一个个将眼光从她身上移开。

娜仁花仔细地观察每个人的表情，末了，惊疑地问："大伙从来没有这样皱过眉头啊，今天，怎么啦？"

众仍不语。

娜仁花："我们皱眉头，有人就会兴高采烈。同志们，把茫茫沙漠改造成葱葱绿洲，不是一件容易的事啊，只要我们还有一口气，就拼死拼活地干下去！"

沉寂……感情沸涌的沉寂！……

突然一个揪心的喊声："干不成了！"接着就是放声痛哭……

谁也没有抬头看去，但都知道是小莎仁。

她那揪心的喊声，使人们那一直憋住的泪水，唰地夺眶而出。

纳木尔老人竭力控制着感情，缓缓地说道："还是把事情全告诉你吧，拿高杆林的失败做理由，塔拉宣布了旗委的决定，叫你停职反省。"

人们都忘记是在病房，同声喊出："我们都表示了不同意！"个个激愤不已。

然而，此刻，娜仁花反倒非常镇静了，她一言未发，但谁都看得出她是在这不寻常的关头，冷静地分析着斗争形势。

哈吐："他们叫你停职反省了，可能还会给你别的压力，我说呀，先把这个给他翻掉，要不然，我们大伙儿心里……"这个堂堂壮汉，愤然泪下。

众："是啊！"

娜仁花："在我们这里发生的事情绝不是哪一个个人遭受压力的问题！我们这里是两个阶级、两条路线生死搏斗中的一个战场！大家想一想：为什么我们改造沙漠、建设草原会有这样大的阻力？为什么有人几年来根据不同气候换了几次脸谱？为什么这一次有人一插手高杆林就没有成活？没有成活以后，又为什么不叫我们查原因，反而来了个突然袭击——停职反省？所以我们应当对当前阶级斗争形势，做出分析判断，主动出击！……"

病房的门，轻轻开了，巴达玛老太太拎着一铜壶热奶茶，走了进来。

娜仁花："妈妈，您这么远还来……"

巴达玛："喝一壶家里的热奶茶吧，出出汗就会好些。"

哈吐："大婶，人家医院什么药没有，还用得着拿奶茶治病？"

巴达玛："牧民断了妈妈的奶，喝的就是热奶茶，它什么风寒阴冷都能挡，喝吧，孩子！"

娜仁花两眼闪动着泪花："妈妈！"

巴达玛望了望病房里的每个人，然后问纳木尔："这屋里都是跟咱们走一个道的人吗？”

纳木尔：“嗯。”

这时巴达玛才把话转入正题：“孩子，他们下手了！”

娜仁花：“我已经听说了。”

巴达玛：“我是来给你送信的。刚才我看见牧主分子丹巴拎着一瓶酒，哼着小调，往达木林家走去了……”

突然，吊瓶哐啷啷摇晃起来，娜仁花将输液的针头从手腕上猛然拔出，往起一站，有力地说出：“这就清清楚楚了！”

“嘭！”一瓶二锅头放到了达木林家的桌子上。

丹巴：“总算撸下去了！”

达木林：“小点声！”

丹巴歇斯底里地：“小点声？我恨不得跳到房顶上可嗓门儿唱呢！”

达木林：“别叫他们看见。”

丹巴：“没别的说的，如今，你独揽了公社大权，头一条先给我们把牧主分子的帽子摘掉！”

达木林：“这我自有安排。”

当他刚说半句话，忽然发现窗外有人，他突然拿起桌上的二锅头，猛地往地上一摔，紧张地喊了起来：“他妈的，你老实交代！”

丹巴被这一突然举动一震，不知发生了什么事情，本能地溜了一眼被摔得粉碎的酒瓶。就在这时他感觉到身后有人，立刻领悟过来，把腰哈得更低，头点得更频，嘴上说着：“是，是！”而那对凶恶的眼睛，却滴溜溜地转动着，观察着动静。

娜仁花一推门，落落大方地走了进来。

达木林还在表演：“你牧主分子竟敢喝酒，什么动机，什么思想，老实交代！他妈的！”

丹巴：“是，是！”

娜仁花停在门口，重又观察他们的举止神情，然而刚才她从窗外所看到的那些可疑的动作、表情，全然变了样。

娜仁花的一双警惕的眼睛。

娜仁花慢慢向前走了过去……

达木林：“这个老牧主，真他妈的可恶！”

丹巴：“我错了，错了……”

娜仁花还是不开腔。

达木林又一拍桌子：“滚！你给我滚！”

丹巴应声，点头哈腰地退出。

达木林装作余怒未息的样子，来回踱步。

马靴在砖地上哒哒作响。

娜仁花突然大笑了起来：“我还以为出了什么大事！达社长，你好凶啊！”

达木林：“这个老牧主竟敢喝酒，我把他叫来狠狠训了一通，要不是你进来，我跟他没个完！”

娜仁花：“不会的，人常说，再好的戏也有个完哪！”

达木林一顿：“戏？这是一场斗争！”

娜仁花：“是一场你死我活的斗争！”

达木林转守为攻：“你来得正好，我正要找你。”

娜仁花：“什么事？”

达木林：“塔拉同志叫我给你传达旗委决定……”

娜仁花：“如果有人以为用停职反省的办法，就可以动摇共产党员改造旧沙漠的决心，阻止人民群众建设社会主义的步伐，那么我愿意回敬一句话……”

达木林：“什么？”

娜仁花："那是痴心妄想！"

风起，云涌。

苹果园里每一棵树都在愤怒地摇动着它们的枝叶。

娜仁花出现在苹果林中，疾步前行……

《风狂云涌乱沙飞》歌声起：

雄鹰啊，
云雾使你金翅更坚硬；
骏马啊，
狂风使你银蹄更锋利！
任凭风狂云涌乱沙飞，
毛主席的教导记心里，
破迷雾，战妖敌，
定叫茫茫古漠改天换地！

翻腾的歌……

翻腾的云……

翻腾的树……

娜仁花的秀发在飞舞……

此景此情，勾起娜仁花多少往事的回忆：

她赤脚走在荒漠上，走在给王爷送殡的行列中……

大漠滚滚，沙尘漫漫……旧沙漠的凄凉景象……

她高高捧起毛主席给的那只大苹果，向群众激动地叙述……

治沙大军栽沙蒿时，达木林公然叫停工的情景……

庆祝栽沙蒿成功，从奔腾的马背上，她向欢乐的人们举刀致意……

栽高杆林，达木林突然表现积极，用汽车运来树栽子……

试栽高杆林失败了，枯树株株……

一瓶二锅头，摔在地上，达木林故作镇静的脸……

风起，云涌，电闪，雷鸣。

在马群的帐篷里。

只有娜仁花和拉格瓦二人在谈话。

娜仁花：“他跟丹巴可能有什么关系。”

拉格瓦：“不一定吧？刚解放那一年，开大会斗争丹巴，我亲眼看见达木林跳上台去把丹巴连踢带打，可有点狠劲儿呢！”

娜仁花：“解放前，达木林要饭，您亲眼看见过吗？”

拉格瓦：“没有。要饭的，到处流浪，谁知他从哪儿来的。”

娜仁花：“爸爸，今天我亲眼看见达木林和丹巴秘密交谈，行动非常可疑。”

拉格瓦：“是吗？”

娜仁花：“阶级斗争是复杂的，依我分析，捉住这一条线，也许能套住一群狼，揭开我们这儿阶级斗争的盖子。我想马上到旗委去汇报，爸爸，您应当回公社坚守岗位！”

拉格瓦：“不，我就留在这马群上，打更、放牧……”

娜仁花：“您这是……”

拉格瓦：“达木林安的什么心，我知道！他能把你拔掉，下一步整我还不容易！这口气，我算忍了！”

娜仁花：“爸爸！这绝不是个人之间谁整谁的问题，这是一场尖锐复杂的阶级斗争和路线斗争。您过去老是怕伤了和气，现在又说忍下这口气，离开斗争的阶级实质，谈什么忍让、和气，那不是我们共产党人的世界观！爸爸，现在是党需要我们战斗的时候！”

拉格瓦慢慢抬起头来：“现在是党需要我们战斗的时候……”

娜仁花：“阶级敌人妄图推翻无产阶级专政，把您和您一样的无数劳动人民再变成他们的奴隶，把我和我一样的无数阶级姐妹再变成他们的殉葬品，要把社会主义新中国复辟成资本主义黑暗社会，爸爸！您能答应吗！”

拉格瓦思想受到极大触动，猛一站起，以全身的激情喊了声：“孩子！咱们走！”

电闪，雷鸣……

娜仁花迎着暴风雨骑着马在沙漠和丘陵上奔驰……

娜仁花迎着暴风雨骑着马穿过一座小市镇灯火闪耀的街道。

“嗵嗵嗵”敲门声。

正在灯下阅读的塔拉，摘下花镜说了声：“请进。”

娜仁花全身雨水淋淋地闯了进来。

塔拉惊讶地：“是你呀！这么晚打哪儿来？”

娜仁花：“从家里来。”

塔拉把一条毛巾递给她，并往里屋喊：“喂！你看谁来了？”

塔拉爱人走出来，一见娜仁花，热情而慈祥地忙走过来：“哟！这孩子打哪儿来呀，浇成这个样子！”

娜仁花：“大婶，好久不见了，您好！”

塔拉爱人：“好，乡亲们都好？你进里屋，我去给你换件衣服。”

不一会儿，娜仁花换了衣服，返回塔拉跟前。

这时，塔拉才发现，娜仁花头上缠着绷带，问：“你受伤了？”

娜仁花："没什么。塔拉同志，您了解达木林这个人吗？"

"什么意思？"一提达木林，塔拉就显出不够热情。

娜仁花："您从历史上完全了解这个人吗？"

塔拉："我是他的入党介绍人。"

娜仁花："所以我来向您了解一下，达木林跟牧主分子丹巴是什么关系？"

一听这话，塔拉就有些气恼，但他竭力控制着自己，他说："一个是共产党员，一个是牧主分子，就是这么一种关系！"

娜仁花："我亲眼看见他们秘密谈话，行动非常可疑……"

塔拉猛然抬起头，两眼逼视娜仁花："娜仁花同志，我要提醒你：我们不能因为自己犯了错误，而出于一种不正常的心理，就把自己的同志找碴儿往敌人那边推！"

塔拉会说出这样的话来，是娜仁花所没有料到的。她的心都紧缩了，气得眼泪直往外涌，但她咬住嘴唇，把泪水憋了回去，说道："塔拉同志，我冒着这么大雨来找您，是把您看作我的前辈，我的领导，把您当作一个共产党员！……"

塔拉："正因为我是共产党员，我不能容忍随便就把另一个共产党员诬蔑成同阶级敌人相勾结！这个问题没有讨论的余地。"

娜仁花："不，我就是为了讨论这个问题才来的。达木林跟阶级敌人的关系和他本人的出身历史，都有可疑的地方。"

塔拉："我看不出有什么根据。"

娜仁花："那是因为您跟他在思想上、路线上搅到一块儿去了。"

塔拉："这么说，我也快成阶级敌人了！"

娜仁花："我是说在思想上、路线上……"

塔拉："在思想上、路线上他怎么啦？"

娜仁花："从'大跃进'，到搞草原建设，达木林都是跟党唱反调，从搞绿化试验点，到大面积治理沙漠，他……”

塔拉气怒地打断她的话：“别提你那个治理沙漠了，惨痛的教训！”

娜仁花：“治理沙漠这句话，是您说的！”

塔拉：“我？……”

娜仁花：“您可能忘记了，可我永远也不会忘记它！……那一年您把我从王爷府门前救出来，把我抱在马背上，送回家……”

十多年前的小娜仁花，从骑兵排长塔拉的马背上跳下来，喊着：“妈妈，我回来了！”去开自己的家门。那门已经被流沙堵死了，只剩有一条小缝，传出小娜仁花妈妈微弱的呻吟，小娜仁花边扒堵门的流沙，边哭喊：“妈妈！妈妈！”

在塔拉的帮助下，门扒开了，只见小娜仁花妈妈倒在门口，抠门的两只手的指头流着血。妈妈用尽最后一点气力，只说了一声：“孩子！”便停止了呼吸。

小娜仁花扑倒过去，痛哭不止。

塔拉排长扶起小娜仁花，望着门外滚滚的黄沙……

娜仁花的声音：“塔拉同志，那时您对我说过什么话？……”

塔拉排长抱住小娜仁花激动地说：“孩子，你要记住，你妈妈是王爷逼死的，是流沙害死的！现在解放了，王公贵族被我们打倒了，将来有一天我们还会治理沙漠，再也不会有别的孩子的妈妈，被流沙堵死在门口！……”

娜仁花、塔拉都沉默了，心海翻滚的沉默！泪花闪闪的沉默！

突然电话铃响。

塔拉慢慢拿起话机，沉着地："是啊，嗯……嗯……"

他又慢慢放下了话机，但不知为什么，却格外细心地打量又打量起娜仁花来，过了半天，才说："是你们公社医院赵大夫打来的电话……你这个人哪，怎么发着高烧，还冒这么大雨，这……"

娜仁花："这是斗争形势逼的！"

塔拉："是啊，你的处境是困难的。"

娜仁花："您指的是您宣布的那个对我的决定吗？"

塔拉："那对我也不是愉快的事情……"

娜仁花："那个决定，我完全不同意！作为一个共产党员，我要正式向上级党委申诉个人意见。但，今天我到您这儿来，主要还不是为了这个……"

塔拉："为了达木林的问题吗？好吧，根据你提出的线索，我可以叫组织部进一步调查了解。"

娜仁花："我希望旗委重视这个问题。那我就回去了。"她站起来就要走，但头有些晕，略停。

塔拉："哎，你，你不能……"

娜仁花："斗争太复杂了，我得马上赶回去！"说完冲出门去。

塔拉爱人从里间走出来，急问："你怎么叫她走了？"

塔拉："她还有病哪！"

塔拉爱人："会出危险的，快追回来！"

达木林家。晚上。

达木林正在跟桑布和另外两个上了年纪的社员饮酒交谈。

达木林："几年来，娜仁花愣把酥油往沙漠上倒，我是干着急煞不住啊。这一回咱们组织大批人马到北草地去打猎，干得漂亮一点，要把娜仁花倒在沙漠上的酥油捞回来，叫社员们吃到嘴里。”

社员甲：“还是老社长为群众着想。”

达木林：“这次打猎队人马越多越好，只要抓到现钱，今年社员分红提高了，娜仁花那个治沙经，往后恐怕就没人听了！”

桑布：“为了刺激社员们的积极性，能不能一报名参加打猎队就给预支一点现金？”

达木林：“咱们想到一块儿去了。我已经把娜仁花栽的高杆林折价当椽子卖给外地了，能收回来一笔现金。”

社员乙：“也好，反正也没栽活，戳在那儿还挺扎眼的！”

达木林：“我已经通知各大队，参加打猎队的一天记一个半工，外加现金补贴五毛，一报名每人预支十块！”

桑布等：“这太好了！”

达木林：“不过，你们也要分头多做工作：跟手头紧的，要多宣传打猎赚钱多；对年轻好动的，要着重介绍，骑马打猎，红火热闹……”

桑布等不断点头。

达木林拿起酒盅：“咱们要动得快，不给他们捣乱的空儿，就把人马拉走！——来，喝！喝！”

娜仁花纵马奔驰在雨夜中。

滂沱雨幕，

奔马双蹄，

娜仁花强忍病痛的脸……

雷鸣电闪，

风狂云急，

娜仁花强忍病痛的脸……

娜仁花倒在马背上。

马儿渐渐放慢了脚步。

马蹄嗒嗒。

懂事的马啊，将主人驮到一棵大树下避雨，停了下来。

一道强光射来。马惊愕。

汽车声。

一辆吉普车驶近，塔拉夫妇跳下车，将娜仁花扶下马背。

纳木尔正在羊舍旁给羊拌料，旁边一棵树上的广播喇叭，正在播送音乐，那音乐或许是描写疾风骤雨、山呼海啸的吧，十分激越壮阔。

拉格瓦领着华、哈、莎、鲁匆匆走进园来。

哈吐向他半跑过来，急切地喊："大叔，您在家呀，我们到处找您！"

纳木尔："这不，喂完羊，我也正要去找你们啊！"

拉格瓦老远就说："老哥，他又要出一个花招。"

纳木尔却不慌不忙地放下活儿说："不是一个花招，是一箭双雕！"

鲁华："您也听说啦？"

纳木尔："折卖高杆林，组织打猎队，既叫你查不成死树的原因，又用钱笼络人心，把大批青壮年调离生产岗位，你们说这是什么问题？"

鲁华："反正就是不叫你搞社会主义。"

鲁新志："搅得人心混乱，劲不往生产上使。"

纳木尔："咱们要对受他挂带的群众，主动多做说服教育工作，要相信绝大多数群众是不会跟着他走资本主义道路的。"

莎仁："娜仁花同志什么时候回来呀？"

拉格瓦："我已经派苏格和赵大夫俩，去旗医院看望娜仁花，也把家里出现的新情况，赶紧告诉她。”

纳木尔：“在娜仁花同志回来之前，咱们一定要顶住这股黑风！来，大伙儿坐下，商量商量。”

旗医院病房。

娜仁花病情见好，披衣坐在床上。看来苏格和赵大夫已把公社新近情况，给她讲过了。

娜仁花：“这次组织打猎，跟前几年鼓动逃荒，是一个套子两种扣。”

苏格：“我们在家也是这样分析的。”

娜仁花：“要把这跟达木林几年来的所作所为串起来一看，他在政治上的模样，就一清二楚了。”

苏格：“现在大家着急的是，眼看着叫他三踢六跳的，不能把笼头给他戴上！”

赵大夫：“是啊，大家着急的是，咱们怎么办？”

苏格：“特别是他变卖枯死的树栽子，想消灭罪证，咱们应当赶快想出个办法！”

娜仁花沉思地：“是啊！……”

布洛干和塔拉并肩走在旗镇一条林荫道上。

附近街头广播喇叭中，播送着音乐。

布洛干：“老塔，我猜想你上次对娜仁花反映的严重情况，可能没有认真对待，不然她不会……”

塔拉：“她来之前，就有病，在发烧。”

布洛干：“深夜，发着烧，冒着大雨跑来找你，那个问题必是非常重要的。”

塔拉：“在她看来可能是这样。”

布洛干：“在你看来呢？……老塔，你常说自己想当年是冲锋陷阵的骑兵排长，但是，近些年来，在阶级斗争和路线斗争里，你已经不像是个冲锋陷阵的革命战士了。”

塔拉看了布洛干一眼，仿佛在问：“有那么严重吗？”

布洛干：“你想一想，为什么像娜仁花那样一个年轻女同志为改造沙漠而拼命战斗的精神，在你思想上就引不起共鸣？为什么在复杂的阶级斗争中，你对一些人总是不能做出正确的判断？老塔，结合这次学习和贯彻毛主席发出的‘农业学大寨’的指示，应当从政治路线上、思想根源上，认真清理清理自己呀！”

正在这时，街头的广播喇叭中音乐结束，传出广播员的声音：

“中央人民广播电台，现在给大家介绍山西省昔阳县大寨大队贫下中农的英雄事迹……”

布洛干：“广播大寨大队的英雄事迹，这太好了，老塔，东风吹来了！”

病床旁小桌上，放着一架半导体收音机。

娜仁花猛然站起，无比欣喜地：“大寨的英雄事迹！赵大夫，苏格，快听！”

布尔塔拉人民公社门前，在一棵老榆树上的广播喇叭底下，站着许多牧民，都欣喜地：“大寨！”

一个畜群点帐篷里，牧民围坐在一架直流收音机旁，也欣喜地：“大寨！”

病房中，娜、苏、赵激动地倾听着。

广播中说：“一九六三年八月大寨遭受特大洪水灾害时，阶级敌人乘机破坏，他们散布什么大寨房塌地毁，没有出路了，煽动群众离开大寨弃农务商，出外逃荒。但是，大寨贫下中农在党支部领导下，以党的基本路线为纲，狠抓阶级斗争，自力更生，艰苦奋斗，大灾年夺得了大丰收！”

娜仁花自言自语地：“狠抓阶级斗争，大灾年夺得了大丰收！”而后有力地喊了一声：“对，咱们就学着干！”

苏格、赵大夫也应声说：“对，咱们就学着干！”

敲门声。

布洛干和塔拉走了进来。

娜仁花：“布洛干同志，什么时候回来的？”

布洛干见苏格、赵大夫在这里，说：“嗯，你们两个保险是告急来了！”

苏、赵不知答何是好，先笑了，接着大家都笑了。

赵大夫收住笑：“本来就是急人的问题嘛！”

布洛干转向娜仁花：“那怎么样，解决问题的办法有了没有？”

娜仁花：“听了大寨的英雄事迹，心里亮堂了！”

布洛干：“你们也听了广播？”

苏、赵：“听了。”

娜仁花充满信心地：“大寨大队贫下中农给我们做出了榜样，办法，有了：狠抓阶级斗争，坚决走社会主义道路！”

塔拉把一包水果放在小桌上，说：“这是你大婶叫我捎来的。”

娜仁花：“谢谢大婶！塔拉同志，您坐。”

布洛干：“病好些了吗？”边问边坐下。

赵大夫：“还没全好，她就急着要回去。”

布洛干：“发着高烧还顶着雨往回跑嘛，现在能关住她！哈哈哈！”

这时一直很少说话的塔拉，缓缓地说道：“娜仁花同志，从那天晚上你提起过去我说过的那句话以后，我的心情一直是很不平静的！我在问自己：为什么我把自己说过的话忘得一干二净，而你，却至今记着它！老实说，我很少听进批评意见，但是，你那一句话，确实触动了我的思想！我好像站在草原上看见一群骏马在往前飞奔，有的马一往直前，越跑越快，有的马却东摇西晃，一步落后一步……我看见了差距，差距！”

沙尘飞腾，人喊马嘶，打猎队出发了。

人们一边策马飞奔，一边在喊：

“反正树也没栽活，沙也不治了，打猎就打猎！”

“打猎更不错！玩得痛快，赚钱多，走啊！”

“牧人的本领在马背上，猎人的能耐在枪法上，撇开缰绳，跑吧！”

人喊马嘶，沙尘飞腾……

这时，只见一队人马全速向他们驰来，明显地从前面形成了对他们的包围圈。

一个身穿艳红蒙古袍的妇女，像一团飞行的火焰一般，跑到他们前面的沙梁上，她一勒缰绳，站在马镫上，右手高举喊道：“站住，站住！”

达木林挤在蜂拥的打猎队马队当中，他抬头望去，在前面高处，娜仁花俨如一尊塑像，立在那里，他不由抽了口凉气：“娜仁花！”

站在一旁的桑布：“是她！咱们怎么办，往前走不走？”

达木林：“走咱们的！”

娜仁花让马缓步走下沙梁，用和缓的口吻问大家：“你们这是上哪儿去呀？”

群众不语。

娜仁花："听说有人鼓动你们放下牧业活儿不干，跑出去打猎，还给发了钱，是吗？"

群众议论："哎，她刚回来，怎么就知道了？"

一个青年："娜仁花同志，你可真有本事，连我们兜里的那几块钱都给看见了？"

有些人不够自然地发出笑声。

达木林走了过来："哎，哎，娜仁花，你不在队里劳动、做检查，逃跑了好多天，一回来就捣乱？"

娜仁花："社长亲自领队，这次打猎很不平常啊！"

达木林："这你管不着！"

娜仁花："我还就要管一管！"

达木林："够不着膝盖的手想遮天。你没那个权！"转向马队，"走啊，走啊！"

马队前行。

哈吐挡住去路，喊："不许走！社员同志们别跟他走！"

达木林："你躲开不躲开！"

哈吐："今儿个我就是要堵死你这条资本主义的路！"

桑布："这一百多号人马，你堵不住，让开！"他骑着马，硬往前闯。

哈吐从马背上弯下腰从他手里夺缰绳，桑布挣脱。整个马队开始乱了。

桑布骑着马，把哈吐硬往路旁挤。

哈吐来了火气，一把抓住桑布，一下子两脚不着地提了起来。

桑布空蹬着两条腿，乱喊："哎呀，打人啦，打人啦！"

马队更乱了。

这时达木林气得嘴都歪了，猛打马，直奔哈吐冲来。

哈吐把桑布往他的马前一戳，捋起胳膊喝道："你敢上来！"

达木林急忙扯缰，用力过猛，从马头上倒栽下去。

就在这混乱之中，鲁华率领着几十个骑马的人追上来了！好像事先计划好了似的形成了包围圈……

两军对峙，空气十分紧张，谁也不知道马上将会发生什么事情。

娜仁花忙喊："同志们，都站到一块儿来，我跟你们有话说。"

大伙同时向她拥了过来，对马队的包围圈便自然消失了。

娜仁花："同志们，大家想一想，咱们都是人民公社社员，为什么分成了两股道？这叫我想起了大寨贫下中农斗争的一段事迹……"

马队里的一些人说："娜仁花要讲大寨人的事，走，咱们也听听去。"

达木林："不许去！"

群众："大寨的事还不许听？有你这样的社长吗？"他们向娜仁花走去。

娜仁花让马穿行在人群中，像是跟大家谈心似的（只是声音略高一点）说道：

"大寨遭受特大洪水灾害时，阶级敌人乘机破坏，他们煽动群众离开大寨，弃农务商，出外逃荒，但是，大寨贫下中农狠抓阶级斗争，迎头回击阶级敌人的进攻，在大灾年，夺得了大丰收！……"

拉格瓦："这些事跟我们这里不是一样吗？"

鲁华："我们这儿也有人煽动过群众逃荒！"

纳木尔："现在又要出新花招——把青壮年劳力调开去打猎。"

哈吐："反正是不叫你往发展牧业、改造沙漠上使劲儿。"

娜仁花："是啊，有人叫你们丢下牧业生产和改造沙漠建设草原，去打猎，大家掂量掂量，这条路能走下去吗？"

好几个青年愤怒起来，同声说："原来是这么回事呀！可达社长跟我们说，这次出去打猎是公社党委决定的，我们就跟着出来了。"

"我们学大寨，走正路，回去吧！"

社员甲："哎，哎，还得听社长的呀！"

一个青年："社长又怎么的，路不正就不去！"

社员乙："哎，别这么说嘛，分钱的时候你怎么不说不要呢？"

那个青年把钱掏出来，往达木林身上一扔："给你！我跟娜仁花同志回公社去。"

又有几个人："我们也回去！"

更多的人响应了："对！咱们回去！"

达木林："娜仁花！你还想胡闹啊？嘿嘿！俗话说：蛇年念不成马年的经。你闹不成了，旗委停了你的职，权不在你手里！……"

突然，从人群后头，闪出一人，他以洪亮的声音说道："那不见得吧！"

众人齐向那个人看去……

莎仁："爸爸，您什么时候到的？"说着跑了过去。

布洛干牵着马从人群后面走过来，他后头还跟着塔拉。

达木林："啊？啊，是您？"

布洛干："达木林，我要提醒你：你没有权利以旗委名义说话！"

达木林："哦，哦……"

布洛干："同志们，我和塔拉同志在后头已经站了一会儿，听了你们的全部争论。"

莎仁："爸爸，旗委还支持我们改造沙漠不？"

布洛干："同志们！这次我是特地来给你们传达一件重要的

事情！”

众顿然喧腾。

布洛干：“毛主席向全国发出了‘农业学大寨’的伟大指示，我们立即掀起学大寨的群众运动，把社会主义革命和建设进行到底！”

群众欢腾，高呼：“毛主席万岁！毛主席万岁！”

布洛干：“同志们，我们旗委会经过认真讨论，认为布尔塔拉公社广大贫下中牧和社员群众，在党的总路线指引下，向古老的沙漠开了第一炮，这是一个伟大的创举！我代表旗委热烈地支持你们！希望你们在农业学大寨运动中取得更大的胜利！”

群众热烈地鼓起掌来。

塔拉：“同志们，前些天，我只是跟旗委个别领导同志碰了碰头，未经集体讨论，特别是高杆林死亡的原因还没有查清的情况下，对娜仁花同志作了错误的停职反省的决定。我除在旗委会上，在同志们的帮助下做了检查之外，这次我是根据旗委集体讨论的意见，纠正那个错误决定来了。”

布洛干：“我要补充的是，在这过程中，达木林起了很坏的作用。他还滥用职权，破坏改造沙漠、建设草原的运动。现在旗委决定：任命娜仁花同志为布尔塔拉公社党委书记，责令达木林反省检查，交代问题！”

夜。公社办公室，灯下。

娜、布、纳、华、拉正在研究达木林的问题。

鲁华：“达木林的问题，已经查清楚了。”

娜仁花给布洛干介绍说：“鲁华同志负责调查死树的问题，让她详细淡淡。”

鲁华：“我们按照娜仁花同志布置的任务，经过反复调查了解，高杆林的失败，完全是由于达木林的破坏。他在一个月以前就把树栽子从永胜县林场拉了出来，放在外地风干，在我们植树前的头一天晚上，他去浇水润湿，让汽车拉了回来。”

布洛干：“在外面风干了一个多月的树栽子就是栽在花窖里也不会成活。”

鲁华把一沓材料递给布洛干，说：“这是调查材料。根据这种情况，我们断定达木林是一个坏人。”

娜仁花：“可是，今天我接到旗委转来一份关于达木林的外调旁证材料，完全是另外一种情况，给，你念一念。”

鲁华接过材料，念道：“达木林，实系我村人，家庭出身贫牧。因家境贫困，从十几岁就讨饭，解放前该人无任何政治历史问题，其兄巴特尔现在青山市军分区政治部工作。特此证明。”她眨了眨眼睛：“这是怎么回事？”

布洛干：“是啊，怎么回事呀？鲁华，你不是说达木林的问题已经搞清楚了吗？哈哈哈，不会是那么简单的！我们常说阶级斗争是非常复杂的，但还缺少一个具体的反面教员来说明这个问题，这个达木林很可能就是这样一个人物。”

娜仁花：“我们已经给他哥哥去信了。”

布洛干：“这一次你们学习大寨贫下中农的先进事迹，找到哪些差距？”

娜仁花：“找到了不少差距，归纳起来就是两条：一是阶级斗争我们抓得还不够有力；二是改天换地的步子我们迈得还不够大。”

布洛干：“这两条抓得很准。”

娜仁花：“头一条，刚才初步议了议。”

布洛干：“第二条，你们打算怎么抓？”

娜仁花：“按照我们原来的规划，今后要继续贯彻党在牧区

‘以牧为主、农林牧结合、因地制宜、全面发展’的方针，更大规模地在沙漠上植树种草，营造林带，让大沙漠尽快地变成富饶的草原！这就又提出了那个老问题……”

布洛干：“水，是吧？不过这一次你可将不了我的军了！”

众：“旗里同意我们修水库的计划了？”

布洛干：“在大沙漠上搞点名堂，没有水寸步难行，形势逼着我们上马呀！”

拉格瓦：“修水库，我们一定全力以赴！”

布洛干：“不光是你们公社全力以赴，而且这也是我们全旗的重点建设项目。在茫茫沙漠上修建大水库，至少在我们的经历中还没有过，说起来真叫人动心哪！”

水利技术员拿着图纸、花杆、塔尺和仪器在沙漠上行进……他们在勘测、绘制……

如此美丽的蓝天，如此美丽的白云，如此美丽的秋季牧场。

牧场上用一道铁丝网围成一个上万亩的草园子。

草园子里一人多高的优良牧草像海涛一般翻着绿浪，十分壮观。一派牧业丰收的景象。

娜仁花和鲁华拿着镰刀走来。

娜仁花：“前些天，咱们去驮树栽子，又是雨又是雪，可一放晴就是这样好天气！咱们这地方的气候，摸不透它的脾气。”

鲁华：“好像气候也在故意考验咱们改造沙漠的决心。”

铁丝网外，有一群羊吃不到园子里那般好草，遗憾地翘望着不走。

娜仁花和鲁华吆喝着赶羊，那羊还是不走。娜仁花在羊的额头上拍了拍，说：“我的老羊，你看见草园子里那些草长得好，眼下就想吃啊？”

鲁华：“没门儿！那是留给你们过冬的，快走！”叭地拍了一下羊背，老羊这才慢悠悠走开。

她们走进草园子。社员们在一片欢笑声中，正在收割丰收的优良牧草，人头在深草丛中时隐时现。

拉格瓦拿着镰刀站在深草中，他那满脸深纹都笑得舒展开来：“多好的牧草啊！”

人们排成一条线直往前冲。

一片牧草倒在地上。

正在割草的桑布看见娜仁花走过来，便弯下腰，不抬头，而且渐渐落在人们的后头。娜仁花看出他这是有意地回避她，便走过去，说：“大叔，镰刀钝了吧？”

桑布：“镰刀不钝，你大叔腰疼。”

娜仁花：“我帮您割。”挥镰割草。

桑布跟也不是，退也不是，不时以不安的目光打量娜仁花。

娜仁花：“大叔，听说您这次跟达木林又搅到一起去了。”

桑布不语。

娜仁花：“资本主义思想不挖掉，对人民公社没感情，昨天跟丹巴走，今天跟达木林跑，明天您还可能跟旁的什么乌七八糟的人混，三来五去就陷进去啦！”

桑布听了这话，显得格外紧张，嘴上“噢噢噢”地应承着，两腿发软，蹲了下去。

娜仁花：“大叔，就看您说不说吧，我总觉得您跟丹巴或者达木林，都有些遮遮盖盖的东西。”

桑布更紧张了，语无伦次地：“噢，噢，没有了，没有了。”

娜仁花：“大叔，您不应当跟党、跟贫下中牧隔着一层心哪！”

桑布：“不，不……”

娜仁花："您应当跟着党、跟着贫下中牧走！"

桑布慢慢站了起来："娜仁花，你的心意，大叔明白！这阵子，我也开始有些怀疑……"

娜仁花："怀疑？"

桑布："我怀疑达木林跟你说了没有？"

娜仁花："什么事？"

桑布："我交代的跟丹巴的事……"

娜仁花："大叔，您别着急，慢慢说，交代了什么？跟谁交代的？"

娜仁花和鲁华并肩走着，脸上都有几分严肃的气色。

娜仁花："桑布说的情况，完全证明达木林是有意掩盖丹巴的罪行。"

鲁华："丹巴的罪行一定跟达木林有直接关联。"

娜仁花肯定地："嗯！要加强监视他们的活动。"

巨大的沙漠水库工地。

红旗如海，人声沸腾，车辆穿行，机械轰鸣，堤坝和闸门工程同时施工。

一位解放军干部正在施工的人群中走着。他向一位青年问了什么，那青年给他指路。

解放军干部来到挂有"水库工地指挥部"牌子的临时工棚。

在工棚不远处，哈吐在修理箩筐，显然他的任务是监视工棚里的达木林。他看见一个解放军同志向工棚走去，没有怎么注意。

"同志，你好！"解放军走进棚内。

达木林捂着肚子趴在行李上，没有作答。

"同志，你好。"解放军又重复了一遍。

达木林依然连看都不看一眼："我肚子疼，别来找我。"

"我打听一下布尔塔拉公社党委书记在哪儿？"解放军问。

达木林："我怎么知道在哪儿？"

解放军："哎，同志，你这是……"

达木林："这是什么，你没听见吗，我肚子疼，肚子……"他说着吹胡子瞪眼往起一坐，一看是一位上了年纪的解放军，便慢慢躺了下去。解放军走出指挥部工棚。

达木林忽然爬起来，惊恐、怀疑地："这个解放军，干什么来了？"

"我是来找失散多年的弟弟。"那个解放军在工地推土机上找到娜仁花，把一封介绍信交给她。娜仁花看完信后，做手势请解放军进旁边一个工棚中。

恰在这时，指挥部工棚外有一辆马车在工地路上要翻了，老板子在喊："喂，快来帮一下，车要翻了！"哈吐跑过去帮助扛车……

达木林乘机走出工棚，直奔停在工地上的一辆卡车。

他很快爬进驾驶篷。车急速启动，穿过热火朝天的水库工地。

卡车一溜烟儿跑在沙漠公路上……

卡车来到公社居民点外面时，丹巴从旁边树丛里窜出来，车停，达木林从车门探出头来，一挥手，丹巴爬进了车篷。车开动。

司机篷里。

达木林："情况非常紧急！在我们那个地窖上头，娜仁花开着推土机动土了，今天突然又有一个解放军来找娜仁花……"

丹巴："没想到过去的一个殉葬者，如今要掘我的祖坟！"

达木林："好吧，破釜沉舟，一锤子买卖，趁他们没有戒备，把地窖炸掉，也把娜仁花炸它个粉身碎骨，解我们心头恨！"

丹巴："而后咱们就坐这个汽车，向北逃越国境！"

达木林："我把炸药早准备好了，就这么干！"

工地上，娜仁花驾驶着推土机在推土……

喇嘛教白塔，被推倒了，

露在沙面上头的丹巴祖坟的破砖烂瓦被推开了，

娜仁花在向附近的人们，微笑着招手。

解放军干部同哈吐走到达木林门口，哈吐留在门外，他走进达木林院中，鸦雀无声。

解放军："家里有人吗？"

房门一响，达木林走了出来："同志，找谁？"

解放军："我找达木林。"

达木林伸过手去与他握手："我就是。"

解放军的目光落在达木林右手大拇指上，与此同时他的眼前出现了回忆的镜头：他的弟弟达木林在一个财主门口讨饭，被财主家的狗咬掉了右手拇指，他领着没有右手拇指的弟弟在雪天讨饭……

他从回忆中解脱出来，目光又落在他面前的达木林的右手大拇指上。

解放军："噢，肚子疼得好点了吗？"

达木林："好点，请进屋吧！"

他们向屋里走去。

水库工地的闸门处，聚光灯和拖拉机的灯光都集中地照射在一条深坑处。推土机向前推土，突然被一块硬物挡住，推土机后退，娜仁花探出头来一看，不由喊了声："地窖！"

推土机的前面，露出地窖的黑糊糊的洞口。

哈吐持枪在工棚里紧急地打着电话……

公社办公室。

那位解放军同志向娜、布、纳、拉等汇报说：“娜仁花同志的判断完全正确，果然，他不是我的弟弟。”

布洛干：“这就是说，这个家伙已经隐藏了十多年。”

居民点的武装民兵在紧急集合……

布洛干在打电话。

“塔拉同志，事情就是这样！我希望你也到我们这儿来！”

塔拉：“这件事对我震动太大了，我感到自己的错误非常严重！我要认真做检查，请求组织上给我严厉处分。”

布洛干：“还是不要关在家里做检查，你到群众中来吧！思想上、政治上的顽固症，不依靠人民群众是治不好的！”

塔拉放下电话，头上直冒汗，木然坐着，自言自语：“错误这样严重，群众能谅解我吗？……”他抱头伏在桌上，两眼流着痛心的泪：“不，这种思想不对，我应当马上到群众中去检查错误，接受批判和教育！”

他攥紧拳头，站立起来。

一辆卡车向沙漠水库工地的方向全速飞驰。

在娜仁花的指挥下，武装民兵乘马追击。

达木林从汽车上向后开枪。

娜仁花在飞马纵驰中举起枪来以愤怒的目光瞄准，开枪。

“噹噹！”

随着枪声那卡车轮胎被打穿，失去平衡，淹没在一股黄尘之中。

娜仁花抽出马刀，一声高喊，马队如箭离弦，向那股黄尘冲了过去。

达木林、丹巴从被打翻的卡车旁爬起来，从沙土里找到手枪，刚要勾扳机，娜仁花飞马而过，嗖嗖劈了两下马刀，刀过人喊，倒地……

沸腾的水库工地，人山旗海……

在主题歌中，出现了——

碧波连天的水库……

滚动着畜群的牧场……

葱茏蓊郁的森林……

丰收在望的田野……

艳丽多姿的果园……

一望无际的林带……

繁花盛开的草原……

尾声

背景是竣工的水库，绿化的沙漠。

远处“农业学大寨”的大字标语，格外醒目。

一群欢乐的人们，迎着镜头，并肩走来……

他们是我们所熟悉的人们：

娜仁花，

纳木尔，

布洛干，

鲁华和哈吐，

拉格瓦和苏格，

巴达玛领着小胖孙子，小孙子大口地吃着苹果，

鲁新志和赵大夫，

莎仁，

塔拉，

桑布，

以及布尔塔拉沙漠的英雄人民……

娜仁花站在“农业学大寨”红旗下，自豪地眼望前方，无比深情地：“敬爱的毛主席！我们边疆各族人民在您指引的革命路线上，永远人不下鞍，马不停蹄！”

——剧终

一九七二年八月二十八日至一九七五年六月十六日

呼和浩特—长春

祖国啊，母亲！

序 幕

一九四五年，秋色如锦。

延安宝塔山上。

一个八路军青年干部，走在朝霞尽染的山路上，从他那急促的步伐、昂扬的神色，可以看出他的心情是激动而又急切的。

他老远看见宝塔下面站着一个人，就喊："赵志民同志！"

那个人转过身来，是一位四十来岁的老同志。他喊："巴特尔！"

巴特尔："我猜想你准是在这儿，快走！"

赵志民："什么事？"

"领导上叫我们俩今天就出发！我把马都给你备好了！"

"哈哈哈，看把你急的！"

"抗日战争胜利后，形势发展得这么快，谁心里不是一团火呀！"

他们望着山下的延安城，望着那九曲银波的延河水，每只眼睛都闪着惜别的深情。

"再见了，延安！"

浑厚的乐曲渐起，变强……

延河岸上，一队队八路军正高举红旗，奔赴前方……

延河水在奔流……

延河水化成黄河的汹涌怒涛：黄河两岸上，一队队八路军的步兵、炮兵、骑兵在挺进，挺进！

巴特尔、赵志民驰行在胜利挺进的八路军骑兵队伍中……

巴特尔、赵志民通过炮火连天的阵地，来到山南军分区司令部。

巴特尔、赵志民在接受山南军分区首长的工作指示，隐约可闻炮声。

康政委："巴特尔同志，这一次赵志民同志跟你一起进入草原，我们相信，你们会把那里的工作很快开展起来。"

巴特尔："根据中央指示，今后跟过去一样，白音郭勒草原的工作，要在山南地区党委的统一领导下进行。"

"山南地区与白音郭勒草原相毗连，但你们那里毕竟是个独立作战单位。"康政委走过去推开窗户，望着远方腾起的硝烟，听着愈加猛烈的炮声，继续说，"抗日战争胜利后，摆在全国人民面前的形势，就是中国向何处去？是建立一个独立、自由、民主、统一和富强的新中国，还是继续保持大地主大资产阶级专政的黑暗的旧中国？就你们的任务而言，同样也是要解决一个内蒙古向何处去、白音郭勒草原向何处去的问题。"

赵志民："从延安出发前，我们也听到一些白音郭勒草原的斗争情况。"

康政委："那里的萨木腾王爷，从日本投降后就跟国民党反动派勾结，现在又正在策划所谓独立运动，妄图破坏祖国的统一、各民族的团结和蓬勃发展的人民解放事业。"

巴特尔:"我们必须粉碎这个阴谋活动！"

康政委:"所以说，你们的任务是很艰巨的。到那里以后，你们要坚决贯彻党的'七大'路线，放手发动群众，壮大人民力量，团结一切可能团结的力量，在我们党的领导下，彻底粉碎国民党反动派和兄弟民族中少数反动上层人物的阴谋活动。"

巴特尔有力地:"把内蒙古建设成未来新中国北部边疆的钢铁长城！"

这时，康政委转向赵志民，亲切地看了看他，说:"赵志民同志，很不凑巧，我们刚刚派梁大夫到城里买药品去了。要不，你等一等她，过两天再走吧！"

赵志民:"康政委，你还不知道吗？抗战八年，我跟她分开两地工作了七年，不等她了，我还是跟巴特尔同志一起进入草原！"

第一章

巴特尔和赵志民骑着马出现在乌云翻滚的白音郭勒草原上。

赵志民仰起头，望了望天空："我们正赶上这场风暴啦！"

巴特尔自信地："这才好呢！只有经过暴风雨的吹淋，草原的鲜花才会更加艳丽。"

赵志民："说得好！"

他们走上了一座丘陵，居高临下，一望无际。

巴特尔："这就是我的家乡，白音郭勒草原！"

乌云密布的草原一望无际，远处，有一片庙宇式的砖瓦建筑群。

此刻，那里车来马去，进进出出，一队接着一队，一片忙碌景象。

巴特尔指着那里说道："那就是王爷府。"

赵志民："嗬！看来萨木腾王爷确实很忙啊！"

"但是，从现在起，白音郭勒草原的风向，将从这里刮起！"巴特尔向离王府不远的西沙梁上，有力地挥了一下手。

赵志民向西沙梁看去，那里布满破旧发黑的蒙古包。

巴特尔："这一带是我们奴隶和穷苦牧民居住的地方。"

赵志民："同一块草原上，有如此鲜明对比的两个世界！……

这就是说，咱们应当往这一面走！对吧？”

二人大笑着，策马向那破旧的蒙古包群的方向奔去。

不一会儿，他们看见在前面丘陵那条羊肠小道上，有一位穿着破旧长袍、银发蓬松的老太太，迎着狂风，正艰难而缓慢地向前迈动着脚步……她走上丘陵，便停下来，面向西南方向默然眺望，眺望……

赵志民：“这位老人在干什么呢？”

巴特尔望了一眼，语调沉重地回答说：“你看，那条小路一直通向她家的蒙古包，也许就是她老人家踩出来的。这样的老人，常常是由于思念和盼望远离的亲人而长年地这样奔走、瞭望，瞭望、奔走……”

赵志民：“我们要帮助这些苦难老人见到他们自己的亲人！”

巴特尔认出那位老人来了，猛然说：“啊？是她老人家？”

他跳下马，朝那位老人边跑边喊：“娜布琪额吉！”

那位老人听见喊声，转身问：“谁？”

巴特尔跑到近处：“您不认识我了吗？”

娜布琪老人：“你是……？”

巴特尔只是跟从前一样习惯地亲切地喊了声：“额吉！”

老人惊愕。

巴特尔又喊：“娜布琪‘额吉民’！”

老人：“啊？你是巴特尔？”

巴特尔：“额吉！”

手中的佛珠陡然落地，她几乎要晕倒了。

巴特尔急奔过去，亲切地搀扶老人……

在王府的客厅中，王爷的总管嘎拉桑正在指挥众奴隶摆设酒席。

忽然传来扑通一声，嘎拉桑转身看去，见珊丹倒在地上，大怒，抡起黑蟒皮鞭，向她乱抽。几个女奴不忍看下去，围上前去搀扶珊丹，其中一个年纪大些的说："她连累带饿昏倒了。"

嘎拉桑："拖出去！"

众女奴搀扶珊丹，走出客厅。

珊丹在众伴的搀扶下走进自己住的那间低矮潮湿的小房里，便倒在铺满一地的干草上。

女伴甲问："珊丹，你这儿一点吃的东西都没有了吗？"

珊丹有气无力地指了一下放在干草铺上的几根羊骨头。

女伴乙从怀里掏出一块干粮递到珊丹手里，说："别啃那个了，我这儿还有从家里带来的一块干粮，给！"

珊丹感激地接过干粮，说："你们快去吧，不然又得挨打……"

众伴含泪退出。

珊丹鞭伤疼痛，口渴。她费力地爬到墙角，捧起破水罐喝口水，随后半靠在墙上，从窗外斜射进来的微弱月色中，看见对面墙上挂着的那条黑皮蛇一般的马鞭子，她哭了，哭得那么痛心。（画外音）："巴特尔，这么多年了，你在哪儿啊？"

"嗵嗵嗵！"突然有人敲门。

她坐起，擦泪，倾听。

"珊丹，快开门！"

"啊！娜布琪额吉！"

她忙爬起来开门，将老人引进屋里，又把门关上，急问："您怎么闯进王府来的？"

娜布琪："我是叫老更倌哈达领进来的。啊，又挨打了？"

珊丹低头，不语。

娜布琪替她擦着泪说："走，快跟我回去！"

“出了什么事？”

“巴特尔回来了！”

“什么？……”

“你日夜想念的巴特尔回来了！”

老人那干枯的双眼中，闪出喜悦的泪花。

珊丹悲喜交加，热泪夺眶而出。

娜布琪：“这是哭的事情吗？孩子，你从这个地狱里逃脱出去的日子来到了！”

珊丹搀扶着娜布琪老人，走出屋门，停步，观察动静。不远处，老更倌哈达向他们暗做手势，他们尾随老更倌，从一个昏暗的甬道匆匆走过……

摆满酒席的王府客厅中，坐满了各旗王公贵族、官僚牧主和他们的一群智囊谋士们。

萨木腾起身致辞：“今天，在此动乱之秋，各位能够响应我萨木腾的邀请，不辞辛劳前来商议民族存亡之大计，使我感到万分欣慰！日本投降以后，整个中国处于混乱之中，国共两党你争我夺，自顾不暇，完全无力顾及边疆塞外。我们蒙古人，应当利用这个千载难逢的时机，宣布独立，迈出我们民族的历史性的关键一步！”

珊丹和娜布琪老人，在黑夜的荒原上急行……

娜布琪老人的蒙古包里。

赵志民在油灯下写着什么。

巴特尔坐在“吐拉克”炉旁，往炉中添着干牛粪。炉火融融，把他的脸照得通红。

奶茶开了，巴特尔用长勺搅茶。

赵志民停笔，问："哎，你老是称呼娜布琪大娘是'额吉'，或者'额吉民'，是什么意思啊？"

巴特尔："在我们蒙古族话里，额吉就是妈妈，额吉民，就是我亲爱的妈妈！"

赵志民马上在本上记下来，轻声念叨着：'额吉，是妈妈；额吉民，是我亲爱的妈妈。"

巴特尔："你学蒙语真积极。"

赵志民："语言是交流思想的工具，今后长期在草原上工作，就得学习蒙古族语言哪。"

巴特尔："你想得真长远。"

赵志民："这是向你学习来的。你在延安时，为了学习马列主义、毛泽东思想，不是也刻苦学习过汉文汉语吗？"

正在这时，包门开了。珊丹和娜布琪老人，出现在门口。

巴特尔看见她们，在惊喜中极力控制着感情，慢慢站了起来，顿了半天才唤出一声："珊丹！"

珊丹却与他截然不同，她那久积心头的感情，像脱缰的奔马，如决堤的狂涛，一下子迸发出来，猛扑过去，倒在巴特尔的怀中，放声哭了起来。

王府客厅的宴会还在进行。

额旗的协理正在讲话，他光秃脑袋，又矮又胖，一看就知道是个圆滑透顶的人。他摇头晃脑地说道："独立、独立，谈何容易！不错，当前局势确实动荡不定，但是在没有看准国共两党谁胜谁负的情况下，得罪了哪一方都是后患无穷！人常说，再聪明的人，也猜不出哪块云彩先下雨。"

萨木腾："协理！你的意思是……"

协理伸出两个手指："两个字——静观。"

众："静观？"

阿旗的一个以少壮派自居的伪官僚站起，断然反驳："静观就等于坐失良机！"

萨木腾："对！在这历史的转折关头，我们决不能优柔寡断，坐失良机。我们必须全力奋斗，给自己民族找一条出路！"

协理："但我请各位不要忘记我们是个弱小的民族！有如一条小船，在大海中航行，它不宜单独开辟航线而冒沉没的危险，它应善于在各条巨轮的航线中间巧妙穿梭，既保安全，又能顺利到达彼岸。"

少壮派："协理大人，您那个办法，并不一定是安全的，它时刻都有与任何一条巨轮相撞而沉没的危险！既然我们承认自己是一条小船，那为什么不干脆跟定一艘巨轮走呢？"

萨木腾："你想跟哪条大船走？"

少壮派："今天参加这个会议的都是王公贵族和官吏牧主，一句话，我们大家是统治者和富有的人，自不待言，我们当然要跟同样是统治者和富有的人掌舵的那条大船走！"

这时从旁边一桌上蓦然站起一个人来，提出质问："你是说要跟国民党走，对吗？"

少壮派看了看那个人，好像在问："他是谁呀？"

萨木腾看出他的意思，便介绍道："在座的有的可能不认识，这位是我的二弟，乌力吐公爷。"

少壮派："公爷！如果从国共两党中二者必选其一，那我们只有跟国民党走。"

乌力吐："共产党我不了解，但是日本投降以后，我亲眼看见国民党在城里一次集体屠杀蒙古族青年竟有二百人之多！真是触目惊心！我愿意奉告各位：那条大船，不怎么样！"

萨木腾："权衡走哪条道路的利弊得失，不能着眼于一时一事，最重要的是看它能不能保护我们的利益！"

坐在萨木腾旁边的是伊旗的老王爷，他已老朽不堪，连句话也说不清楚了。但是一听到"我们的利益"几个字，他摇头晃脑，呜哇乱叫，口水从唇边直往下淌。

这时从老王爷背后站起一个贴身谋士，他好像是会翻译老王爷那种呜哇语言似的，说道："我们老王爷的意思是，我们不用管它是什么党呀，什么国呀，只要叫咱们这些人过去当王公协理的，今后还当王公协理，从前是官僚财主的，今后还是官僚财主，那就行了，别扯得太远，虚无缥缈，全无用！"说到这里，他弯下腰询问老王爷："老王爷，是这么个意思吧？"

老王爷得意忘形，连连点头，呜哇呜哇，口水淌得更猛了。

"嘡！嘡！嘡！"

正在这当儿，忽然从外面传来一阵枪声。

客厅乱作一团。

萨木腾急喊："怎么回事？嘎拉桑！嘎拉桑！"

嘎拉桑手提盒子枪，慌忙跑入："王爷！洪戈尔打进王府来了！"

众王公惊恐。

外面枪声不断……

那个少壮派问："洪戈尔是什么人？"

萨木腾："啊，前几年你在城里做官，可能还不知道，洪戈尔的丈夫是共产党，几年前叫国民党杀死在我的王府里，从那儿以后她声言要为丈夫讨还血债，聚众逃进黑云岭……各位不必惊慌，这个女人经常出来就这样闹腾一下，抢上点东西，又逃回山去。成不了气候，我从来不把她放在眼里！来！喝！喝！……"

洪戈尔左右手执双枪在射击。

夜幕中，双方对射……

洪戈尔边射击，边向后面问："把东西驮好了没有？"

有人答："这次抢到的东西最多，都已经驮上了马背。"

洪戈尔："好！撤！我挡着。"

她手下的人，从王府中撤出。每个人除一匹坐骑外，身边都带着两匹驮满物资的马。

驮物的马队，从娜布琪老人的蒙古包前驰过……

巴、赵、珊、娜四人熄灭灯火，开着包门静静地观望着急驰而过的马队……

珊丹："你走以后，洪戈尔为了给清格勒大哥报仇，一直就是这样拼来拼去……"

突然枪声紧密，渐近……

月色中，洪戈尔飞马双枪，边打边撤。

洪戈尔飞速驰过娜布琪的蒙古包前时，一声枪响，她全身一抖，突然落下鞍来……

巴特尔赶忙起身，说道："不好！洪戈尔受伤了！"

赵志民往外望了望："后面王府兵追上来了！"

巴特尔急中生智："你们快把她抬进包里来，我去把王府兵引开！"

说罢，他跑出去，骑上洪戈尔的枣红马，全速向夜幕深处驰去。

赵、珊、娜三人急忙奔过去，将洪戈尔抬进包里。

王爷兵号叫着，从娜布琪的蒙古包前驰过……

王府宴席上。

嘎拉桑从外面慌忙走进来，萨木腾见他神色不对，问："洪戈尔怎么样了？"

嘎拉桑："已经赶进了黑云岭。"

萨木腾放心地："这就更没事了。"

嘎拉桑却用惊颤的声音，把话接了过去："还有一件更要紧的事情禀报王爷……"

萨木腾："什么？"

嘎拉桑："八路军到来了！"

萨木腾吃惊地："啊？有多少部队？"

嘎拉桑伸出两个指头："两个，两个。"

萨木腾松了口气，瞪了他一眼："只是两个人，你就成了这个德性？"

嘎拉桑："不，王爷您还不知道，八路军派来的不是别人，恰恰是几年前造反闹事、跟我们势不两立的那个巴特尔！"

哐啷啷，萨木腾的酒杯掉在地上，摔得粉碎。

"啊！巴特尔回来了？"萨木腾脸色骤变。

众大惊，纷纷议论："巴特尔回来了？真要天下大乱了！"

少壮派走过来，既是劝慰，又是询问地："萨王！刚才洪戈尔真枪实弹地打进了您的王府，你能那样泰然处之，现在一提起巴特尔，您这般惊恐伤神，何必呢！"

有的王公也随声附和地："是啊，是啊！"

萨木腾余悸未消地："不，你们不知道，这个巴特尔可不同于那个洪戈尔，他是共产党，厉害着哪！"

嘎拉桑："再说巴特尔的到来，说明共产党已经把咱们旗当作夺取的目标了！"

萨木腾点头："是啊！……"

众人面面相觑，愕然无策。

嘎拉桑略作斟酌，又说："共党的意图很清楚，他们先派两个人来，是试探虚实，因此，王爷现在应表现出坚强姿态，使他们不敢轻举妄动！"

这时，萨木腾的二弟乌力吐公爷问："我想知道一下什么叫坚强姿态？这是不是说，我们要跟八路军作战？如果是这样，那就会使我们失去任何回旋的余地，而自投绝境！"

众小声地议论起来……

少壮派："目前形成不了跟八路军正面作战的局面，在互相试探虚实的阶段，如无一决雌雄的气概，难灭他们的气焰！"

嘎拉桑："是啊，公爷刚才的话，确实令人费解，难道我们表现软弱才能生存吗？巴特尔回到草原来，恐怕不是为了叫我们坐金銮殿吧！"

乌力吐用拳头猛击桌子，霍地站起。萨木腾见他还要争吵，便转向众王公，说道："我很想听一听各位的高见！"

协理："对您府内的争议，兄弟似乎不便介入。"

萨木腾："不，不，不！我和我二弟之间谈不上有什么争议。他对政治，特别是对非常时期的政治，从来都是一窍不通！"

乌力吐愤然退出客厅。

萨木腾不加理睬，继续对众王公说道："现在共党已经深入草原，共党与王公，水火不相容。大敌当前，我们要消除内争，一致对外，在蒙古民族独立的大旗下同心协力，风雨同舟，共同对敌，只有这样才能保住我们这些王公贵族世袭的统治地位。反之，将同归于尽！……"

洪戈尔躺在娜布琪老人的怀里，头部负伤。

赵志民拿出自己的一件新的白土布衬衫，嚓嚓撕成布条，准备给洪戈尔包扎头伤。听见撕布条的声音，洪戈尔睁开眼来，她隐约看见一个陌生的男人，警惕地马上要坐起，但被娜布琪按住。

洪戈尔费力地问："妈！珊丹！我这是在哪儿啦？"

娜布琪："这不是在咱们家里嘛！"

珊丹："你受伤了，不要动！"

洪戈尔："我们的人呢？我的马呢？"

珊丹："你负伤落马以后，为了把王府兵打这儿引走，巴特尔骑着你的马跑了。"

洪戈尔："巴特尔？"

娜布琪："巴特尔回来了。"

珊丹把赵志民介绍给她："这位同志就是跟巴特尔一起从延安来的。"

洪戈尔："延安！"

赵志民："我叫赵志民，是从延安来的。"

黎明的曙光。

巴特尔走进蒙古包。

洪戈尔看见了他："巴特尔！"

巴特尔靠近洪戈尔身旁："洪戈尔，你好！不要紧吧？"

洪戈尔："擦伤一块头皮，怕啥！身上有敌人留下的伤疤，有用处，它可以叫我们永远不忘仇和恨！"

珊丹给巴特尔斟茶。

娜布琪："快喝口热茶吧！"

赵志民："你到哪儿绕了个大圈子回来的？"

巴特尔："用不着我扯缰绳，洪戈尔的枣红马就知道往哪儿跑。"

他们都笑了。

娜布琪："巴特尔，你们一到这儿，就跟自己人都遇见了。"

巴特尔应和一声："是啊。"但他很快又问："不过还没看见热西大叔和和希格大叔，他们现在怎么样？"

娜布琪老人脸上罩起一层阴影，沉痛地说："和希格还活着，拿他那支枪打猎糊口；要说吧，还是热西最苦了！你走以后，他们就把他抓起来了。热西真是硬骨头，在监狱里还给人们讲革命道理，合起伙来跟敌人斗……唉！一直押到今天还没放出来……"

巴特尔："我们要叫萨木腾马上把热西大叔放出来！"

赵志民："刚才珊丹谈了一个很重要的情况，萨木腾王爷请来附近几个旗的王公贵族官僚牧主，正在开会。"

珊丹："就是不知道他们商议啥事情。"

洪戈尔："日本一投降，萨木腾就派嘎拉桑去北平，跟国民党拉关系，前些时，听说还来过两个人。"

珊丹："嘎拉桑把那两个人窝藏在王府后花园的小院里，后来就不知道到哪儿去了！"

巴特尔："王府，真是个魔鬼聚集的地方！"

他心里想着事情，慢慢转向珊丹，仿佛有句话很难说出口，顿了半天，才说："珊丹！你马上再回到王府去！"

珊丹："什么？"

娜布琪："你说什么？"

巴特尔："我是说珊丹应当回到王府去！"

珊丹喊了声："额吉！"一头扎在娜布琪的怀里痛哭起来。

娜布琪老人紧紧抱住珊丹，对巴特尔愠然说道："你怎么能说出这样的话来！有我在，谁也不能再叫她回王府去！"

这时珊丹猛然把领口一敞，露出锁骨上的条条伤痕，哭着说："不！我决不再去当牛做马！"

娜布琪轻轻抚摸着珊丹的伤痕，两眼闪着泪花："王府是个什么样的地方，你是知道的。我每次看见珊丹低着头走进那个黑洞洞的王府大门，心就像要碎了似的疼啊！几年来，她日夜盼望着你，今天总算把你盼回来了，你们也该成家立户了，咱们没有富日子有穷日子！可你还要叫她再回到那个地狱里去！不！我不叫她走。"

珊丹哭得更厉害了。

娜布琪额吉出自肺腑的话语、珊丹那揪心的哭声，使巴，赵、洪都很感动。

巴特尔充满感情地说："珊丹！这些年来，我虽然不在你们的身边，但你们受苦受难的情景，经常出现在我的梦中！我一想起你在王府里受折磨，恨不得马上骑马杀回草原，从王府里把你救出来。但是草原还没有解放，那种想法实际上是不可能实现的！我就这样把个人的悲愤深深地埋在心底……但是，珊丹，现在你再回到王府去，不是真的去给王爷当奴隶，而是作为一个革命者，去执行一项重要的任务！"

洪戈尔："对，珊丹，你应当回去！只有最勇敢的猎人，才敢进狼窝里去掏狼！"

赵志民："巴特尔回来了，他们能叫珊丹在王府待下去吗？"

娜布琪："你还不知道，珊丹的父母死后，她从小就被顶去当奴隶。王爷为了把奴隶一辈子当不花钱的牲口使用，在珊丹刚刚十岁的时候，扔给她一根马鞭子，就让她跟马鞭子结了婚……那根马鞭子至今还挂在珊丹住的房子里！嫁给马鞭子以后，不能再找男人，如果违犯就要活活打死！"

赵志民愤懑地："多么残酷的统治啊！"

娜布琪接着说："所以巴特尔和珊丹的婚事，除了我们几个以外，别的人谁也不知道。"

赵志民："这倒是个好的条件，可以从王府的内部掌握他们的动向。"

娜布琪："听你们这么说，珊丹回王府去，肩上的担子比在外头还重！我明白了，孩子，你去吧！"

迎着朝霞，珊丹充满信心地向王府走去。

晨风吹动她那红色头巾，像是一团火在燃烧。

王府客厅的前庭。

珊丹完全变了样，她的脸上再也看不到奴隶的忧郁，满脸闪烁着青春的光辉。她迎着朝阳，在给一盆松树浇水……但那两只眼睛却机智地观察着周围的一切动静。

忽然，她听见客厅里王爷跟什么人在谈话，她走近窗户，边干活边留心地听。

王爷在说："巴特尔这次回来，想跟我们争天下，为了对付他，我需要及时了解他们的动静。你要想法儿打进他们里头去，一天一天地详细地给我报告巴特尔的情况，能做到吗？"

"能，能！"

珊丹听不出是什么人的声音，不由得问自己："这个人是谁呀？"

"嘎拉桑，今天你把关在监狱里的热西放了。"

"是！"

"但是不要去掉手铐脚镣。"

"这……好，小人去办！"

嘎拉桑总管从客厅走出。

客厅里另一个人的声音："王爷，我也走了。"

"好，祝你成功！"

掀门帘的声音。

珊丹目不转睛地盯着客厅门口，等着那个人走出来。

王爷的声音："不，你不要走正门。"

"是！是！"门帘又落了下来。

珊丹若有所思地向门外走去……

马群如滚滚波涛涌向远方……

牧马人纳日斯是个矫健、剽悍的青年。

他望着远处两个骑者急驰而来。

有一个骑者向他喊话："喂！纳日斯！快跟我们走！"

纳日斯："桑杰！哈斯！上哪儿去？"

桑杰："你还没听说呀？巴特尔回来了！"

纳日斯："哪个巴特尔？"

哈斯："就是从小跟你一起给王爷放马的那个巴特尔呗！"

纳日斯："他在哪儿啊？"

桑杰："如今他当上八路军了！"

哈斯："听说见着王爷都用不着下马呢！"

纳日斯："哈哈哈，王爷算个啥！他就能在咱们这块巴掌大的地方尥蹶子，天底下大着哪！"

哈斯："走，咱们去看巴特尔！"

哈斯、桑杰拨缰欲走，纳日斯说道："你们等一等！"

哈斯、桑杰问："还干什么？"

纳日斯："咱们套住一匹最好的马，给巴特尔送去！"

桑杰："王爷知道了，能让吗？"

纳日斯："如今不是王爷说一不二的时候了。"

他们两人，向马群驰去……

马群，黄尘。

纳日斯紧握套马杆，从惊奔的马群中追套一匹长鬃白马。

那长鬃白马真是一匹机敏、飞快的骏骑！它在惊乱的马群中像飞鱼在水中嬉戏一般东西穿梭。纳日斯几次接近了它，甚至把套索都甩到了它的耳根处，但不知它用什么花招，每一次都滑脱开来，跑掉了。

纳日斯一步不落地追逼着长鬃白马……

就在这群马惊奔的乱尘中，忽然出现了一个人，他从纳日斯身边飞驰而过的当儿，喊了一声："把套马杆给我！"便从他的手中抢过套马杆，向那匹难套的长鬃白马追去。

纳日斯没有看清这个人是谁，当他定睛细看时，吃惊地发现那个人的骑术那般高超，杆头的技艺那般熟练……

桑杰和哈斯跑过来问纳日斯："那是谁呀？"

纳日斯："我也没看清是谁！"

哈斯："人家从你手里抢走套马杆，你都不知道是谁！哎，还算个牧马人呢！"

桑杰往前指了一下说："你们看，那才像个真正的牧马人呢！"

远处，那个人同长鬃白马正在搏斗……

哈斯突然喊了起来："快看！他把长鬃白马套住了！"

纳日斯："我去给它上笼头去。"他转过身来看那个套马的人时，全然愣住了！过了半天才喊道："啊！是你呀，巴特尔哥！"

巴特尔坐在马鞍上爽朗地笑了笑说："纳日斯，你好啊！几年不见，还是老样子，哈哈哈，给你的套马杆！"

纳日斯却不去接套马杆，转身向桑杰、哈斯喊了起来："喂！快过来，是巴特尔哥！是巴特尔哥！"

桑杰、哈斯奔跑过来。他们热烈地互相问候。

纳日斯："巴特尔哥，还没等我们去看你，你倒先来了。"

巴特尔亲切地抱住他们的肩膀："这些年来，真想你们哪！"

正在这时，从远处传来哗啦哗啦的金属声音，他们举目望去，只见前面有三个人影，其中两个骑着马，挎着长枪，另一个步行，好像手脚上戴着镣铐。

巴特尔问："干什么的？"

青年牧人们摇了摇头。

纳日斯："巴特尔哥，你刚回来，先别过去，我们去看一看。"

纳、哈、桑三人策马迎了上去。

那两个骑马的，原来是王府兵，押解着一个头发、胡子老长的人走了过来。

两个王府兵边走边交谈："咱们把他交给这几个人就算了。""对！应付应付差事就行啦，别跑老远的路去找苏木长了。"

王府兵喊道："喂！你们过来，过来！"

等他们走过去，一个王府兵说："王爷今天开恩释放热西。他是共产党，你们转告附近牧民，对他要严加监视。为了防备继续闹事，手铐脚镣暂时不能去掉，以观后效，听见了没有？"

纳日斯等谁也不听他那一套，几个人一齐跳下马喊着："热西大叔！"向他围了过去。

那两个王府兵也算应付完了差事，匆匆离去。

站在牧马人帐篷附近观察情势的巴特尔，一听说是热西大叔，便急步走过来。他看见帐篷外面放着一把铁锤，随手又将它带上，跨上马背，来到热西身旁。

"热西大叔！您不认识我了吗？"

热西老人认出了巴特尔，他激动地伸开戴着锁链的双臂，喊了起来："巴特尔！"

巴特尔跳下马，喊了声："大叔！"上前紧紧抱住了热西。

他无比激动地用颤抖的双手抚摸着热西老人的破碎袍衫、累累伤痕和那冰冷的锁链，不由得两眼涌满了泪水。当他的眼光移到热西老人那被蓬乱杂长的胡须和头发遮掩着的脸上时，他揪心地说了声："他们把我们的人糟害成了什么样子！"两眼愤泪，簌然滚下！

如同从密林深处淌出两条溪流，热西老人的眼泪，也从满脸的胡须中间慢慢渗了出来。他用扣着锁链的双手扪住胸口，说："人虽然叫他们糟害得没个人的样子，可是心，还是红的！"

巴特尔紧紧握住他的手："热西同志！"

热西："巴特尔！我们的党又回到草原上来了？"

巴特尔："对！抗战胜利后，全国革命形势大发展，我们刚从延安回到草原来。"

热西："你在延安见到毛主席了吗？"

巴特尔："见到了！是毛主席派我们给奴隶们砸开枷锁来了！"

巴特尔举起铁锤："砸！"

桑杰疑虑地："可是王爷……"

巴特尔："萨木腾是想用热西大叔身上的手铐脚镣，给我们一点颜色看。但是他错看了时机，现在时代不同了，这枷锁我们就是要砸！"

热西："砸！"

纳、哈、桑："对！砸！"

巴特尔让热西老人把手脚上的锁链放在一块石头上，砸断。

众不由得喊道："砸开了！"

巴特尔："热西同志，让我们跟着伟大领袖毛主席，继续战斗！"

热西无比激动地昂起头，举起攥着锁链的右手，流着眼泪庄严地宣誓说："毛主席！共产党员热西，向您报到！"

纳日斯牵过那匹长鬃白马，把缰绳递给热西大叔，说道："大叔，往后您就骑这匹马吧！"

热西接过缰绳："好马！现在就让我飞一趟吧！"

老人洒脱地跃身上鞍，长鬃白马腾然起蹄，直向附近一座小山驰去。

纳日斯："哎，怎么回事，热西大叔不往平原跑，爬山干什么？"

不一会儿，他们看见热西老人跑到山顶上的"敖包"旁跳下马来。

哈斯："哎，热西大叔爬到敖包顶上干吗去了？"

众："是啊，这是怎么回事？"

就在他们迷惑不解地眺望的当儿，敖包顶上突然出现了一面红旗！

众："啊，红旗！"

巴特尔这时才什么都明白了，他不由得激动起来："红旗！热西大叔！您把那面红旗，一直保存到今天哪！"接着他便大声喊了起来："热西大叔！看见了！"

热西老人巍然站立在高高的敖包顶上，双手展举着一面红旗……

众青年："巴特尔哥，那面红旗是哪儿来的？"

月光下，在热西老人的蒙古包前。纳日斯、桑杰、哈斯和其他许多穷苦牧民们，围着熊熊的篝火，坐在巴特尔和热西的身旁。

巴特尔捧着那面红旗，感情深沉地讲述着："这面红旗是几年前，清格勒同志从老解放区带回来的。那时日本鬼子还没有完全占领我们这一带边远的草原。清格勒同志把这面红旗交给我，说咱们的草原骑兵成立时，拿这面红旗做队旗。但是没过几天，萨木腾王爷请来国民党的白司令来镇压我们，在一次遭遇战中清格勒受伤被俘，英勇地牺牲了……后来，我们被迫撤离草原，我就把这面红旗交给热西大叔……”

热西接了下去：“我就把这面红旗，藏在敖包顶的石头底下。萨木腾勾结国民党抓到我以后，我宁死不说一句话，他们就把我关进了监牢……”

巴特尔：“我们一定要记住这阶级的仇恨！”

纳日斯激动地：“对！我们青年人也要像热西大叔那样拿命保这面红旗！”

巴特尔：“现在抗日战争胜利了，形势与前几年大不相同。共产党领导的中国人民军队有一百多万，民兵有二百多万，我们还有一亿几千万人民的广大的解放区，而且全国各地的革命力量还在蓬勃发展！”

众：“咱们穷人这一边力量这么大，还怕啥！”

巴特尔：“但是中国大地主大资产阶级和一切反动势力的头子蒋介石，正在向人民杀来！各地的反动家伙也都在活动！”

桑杰：“对！就拿咱们旗的萨木腾来说吧，他一天也没老实待着。”

纳日斯：“要是让萨木腾坐了天下，咱们穷人还不是跟过去一样，叫人套上笼头就骑、蒙上眼睛就杀吗？！”

哈斯：“我们应当怎么办？”

巴特尔：“我们要组织起来！”

众：“你说说咋个组织法儿？”

巴特尔：“头一步，我们组织起白音郭勒草原牧民会！”

桑杰：“牧民会干什么呢？”

巴特尔：“牧民会就是要在中国共产党领导下，把穷苦牧民团结起来，拧成一股劲儿，攥成一个拳头，去对付敌人！”

纳日斯：“下一步呢？”

巴特尔："要迅速建立起一支党领导的人民军队！"

哈斯："再下一步呢？"

巴特尔："贯彻党的民族政策，实现民族平等、民族团结和民族区域自治，打倒蒋介石，解放全中国！"

桑杰："再再下一步呢？"

巴特尔："建立强大的统一的社会主义新中国，为共产主义而奋斗！"

纳日斯刚要张嘴继续往下问时，巴特尔把食指往他鼻梁上一点，抢先说道："再再再……是不是？"

在人们欢悦的心情下，这一句话就把大家都逗乐了。

热西："好啊，咱们组织起牧民会，就拿这面红旗做会旗！"

众："对！"

巴特尔："同志们，竖起一面旗子是容易的，但是要保住这面红旗，咱们手里头还缺东西呀！"

众不解地："还缺什么？"

纳日斯："我明白了，咱们手里还缺枪杆子！"

巴特尔拿起从热西身上砸下来的镣铐说："对！你们看一看萨木腾放出我们的人，还给戴着这手铐脚镣，就知道他心里想的是什么！现在他手里有枪，如果咱们手里没有枪，这面红旗竖出去也保不住，枷锁砸开了还会被戴上……"

热西："是这个道理！"

桑杰："枪从哪儿来？"

纳日斯："是啊！"

巴特尔："据我了解，日本投降时，在草原上散落了不少枪支……"

热西："有些牧民手里还有猎枪。"

纳日斯："对，凑个百八十杆枪不费劲儿！"

巴特尔："没那么容易吧？好，从明天起，咱们发动群众，收集散落在民户里的枪支。"

"我们这枪，交不交给他们？"

"和希格大叔，你说，我们听你的！"

在一个山林草原地带，二十多个牧民围住了打猎归来的和希格大叔。

这些牧民背着以套筒子、连珠、三八式占多数的各种枪支。

对牧民们的纷纷询问，和希格大叔不作回答，只是摇头、叹气……

一个中年牧民对和希格说："我们都知道你这支枪来得最不容易，几年前你大儿子叫白司令的兵杀害以后，你追上去用猎人的打兔棍，把敌人打下马，从敌人手里夺来的。大哥，你把枪往哪儿放，我们都跟着！"

一个青年："王爷一听说巴特尔他们要从牧民手里收集枪支成立民兵，就三更半夜派人四处下通令：谁也不准把枪交给巴特尔。"

另一个青年："还说要交就让交到王府去。"

和希格断然地："王府？谁也不准！"

"这大伙儿倒明白，可是巴特尔……"

"是啊，巴特尔那儿给不给？"

人们把眼光都集中到和希格老人身上，可他右拳砸左掌，连声叹道："嗐！可惜呀，可惜！"

众不解地："可惜？可惜什么哪？"

和希格老人这时才说："巴特尔，那么精明的小伙子，干吗领来了一个汉人呢？"

有人应合："对！咱们的枪不能落到汉人手里！"

有人说："可是在家里是放不住了，总得想个办法呀！"

和希格突然喊道："我是猎人，山里有藏枪的地方，乡亲们如果信得过我，就把枪交给我！"

众："对！就这么办！"纷纷将枪卸了下来……

四五支枪，稀稀拉拉地先后放到了地上。

纳日斯"唉！"地跺了一下脚。

巴特尔却在一旁呵呵笑了起来。

纳日斯赌气地看了巴特尔一眼："跑坏了一副马掌，嘴唇磨掉了一半，才收来这么几杆枪，有啥好笑的？"

巴特尔学着纳日斯的腔调："凑个百八十杆枪不费劲儿……哈哈哈！"

纳日斯这才明白了巴特尔的笑意，不好意思地也笑了。

巴特尔："你想过没有，咱们收集枪支，跟咱们对顶的这股劲儿为什么这么大？"

纳日斯："王爷下了通令，谁也不准把枪交给我们，要交就得交到他那儿去。"

巴特尔："有人把枪交给王爷吗？"

纳日斯："没有。"

巴特尔："这就是说，人民群众是有觉悟的！"

纳日斯："还有觉悟呢！一见我们去，扛上枪就跑掉了。"

巴特尔："跑到哪儿去了？"

纳日斯："都跑去找和希格大叔。据说和希格大叔也不叫群众把枪交给我们。"

巴特尔和赵志民二人，背着阿篓，边捡干牛粪，边向和希格的破旧蒙古包走去。

一个青年从蒙古包里走出来。当他走近时，巴特尔问："小伙子，哪儿去？”

那个青年抬了一下手中的铁夹子答道：“给野狐狸放夹子去。”

“和希格大叔在家吗？”

“我爸爸刚打猎回来，正在家里喝茶呢！”

和希格老人在包里听见了他们的交谈，急忙放下茶碗，打门缝往外看。

他看见巴特尔、赵志民将阿篓里的干牛粪，倒在他家的粪堆上。

“啊？那个汉人也来了？”

不一会儿，巴、赵开门进来。

巴、赵：“大叔，您好！”

和希格老人不答礼，也不往巴特尔身上看一眼，而是从他们走进包门时起，就以一种不信任的目光，一直盯着赵志民。而后突然将喝茶时松解的腰带一紧，甩手走出包去。

当巴、赵开门看时，老人早已骑着马跑远了。

巴、赵交换了一下眼色，苦涩地微微地笑了……

满满一碗热奶茶，放在地毡上。

巴特尔：“他这是对着赵志民同志来的。”

巴、赵、热三个党员，坐在草地上分析着面临的情况。在他们身后，三匹绊着脚绊的乘骑，悠闲地吃着草。

热西：“他跟老赵头一回见面，怎么会……”

赵志民：“热西同志，你想想看，他的大儿子是怎么死的？”

热西：“是国民党白司令的兵杀害的，那跟你有啥关系？”

巴、赵都笑了起来。

巴特尔：“正因为他分不清共产党和国民党的区别，所以……”

热西："嘻！这个人简直是老糊涂了！"

赵志民严肃地："这种民族隔阂，是国民党蒋介石对少数民族人民长期实行大汉族主义残酷迫害所造成的！到这里来，开始时有些人对我们共产党的汉族干部也有些不相信，这是可以理解的。我们要用实际行动告诉他们，我们共产党人坚决反对大汉族主义，和国民党是完全不同的！"

巴特尔："我们也反对地方民族主义。至于对一些群众，特别是对像和希格大叔这样在群众中有威望的穷苦老人，我们一定要耐心地做好思想工作。"

"哈哈哈！和希格大叔做得对！做得好！"

夜，一些群众聚集在和希格老人家中，喧哗，说笑。

"以后的事情，还得看一看那个汉人的脚印往哪儿迈再说。"

"就是巴特尔，我们也得看看他变了没有！"

"对！白司令过去给我们蒙古族牧民带来过多少灾难，他不知道吗？为什么又带来了一个汉人？"

和希格："可惜呀，可惜！"

突然和希格的小儿子跑进来说："爸爸，巴特尔又来了！"

"可能又领着那个汉人来了，不见！吹灯！"

巴特尔走近蒙古包，忽见包内灯火熄灭，略思，依然上前敲门。

敲门声。

和希格做手势，叫人们别出动静。

巴特尔的声音："和希格大叔，我是巴特尔！"

和希格仍不作答。

过了半天，又传来巴特尔的声音："您睡啦？……那好，我以后再来。"

脚步声渐渐远去，和希格轻轻推开门缝向外望，他发现月光下只有巴特尔一个人，于是霍地站起，猛然跑出门外……

巴特尔忽然听见包门大开的声音，停步、回望：夜色中，和希格老人站在包前，他的身后还有好几个人影。巴特尔站在原地想了想，不由得独自轻轻一笑，转身走了回来。

"乡亲们，大家好！"他走到他们跟前问候道。

那些乡亲们却没有一个人回答他。

巴特尔不管那些，径直走进包去，用一根柴草，借着炉火吹着火，找到油灯，点着……他这些动作都是在乡亲们怀疑的审慎的目光下，从容不迫地做的。乡亲们显然是想从他的每一个细小动作中找出他"变了"或者"没变"的依据。

巴特尔熟悉草原乡亲们那种可爱的执拗性格，因此他也不急于说话，索性在众目睽睽下，大盘腿一坐，倒碗奶茶喝完，悠然地用两只手掌把嘴角左右一抹，而后双手下落时将带有茶油的手掌，在胸前交叉地轻轻一擦而过……

看见草原人这种典型的生活动作，和希格老人的脸上闪过一丝笑影。接着当他看见巴特尔用不知是哪一位乡亲的羊骨头烟袋装好烟，随手拿起火柴往被草原磨得净光闪亮的马靴底子上嚓地划着火时，和希格老人再也按捺不住内心的喜悦，伸出拳头往巴特尔胸脯狠狠擂了一拳，抱住他狂喜地喊了起来："好小子！没变样！"

随之，像开了锅似的，乡亲们一个接一个都开怀大笑起来。

巴特尔望了望这些可爱的粗犷的乡亲们，也放声大笑起来。

和希格："小伙子，我还存着两瓶酒——拿两张狼皮换来的，今儿个都喝了！"说着拿出两瓶酒，倒在两个大碗里，"给，这碗你一个人喝；这碗，我们大伙儿的。”

和希格老人先喝，接着其他几个人一过手，一碗酒点滴未剩。

巴特尔拿起酒碗看了看，好像在跟自己商量：喝不喝呢？……不喝是不行的。喝！他一口气把酒全喝了下去。

乡亲们高兴了！又叫好，又拍巴掌……

和希格大声说道：“俗话说，在一张酒席上，用不着去问哪一位是蒙古族人，谁能喝酒谁就是！”

巴特尔：“这么说，这座蒙古包里，只有我一个人是了！”

众人又是一阵大笑……

和希格：“好了，我看准了，你还是咱们自己人！巴特尔，说吧，三番五次找我，啥事？”

人们慢慢地又严肃起来……

巴特尔没有马上回答。

和希格：“是不是枪的事？”

巴特尔：“枪？”

和希格：“噢，噢，不是啊？”

巴特尔：“我是来跟您打听一个人！”

“谁？”

“从前给王爷放羊，后来活活叫他们用马拖死的那个小孩。”

“你问的是那个汉族穷孩子铁柱？”

“对！”

“怎么啦？”

“有人说，铁柱是你害死的！”

“啊？谁说的？”

“我！”

“巴特尔！你是不是醉了？那是王爷用马拖死的，跟我有什么关系？”

“因为你是蒙古族人。”

“蒙古族人怎么啦？”

“萨木腾王爷是蒙古族人，你和希格老人也是蒙古族人，所以王爷杀了人，也就等于是你杀的。”

“天底下哪有这份理？萨木腾王爷的蒙古族人，跟我穷老头子的蒙古族人，能一样吗？”

突然，巴特尔哈哈大笑起来。

“笑什么？我说得不对？”

“您说得很对！可就是有时明白，有时糊涂。”

“这……”

“把萨木腾干的事，扣在您头上，您不干；可为什么您把国民党白司令欠下的血债，要算到我们赵志民同志的账上呢？”

“这……”

“这您就错了！您要明白：萨木腾和白司令是一个狼胎养的崽子，而您和希格跟赵志民是一个阶级的亲兄弟呀！”

众：“阶级？”

巴特尔：“任何一个民族，都分有不同的阶级。咱们这儿的王公牧主跟内地的地主官僚资本家是属于一个阶级，咱们这儿的牧民奴隶跟内地的工人农民是一家人。任何一个民族都不是统一的，都分为不同的阶级，所以民族问题实质上是阶级问题。我们不应该只看汉人、蒙人，而应当看是汉族或者蒙古族中的哪一个阶级的人。”

和希格慢慢领悟过来，激动地抱住巴特尔的肩膀，喊了一声：“巴特尔！……”

红旗在热西的蒙古包前迎风飘扬，上面用蒙汉两种文字绣着“白音郭勒草原牧民会”。

牧民们纵马向这里聚集……

到夜晚，人们越聚越多，像是在举行草原盛会一般热闹，几十堆篝火，把草原的夜空映得通明……

篝火愈旺。

充满激情的女高音歌声起——

《燃烧吧，革命的烈火！》

我们不再流悲伤的泪，
我们不再唱苦难的歌！
我们要把心中的仇和恨，
化成熊熊的革命烈火！
烧尽那千年草原茫茫夜，
迎来这一轮红日照山河！
啊！燃烧吧，革命的烈火！
烧尽那千年草原茫茫夜，
迎来这一轮红日照山河！

在歌声中，出现以下画面：

巴特尔披着满身朝霞，满怀豪情地走在草原上……

在巴特尔、赵志民办公的地方，外间屋已设立我们的电台。报务员收报后进里间屋给巴、赵传阅电文。巴、赵根据上级电示，站在军事地图前，讨论着形势……

和希格老人领着二十多个身背大枪的牧民，来到了热西的蒙古包前。

巴特尔、赵志民、热西等和以纳日斯为首的武装民兵们热烈地迎接他们……

和希格老人把自己的枪交给小儿子，领着他找巴特尔报名，参加牧民会的武装民兵。

牧民会的武装民兵扩大了，人们围着篝火，一片欢腾……

王府后花园的望月楼上。没有灯光，没有说话声，一片阴森的死寂。

萨木腾和他的智囊谋士以及各旗显贵们，站在楼上，木然地眺望着远方堆堆篝火，倾听着夜风吹来的人民愤怒的吼声、战斗的歌声和欢悦的笑声……

萨木腾的脸色比夜空还要阴沉。他沉重而缓慢地自言自语："不祥之兆啊！……"

嘎拉桑："他们成立了民团，噢，他们叫民兵。今天晚上就是庆祝这个呢！"

萨木腾慢慢转过脸来，小声问："他们总不会今天晚上攻打王府吧？"

这句话虽然说得很轻，但左右的人都已听见，众色变，伊旗老王爷吓得抽了口冷气，气就过不来了，随着几声呜哇呜哇，只听见有人喊："老王爷上不来气了！快！快往下抬！"

萨木腾心烦地连看都没看他一眼，继续向西沙梁眺望……

一阵忙乱的脚步声。

砰的一声，王府小客厅的门关上了。

西沙梁的欢腾的声音，也被关在门外。

萨木腾以从来不曾有过的快速步伐走过去，从茶几上拿起药瓶，往大嘴里扔进几粒药丸。

见他如此紧张、急躁，尾随他的嘎拉桑便进言道："共产党如此咄咄逼人，我们更须沉着应战。"

萨木腾："我不会在他们面前表现软弱！"

嘎拉桑："是！是！"

萨木腾："人常说，做文章须有奇峰突起的妙招，我们闯事业更应有力挽狂澜的气概！今天晚上，我要采取一个重大举动：把咱们独立的计划，立即付诸实施！夜长梦多，明天就结束王公会议！"

嘎拉桑："有几项重要事宜，还没有着手进行，各旗王公尚欠思想准备，马上宣布独立，略显仓促吧？"

萨木腾："不，政治就是一种冒险，在各种独立运动的史料中我曾多见。有些独立运动几乎是诞生在三二人的密谋之中，关键在于善于掌握时机和运用权术。"

嘎拉桑："是，是。"

萨木腾："你去通知各旗王公，马上到我这儿开会。"

嘎拉桑迟疑一下说："王爷！白冰先生今天到了。"

萨木腾："哦？这个时候他来了？"略顿："暂时不要安排见我。"

嘎拉桑将语气变得稍重一些："他是以国民党中央特派员的身份求见！"

萨木腾："此时不见！"

嘎拉桑毫不退让："那么叫他回去吧！"

萨木腾："现在我干得正是得心应手，不能叫他们插进一杠子……不过，要留住他，日后……"

嘎拉桑："小人明白了。"

在巴特尔的住处。灯下。

珊丹在给巴特尔、赵志民、热西汇报情况。

珊丹："今天从国民党那儿来了一个大官，住在后花园里。"

赵志民："你看到这个人没有？"

珊丹："没有。据说明天是王公会议的最后一天，王府里岗哨很严，几个大厅都是灯火通明，王公们进进出出，不知道在干什么。"

巴特尔："看来萨木腾在王公会议的最后一天，要搞点名堂，很值得注意！"

通信员进来报告说："外面有个人求见，说有紧急的事情。"

巴特尔做手势，叫珊丹进里屋暂且回避。珊丹起身刚往里屋走，外面那个人却已破门而入。他不先与巴特尔握手寒暄，却站在原地很注意地观看正好走进里屋去的珊丹的背影。

巴特尔马上向他伸出手去："你好！"

"哦，你好！我叫道尔吉。"

"哦，你就是道尔吉先生，还在旗里当秘书股长吗？"

"不啦，眼下给王爷和公爷的子女们补习汉文，教教书法。"

"哦，请坐，请坐。"

他又与赵、热寒暄后坐下。

道尔吉："我过去为了糊口度日，谋过事，任过小职。但我对共产党的政策有所耳闻，我愿为人民效力……"

巴特尔："欢迎采取这种态度。"

道尔吉："今天晚上我来，是给你们报告一件事情：我在王府给三小姐补习功课时，听说今天王府里来了一个汉人，但不知是干什么的。"

赵志民："哦？突然出现了这么一个人物？"

道尔吉神秘地："你们还没听说呀？"

巴特尔所答非所问地："你能不能从王府里为我们了解到这个人更多一些情况呢？"

道尔吉："没有把握，你们是不是另外找些途径？"

巴特尔："我们刚回到草原，除非自己闯进王府，哪里还有什么别的途径啊！”

道尔吉：“你们可不要轻易进王府去，萨木腾心毒手狠，什么事情都能干得出来呀！千万当心哪！”

王府后花园小院一间房内。

白冰躺花床上，吐着烟圈，问嘎拉桑：“萨木腾不想马上见我，对他这种冷落，倒也可以忍让，我最关心的是，他对共产党的态度是不是还跟从前一样？”

嘎拉桑：“绝对势不两立！这一点请白司令……”

白冰坐起：“不要再叫我司令了，现在是中央特派员，啊，哈哈哈……”

嘎拉桑：“叫惯了，哈哈哈！”

白冰：“你这次报告得很及时，看来你带回来的电台还很……”

嘎拉桑：“我从北平回来以后，把两个弟兄一直隐藏在一个非常可靠的地方。”

白冰：“白音郭勒真是风云多变哪！”

嘎拉桑：“是啊，共党那面迈进来了大脚，可王爷这面又……”

白冰：“中央的指示是，只要能阻止共党进入白音郭勒草原，萨王暂时就让他……啊，哈哈哈……”

巴特尔和赵志民沿着山坡走在一片松林中，晨雾缭绕，闷雷声声……

赵志民停住步，一只手扶着一棵直插云霄的壮松，望着山下草浪滚滚的北国大野，说道：“这儿跟我家乡波涛汹涌的大海，多相似啊！”

巴特尔："是啊，风和日丽的牧场是美丽的，但我更喜欢这风云变幻中的草原！它格外壮人胆量！"

他们并肩往前走着……

"老赵，你看这翻腾的草原不是正像一座大舞台吗？在这两条道路、两种命运的大决战中，各个阶级、各种阶层、各类不同政治观点的人，都在这个大舞台上进行着表演。"

赵志民："是啊，草原上的斗争情况，比我们预想的要复杂得多！"他说着拿出一份电报，"山南地区党委对我们进入草原后的第一步工作做了表扬。"

巴特尔："但是根据这封电报的指示精神，我们应当马上把工作全面开展起来。"

赵志民："上级党委指示，今后把工作的基本点仍然放在放手发动群众、壮大人民力量这一方面，同时为了适应当前形势的发展，也要积极开展对民族上层分子的工作。"

巴特尔："我有个具体想法，你看行不行？"

赵志民："说说看。"

巴特尔："我想今天进王府去！"

赵志民："为什么一定要在今天？"

巴特尔："今天是萨木腾召集的王公会议的最后一天，昨天国民党方面又派来了人，我们进到王府里去才能根据情况，同他们展开面对面的斗争；另一方面，利用这样一个机会，向来自各旗的民族上层分子宣传我们党的各项政策，也是很必要的。权衡利弊，我认为应当去！"

赵志民沉思良久，说："但是，你进王府可能遇到一些难以预料的困难，而且担一定的风险……"

巴特尔："我考虑过，风险可能有，但有利条件更多些……"

赵志民："你说得具体一些，只要你这个计划是可行的，咱们马上就报告山南地区党委，等批准以后，再派人去告诉洪戈尔，让她也要有所准备。好，你谈吧！”

“什么？巴特尔要进王府去？他疯了？”

洪戈尔在她黑云岭的住室里，向前来送信的武装民兵纳日斯暴跳如雷地喊了起来。

她又问：“他动身了没有？”

纳日斯：“可能动身了。”

洪戈尔怒叹一声“嗐！”便向门外急喊：“达瓦阿爸，备马！”

洪戈尔骑着枣红马，从黑云岭上飞奔下来……

她跑到巴特尔的住处，开门就问：“巴特尔走了没有？”

正在屋里的赵志民和其他一些同志摸不着头脑，回答说：“他已经走了。”

洪戈尔把门哐地一关，又跨上马背，去追巴特尔……

她跑到王府附近一座高坡上，看见了巴特尔，但她不向他喊话，却一个劲儿地往前飞奔。当她追上巴特尔时，从马背上突然一弯腰，猛力扯住他的马缰，拉着马头硬往回转……

这些动作只发生在刹那之间，巴特尔一时不知发生了什么事情，问：“洪戈尔，干什么？”

洪戈尔两条浓眉竖起，狂怒地然而又是充满感情地问：“你是不是从前那个巴特尔？”

巴特尔一怔，而后渐渐省悟，他微笑着跳下马来：“嘿！你要发起脾气来，还真有点威武劲儿呢！”

洪戈尔脸上依然没有一丝笑影：“我问你，上哪儿去？”

巴特尔：“王爷府。”

“王爷府是我们能去的地方吗？”

洪戈尔这句话说得那样真挚而动情，不由感染了巴特尔，他脸上的微笑悄然消失。

洪戈尔用哭的声音继续说："巴特尔！你不会忘记那一年就在这儿，就在这条路上发生的事情吧？……清格勒就是在这儿被捕，就是从你现在走的这条路，被抓进王府去的！……"

他们二人沉默的同时向那条草原的路望去……

草原上起风了，路两旁的草丛摇摇摆摆，看上去好像是那条路在爬行，如同一条褐色的巨蟒……

巴特尔缓慢地说："洪戈尔同志，你的心情我是理解的，但是这个决定，我们是经过认真考虑后才做出的。"

"我不信你们做得对！"

"你应当看到，现在的形势跟几年前已经大不相同了。今天我们虽然一个人走进王府，但我们代表着全国强大的革命力量，所以有条件去发动这场主动攻击！"

"可萨木腾……"

"对萨木腾，我们有警惕！但是为了向从各旗来的民族上层分子宣传党的政策，并争取他们向我们靠拢，即使冒一点风险，这样做也是值得的！"

"民族上层分子，都是剥削、欺压穷人的坏蛋，跟萨木腾是一个窝的狼，没两样，用不着跟他们去费口舌！"

"不，我们应当相信党的政策和策略的威力！"

"政策和策略？……"

"民族上层分子，他们是欺压和剥削人民的统治阶级，但是蒋介石在国内推行大汉族主义，跟他们也是有矛盾的。就全国而言，我们的主要敌人是蒋介石，我们在斗争策略上，要善于利用矛盾，争取多数，团结一切可能团结的力量。"

"哈哈哈……"忽然从他们身后传来赵志民爽朗的笑声。接着他大声说道："巴特尔，我猜想你准是叫人给拦马截路了，哈哈哈！”

他领着一群武装民兵走过来，看了一眼洪戈尔，又说：“看样子，谁也没有说服谁。是吧？”

洪戈尔：“理，我不能说他说得不对；可他要进王府，不行！”

赵志民严肃地：“洪戈尔同志，我赶来告诉你：这不是他个人的行动，是党的决定。”

洪戈尔：“是……党的决定？……”顿了半天，把头一扬，嚓地掏出手枪说：“好，去吧！但是，我给当警卫！”

巴特尔哈哈大笑起来：“萨木腾可知道你是什么人，你跟我去，反倒会更不安全。”

赵志民：“洪戈尔同志，我们已经做了布置，里面由他们配合，我们一起在外面加强警戒。这不，我把民兵都领来了！还是让他走把！”

巴特尔上马。

众挥手。

然而，洪戈尔把脸绷得像铁板一块，一言不发，忧虑地望着巴特尔远去的背影……

王府大客厅里坐满了人，人声嘈杂。

萨木腾站起来，威严地看了看全场，人们渐渐安静下来。萨木腾拿起一张纸来，打开说：“各位尊敬的王爷、公爷、协理！各位政界同仁和全体来宾们！经过一整夜的磋商，集中各方高见，我们将《独立宣言》已经拟出，现在由……”

他的话刚说到这儿，嘎拉桑匆匆忙忙从外面进来，走到他身旁，小声说：“王爷，您先停一停！”

萨木腾放下那张纸，问：“什么事？”

“巴特尔来了！”

他那颤抖的声音，把一种紧张的情绪传给了大家，顿时全场骚动，议论纷纷。

萨木腾脸色骤变，离开座位，躲开人们，问："在哪儿？"

"我把他挡在前厅了。"

萨木腾："对！挡住，挡住！千万不能叫他进到这个会场里来。"

嘎拉桑："跟他来武的还是来文的？"

萨木腾："他突然闯进王府，来意不明，文武兼备，见机行事！"

嘎拉桑急出。

出乎意料，就在这时，巴特尔穿着一身整齐的八路军军装，走进大厅。

全场大乱，人们纷纷起立。

萨木腾见嘎拉桑跟在巴特尔身后，知道是没挡住，于是他迎上去，虚情假意地说："欢迎！欢迎！请到里面坐，请，请！"他做手势想把巴特尔让进旁边那间小客厅里。

巴特尔看出萨木腾的用意，应付地说着："谢谢！"几步便走到了人群之中，而且落落大方地向全场问了声："大家好！"

这一简单的问候，却立即引起强烈的反响，会场突然变得鸦雀无声，人们的脸上呈现出且惊且疑的种种不同的神情……

巴特尔环顾全场，以一种平静的语调："我们回到草原上来开展工作，今后难免要同各位打交道。今天我是来跟大家认识一下。"

萨木腾："诸位，我来介绍一下：巴特尔先生，是咱们草原的骄傲，抗日的英雄！这次前来王府问候大家，我们表示热烈欢迎！"

说着他带头鼓起掌来。但这时人们对眼前突然发生的事情，都怀着惴惴不安的心情，没有几个人跟着他鼓掌。大家都把目光集中在巴特尔的脸上，观察着他的每一个细小的表情变化。

巴特尔："萨木腾先生，你的王府是不大容易进来的！"

"是啊，是啊！"萨木腾摸不透巴特尔的话意，暂且含混地应付着。

巴特尔的脸色顿然严峻起来："如果是在几年前，如果是日本帝国主义还没垮台，如果是我们共产党手里没有一百多万八路军、新四军和二百多万民兵这样强大的武装力量，没有像今天这样在白音郭勒草原上迅猛发展的革命形势，我走进你的王府，也会像清格勒同志一样被杀掉的！"

萨木腾紧张起来，急忙争辩："不，不，不，话不能这样讲。清格勒是国民党派兵来杀死的，与我萨某无关！"

"萨木腾先生，这个问题我们暂且不去争辩。"巴特尔说到这里，转向全场，"我刚才那段话的意思，主要是告诉大家，现在形势变化了，你们要认清形势，跟上形势，向人民靠拢！"

众："向人民靠拢？……"

巴特尔有力地："对！现在是人民革命的时代，不管你愿意或者不愿意，革命的风暴将要席卷每个角落！在当前这场斗争中，我们的主要敌人是蒋介石。至于像各位这样的民族上层人士，只要跟国民党反动派划清界限，愿意向人民靠拢，我们就表示欢迎！"

有几个人鼓起掌来。萨木腾看见其中有他二弟乌力吐，他脸上的肌肉抽搐不停……

巴特尔继续说："我们中国共产党提倡民族平等、民族团结，实行民族区域自治的政策，帮助各少数民族的广大人民群众，包括一切联系群众的领袖人物在内，争取他们在政治上、经济上、文化上的解放和发展，为建立一个统一、富强的新中国而奋斗！"

这次，鼓掌的人更多了！巴特尔有意瞟了萨木腾一眼，萨木腾赶忙拍了两下巴掌，脸上挤出几丝笑纹，还向巴特尔微微点了点头。

人群中有人喊："敝人拥护共产党这个政策！"

巴特尔："这位是……"

那个人走上前来，做自我介绍："我叫乌力吐。"

巴特尔："噢，是本旗的公爷，我没有记错吧？"

"是。"乌力吐接着又说，"国民党对少数民族实行大汉族主义统治，我们不能跟他们打交道！"

萨木腾插进话来："不！我愿意跟任何人都交朋友。就我个人而言，我既没有见到过国民党有多么大的害处，也没有领受过共产党有多么大的好处！"

巴特尔将目光紧紧盯在他的脸上："声明自己没有见到过国民党害处的人，想必是领受过国民党的好处！我们愿意团结一切可能团结的力量，但对那些与国民党蒋介石进行勾结的顽固分子，我们将给予坚决的打击！"

顿时，全场的气氛变得紧张起来……

萨木腾悄悄地向嘎拉桑使了个眼色，嘎拉桑马上向站在窗外的一个彪形恶汉挥了下手。突然传来一阵跑步声，不一会儿，王府兵全副武装，杀气腾腾，闯进会场，占据了两侧……

不知随时会发生什么事情！有的人惊恐地向后退缩，有的人不安地观察情势，也有的人见势不妙，拔腿向外逃出……

此刻，巴特尔显得格外沉着、冷静，他观察了周围的情况，便向萨木腾厉声警告道："萨木腾先生！你这样做，只能吓唬一些神经衰弱的人，对我们，毫无用处！在这里，我可以告诉你一点：对武装挑衅，我们只有一个原则，就是坚决地进行武装反击！"

一听此言，好几个民族上层人士十分惊恐，上前向萨木腾提出异议:“你要是想显摆武力，等我们走了以后再闹；今天把我们这么多人都卷到里头，我们不干！”“对！不能动武！”

但，就在这时，砰！砰！猝然两声枪响！……

“枪声！”

埋伏在王府附近的洪戈尔，霍地跳了起来。

在她和赵志民的周围，还埋伏着几十个武装民兵和洪戈尔的部下。他们听见从王府里传出来的枪声，也都站了起来。

大家望见王府大门人进人出，炮台上人上人下的紧张情况。

洪戈尔:“可能出事了！”

赵志民拿望远镜观察着王府，说:“不要急，我们的人没有发出信号。”

珊丹和哈达紧张地向大客厅的院子里走去。

哈达留在门外佯作清扫散落的树叶，珊丹拎着大水壶径直走进哄哄然乱作一团的客厅。

巴特尔看见了她。

刚才那个彪形恶汉跑过去向嘎拉桑小声报告:“不能再动枪了，王府外头叫他们的人包围了！”

嘎拉桑面呈惧色，去给王爷咬耳朵。萨木腾听后，两条秃眉一挑，略加沉思，脸上显出狡黠的笑影，随后大声说道:“大家不要惊慌，误会，误会！外面一个当兵的不慎走火，没啥，没啥！”

巴特尔:“是两个人同时走火吗？真凑巧啊！哈哈哈！”

乌力吐:“嘎拉桑，把兵撤出去！你眼里有没有我们这些人？”

很多人表示支持，喊道:“对！把兵撤出去！”

萨木腾向两侧士兵喊道:“给我滚！”

巴特尔摆了一下手说："不！既然开进来了，何必又撤走？开会嘛，听众多一些，不是更好吗？"

萨木腾："他们这群东西懂个屁！"

巴特尔："据我知道，他们当中许多人都是穷苦牧民出身，他们对内蒙古应当走什么道路的问题，也是有发言权的。我希望让他们参加这个会，而且如果有哪一位想说什么，就请随便讲！"

王府兵许多人听到巴特尔的话，被一种惊讶、喜悦的感情所震动，脸上浮现出难得的激动……

伊旗老王爷说道："好！对八路军这种磊落大方的态度，本王表示敬佩！"

额旗协理补充了一句："本人也有同感！"

萨木腾懊丧地："好吧，那就叫他们在这儿吧！"

巴特尔指着那个上气不接下气的老王爷和协理，问："萨木腾先生，这些老先生也都是本旗的吗？"

乱了阵脚的萨木腾忙答："不，他们都是附近各旗的王公贵族。"

巴特尔："他们这些人统统都归你管吗？"

伊旗老王爷等数人立刻就喊："他凭什么管我们？我们也是一旗之王，我们不归他管！"

巴特尔又问："那你们不在自己旗里，跑到这儿干什么来了？"

他们张口结舌，答不出话来。

巴特尔仍不放过，继续追问："是谁叫你们来的？"

萨木腾赶忙招架："在此动乱之秋，众人无依无从，是自动聚集，自动聚集，不过是想共同探讨探讨蒙古民族的出路。"

巴特尔："结果如何？"

人群中有人答道："刚刚草拟了一个《独立宣言》。"

巴特尔："你们那个《独立宣言》，能不能给我们一份看看？"

萨木腾竭力掩饰："没有形成文字，只是众人议了议，都说独立是今日内蒙古唯一正确的道路。"

巴特尔："独立，萨木腾先生，你这个口号，不怎么新鲜！"

萨木腾："我不明白你的意思。"

巴特尔："在中国历史上，那些投靠帝国主义卖国求荣的无耻政客和亡命之徒，都曾多次打过这个旗号！"

全场震动……

萨木腾："我们跟他们的目的和途径都不相同。"

巴特尔："对你们的目的和途径，我还没有研究，但是从历史上看，不论在前清时期，还是在民国初年，或者在'九一八'事变前后，每当中国社会发生急剧变革、国内局势动荡不定的时候，总是有些野心家阴谋家跳将出来，为了维护他们行将灭亡的反动统治，对外投靠帝国主义，对内进行政治欺骗，大搞分裂祖国的罪恶勾当。然而所有那些打着独立招牌的叛徒们，终将都被历史的车轮碾得粉身碎骨！"

萨木腾全身一抖，抽了口冷气，坐到椅子上。巴特尔略停，观察了一下全场情势，便改换语气说："各位！现在各地革命的烈火，正在猛烈烧起！就在你们离开自己旗的这几天，你们那里可能已经发生了很大的革命性变化！"

有几个王公惶恐地："是吗？你能不能说得具体一点？"

巴特尔："你们应当及早回到自己的旗里去，在外面跟在人家后头闹什么独立呀，在这条道路上滑下去，将自绝于人民。你们想一想，你们旗的老百姓能答应吗？"

那几个王公："不，不，我们不与人民为敌！"

巴特尔："好，我们欢迎这种表示。那么哪一位现在就回答我：他愿意今天就动身回到自己的旗里去，迈出向人民靠拢的第一步？"

先是少数人回答："我！我！……"接着一阵窃窃私议。

这时阿旗的少壮派伪官僚，闯出人群喊道："我马上回去！但是在这儿把话说清楚，我不是因为相信了这位八路的宣传，即使他是蒙古族八路！我之所以要回去，是因为这里的空气，使我无法生活！我欢迎各位到我们阿旗草原上去，那里没有什么风暴，因为我们知道，不管是哪一种风暴，对草原都是有害的！"

巴特尔："现在草原上到处都掀起了伟大的革命风暴，如果有革命风暴的地方，你就不能生活，那你就是等于宣布自己要离开草原，投奔到别的什么地方去啰！"

少壮派伪官僚："我不想进一步争论什么问题，再见！"说罢，扬长而去。

额旗协理对众王公说："我看这里是是非之地，不可久留，咱们也走吧！"

萨木腾木然地望着众王公纷纷离去，满面死气地颓然闭上了双眼……

第二章

萨木腾微闭双眼，半躺在卧室的靠椅上。

“他们都走了？”他的声音很忧郁。

“都走了！”弓身站在一旁的嘎拉桑说。

“嚷嚷吵吵了半天，独立二字还没写下一撇，让巴特尔又打又拉地那么一轰，就全逃了。这帮软骨头家伙！好吧！我一个人干下去！”

“王爷！当前局势变化莫测，我们要想从这场混乱中求得生存，大可不必一条路走到黑！”

“什么意思？”

“依小人之见，眼下当务之急不是独立，而是保命！”

“保命，保命，只有豁出命，才能保住命！我要豁出命跟他干到底！”

嘎拉桑摸不透主子的主意，没作声。

萨木腾从牙缝里挤出一句话来：“无毒不丈夫，这一回我要置共产党于死地！去，把白特派员请出来，我有要事商谈！”

突然，白冰跨进了门槛，趾高气扬地说道：“用不着请，自动前来拜见。我想现在不会再叫我吃闭门羹了吧？”

萨木腾：“哪里有什么闭门羹啊！欢迎！欢迎！”二人坐下。

萨木腾：“我常常回想起，日本还没有占领这个地方的时候，你我二人配合默契，将清格勒、巴特尔带头的造反镇压下去的那段历史，还是颇有情趣的。”

白冰冷笑了两声，说：“谈正题吧，看来局势又吃紧了，不然春风得意，你是不会想起我来的。”

“哪里，哪里！”

“有什么吩咐直说吧！”

“巴特尔的武装民兵与洪戈尔的人马大有联合的趋势……”

嘎拉桑从一旁补充说：“这两支力量一经汇合，优势于我们，那将后患无穷！”

萨木腾：“所以，我想求助国军……”

白冰故意做出为难的神情：“目前国军正在全国范围，向几个主要共区进行重兵围剿，这时候调大批国军长驻草原，恐怕难以做到。”

“不，不，我只请求国军派两连骑兵，开进草原一天就行！”

“两连骑兵……一天就行？”

巴特尔和赵志民各牵一匹乘骑，边走边谈。

赵志民：“你这次进王府，挖了萨木腾那个独立运动的墙脚，拆了他的台，使他很被动。”

巴特尔：“但是萨木腾还会继续跟我们较量的，而且他背后的国民党，随着斗争的日渐激化，也总会跳到前台来的。”

赵志民：“所以你这次进黑云岭，把我们面临的局势跟洪戈尔好好谈一谈，为了迎接更大的斗争，要尽快地把我们两支力量汇合起来，统一行动！”

巴特尔：“你到山南汇报完工作，也要尽快赶回来，我们的工作正在节骨眼上啊！向梁大夫问好！”

赵志民："好，再见！"

二人握手，上马，分道离去。

黑云岭。

群峰叠嶂，密林如海。

在密林深处的山腰上，有几间原木建成的小房，这里就是白音郭勒草原著名的草莽女英雄洪戈尔及其伙伴们藏身之处。在那密林中到处埋伏着一只只警惕的眼睛和闪光的枪口……

这一天，洪戈尔心情很愉快，她轻声唱着蒙古族民歌，同娜布琪一起正往一根根铁条上穿着肉块。不远处，她的老警卫达瓦，在熬草药。

巴特尔和热西到来。

娜布琪看见了他们："噢，洪戈尔好像知道你们今天进山来，早晨出去打了只黄羊，正要烤肉哪！"

巴特尔："额吉，您要是看见那天她跟我发脾气那个劲儿，您就不会相信她能给我烤肉吃。"

洪戈尔："事后，从结果上看，你闯进王府倒是拆散了萨木腾的独立丑剧，你们这一招比我高！"

娜布琪："刚见面就别论高低了。"

洪戈尔："热西大叔您好！前几天我挂了花，也没去看您，这一回您就住在我们这儿，别下山了。"

巴特尔插进话来："你请晚了！现在热西大叔是白音郭勒草原牧民会的主席了，公务在身，留不住啦！"

娜布琪："这么说连我这个老婆子也得归你管啦——热西主席？"

众笑。

热西向洪戈尔的老警卫达瓦亲切地打招呼："达瓦，你像个老虎似的蹲在那儿，干什么哪？身体好吧？”

达瓦两眼眯笑着，用大巴掌拍了拍胸脯，表示很健壮。随即又躬下身去吹火，继续熬药。

娜布琪：“他给洪戈尔熬草药哪。”

巴特尔：“洪戈尔，伤好些吗？”

洪戈尔：“服草药，又涂青羊血，很有效，快好了。进屋吧！”

巴特尔、洪戈尔进屋。

洪戈尔的住室内，墙上挂满了兽皮兽角，像个猎户。

洪戈尔：“敌人敢伸手，咱们就下刀子，没说的。”

巴特尔：“事情不是那么简单。为了粉碎敌人当前的阴谋，并且为将来更大规模的战斗做好准备，我们希望你走出山寨，跟广大牧民群众会合在一起，在党的统一领导下进行战斗！”

洪戈尔两眼顿时亮了起来：“在党的统一领导下进行战斗！……”

巴特尔：“是的，我们全国各民族人民在毛主席和中国共产党的统一领导下，将要进行一场伟大的革命自卫战争。没有毛主席和中国共产党的领导，中国革命是不可能成功的。”

洪戈尔感情深沉地：“对的！我回头看看这几年自己走过的脚印，就明白你说的这个道理。几年来，我没有上级，没有友军，只领着跟自己一起造反的穷人和奴隶，怀着一腔对日本鬼子、国民党和王公牧主的仇和恨，拼来拼去，但是总感到那样干下去是没有前途的。有时我看出大伙情绪有些低落，就领他们杀下山去，把王公牧主收拾一通，又跑回山来……现在你们回来了，我多高兴啊！你们把我当作自己人，我已经心满意足了！”

巴特尔：“你本来就是我们自己人嘛！”

洪戈尔：“我虽然不是共产党员，但，我是一个壮烈牺牲的共产党员的妻子！我也许永远成不了像他那样一个人，但是我愿意一生走在他用鲜血铺成的那条大道上！……”

高山，青松。

蓝天，云海。

洪戈尔：“巴特尔，党决定吧，叫我什么时候下山寨？”

“要跟牧民群众多联系。至于这个山寨，我们可以把它作为基地，给不久将要正式建立的草原上的人民骑兵部队做好准备。”

“建立人民骑兵部队？我头一个报名！不，你现在就把我的名字记上！”

“好！人民战士，洪戈尔！”二人哈哈大笑起来。

洪戈尔的老警卫达瓦提着壶进来，不言不语地把药倒在碗里，递到洪戈尔手里，而后站在一旁，用慈父般的眼睛望着洪戈尔将它慢慢喝完，这才接过药碗，依然不言不语地走出屋去。

巴特尔站在一旁一直观察着这个满脸胡须的老人的举止。他问洪戈尔：“达瓦大叔什么时候进黑云岭来的？”

洪戈尔：“他一直是萨木腾王爷炒炒米的奴隶。有一次他女人把炒米背到王府里，可巧那一天王爷的姨太太小产，王爷硬说是达瓦女人进王府给冲的，就放出一群狼狗，把她给活活咬死了。还派打手去抓达瓦，达瓦一怒之下，把王爷派去抓他的那两个打手砍死，逃进了黑云岭。从那儿以后，他一直给我当警卫，就像我的亲阿爸一样……”

达瓦回到屋里，力格登跟几个人正在喝酒。屋里充满酒气与烟雾。他皱了一下眉头，推开窗户，坐到自己床铺上，把洗好的洪戈尔做绷带用过的白布条一一叠好。

力格登：“叔叔，您也过来喝点吧！”

达瓦摇手拒绝，继续干自己的活儿。

力格登:“叔叔，巴特尔找洪戈尔来了吗？”

达瓦:“嗯！”走出屋去。

力格登:“巴特尔一回到草原，有人就跟我说过，迟早他要吞掉我们黑云岭，去向山南的八路请功。”

兵甲:“黑云岭是咱们哥们儿跟着洪戈尔打下的江山，根本没他那一份！”

力格登:“说句老实话吧，洪戈尔毕竟是个妇女，不可能大半辈子征战在马背上，只要咱们能把巴特尔的计谋打回去，日后黑云岭就是咱们的天下！”

兵乙:“到那时候，我们一定推举你当头儿！”

众:“对！”

力格登踌躇满志地眯笑了一下:“我没本事，到啥时候也得靠你们几个扶助啊！”

兵甲:“那没说的！”

力格登:“来，喝，喝！”

屋门一开，洪戈尔出现在门口，她身后跟着巴特尔。

洪戈尔责怪地说道:“又喝起来了。我早就说过，你们迟早都得叫酒烧死！”

一个人回答说:“酒是我们多年的老朋友，它不会对我们那样狠下毒手的。”

大家都笑了起来，洪戈尔也宽容地笑了。接着她转身介绍道:“这位是你们早就听说过的巴特尔，是清格勒的生前战友。”

巴特尔:“乡亲们，大家好！”

众答:“好，你好！”

力格登喷着酒气:“噢，巴特尔！你叫我们乡亲，挺好！我想以一个蒙古族乡亲的名义，问你一件事……”

巴特尔:“这位是……”

洪戈尔:“他叫力格登。”

这时洪戈尔手下的人，几乎都闻讯跑了来，其中有些人认识巴特尔，他们高兴地寒暄着。

力格登:“哎，别吵了，我还没说完话哪！巴特尔！你回到草原是要吞掉我们黑云岭，是吗？”

洪戈尔狠狠扫了他一眼。

巴特尔:“都是穷人闹革命，不是谁要吞掉谁，但是不能东一伙、西一帮的。只有大家抱成团，才能有力量！”

力格登:“那好，你投到我们黑云岭来，我们给你一个睡觉的位儿！”

许多人对力格登这种态度不满，纷纷责备起来。

巴特尔看了力格登一眼，但不受他干扰，转向众人说道:“乡亲们！你们从抗日战争前期，就造萨木腾和国民党的反，上了山，后来日本鬼子来了，你们也没有失掉黑云岭，白音郭勒草原的人民是不会忘记你们的！”

洪戈尔:“我们没有做多少事情。”

巴特尔:“抗日战争一胜利，蒋介石就开始发动内战，当前全国人民为了粉碎蒋介石的进攻，正在中国共产党的领导下团结起来，并肩战斗！我们白音郭勒草原的人民，也应当……”

力格登蛮横地打断巴特尔的话:“想要让我们归你巴特尔领导吗？”

巴特尔:“不是归哪一个人领导，我们的革命只有在中国共产党的领导下，才能取得胜利！”

力格登狂喊道:“弟兄们，别信他这一套！听听刚才他说的话，就知道他已经不是咱们的人了！他是要把我们拉去受八路的管制，我们决不答应！”

洪戈尔斥道:“住口！”

巴特尔也严厉地："力格登，听了你刚才说的话，我倒是想问一问：你还是不是我们的人了？"

力格登摸着手枪套，领上兵甲、兵乙，向巴特尔步步逼来："我告诉你：谁要想侮辱黑云岭的人，我这枪子儿可专认他的脑袋！"

气氛十分紧张……

然而巴特尔泰然而又严峻地向他一瞥，用一只有力的大手，往力格登眼前一戳，说道："如果有人不认识白音郭勒草原的驯马手，那不妨把枪子儿打到这手心上来，我给它捏成粉末，再填进他的嘴里，让他尝尝火药的滋味！"

力格登的鼻尖几乎碰在那只大手上，干眨巴眼不敢再逞能。他给兵甲、兵乙使了个眼色，推开人群，猛拉房门，往外走。众人愤然。

洪戈尔严厉地喊道："给我滚回来！"

那三个人果真收住步，犹豫了一下便返回身来。

但洪戈尔聪明地知道威严使用到什么程度正合适。她见他们返了回来，就不再理睬他们，而转向大家说道："今天巴特尔进山特意来看看大家，现在请巴特尔给咱们讲话！"她领先鼓掌，众随之鼓起掌来……

巴特尔和洪戈尔走在桦树林里。

"那个力格登是怎么进山来的？"

"力格登从小在嘎拉桑家里当用人，他跟嘎拉桑的养女好了，嘎拉桑知道后把他赶出门，又把养女卖给了一个汉族商人。力格登把那个商人打成了残废，怕吃官司，就逃到我们这里来了。"

"他平时就这个样子？"

"哎，他就是那么个人！"

“很不正常啊！”

“来了脾气风风火火的，其实没啥。你不是看见了吗？我一喊，他还是服服帖帖的。不管他怎么折腾，我的话他还是听的。”

忽见纳日斯向他们跑来，他跳下马气喘吁吁地拿出一封电报，对巴特尔说：“报务员说，一分钟也不能耽误。我到处找你。”

巴特尔急阅电报。

在洪戈尔的屋里。

巴、洪、热、纳在座。

巴特尔拿着那封电报说：“山南军分区告诉我们，有一支百余人八路军装束的队伍，正在向白音郭勒草原挺进。据查，我方没有这样一支部队北上执行任务，因此要求我们严密监视他们的动向，做好战斗准备。”

洪戈尔：“好！这次战斗可以成为我们在党的领导下进行的第一次统一行动！”

巴特尔：“对，这支来路不明的人马，出现得很突然，很可疑。我们要把牧民会的民兵和黑云岭的队伍马上会合一起，要往打上做准备！”

娜布琪端着一盘羊肉串走进屋来：“羊肉串烤好了。”

巴特尔拿起一串尝了尝，说：“额吉，真香啊！”

娜布琪：“那就痛痛快快趁热吃吧！”

巴特尔放下肉串：“不，眼下有一件比吃羊肉更要紧的事情……”

他从背包里拿出两块头巾，一块是蓝色的，一块是黄色的。

“这本来是做传递情报用的信号，给珊丹准备的。但是现在有了新情况，额吉，我们马上送你下山！”

娜布琪：“哟，干什么？”

巴特尔：“您下山后好像什么事也没有发生，和过去一样，每天绕蒙古包，监视敌人的动向。”

娜布琪："你真能想出好办法来！"

他们都笑了。

热西拿过那两块头巾，解释说："你平时扎这块蓝头巾，有了情况就换上这块黄头巾……"

《草原上乌云翻腾》歌声起：

草原上乌云翻腾，
群山间风狂雨猛，
青松啊，傲然屹立，
雄鹰啊，激击长空！
奴隶们，扛起枪，
经风雨，闹革命！
跟着中国共产党，
跟着领袖毛泽东！
送走昨日千年黑夜血泪史，
迎来明朝万杆红旗舞春风！

歌声中出现以下画面：

风狂，云涌……

巴特尔在草原上，向牧民讲解着当前的形势，号召各族人民团结起来准备斗争……

纳日斯率领武装民兵驰行在草原上……

黑云岭上的武装瞭望哨，从在高高的松树上架起的木台上，用望远镜守望着娜布琪老人的英姿……

一列列牛车，拉着老人和小孩，在热西与和希格的带领下，进入黑云岭……

黑云岭密林深处，搭起了一座座白色的蒙古包……

歌声止。

洪戈尔住室。达瓦老人慌忙进来报告："洪戈尔，抓到了王爷的两个探子！"

洪戈尔："探子？在哪儿？"

达瓦："就在门外。其中一个是王爷的二弟乌力吐公爷。"

洪戈尔怒道："王爷的二弟竟敢钻进黑云岭！带进来！"

达瓦出去，将乌力吐等二人带进室内。把捂在他们眼睛上的黑布去掉时，才看出另一个人是道尔吉。

乌力吐竭力保持镇静地："洪戈尔，你好！"

洪戈尔啪地一拍桌子："你是王公，跟我问什么好！"

乌力吐不知如何回答才好。

"你摸进黑云岭，要干什么？"

"我有重要情报报告巴特尔……"

"别胡扯，老实说！不然我毙了你们！"

一听这话，道尔吉马上下跪求饶："别毙我，我不是王公贵族，我是带路的。"

洪戈尔对道尔吉："你不想死就快说，有什么重要情报？"

道尔吉："我给公爷领路，我什么也不知道啊！"

洪戈尔略思："那就把他放回去吧！"

道尔吉哈腰鞠躬："谢谢！谢谢！"

达瓦押送道尔吉走出。

乌力吐突然喊了起来："洪戈尔，不要放走他！"

洪戈尔斥道："我们办事分阶级，对帮你们跑腿的人，要宽大，对你们这些王公贵族，又当别论！"

乌力吐："你把我费了很大的劲儿给你们带来的人，放跑了！"

"什么意思？"

"我在王府里听过巴特尔讲解共产党的政策，受到很大教育，认识到像我们这些民族上层分子，只有向人民靠拢，才是我们唯一的出路。"

"别说空话！"

"我把道尔吉带来，就是具体举动。"

"道尔吉？"

"我有确凿的证据，他是我哥哥派出来的密探，专门刺探巴特尔和你的情报！"

洪戈尔起初一怔，但她很快把怔惊掩饰起来，微微笑了一下，刚要说什么，突然传来海螺声。她赶忙走过去，推开窗户一看，密林深处的瞭望哨挥动着红白两色旗。

洪戈尔："有情况！"

草原上，烈火熊熊，黑烟滚滚……

伪装成八路军的国民党匪兵，闯进草原，正在疯狂地烧杀掠夺……

在一个大火连天的牧村，一个国民党匪军军官在号叫："我们是八路军，奉上级命令，前来执行任务；为了开辟根据地，我们八路军大部队，将要进驻白音郭勒草原，本地蒙古族人从这里必须立即全部搬走，对违抗者，定予严惩！"

在他的狂吠声中：

一群群老人、小孩被赶出蒙古包……

一座座蒙古包，在大火中倒塌……

一群群牛羊，在浓烟中奔跑……

妇女和婴儿的哭叫声……

国民党匪军的狂笑声……

一阵笑声。

在牧村号叫的那个国民党匪军军官，在王府小客厅里与特务头子白冰见面，他说："哈哈哈，当了半辈子兵，没想到还在这个内蒙古草原上演一场戏！……"

白冰："老弟干得漂亮！经过这场血洗，今后牧民一听说八路军三个字，就会不寒而栗！"

伪军官："上面叫我们速进速退，今晚上就撤，您有什么吩咐？"

白冰："我以中央特派员的名义，马上给你请功！现在本旗王爷萨木腾要亲自酬劳你！"

王府客厅桌上放满贵重礼品，诸如银元珠宝、名贵兽皮……

伪军官："领受王爷如此厚礼，实在不敢当！王爷有什么吩咐，我们一定遵命照办！"

萨木腾："这次你们伪装八路军大肆烧杀，如果巴特尔、洪戈尔按兵不动，他们今后势必为蒙民所唾弃；但若下山出击，那又正中我们的圈套。我发兵南进，你呼应北上，在我双方夹攻之下，把他们那个所谓人民军队一举消灭在诞生之前！……"

巴特尔满腔怒火站在山上，用望远镜望了望草原上的浓烟烈火，对站在他身旁的热西说："对这支来路不明的队伍，从他们闯入草原后的所作所为，我们可以做出明确的判断：他们是伪装八路军的国民党匪军！"

热西："对！我们应该马上投入战斗！"

巴特尔："我考虑，敌众我寡，不适于正面迎战。我们要把敌人引到红松口一带，装进口袋里来打！"

热西："我同意你这个方案，马上报告军分区。"

巴特尔："好，你先去告诉洪戈尔，让大家做好战斗准备。但是一定要等军分区复电后，按统一部署下山作战。我一会儿就过去。"

热西走后，巴特尔向附近一座架设好电台的帐篷走去。

"山下的浓烟烈火就是命令！八路军在践踏我们蒙古族土地，杀害我们蒙古族同胞，我们是蒙古族人的武装，为什么在这儿袖手旁观？"

力格登站在黑云岭和牧民会两支武装力量合并后的队伍前头，声嘶力竭地进行着煽动。

洪戈尔倒背手站立，向山下观望着。但从她交叉在身后那两只紧攥的拳头，可以看出她内心是何等不平静！

"我们敢肯定他们不是八路军！巴特尔给咱们讲过多次八路军是人民子弟兵，是为人民服务的，他们绝不会烧杀人民！"纳日斯等一批青年愤怒驳斥着力格登。

"你别替八路军说话！"

"你别替国民党说话！"

"你小心点！"

"你老实点！"

力格登和纳日斯争吵不休，他们二人都有一批拥护者随声附和，大吵大嚷，队伍顿时混乱起来。

洪戈尔猛转身来，喊道："不要吵了！"

她向战士们走过来，说："纳日斯说得对，八路军绝不会干出这样的勾当来，谁也不准再说他们是八路军！"

洪戈尔站到了纳日斯一边，完全出乎力格登的意料。他为了摆脱孤立的困境，马上改口说："好吧，咱们暂时不提他们是不是八路军，但是，洪戈尔，你往山下看！乡亲们都在向你求救啊！”

洪戈尔往山下看去……

在下面不远的半山腰上，走着一批逃进黑云岭的难民。

道尔吉也混在他们当中，他竭力别有用心地怂恿着众人：“乡亲们，洪戈尔就在这个山上，大家一齐呼救，她一定能听见。来，一块喊：洪戈尔！快下山救救乡亲们吧！”

乡亲们呼天哭地的喊声，传到了山上。那喊声强烈地刺激着洪戈尔，也同样强烈地刺激着许多战士……

力格登：“洪戈尔，出兵吧！”

许多战士：“对！打！打吧！”

洪戈尔断然下命令：“上马！”

热西老人出现在他们面前，他问：“上哪儿去？”

洪戈尔：“下山去为乡亲们报仇！”

热西：“仇一定要报！但是出击敌人，要有统一部署！”

力格登：“不，不能在这儿等下去！”

众：“对！快走！”

从下面又传来了乡亲们的呼喊声……

洪戈尔猛然抽出马刀，高喊：“跟我走！”

她领着一部分队伍，冲下山去。

在王府炮台上。

嘎拉桑从望远镜里观察到有一支队伍，从黑云岭冲了下来。他欣喜若狂地把望远镜递给萨木腾：“他们下山了！”

萨木腾望了一下：“好！给国军发信号——点狼烟！”

伪军官在一座丘陵上等待信号，见狼烟升起，精神一振，喊道："两面夹攻的时刻到了，上马！"

巴特尔赶到队伍集合的地方时，见只有一小部分人留在山上。热西、纳日斯迎上来。

纳日斯："洪戈尔领着一部分人已经冲下山去了！"

热西："怎么也劝阻不住！"

巴特尔："山南军分区已经查明，这支敌军是国民党的正规骑兵部队，洪戈尔这样盲目下山，要吃大亏的！"

众："那怎么办？"

巴特尔："军分区同意我们的作战方案，叫我们把队伍开到南面的红松口去。"

众："红松口？"

巴特尔："敌军人马整天没有歇息，说明他们搞完骚扰破坏后，今天一定会撤出草原。红松口是进出草原的咽喉要道，我们把队伍开到那里，把敌军在他们困倦撤退的途中消灭掉！"

有人叹道："洪戈尔要能等一会儿，不就听到这个指示了！"

众："是啊，怎么跟洪戈尔联系上呀？"

众忧虑地向下眺望……

这时，草原上一个令人不安的严重局面出现在他们眼前：国民党军北返，王府兵南进，而我们的洪戈尔领着队伍驰行在二者中间的一片低洼草滩上……

巴特尔："洪戈尔现在已经两面受敌，情况非常危急！"

纳日斯："萨木腾真敢发兵打我们吗？"

巴特尔："从阵势上看，他是这个意思。现在必须让洪戈尔从两面夹攻的困境中摆脱出来！"

纳日斯："我去把情况告诉她！"

巴特尔："不，我去！"

洪戈尔的队伍与国民党军，双方都设好“马桩子”，徒步进入阵地，交火……

王府兵已逼近……

巴特尔飞马横插过来……

嘎拉桑开始布阵……

洪戈尔只顾迎击南面的国民党匪军，没有注意到背后亦已临敌……

在此千钧一发之际，我们的巴特尔像飞箭一样驰至洪戈尔面前，喊：“赶快从这儿撤离！”

洪戈尔：“撤？你从哪儿来？”

巴特尔：“看！你们已经陷入国民党和王府兵的两面夹攻了！”

这时王府兵已经开始射击。

洪戈尔看清了两面受敌的危险情况，问：“往哪儿撤？”

力格登：“撤什么？王府兵是跟咱们协同作战打敌人！”

巴特尔没有时间与他争辩，还是对洪戈尔说：“从树林里这条隐蔽小道，撤到红松口去！”

洪戈尔：“你领着撤，我挡后路！”

巴特尔命令地：“你领着快撤！把轻机枪留给我！”

他从一个战士手里要过机枪和子弹。

力格登：“我们刚跟敌人接上火，为什么撤？”

巴特尔：“执行命令！”

力格登：“连王府兵都赶来打敌人，可咱们要撤走，这是他妈的谁的命令？”

巴特尔：“上级的命令！”

力格登：“我们不归你那个上级管！你叫我们临阵脱逃，你是叛徒！我毙了你！”

他果真向巴特尔抬起了枪口。突然一声枪响，力格登的枪在手里一震，落了地。原来巴特尔先开了枪，但打得很巧，只打掉了枪支，没有伤他的手。

洪戈尔："同志们，跟我撤！"

众开始撤离。

力格登哆哆嗦嗦地从地上拿起枪，被迫跟着队伍离去。

巴特尔一个人以猛烈的射击，掩护队伍撤退。

国民党军和王府兵都没有发觉我们队伍的撤离，火力越来越猛。

巴特尔见洪戈尔他们已安然撤出，便拉起自己那匹卧倒在一旁的乘骑，跨上马背，在奔驰中继续猛烈扫射两面阵地，而后也从那条林中小道撤了出来。

红松口。

巴特尔、洪戈尔、热西、纳日斯见到了山南军分区康政委和赵志民同志。

康政委："同志们！敌军经过连续行军、骚扰和作战，已经疲惫不堪，战斗力大为减弱。他们对南侧毫无提防，我们进行正面攻击打他个措手不及！"

我山南地区部队和草原人民武装，配合作战，并肩快速前进……

国民党匪军在我军联合冲击下，倒毙、溃逃……

嘎拉桑眼看我军民将要获得全胜，他带上王府兵，也向国民党军发起冲锋，而且径直朝那个接受了王爷厚礼的伪军官奔去，开枪将他打死，夺回那些礼物。

当国民党匪军被我全部歼灭时，嘎拉桑带领王府兵，挥舞枪支、帽子，对我军民装出一副祝贺和欢迎的样子……

正在战场上行驶的巴特尔，看见了嘎拉桑这一不同寻常的举动，跟赵志民交换了一下眼色，他俩都警惕地观察嘎拉桑的动作……

在黑云岭下，一个空旷地带上，会集着成千上万的欢欣鼓舞的八路军骑兵部队和草原人民。

在两棵巨松中间挂着一幅蒙汉两文的横标："白音郭勒草原骑兵团成立大会"。

在一片掌声中，巴特尔讲话：

"同志们！我们在这次自卫反击战中，民族团结，军民一致，粉碎了国民党反动派的罪恶阴谋！今后，为了更好地巩固和发展白音郭勒草原的大好革命形势，我们要逐步实现民主改革，废除一切封建特权，建立人民的革命政权，进一步发动群众，打击敌人，将革命进行到底！"

群众热烈鼓掌……

山南军分区康政委高声喊道："同志们！我代表山南地区党委和山南军分区，向同志们表示热烈的祝贺！祝贺白音郭勒草原骑兵团在战火中诞生！"

全场掌声雷动。

在整齐的，但穿着各种装束的草原骑兵团的行列中，我们看到巴特尔、洪戈尔、赵志民、纳日斯、达瓦、桑杰、哈斯、和希格老人的小儿子，那些可爱的人们……

康政委又说："山南军分区党委命令：巴特尔同志为草原骑兵团团长，洪戈尔同志为副团长，赵志民同志为政治委员。"

一片掌声。

“同志们！现在全国革命形势的发展，非常令人鼓舞！不久前我们先后在上党、新乡、邯郸、张家口一带，粉碎了向我解放区大举进攻的国民党匪军，取得了重大的胜利！站在自卫的立场上，尽一切努力，粉碎国民党的进攻，这是我们各解放区的中心任务！”

全场高呼：“动员起来，粉碎国民党的进攻！”“打倒蒋介石，解放全中国！”

巴特尔：“同志们！白音郭勒骑兵团的建立，是党的民族政策的伟大胜利！这支草原人民的子弟兵，在毛主席和中国共产党领导下，在广大人民的支持和拥护下，今后一定会在战火中、在阶级大搏斗中，不断壮大，不断前进，为祖国的人民解放事业做出贡献！”

全场高呼：“各族人民大团结万岁！”“中国共产党万岁！”“毛主席万岁！万万岁！”

第三章

在雄壮的音乐中，出现了以下过渡画面：

我草原骑兵团在前进，壮大……

战士们脱去了骑兵团初建时所穿的各式各样的牧民装束，改为一式的粗布军装。

骑兵在操练，斩劈、刺杀、跨越堑壕、乘马射击……

骑兵团干部、战士，作为工作队分散到牧民中去，发动群众。战士们正在参加牧民诉苦会，同牧民们一起义愤填膺地高呼口号……

用蒙古包群组成的骑兵团营地，设在黑云岭下的松林中。

战士们坐在蒙古包群中间的空地上，上着政治课。

讲课的是一位年轻的汉族干部。

洪戈尔也坐在战士当中，聚精会神地听讲。

力格登和兵甲各牵着几匹马，到井边饮水。力格登向正在听讲的洪戈尔那里伸了伸下巴，对兵甲小声说："你看洪戈尔多会办事，自己是副团长，听那个南蛮子讲课，犯得上吗！"

兵甲讽刺地："人家要求进步嘛！"略顿，又说："好，骑兵团成立后，他们从山南军分区一下请来了十几个汉人，各连政治指导员的位儿叫他们占了一多半，这分明是管教咱们蒙古族人来了！”

力格登：“当初我就不同意把咱们黑云岭的人合到骑兵团里，可洪戈尔……”

兵甲：“现在说这些都晚了，让人家牵着鼻子走吧！”

力格登提高嗓门：“没那么容易的事！”

兵甲：“你别咋咋呼呼的，听说连王爷都有点招架不住了。”

王府的望月楼上。

萨木腾正同白冰密谈。

萨木腾：“现在共产党在草原上不但成立了正式军队，还到处煽动旗民搞什么诉苦运动，特别是他们要在草原上进行民主改革，废除封建特权，建立人民政府，就要刨我们的老根了！我急的是，眼前这道坎儿，怎么迈过去？”

白冰：“萨王！对您目前的处境，兄弟深表同情！如果您能想办法把共产党的时间表推迟三个月，国军方面就可以完全扭转局面。”

萨木腾：“三个月？……”

白冰：“有办法吗？”

萨木腾：“如今，国共两党，战事又起，为了给我们蒙古民族找到一条出路，我要促成我们民族内部的和解，要超脱于你们汉人之间的纷争，因此，我要成立一个新的全民族的组织：‘蒙民脱离内战委员会’……”

白冰：“‘蒙民脱离内战委员会’？”

萨木腾：“要脱离你们啰！怎么样，很为难吧？哈哈哈……”

白冰略有所悟，突然开怀地哈哈大笑起来，说：“不！萨王！我全力赞同您成立‘蒙民脱离内战委员会’！”

萨木腾：“白先生，你未免太大胆了吧！”

白冰：“在此时此地此种局势下，萨王提出脱离内战，这在事实上就是跟共产党脱离，不叫共产党在草原上搞成民主改革和建立政权。自然这在客观上也就争取了时间，是对我们国军的一种强有力的支持，您只是采用了一种迂回婉转的形式罢了。”

萨木腾自鸣得意地又笑了笑：“你真是聪明透顶的人哪！……不过，在‘蒙民脱离内战委员会’成立那一天，我总得在旗民面前，做出几件像点‘脱离’的事情来。其中有一件事还要全靠你的帮助才能办成。”

白冰：“哦？我能帮什么忙呢？”

萨木腾向他走过来，神秘地：“是这样……”

暮色中，力格登一个人骑着马，走过灌木丛。

忽然，从灌木丛后面闪出一个人来。力格登的坐骑猛地往一旁惊闪了一下。力格登提缰掏枪，问：“谁？”

一个女人慢慢扯下遮掩面部的头巾，露出了清秀的面容。

力格登吃惊地：“啊，是你！你从哪儿来？”

“叫你打残废的那个商人已经死去，我又回家来了。”

“你又回到嘎拉桑家来了？”

“今天就是他叫我来找你……”

嘎拉桑在家里用丰盛的酒菜，招待力格登。

他的养女不时地撤走一碗，换上一碟，进进出出。

二人脸上都挂上几分酒色。

嘎拉桑：“过去的事情就别提了。在你们俩的事情上，我也有不是。现在你们俩就都回到家里来吧！”

力格登：“这事来得这么突然。过去……”

“哎，现在世道不同了，家里家外都要有既往不咎的精神。再说目前王爷正在大力倡导咱们蒙古族人之间的民族和解嘛！”

“民族和解？”

“王爷真了不起！他看出国共两党的内战，非打不可，所以为咱们蒙古民族着想，他要成立‘蒙民脱离内战委员会’，跟两头的汉人都不沾边儿，脱离开他们，过咱们自己的太平日子！”

“我对深山荒野的日子，实在厌倦了！要是咱们蒙古族人真有个太平日子，那可太好了！”

“王爷叫我给你传个话，如果你能在成立‘蒙民脱离内战委员会’那一天，从骑兵团里拉出一部分人来投靠王爷，王爷答应叫你掌全旗的兵权，还赏给你们小两口儿一座三进院的住宅！……”

骑兵团各连分发着新土布棉军装。

领到新军装的战士们你穿我试的，好不热闹。

“你们知道这些棉军装是从哪儿来的吗？”

“都是山南军分区送来的。”

“汉族兄弟部队对咱们多关心哪，天气还没冷，就把棉军装给送来了。”

“咱们打胜仗，用实际行动感谢他们！”

不知什么时候，巴特尔来到了战士们中间。奇怪的是今天他不像往常那样跟战士们愉快地谈笑，脸色很严肃，与战士们的欢悦气氛形成了鲜明的对照。

有的战士发现了这一点：“哎，今天咱们团长怎么这样严肃啊？”“准保发生了什么事情！”他们这样小声议论着，抱着棉装，正要散去。

巴特尔喊道：“同志们，等一等再走！”

战士们惊疑地转回来。

巴特尔拿着一件棉衣，问：“大家都领到棉军装了吗？”

战士们答："领到了。"

巴特尔："你们知道这些棉军装是哪儿来的？"

有的战士答："知道！是汉族兄弟部队送来的。"

巴特尔："可是，你们知道是怎么送来的吗？"

战士们你看我，我看你，答不出话来。

"同志们！"巴特尔的声音变得很沉重，"为了在天气变冷之前，把这些棉军装送到我们手里，兄弟部队有三位同志，为我们献出了生命！……"

战士们一听，各人脸色都严肃起来，慢慢向团长聚拢……

巴特尔举起手里那件棉衣问："同志们，你们看这是什么？"

战士们把那件棉衣仔细一看，不由得异口同声地："血迹！弹孔！"

巴特尔："是血迹！弹孔！……兄弟部队的同志们，用大车拉着这些棉军装，走在半路上遇到了国民党匪军。经过激战，拉车的三匹马被打死了两匹，车走不动了。但是兄弟部队的同志们想到这些棉军装是送给草原上兄弟民族战友们的，他们就用人背，边打边走……当他们把敌人甩掉以后，查看一下，棉军装一件也没有损失，但是，有三位汉族老同志，在战斗中牺牲了！……"

战士们听到这里，许多人热泪盈眶……

巴特尔："其中有一位是女同志……"

战士们："有一位是女同志？……"

巴特尔提高了声音："是的！就是我们赵政委的爱人梁慧君同志！"

"赵政委！……"忽然从人群后头，传来一个战士激动的喊声。

大家转身望去，赵政委站在那里。

众战士激动地："政委！……"

忽然传出一个喊声："团长！把那件染着汉族老同志血迹的棉衣，发给我吧！"

大家抬头一看，喊话的是纳日斯！

纳日斯放下自己领到的新军装，跑过去站到巴特尔面前，脸上挂着两道泪痕……

巴特尔望了望这个年轻的战士，自己童年的伙伴，心里更加激动！他有力地说道："好！纳日斯！同志们！我们穿上这些棉衣，要永远学习为我们牺牲的那几位汉族同志的精神，加强蒙汉团结，将革命进行到底！"

战士们高呼："加强蒙汉团结！将革命进行到底！"

巴特尔将那件棉衣双手交给赵志民，纳日斯行军礼从赵志民手中庄严地领取……

纳日斯穿着染有烈士血迹的那身棉军装，激动不已地向前走着……

他来到力格登住的那座蒙古包前时，正遇上力格登睡眼惺松地从里面走出来。

纳日斯："昨天外出为什么不请假？今天发军装你又不去领！给！"

他把夹在腋下的一套新军装递给力格登。

力格登往军装上瞅了瞅，哼了一声："那是什么？"

纳日斯："发给你的新军装！"

力格登一撇嘴："我们是蒙古族人，干吗披汉人皮？"

纳日斯一听，吼道："你说什么？"

力格登："我们是蒙古族人，我不披汉人的……"

纳日斯早已怒不可遏，骂了一声："你这个畜生！"猛然一拳，狠狠打在力格登的脸上，以致使他那后半句话还没从嗓眼里挤出来，便朝天倒下去。

骑兵团团部。

赵志民：“他们连指导员汇报，力格登这几天连续外出不请假，嘴里常有酒味，表现很不正常。”

巴特尔：“据说有人看见他去过嘎拉桑总管的家。这个人很值得注意。”

洪戈尔：“他是被嘎拉桑逼进黑云岭的，怎么跑到他家去？会不会看错人啦？”

巴特尔：“可以再核实一下。但是，洪戈尔同志，阶级斗争是非常复杂的，随着客观情况的变化，人的思想也会起变化。我们要在斗争中，学会注意这些蛛丝马迹。”

力格登捂着半个脸走进嘎拉桑的家院。

嘎拉桑的养女从正房半跑着迎出来：“你怎么才来呀？爸爸等你都快急死了！”

她连拉带扯，把力格登引进屋里。

嘎拉桑忙迎上来说：“力格登，走运的日子来到了！”

王府客厅，灯下。

力格登身穿长袍官服，诚惶诚恐，奴才相十足地站在萨木腾王爷的面前。嘎拉桑陪站一旁。

萨木腾：“你第一个响应我民族和解的号召，敢于挺身而出，这种精神使我深受感动！现在我任命你为王爷的保安队副司令！”

嘎拉桑从一旁：“感谢王爷，磕头，磕头！”

力格登果真跪下，磕起头来。

萨木腾:“好了，好了！”力格登这才爬起身来。

萨木腾:“不过我交给你一件重要的任务，你还得先回骑兵团去一趟……”

力格登睡在骑兵团的蒙古包里。

达瓦在一旁坐在灯下学文化。老人费力地在纸上写着蒙汉两文几行大字:“永远跟着毛主席！永远跟着中国共产党！伟大的祖国万岁！”写完后，自己端详了又端详，满意地笑了。

力格登正在说梦话:“我的宝贝！我一定离开骑兵团……”

老人又吃惊又厌恶，朝他狠狠地“呸！”了一下，将写字的那张纸往军装上兜一装，拿上枪走出包去。

他在包外，碰见珊丹骑着马匆匆而来。

珊丹:“大叔！你好！巴特尔他们在哪儿？”

达瓦:“都在团部开会呢。”

珊丹:“你快领我去找他们，有紧急情况。”

骑兵团团部。巴、赵、洪、热、珊在场。

珊丹:“嘎拉桑召集苏木长们开过一次会。安排这个月十五日召开全旗旗民大会。要什么把戏，眼下我们还没了解到。”

巴特尔:“上次萨木腾与国民党合谋，本来是想要吃掉我们，后来见风转舵，装出打假八路的样子。现在他又要耍新花招。”

洪戈尔:“新老账，咱们跟他一起算！”

赵志民:“珊丹同志，前些天乌力吐公爷向洪戈尔揭发，说道尔吉是萨木腾的密探，可他近来很少露面。你们了解一下他的去向。”

珊丹:“有人说，因为他会汉话，王爷派他陪国民党那个大官去了。”

洪戈尔:“我的意见是设法把他诱出王府抓起来，从他那儿挑开萨木腾跟国民党勾结的内幕。”

巴特尔：“我看可以！抓起来以后给他交代政策，叫他揭发萨木腾和国民党，这对我们的斗争有利。”

第二天早晨，在蒙古包里，力格登跟兵甲、兵乙和另外几个战士，坐在一起喝奶茶。

力格登：“王爷正在全旗倡导蒙古族人之间的民族和解。只要是蒙古族人，从今往后，谁也不伤害谁。王爷还要成立‘蒙民脱离内战委员会’，彻底脱离他们汉人之间的内战，咱们蒙古族人要过自己的太平日子。”

兵甲：“这是真的？那可太好了！”

一个战士：“我不敢全信。”

另外几个战士：“是啊，这么大的事，不能轻易相信。”

力格登：“我力格登，啥时候骗过哥们儿了？”

兵乙：“是啊，力格登，讲义气，是这份儿的！”他伸出拇指。

力格登：“你们几个是我最知己的朋友，今天我要跟你们商量一件非常要紧的事情。”

众：“什么事？”

力格登做手势叫他们凑近一点……

达瓦老人走了回来，他从老远看见打蒙古包走出好几个人。

当他走进蒙古包时，力格登一个人在擦马刀。

达瓦一看见他，气就往上顶。

力格登：“叔叔，昨天晚上您一宿没回来，上哪儿去了？”

一提昨天晚上，达瓦的火更压不住了：“你还有脸问！”

力格登大吃一惊：“叔叔，怎么啦？”

达瓦：“你昨天夜里在梦话里说了些什么哪？我真替你害臊！”

力格登心里一震："我说梦话了？"

达瓦："咱们穷人闹革命，要有骨气！你要是在那条路上再往前迈一步，我就找洪戈尔跟你算账！"

说罢，他砰地摔门而去。

力格登目送着达瓦，神色紧张起来，自话："啊？难道我在梦话里……太可怕了！……"

他起身冲出门外，喊："叔叔！我跟您说句话，您回来！我求求您！叔叔！"

在力格登的苦求声中，达瓦停步，又慢慢地转回来。

当他们回到包里时，力格登依然用苦求的声调说："叔叔，您应当告诉我，昨天晚上我在梦里说了些什么错话。"

达瓦："在梦话里说的，正是你自己干的！你自己知道！"

力格登狠狠地咬着牙，脸上肌肉抽动，露出满脸的凶相，他冲过去堵住包门，突然抽出了马刀："要去告发我吗？休想！"

达瓦刚一转身，力格登将马刀猛然向他砍去……

一声响雷，越过天际……

深秋的苦风冷雨笼罩草原……

有几个骑马的人，从骑兵团营地奔跑出去，消失在雨幕之中……

骑兵团团部里在开会。

巴特尔："正当萨木腾策划新的阴谋前夕，力格登策动数人，叛变逃离，这是一个有预谋的有背景的严重事件！"

赵志民："我们对力格登这个人是有警惕的，但是什么因素促使他突然如此仓皇逃离呢？"

洪戈尔："对这个人我了解，他容易感情冲动，常常做出十分盲动的事情，而后又后悔。"

巴特尔："不，洪戈尔同志，如果我们不以阶级斗争的观点来分析这个问题，就很难看出它的实质。"

洪戈尔："你们说的也许是对的，但我跟力格登在黑云岭风雨同舟，我的话他还是会听的。你们等着，我抄近路追去，把他叫回来！"

说罢，起身就往外走。

赵志民："洪戈尔同志，你不能去！"

她已经冲出门外。

巴特尔急忙追赶出去："洪戈尔！你回来！"

洪戈尔激昂地："不！我不相信过去跟我风雨同舟的人，今天会背叛我！"

她向前面木桩上拴着的一匹马跑去。

巴特尔命令地："要吃亏的！不能去！"

洪戈尔已经纵身上马，并坚定地回答："我一定能把他叫回来！"

巴特尔上前，抓住马缰："洪戈尔副团长，我以团党委的名义命令你：不能去！"

洪戈尔依然不服，她猛烈地将马缰从巴特尔手中挣脱开来，喊："不！我还没有对洪戈尔这个名字失去信心，你们等着！"她打马起步，飞奔而去……

巴特尔转身与赵志民商量："我去把她追回来，好吗？"

赵志民："快去！"

巴特尔跑过去解下一匹马，刚要抬脚上镫，只听见纳日斯喊着"团长！团长！"飞速跑来。

巴特尔："什么事？"

纳日斯："达瓦被杀害了！"

力格登领着兵甲、兵乙和另外两个战士，顶着冷风奔跑在泥泞的草原上。

兵甲突然喊："后面有人追我们来了。"

力格登："快！"

他们逃跑得更快了。

洪戈尔已经看见了他们几个人。她追到一个山坡上，拨过马头抄近路，向他们截了过去。

力格登等继续逃奔……

洪戈尔从奔驰着的马上，两眼紧紧盯住那几个人……

力格登等驰过丘陵，在一个转弯处，一下被飞奔过来的洪戈尔拦路相截。当他们的坐骑交错而过的时候，洪戈尔猛力高喊："停下！我是洪戈尔！"

那几个人轻勒马缰："啊？洪戈尔！"

洪戈尔："你们上哪儿去？"

力格登给兵甲递个眼色，叫他说话。

兵甲："怎么，你跟我们一起走吗？"

洪戈尔："干什么去？"

力格登："跟你说明白吧，去投奔萨木腾王爷！"

洪戈尔两条浓眉一竖，怒斥道："你们都是混账！我们跟萨木腾有不共戴天之仇，你们全忘了？"

力格登："如今世道不同了，王爷提出蒙古族人不伤害蒙古族人，民族大和解。洪戈尔，跟我们一起走吧！"

他说这句话时，不，准确地说当他说到"蒙古族人不伤害蒙古族人"时，满面杀气地慢慢掏出了手枪……

洪戈尔："你们别上当！快跟我回骑兵团去！"

力格登立刻抬起枪口，叫喊："什么？"

洪戈尔望了望那黑洞洞的枪口："力格登，你别胡闹！我们是黑云岭里同甘共苦的伙伴，为什么要分离呢？跟我回去！听我洪戈尔的……"

她的话还没说完，力格登向她开了枪，但未击中。

洪戈尔往马镫上一站，喊道："力格登……"

砰的又是一枪，洪戈尔中弹，落马……

力格登喊了声"快跑！"打马就跑。兵甲、兵乙紧紧跟随。

其余那两个战士，见洪戈尔被力格登开枪打倒，面色骤变，让马慢步往前跑着，同力格登和兵甲、兵乙拉开距离以后，他们小声交谈：

"他怎么能开枪打洪戈尔呢？"

"他能向洪戈尔开枪，咱们跟他跑，哪会有好下场？"

"咱们快回去看看洪戈尔吧！"

"对！回去！"

他们勒转马头，向洪戈尔那里跑了回去。

洪戈尔倒在泥泞的草原上，鲜血染红了周围的泥水……

那两个战士跳下马来，跑到洪戈尔身边。她没有被打死，只是受了伤，但是她的头上和身上全是血水和泥水，看不清伤在哪里。当他们要扶起她来时，才发现她的右臂挂了花。

那两个战士看到洪戈尔这般样子，抱起洪戈尔，痛哭着说："洪戈尔，我们上当了！咱们快回骑兵团！"

洪戈尔费力地断断续续地说："对！……快……回……"

洪戈尔在那两个战士的搀扶下，在风雨中，踏着泥泞的道路，艰难地往回走去……

这时，巴特尔领着几个战士赶来了。他们不知道这里发生了什么事情，警惕地包围过来。

洪戈尔一看见巴特尔，不由得两眼滚滚泪下，她使尽全力，喊了一声："巴特尔！"

巴特尔跳下马来，看到洪戈尔全身上下全是血水和泥水，他用颤抖的声音心疼地说："洪戈尔同志，我来晚了！"

洪戈尔用她那只没有受伤的胳膊紧紧抱住巴特尔，说道："巴特尔同志！我错了！今天我洪戈尔，用自己的鲜血明白了一个真理：没有阶级斗争的观点，就成不了一个真正的革命者！"

巴特尔："是力格登开的枪？"

洪戈尔："这一枪，把我打醒了！"

巴特尔："我还要告诉你一件非常悲痛的事情……你的老警卫达瓦阿爸，被力格登杀害了！"

"啊？阿爸！达瓦阿爸！"……洪戈尔向着那苍天阔野号啕大哭着嘶喊起来！

在悲痛的乐曲中，成百上千的军民，肃然站立在达瓦的墓旁……

达瓦的墓地坐落在黑云岭山麓一片松林的前沿。

巴特尔、赵志民、洪戈尔（*她用达瓦生前给她洗好的绷带挎着受伤的右臂*）以及我们所熟悉的那些人们，脱帽，默哀！……

巴特尔走出队列，悲痛地说："同志们！今天我们在这里，向一个在旧社会饱受苦难的老奴隶、我们亲爱的老战友达瓦同志告别……"

许多人悲痛地抽泣着……

特别是洪戈尔，她无法控制住自己的感情，放声痛哭着……

巴特尔继续说道："达瓦同志是被叛徒杀害的，也是叫国民党反动派和反动的民族上层分子杀害的！达瓦同志在旧社会是造反的奴隶，参加革命后是人民的忠诚战士。多年来，他像父兄一般爱护和保卫自己的同志和战友……”

这时洪戈尔哭喊了一声“阿爸——”，跪扑在达瓦老人的墓前，用她那只没有受伤的左手痉挛地抚摸墓上的新土……

她哭着说：“阿爸！您和我的血，都没有白流。这血的教训告诉我们：不论是杀害您的，还是打伤我的，正是嘴里高喊‘蒙古族人不伤害蒙古族人’的那些家伙们！我们一定要让敌人偿还这笔血债！”说到这里，她慢慢站起来。用左手拿出一张沾满血迹的纸，又说：“同志们，乡亲们！在这张被达瓦阿爸鲜血染红的纸上，留着他老人家在牺牲前写下的字迹：‘永远跟着毛主席！永远跟着中国共产党！伟大的祖国万岁！’这就是他老人家给我们留下的遗言！……”

全场的人们，含着泪激动地重复着：“永远跟着毛主席！永远跟着中国共产党！伟大的祖国万岁！”

巴特尔：“现在中国正处在两种命运、两个前途决战的时刻！广大人民群众在毛主席和中国共产党的领导下正在组织起来，武装起来，为建立统一、富强的社会主义的新中国而战斗；但是反动的民族上层分子，却投靠蒋介石，他们策划一个又一个的反革命阴谋活动，妄图保持大地主、大资产阶级专政的半殖民地半封建的旧中国。我们要在这场两个阶级的生死大搏斗中坚决彻底地战胜他们！”

夜，沉静。营地笼罩在朦胧的月色中。

巴特尔领着通信员走在帐篷群中间，老远看见洪戈尔的帐篷敞着门，一条明亮的灯光，洒在附近初挂夜露的草地上。洪戈尔一个人坐在灯下，用她那只没有受伤的左手吃力地写着什么。她是那样聚精会神，以至巴特尔走到她身后，她都没有察觉。

“入党申请书”几个大字（**蒙文**），映入巴特尔的眼帘……他不由得有些激动，轻轻唤了一声："洪戈尔同志！"

洪戈尔听出巴特尔的声音，回身站起，那张入党申请书拿在手里，轻轻贴在胸前。

巴特尔望着她那涌满激动泪花的两眼，说："你写的字我看见了。我们都曾经经历过这样一个激动而难忘的时刻！"

"巴特尔同志！我在跟你们共同战斗的生活中，懂得了要想干革命，就得参加党！"

"……但是，你要干的是哪一种革命呢？"

"哪一种革命？……"

"世界上有各种各样的革命，有资产阶级民主革命，有民族主义革命，也有无产阶级革命。"

"革命还分这么多种啊！"

"无产阶级革命与历史上任何其他革命有本质的不同。我们共产党人终身为彻底推翻资产阶级和一切剥削阶级，为实现共产主义和全人类的解放而奋斗；为了实现共产主义这个大目标，我们要永远马不停蹄，人不下鞍！"

"为了实现共产主义这个大目标，永远马不停蹄，人不下鞍！"

她的眼睛渐渐亮了起来……

萨木腾"腾"地一下从卧室内的躺椅上跳将起来："他妈的！力格登怎么闹的！他这不是把我的计划全打乱了吗？"

嘎拉桑从旁婉转劝解："这次力格登提前行动，也是逼到那儿了。现在宰了他也无济于事，倒不如及早采取应急的对策。"

萨木腾似乎接受了他的进言，问："你派到各旗去的联络人员有信没有？"

嘎拉桑："伊旗的老王爷回话说，他那儿八路军也进去了，而且明显地占了优势。他哀叹自己年老无力，只好准备投靠八路军。”

萨木腾：“额旗的协理呢？”

嘎拉桑：“那位协理更绝！打这儿回去以后，带上家眷逃到北平躲起来了。要说吧，那位阿旗少壮派老爷倒还有点气派！他招兵买马，拉起了几百人的队伍，跟国民党挂上了钩，被任命为中央先遣军骑兵纵队司令。”

萨木腾：“这么说，他们都各奔前程了？”

嘎拉桑：“是这样！但是他们都答应派代表前来参加我们的大会。”

萨木腾：“也好！”

嘎拉桑：“但是，小人担心由于力格登被迫提前采取行动，共产党会不会破坏我们召开旗民大会的计划？”

萨木腾：“嗯！”

嘎拉桑：“所以，小人主张把原定十五号召开的大会提前三天举行！”

萨木腾沉思了一下：“好吧，就按照你的办法办……白冰和他手下的那些人怎么办呢？”

嘎拉桑：“他们感到目前局势不利，转入地下为好。我已经按照王爷您先前的吩咐，做了安置。”

萨木腾：“那就好了。”

“还有一件事禀报王爷：力格登说，王府里可能潜藏有巴特尔的密探。”

“谁？”

“这他不了解，但据他所知，王府里有些重要计划，总是漏出一些风声去，很可疑！”

“叫道尔吉赶紧去探清楚。”

“有消息说，骑兵团要抓道尔吉，因此近一时期我没叫他出去，把他留在王府里关照白先生的生活。不过，前些时道尔吉曾经报告过，他在巴特尔那儿看见过一个女人，个头像珊丹……”

“不会是捕风捉影吧？”

“是啊，我暗中监视过珊丹的行动，没有发现可疑现象，就没有报告王爷。”

“珊丹？……”

珊丹把王府小客厅收拾完毕，刚要熄灯走出，突然道尔吉进来，走到她跟前小声地说：“我刚从外头进来，巴特尔托我告诉你，他有紧急的事情，叫你今天晚上到他那儿去一趟。”

“巴特尔？……这个名字好耳熟啊！”

“此地不可久谈，别跟我捉迷藏了，就是骑兵团那个巴特尔呗！”

“骑兵团？你是王爷的人，干吗到那儿去？”

“有任务。”道尔吉无意中脱口说出。

“任务？”

“噢，噢，有时骑兵团开大会叫我去给写写标语。”

“看来，你经常带着任务到骑兵团去呀！”

“是啊，有一次在他们那儿，我还看见你了。”

“我？……道尔吉先生，你眼花，看错人了！”

“你放心，我道尔吉不会出卖自己的乡亲，不然王爷早就把你抓起来了。”

珊丹耳边响起洪戈尔、巴特尔的声音（画外音）：“要设法把他诱出王府，马上抓起来！”“对！抓起来以后给他交代政策，叫他揭发萨木腾，这对我们的斗争有利。”

“提起乡亲，道尔吉先生，咱们跟巴特尔倒也算是乡亲。”

“是啊！”

“他既然叫你给我捎话，想必有什么急事……”

“肯定是！”

“那……”

“那……”

“那我一个女孩子，深更半夜的怎么去呀？”

“这好办！走！我陪着！”

珊丹跟着道尔吉，从王府后门走出时，故意走过老更倌哈达跟前，说：“大叔！道尔吉先生要领我去见巴特尔，深更半夜挺吓人的，您也陪着走一趟吧！”

哈达会意地：“好！”

他们走近娜布琪老人的蒙古包附近时，突然发现王府兵向他们追来！

哈达、珊丹交换了一下眼色，哈达猝然一拳，将道尔吉打倒，没等他喊出话来，珊丹用头巾塞住了他的嘴，哈达解下腰带将他捆住，连拉带拖带进娜布琪的包里。

哈达：“有口袋吗？”

娜布琪拿出口袋。

他们把道尔吉装进口袋，系上口。

哈达对娜布琪：“后面追兵来了，我和珊丹马上走，你把这条狗送到骑兵团去！”

哈达、珊丹走出包去。

不一会儿，外面马嘶犬吠，娜布琪忙用桌子将那个装人的口袋挡住。

王府兵踢开包门，问：“珊丹和哈达在这儿不？”

娜布琪从容地挑着灯捻，说：“你自己看吧！”

王府兵看了看，关门离去。

装在口袋里的道尔吉，听见王府兵的声音，忙挣扎，直拱动。娜布琪拿起擀面杖一阵乱敲，他老实了。

月光下，娜布琪老人用牛车拉上装着道尔吉的口袋，向骑兵团走去。她手里还是拿着那根擀面杖，左右开弓：老牛走慢了，喊声“快点走！”敲一下，道尔吉在口袋里拱动了，喊声“老实点！”也敲一下……

她赶着车，来到骑兵团。巴特尔、纳日斯出来迎接。她指着口袋告诉他们道尔吉装在里头，纳日斯解开口袋，放出半瘫的道尔吉，押他进屋。

骑兵团团部。早晨。

巴特尔脸上带着激动的神情走进来，对正在喝早茶的赵、洪、娜等说：“告诉你们一个重要情况，道尔吉交代说，这次来的国民党特派员白冰，就是几年前萨木腾请来杀害了我们清格勒等同志的那个白司令！”

洪戈尔两眼顿然像喷出两团火来：“啊？是他！……”

娜布琪：“孩子！这次你可要稳重，听巴特尔和老赵的！”

洪戈尔：“妈！……”

王府小客厅。

萨木腾气急败坏：“巴特尔！你把我的密探给敲掉，而把你的耳目安插在我的身边，好狠毒啊！”

嘎拉桑：“小人马上对珊丹、哈达严刑拷打，问出……”

萨木腾一摆手：“不！目前不宜采取那种极端手段。这两个人，特别是珊丹，在今后跟巴特尔长期打交道中，会有大用！”

嘎拉桑：“是！”

萨木腾:“现在要做出什么事情也没有发生的样子，看一看他们有什么动静。”

娜布琪提着一盘奶食，来到王府后门。

她问认识的那个门卫:“珊丹在哪儿？”

“她在后花园的小院里。”

“我去找她。”

“不瞒您说，里外两道岗哪！”

“两道岗？……”

“王爷叫他们在里头晾大烟土哪！值钱、要命的东西，别人谁也不准进！”

“你说‘他们’，除珊丹还有谁？”

“还有老更倌哈达，就他们俩。”

“哦？……”

“嗯……”

“那我托你把这点奶食，给他们捎进去，我拿黄头巾包上，给！”

王府后花园小院。

珊丹和哈达被锁在一间阴冷的仓库里。

珊丹捧着黄头巾，对哈达说:“大叔，咱们的人已经知道我们被关在这里。”

哈达:“萨木腾把旗民大会突然提前三天，在会上还要成立‘蒙民脱离内战委员会’，这些消息，可怎么告诉他们呢？”

夜。巴特尔和赵志民沉思着行走在草地上，远处传来男低音深沉的牧歌……

月儿时而被云遮住，时而又露出笑脸，草地上时明时暗……

巴特尔："我总琢磨着萨木腾不早不晚，正在这时，把咱们的人抓起来，而又不露声色，肯定里面有文章。"

赵志民："他是留了一个伏笔，想把文章放到后头去做。"

巴特尔："根据各地牧民会同志们的报告，萨木腾要在旗民大会上，正式成立所谓'蒙民脱离内战委员会'，现在突然又把会期提前了三天！"

赵志民："他本来就是国民党的忠实走狗，可是竟敢打出脱离内战的招牌搞政治欺骗。在他看来，民族的招牌还有一定的欺骗性。"

巴特尔："是这样！关键是要把潜藏在他王府里的国民党大特务白冰挖出来示众，这样就可以一下子揭穿他从历史到现在的反革命嘴脸！"

赵志民："对！咱们召开团党委会，把作战方案重新研究一下。"

王府门前的广场上，鼓乐喧天，鞭炮齐鸣，好不热闹！这里虽然已经聚集了许多人，嘎拉桑站在王府二堂高台阶上还在喊着："王府所有的人，都到大门外开会，听王爷讲话，快走！"

人们从四面八方还在往这里聚集。

人们在互相询问："听说今天王爷要亲自讲话？""是啊，不知出了什么事，这么大的动静！"

一个小官员模样的人，小声而又神秘地回答说："昨天晚上王爷在王府里抓到了两个汉人，是国民党特务，今天要枪毙，焚尸！"

有个人问："杀了就行了，还烧掉死尸干什么？"

小官员："可能是表示王爷跟国民党一刀两断的决心吧！"

有个人："啊，看风使舵，王爷要跟共产党走啊！"

小官员："草原千里宽，难道只有国民党和共产党两条道吗？"

那个人："你的意思是……"

话刚说一半，鼓乐鞭炮声突然重又大作。

小官员往王府大门口儿一指，说："你看看那儿，就知道了！"

王府的铁皮大门，轰隆一声大开。

在鼓乐鞭炮和人们的喧叫声中，两个恶眉毒眼的大汉，抬出一块一尺多宽一丈多长、披挂着白色"哈达"的大木牌。当他们把它挂在早已准备好的门钉上时，人们才看见上面写着两排蒙汉文的大字：

"蒙民脱离内战委员会。"

那块牌子是那样的气派，牌子上的名目又是那样的新奇，许多人都拥过去观看。

有些人在谈论："不管怎么说，不叫战火烧到咱们蒙古族的地方，总算是好事！""是啊，不打仗就好了。"……

一个从穿戴上可以看出是还俗喇嘛的人，用颤抖的手轻轻抚摸着那块牌子，激动地说："脱离内战，我们蒙古族人就能过太平日子啦！王爷真是为咱们蒙古族人着想啊！"

王府小客厅里。

嘎拉桑满面悦色地禀报道："牌子已经堂堂正正地挂出去了！"

萨木腾嚣张地："好！今天这个会一定要开成空前规模的大会！我叫你巴特尔看一看，到底是你厉害，还是我萨木腾厉害！"

骑兵团连以上干部会。

赵志民："同志们！这是我们跟萨木腾的一场决战。按照团党委的决定，我们兵分两路，同时行动。"

巴特尔:“毛主席说过:‘决战阶段的斗争，是全战争或全战役中最激烈、最复杂、最变化多端的，也是最困难、最艰苦的，在指挥上说来，是最不容易的时节。’情况随时可能发生急剧变化，每个同志要特别提高革命的警惕性。纳日斯！”

“到！”

“你当两路人马之间的联络员，随时交换两方面的情况。”

“是！”

王府门前，大火在燃烧……

萨木腾声嘶力竭地讲着话:“我的旗民们！我的多灾多难的蒙古族同胞们！”他特地转向站在一旁的来自各旗的代表们，加了一句:“各旗的来宾们！我萨王，几十年来曲折奋斗，都是为了给我们蒙古民族寻找一条光明出路。如今，国共两党，战事又起，他们都是汉人，他们汉人之间的纷争，跟我们蒙古族人毫无相干！我萨王，为自己民族着想，自即日起成立‘蒙民脱离内战委员会’，要彻底超脱于他们汉人之间的纷争之外。希望每一个不愿意打仗、愿意过太平日子的蒙古族人，都来参加咱们蒙古族人的脱离内战委员会！”

那个还俗喇嘛闯出人群，高喊:“王爷为咱们蒙古族人着想，让咱们过太平日子，我参加！”

群众中也有些人响应:“不打仗，是好事，应当拥护！”“我们也参加！”……

“我们黑云岭的人也拥护！”突然从人群后头传来喊声，人们看去，不由都大吃一惊:是力格登！他身后跟着兵甲、兵乙。

力格登以一个叛徒的疯狂，向主子极力表忠:“王爷成立‘蒙民脱离内战委员会’，是为了使我们蒙古族人免遭战祸。而且王爷宽大为怀，倡导民族大和解，我们黑云岭的人完全拥护！从今天起，我们归顺王爷！”

嘎拉桑马上带领王府兵，呼口号：“欢迎黑云岭的蒙古族同胞归顺王爷！”……

萨木腾暗自得意：“旗民们如此拥戴本王，本王深为感动！我决意为蒙古民族的复兴，赴汤蹈火，在所不辞！……”

正在这时，巴特尔、洪戈尔和热西，突然从人群中走了过来。

顿时，人们给他们让出一条通道，并且热烈地鼓掌，欢悦地谈论起来：“巴特尔和洪戈尔来了！”“哎，老热西也来了！”“看，他们多带劲儿！”“这一下等着瞧王爷的好戏吧！”……

人群沸腾……

起初，萨木腾不知道发生了什么事情，威严地：“嗯？嗯？”哼着鼻子环视四周。忽然发现巴特尔等直奔他走来，他由于过度惊慌，除了不停地说着：“这……这……”之外，想不出别的词儿。

巴特尔：“萨木腾，你这场表演拙劣得很！”

洪戈尔：“你拉出一个无耻的叛徒来捧场，不嫌太煞风景吗？”

力格登偷偷往王府兵的人群里回避。嘎拉桑暗做手势，叫他等候命令。力格登掏出手枪，点头表示已经领会。

萨木腾：“啊，巴团长、洪副团长，二位光临指导，欢迎，欢迎！”

洪戈尔：“你用不着来这一套！”

萨木腾：“啊！洪戈尔！我一直希望有这样一个机会，当面说明一个情况：你的丈夫清格勒被国民党杀害在我的王府里，但那与我萨木腾毫无关系！清格勒被害以后很久很久，我才听说的。我希望免除误会，消除你对我个人之间的仇恨……”

洪戈尔：“不！那不只是个人之间的仇恨，那是你反共、反人民罪行的铁证！”

萨木腾:“这么说，今天是冤家路窄了！”

巴特尔:“萨木腾！前一时期，我们一直给你一个自新的机会，但事实证明:你执迷不悟，自绝于人民，死心塌地去为蒋介石卖命！”

萨木腾:“不，不，我决不沾国民党的边儿，不信，你们看！”

他指了一下挂在门口的那块木牌。

巴特尔:“收起你这套把戏吧！现在是蒋介石全面发动内战，而我们正在组织起浩浩荡荡的革命力量进行自卫，并取得节节胜利的时刻，成立什么‘蒙民脱离内战委员会’，你这是明目张胆地充当蒋介石的走狗，妄图瓦解草原上正在汇集成巨流的革命力量！你打着‘为民族’的招牌，干的是反革命的勾当！”

洪戈尔率领群众高呼口号:“打倒蒋介石！”“粉碎民族分裂活动！”“中国各族人民的大团结万岁！”

在这阵阵口号声中，赵志民率领几十名战士，摸到王府后门，将几个被阵阵口号声吓得呆若木鸡的王府兵缴了械，并迅速冲进王府，直奔后花园小院，在里面被关押的珊丹、哈达看见了他们，向他们狂喜地招着手……

王府门前。

巴特尔向群情激愤的牧民们说道:“乡亲们！中国的内战是蒋介石挑起的，他是中国大地主、大资产阶级和一切反动势力的代表。而我们，中国共产党和她所领导的革命队伍，是中国无产阶级和各族人民大众的代表。中国的内战，就是这样两个阶级的生死大搏斗。可是萨木腾，竟然成立所谓‘蒙民脱离内战委员会’，妄图把内蒙古人民从中国共产党领导的革命力量中分裂出去，你们答应吗？”

群众高喊:“我们决不答应！”

牧民们纷纷站出来揭发道："我们看清楚了，萨木腾是搞民族分裂、破坏革命！""什么脱离内战，他是帮助蒋介石打内战！"

巴特尔："但是，他的阴谋绝不会得逞！我们中国各族人民群众，在伟大领袖毛主席和中国共产党领导下团结起来，一定能够取得这场阶级大搏斗的彻底胜利！"

热西率领群众高呼："中国各族人民团结起来！""中国共产党万岁！""毛主席万岁！"

萨木腾已经感到陷入绝境，他突然转守为攻地喊了起来："巴特尔，你把我说得跟国民党一样，那好吧，我让你亲眼看一看，我对国民党是什么态度！"他转回身喊："把抓到的国民党特务拉出来！"

白冰从王府小佛堂窗户的缝隙，看见被他舍弃的两个部下，被押解着从二堂走过。

白冰（画外音）："拉出去了，一切都在按计划进行……"

他忽然看见珊丹走进院来。珊丹一手拿着扫帚、擦布，一手提着油桶，跟往常一样，像是要清扫和给佛灯添油似的。

白冰紧张地将烟一扔，向靠北墙正中央立着的大佛龛奔过去，掀开一块木板，一缩身钻了进去。慌忙中，没有从里边把板子扣严实……

珊丹小声唱着一首民歌，给庭院的花草浇完水，走进小佛堂。她嘴里的歌儿，依然是那般平缓舒和，但她那两只眼睛却闪着格外紧张的神情……

她在清扫中，突然发现一个没有完全掐灭的烟头。

她沉着地把整个佛堂，里里外外重又观察了一遍，然而没有发现任何痕迹，只有那个大佛龛的下端可疑地露出一道小缝。

珊丹警惕地走了过去……

她想伸手把那块木板拉开，但马上又把伸出的手收了回来；

倾耳听了听，里面什么动静也没有。

她大胆地把眼睛靠近缝隙，往里面仔细看去，佛龛的底部，原来是个伪装的地下室的入口！

珊丹把佛堂收拾完毕，从容退出，回身又把门关好。

珊丹疾步走进后花园的小院。

珊丹走进曾经关押他们的那间仓库。

屋里有赵志民、哈达、桑杰和几个战士，在等着她。

珊丹报告说："小佛堂的下面确实有个地下室，地下室的门口，就在靠墙那个佛龛的下面。"

哈达："这就对了！这些天我们暗地观察，只见嘎拉桑往小佛堂里头送吃的喝的，可是不见人影，就猜出里头有鬼嘛！"

珊丹："我还捡到了一个没有掐灭的烟头。"

桑杰："这说明佛堂里刚才还有人！咱们动手抓吧！"

赵志民思考一下说："再核实一下。你去把乌力吐叫到这儿来。"

桑杰答声"是！"走出。

桑杰领着乌力吐走了进来。

乌力吐见屋里这许多人，有些惊讶。

赵志民："乌力吐先生，没想到跟我们在这儿见面吧？"

乌力吐笑了笑："没想到。"

赵志民："乌力吐先生，你曾经向我们多次表示，愿意接受我们党的领导，愿意为人民做些事情，我们是欢迎的。"

乌力吐："是，是……"

赵志民："今天我们要求你协助我们完成一项战斗任务。"

乌力吐："我？……"

赵志民："在王府佛堂的下面有个地下室，你知道吗？"

乌力吐："噢，知道，知道。"

赵志民："你过去进去过吗？"

乌力吐："那个地下室，还是我父亲——老王爷在世的时候，外面兵荒马乱，为了防备万一修的。我小的时候，进去过一次。"

珊丹："地下室的门，在哪块儿？"

乌力吐："在靠墙那个佛龛下面。"

珊丹与赵志民交换了一下眼色。

赵志民："国民党特务头子和他们的秘密电台，可能就藏在那个地下室里！"

乌力吐："是吗！……"

乌力吐向小佛堂走去。

他身后跟着赵志民、珊丹、桑杰、哈达和几个战士。

萨木腾还在最后挣扎中狂喊："你们把我说成是国民党的忠实走狗，今天我要让全体旗民看一看，我萨王到底是个什么样的人！"他指了一下被押解在大火旁的那两个国民党特务，又说："这是我抓到的两个国民党特务分子，我要把他们杀掉，焚尸！嘎拉桑，开枪！"

嘎拉桑总管和另外一个人，答了声："喳！"刚要举起盒子枪，洪戈尔一声大喊："把枪放下！"

这时有几个受萨木腾蒙蔽的人，发起议论："王爷要杀国民党有什么不对？""说王爷向着国民党，不一定！""是啊，他要是跟蒋介石一条心，怎么会杀国民党特务呢？"

纳日斯听到这些议论，又气又急，不断向人群后头观望，等待赵政委他们从王府里传出信息来，但是他什么也没有看见……

萨木腾："你们为什么不让我杀死国民党？啊？为什么？"

纳日斯看着萨木腾还在欺骗人们，急得一跺脚跑过去，对巴特尔说："怎么还叫这小子要这一套啊？你就说他这全是骗人的鬼话！”

巴特尔微微笑了笑，拍了一下他的臂膀，没说什么。

纳日斯更急了：“嗐！他们怎么还没抓……”

巴特尔做手势不让他说下去，接着说：“忘啦？情况随时都可能发生急剧变化……”

纳日斯：“我去看看！”匆匆离去。

萨木腾还在拼命地喊：“你们说呀，为什么不叫我杀国民党特务？”

热西冷静地：“叫唤声最大的，不一定就是好牲口。萨木腾！抓到国民党特务，应当交给我们审判，你没有权力处理。”

这时萨木腾才把眼光移到热西身上：“嗯？好大的口气，你是谁？”

热西挺胸一站：“白音郭勒草原牧民会主席热西！”

萨木腾不由得往后退了几步：“啊？热西！”

热西：“没有忘记就好！”

萨木腾：“把你刚放出来，你还敢闹事！……”

热西蔑视地一阵哈哈大笑：“这回可要闹个天翻地覆！”

正在这时，洪戈尔忽然看见珊丹扎着黄头巾，出现在人群中……

洪戈尔靠近巴特尔，小声说：“你看，珊丹，黄头巾！”

当巴特尔与珊丹二人目光相遇时，珊丹拨动黄头巾的一角……

巴特尔跟洪戈尔说：“他们已经抓到了特务头子。好，揭萨木腾老底的时刻到了！一切按原计划进行。”

洪戈尔有力地点了点头，她警惕地看了一下躲在王府兵人群中的力格登；他一看见珊丹头戴黄头巾出现在这里，立刻把别在腰间的手枪拿在手中……

洪戈尔注视着他的每个举动，耳边响起巴特尔的声音："……每个同志要特别提高革命的警惕性。"

萨木腾还在喊叫："我萨王为蒙古民族着想，成立脱离内战委员会，你们反对；我要杀掉钻进草原的国民党特务，你们不让。你们这是背叛蒙古民族，出卖蒙古民族，是蒙古族人的叛徒！"

巴特尔走过去喝道："萨木腾！你演的戏可以结束了！"而后他转向群众，"同志们！乡亲们！萨木腾是个死心塌地的反革命分子，他搞独立阴谋破产以后，在国民党特务的导演下，先是让国民党匪军进犯草原，残害人民，今天又演出这场成立所谓'蒙民脱离内战委员会'的政治丑剧！他有脱离，就有投靠，他是跟中国共产党和共产党所领导的人民大众脱离，而去投靠国民党反动派，充当蒋介石发动内战的忠实走狗！"

萨木腾虽然已经感到势头不好，但依然垂死挣扎："我的乡亲们！旗民们！你们不要信他的话。我萨木腾为民族奋斗了几十年，他们血口喷人，是造谣！造谣！"

巴特尔："乡亲们！现在让事实来说话吧！"

说罢，他拔出手枪，朝天"噹噹"放了两枪。

早已严阵以待的骑兵团战士们，从人群后面冲出来，将萨木腾和他手下的骨干分子（包括那两个特务分子），全部包围了起来。

就在这时，赵志民、珊丹、哈达、纳日斯和一群战士，押解着大特务白冰和其他特务分子（叫他们自己抱着电台器械），走进了广场。

看到眼前突然出现的这个场面，人们弄不清是怎么回事，喧嚷声顿时停息，都将期待的眼光投向巴特尔……

巴特尔胜利地高声说道："乡亲们！同志们！你们看！这个家伙就是国民党中央特派员、特务头子白冰，他也就是过去对我们白音郭勒草原的牧民造反进行过血腥镇压、杀害了我们清格勒等同志的那个白司令！”

全场惊愤：“啊？他就是那个白司令！”

“枪毙国民党大特务！”在群众愤怒的口号声中，和希格老人极度愤恨地冲过去，抡起他那支枪，一下把白冰打倒在地：“你就是杀害我儿子的那个坏蛋呀！”他又猛踢一脚，白冰赶忙爬起。

和希格老人激动地喊出：

“打倒国民党反动派！”

“中国共产党万岁！”

巴特尔又说道：“蒋介石派来的大特务白冰和他的人马、电台，是萨木腾长期把他们隐藏在他的王府里……”

和希格：“可他嘴上还说跟国民党不沾边儿，这条豺狼！”

巴特尔继续说：“这就彻底揭穿了萨木腾的反革命嘴脸！”

就在巴特尔讲话的当儿，力格登从王府兵后头跑出来，像条疯狗似的向巴特尔举起手枪……

一直都在监视着力格登举动的洪戈尔，马上“噔”的一枪将他击毙。

“打死萨木腾！”

“枪毙国民党大特务！”

广场上，爆发出雷鸣、海啸般的怒吼声，人民大众愤怒了——那样的狂烈！那样的激暴！那样的不可抑制！……

萨木腾已完全丧魂落魄，他瞟了一眼被押过来的白冰，看了一眼人民群众的威力，全身一瘫，倒了下去。骑兵团战士从他脖领上一把抓住，让他老老实实戳在那里。

以还俗喇嘛为首的那些受蒙蔽的群众，义愤填膺地冲向萨木腾。他们把他揪倒在地，踩在脚下，愤怒地控诉：“我们受你的骗了！你投靠蒋贼，出卖民族，侵害百姓，罪该万死！”

萨木腾从各旗请来的那些代表们，见此情景，也推出一个代表，向全场高声宣布道："我们这些人不明真相，受萨木腾的欺骗，从各旗赶来给他捧场助威。现在我们看清楚萨木腾是蒋介石的忠实走狗，我们坚决跟他划清界限，向人民请罪！"

王府兵也乱了营，他们喊道："我们向人民投降！""我们也要跟萨木腾算账！"纷纷缴械……

这时，珊丹和纳日斯跑过去，从大门上将那块"蒙民脱离内战委员会"的木牌拽下来，在上面用墨笔画了个大"×"，搬过来叫萨木腾和白冰两人从两端挂在脖子上，叫嘎拉桑和那些特务分子跟在后头，押解着在广场上愤怒的人群中绕行……

热西老人，冲上王府大门上面，举着牧民会那面红旗不停地挥舞……

群众高呼："打倒蒋介石！打倒萨木腾！各族人民大团结万岁！中国共产党万岁！毛主席万岁！万万岁！"

尾 声

长城。

雄伟的长城。

草原骑兵行进在长城下连绵起伏的山路上。

画外音："随着解放战争的节节胜利，上级命令草原骑兵团南下配合兄弟野战军，完全、彻底、干净地消灭敌人！打倒蒋介石！解放全中国！"

战士们站在马镫上兴奋地喊："长城！我们看见长城了！"

巴特尔、赵志民、洪戈尔、珊丹、纳日斯和草原战士们，登上了雄伟的长城！

站在长城上，收览那气势磅礴的祖国雄山大野，使每个草原战士的心中都翻腾起激动的波涛！……

巴特尔和赵志民并肩站立，他眺望着远方激动地说："赵志民同志，我望着这长城内外祖国壮丽的河山，想起一句话来了。"

赵志民："哪一句？"

巴特尔："我想起你进入白音郭勒草原后学的头一句蒙古族话。"

赵志民："额吉，是妈妈；额吉民，是我亲爱的妈妈！对吗？"

巴特尔："对！祖国就是我们亲爱的母亲！我们中国是一个由

多民族结合而成的世界上最大国家之一。从很早的古代起，我们中华民族的祖先，就劳动、生息、繁衍在这块广大的土地上，我们的祖国多么伟大，多么可爱啊！我们为生长在这个伟大的国土上而感到自豪！”

巴特尔望了望被他的话语所强烈激动着的战士们，又说：“不论是过去、现在或者将来，如果有什么人搞分裂，妄图叫我们内蒙古人民脱离中国共产党的领导，从祖国大家庭中分离出去，那么他绝不是我们的朋友，而是我们不共戴天的死敌！在革命的征途上，我们中国人民还会经受无数次阶级斗争的狂涛激浪，但是，只要我们永远跟着毛主席，永远跟着中国共产党，永远维护和加强伟大祖国的统一和各族人民之间的团结，我们就一定能够战胜国内外一切敌人，建立一个强大的统一的社会主义新中国！”

巴特尔望着长城内外祖国壮丽的河山，以无比的深情，倾吐出一句话来：“祖国啊，我们亲爱的母亲！”

“祖国啊，我们亲爱的母亲！”——大家一齐激动地高声重复着。

巴特尔、赵志民、洪戈尔、珊丹、纳日斯、桑杰、哈斯、和希格的小儿子……以及那两个曾受力格登的欺骗而犯过错误的战士……他们每个人的眼里都含着激动的泪花！

在那长城内外苍莽起伏的群山之巅，回荡着他们那雷鸣般的巨声：

“祖国啊，我们亲爱的母亲！”

——剧终

一九七六年一月初稿

一九七六年八月五稿

冰山融化了！

主要人物表

乌尔莎娜	女	盟委第一书记
林塞梅	女	北京知识青年
阿尔斯郎	男	副盟长，乌尔莎娜的丈夫
哈布尔	男	乌尔莎娜之子
小妹妹	女	乌尔莎娜之女
扎木苏	男	苹果园老人
唐　良	男	总工程师
阳　阳	男	林塞梅之弟
沈政委	男	总理特派员
娜　兰	女	孤儿孤女进京上访团领队
程洪胆	男	“揪叛国集团指挥部”总指挥、自治区革委会主任
哈日巴根	男	“揪叛国集团指挥部”副总指挥
郭逢五	男	北京知识青年
罗　明	男	所谓“革命领导干部”
江秘书	男	程洪胆秘书

广袤大地，风狂雪急，乌云横飞，天昏地暗。

字幕推出：一九六九年寒春。

突然出现一滴滴水凝成的雪白雪白的大字片名：

冰山融化了！

演职员表。

乌云翻腾的高空。

一架飞机疾速穿过浓密的云层，飞升到阳光灿烂的云海之上。

机舱里空荡荡的，只坐着三个乘客。

坐在前面座位上的是一个身穿藏青色毛华达呢中山装的老年干部。他正在摊开文件包，聚精会神地阅读着文件。

坐在后面的两个青年人，在默默观赏舱外闪着奇异光泽的茫茫云海。

“小江，你们过来！”传来老年干部命令口吻的声音。

两个青年人，起身走过去。

老年干部挪动一下他那肥胖的身体，向他们微笑着，举起一份文件：

“我们上报‘中央文革’的挖‘内人党’第二战役作战方案，已经批准了！”

两个青年人探身望那份文件，不由得惊喜地说：“啊，康生、江青、姚文元等中央首长签字了！程主任，这回您……”

程主任把一份文件，啪地往桌上一摔：

“这回我老程有了这把尚方宝剑，我敢把内蒙古的沙土都过它一遍筛子！”

说这句话时，已经不是在飞机上，而是在一间宽敞而又陈设讲究的会议厅里。

在铺着墨绿色台布的长条会议桌两旁，坐着七八个老、中、青“三结合”的人，其中有穿军装的，也有穿便服的。

程主任：“对我们在挖‘内人党’第一战役中所取得的成果，‘中央文革’各位首长十分满意。敬爱的江青同志亲自表扬了我们，她说，她在北京讲话，北京不动，内蒙古倒动起来了，挖出了那么多阶级敌人。对我们提出的第二战役方案，‘中央文革’几位首长已经正式签批，刚才我已经传达过了。”

突然站起来一个“中字辈”的人物，此人大嘴厚唇，长着一对牛眼，他喜形于色，把拳头往桌子上一砸，说：

“程主任，这一下放开手干吧！”

程主任望了他一眼，那口气又像赞扬又像批评地说：

“哈日巴根同志，你不愧是个要笔杆子的，我很欣赏你创造的那句名言：内蒙古地区的共产党组织，明面上是共产党，暗地里是‘内人党’。一套人马，两个班子。正如我们在上报‘中央文革’的报告中所说的那样：像‘内人党’这样上有中央、下有支部，直到现在还在发展党徒的反革命组织，竟能隐蔽这么多年，他们叛国投修的计划，蓄谋已久，而我们竟然一无所知，可见内蒙古敌情何等严重！现在我们必须把它彻底、干净地挖出来！”

一个五十多岁的“革命领导干部”，吐着烟雾沉思良久，老谋深算地说：

"'中央文革'既有批文，我们应认真贯彻执行，今天先听听传达，好好酝酿酝酿，明天再作讨论为好。"

程主任："罗明同志的意见很好。今天会开到这儿，江秘书，叫车！"

一辆卡车在黄尘飞扬的公路上飞驰。

司机是个俊秀的青年，在他身旁坐着一个八九岁的小姑娘，目光呆滞。

从驾驶篷看见，在前面公路上，有一个红卫兵打扮的女青年，背着沉重的行李包，独自走着。这样大冷天气，她时而用白毛巾擦着汗，可见她徒步已经走了很长的路。

女青年听见后面有汽车声，回头看了一眼，随即招手，要求搭车。

司机不予理睬，卡车从她身边飞驰而过。坐在司机旁边的那个小姑娘，睁着大眼睛说：

"哥哥，刚才那个姐姐想搭咱们的车，挺可怜的，叫她坐吧！"

青年司机凶狠地：

"你可怜她，他们不可怜我们！这些知识青年，挖'内人党'，收拾我们内蒙古人最狠！"

车开得越发快了。但过了一会儿，不知司机怎么想的，车速减慢，末尾，索性停住。他跳下车去，向那位女青年打手势，叫她快来乘车。

那个女青年叫林塞梅。当她跑到车跟前时，早已气喘吁吁，汗流满面。青年司机冷漠地帮助她解下行李包，让她坐进驾驶篷里。

司机的小妹妹，坐在他们俩中间。

"你到哪儿？"汽车开动后，司机冷冷地问。

“到盟里。”女青年的呼吸依然急迫。

“干什么工作？”

“调令上只写叫我到盟革委会报到，没说叫干什么。”

“你在哪儿插队？”

“纳尔特公社。”

“多长时间了？”

“半年多了。”

“会说蒙古族话吗？”

“会。是我的房东牧民老妈妈教的……可她在前几天被打死了。”

沉默。

“一定又是什么叛国分子、‘内人党’吧？唉！”司机一咬牙、一蹬脚，加足油门，车身猛地震动了一下。

“她一辈子没出过草原，怎么会叛国？她根本不知道什么是‘内人党’！我那可怜的房东老妈妈！……”姑娘忍不住用手帕擦着眼泪。

司机向她投以惊奇的目光。

司机的小妹妹，扯住女青年的袖口，安慰她说：

“姐姐，你别哭。我们的爸爸、妈妈都叫关起来了，可我哥哥不许我哭，他说没出息的人才哭呢，姐姐你也别哭。”

林塞梅紧紧搂住了小姑娘。

走过一段路。女青年问司机：

“你在哪个单位开车？”

“我？……怎么说呢！算个临时工吧！”

“小妹妹也是临时工吗？”

“家里只剩下我们俩了，没人照管她，只好跟着我挨饿受颠……”

林塞梅微皱眉头，默默望着车窗外黄沙迷漫的田野……

卡车开进了盟所在地——哲市。

车开到一座孤零零的破旧房舍前停住。

青年司机跳下车，再把小妹妹抱下去，从衣袋里掏出一把带绳索的门钥匙，给妹妹套在脖子上，嘱咐说：

“你先进家，把炉子生着，我把这个姐姐送到住处，再把车开到粮站就回来。后锅里还有两张饼，你饿，就吃。”

小妹妹拎着一个小包，向女青年招手说了声“再见！”向那间破旧的房子跑去。

司机重又上车，当他启动马达时，还不放心地回头目送着小妹妹。

车开动。

穿过哲市街道。到处贴满了打倒什么人的大字报、大字块，纷纷乱乱。

车停。司机指前面一座三层楼房，对女青年说：“那就是盟革委会，很对不起，我不能送你到门口，因为人们都认识我，对你不方便。”

听了这话，林塞梅很感动。对这位青年司机喜爱的心情从她心底油然而生，她无所顾忌地头一次全神贯注地将目光停留在他的脸上，她想深深记住这位可爱的青年的面容。那青年长得清秀而又健壮，两只眼睛大而有神，偶尔闪出忧郁的神情。他那红唇白齿，像画的一样；两条眉，像两座远山，既清丽又朦胧。然而就在她仔细端详这当儿，她自己的脸上却出现了令人难以捉摸的自相矛盾的表情：先是两眼突然惊愕地睁得大大的，在瞬间扫视了他那美丽面庞的每个部位，随后不知为什么突然自己反倒羞怯起来，脸儿红得像一轮初升的太阳。她心绪慌乱地用双手捂住自己的脸，低下头去。

司机看见她这些表情与动作的大起大落，茫然不知所措。

这时林塞梅猛然抬起头来，说出一句对初次相识而又跟自己年龄相仿的人不该直说的话：

“你长得怎么那么像我弟弟呀？”

青年司机完全没料到她会冒出这么一句话来，忍不住笑着说：

“我像你弟弟？那你就是我的大姐了，哈哈……我倒真希望有个姐姐，替我照管照管小妹妹！”

他们俩都不知再说什么好了。

司机伸出手去：“大姐，再见吧！”

“再见！可不许你再这样叫我……”她低下头去，轻声说着，温柔地一笑，握住他的手。

她拎着行李包下车，走了。

林塞梅背着行李包走到一座大楼门前，门口挂着一块阴森森的大木牌，上写：

呼和塔拉盟揪叛国集团总指挥部

一辆小卧车开过来，车轮紧贴林塞梅的脚停住了。小林心里很不高兴，向司机愠然瞥了一眼。

后座的车门开了，先钻出来一个穿戴整洁、身材修长的青年，随后一个又高又粗的中年人拎着黑皮包爬出车来。他站在车门口，向四周扫视一遍，好像等待什么人向他欢呼似的。

这时，林塞梅忽然认出站在那个中年人旁边的青年，原来是北京知识青年郭逢五。她高兴地喊他的名字。

郭逢五转身："小林！"

他们热烈握起手来。

郭逢五："小林，我们调到一起工作了！"

林塞梅："是吗？"

那个中年人，此刻拉着"啊"的长音，走过来对小林说："你是林塞梅小将吧？"

小林不由得一怔，他怎么知道自己的名字？

郭逢五插言："我们是同班同学。"

那个中年人："那就更好了，互相了解，容易配合。我们也认识一下吧！"

那个人说着刚伸出手来，郭逢五马上介绍说：

"这位是哈……"

"我叫哈日巴根。"

小林忽然想起来了，她与他握手说：

"半年前，我们刚从北京来到这儿插队的时候，您给我们做过报告……啊，是关于'内人党'活动情况的报告。您一讲就是六个钟头，饿得我们肚子咕噜咕噜直叫唤！是吧，小郭？"

哈日巴根笑了笑："这类报告我做得太多了，那是可能的，不过我已经记不得了。你是来报到的吧？"

"我已经去过盟革委会了，他们叫我到这儿报到。"

"请吧！"

他们一同向楼门走去。

哈日巴根的办公室。

小林把行李包放在一把椅子上。

哈日巴根坐在沙发上，抽着烟说："你们俩不但认识，而且又是同班同学，我在无意中选上了一对满意的助手！"

郭逢五扇动两下长长的睫毛，两只大眼睛饱含柔情地向小林笑了笑。

林塞梅在靠边的一张沙发上坐下来。

哈日巴根："小林同志，我叫小郭先后翻阅了几百个知识青年的档案，觉得你的家庭出身、社会关系和现实表现最干净、最好，所以才特地点名调你到这儿来工作。我坦率地告诉你，我们这儿就是挖'内人党'的总参谋部。我们直接受自治区革委会主任程洪胆同志领导，程主任兼任我们的总指挥。"

郭逢五："哈日巴根同志担任副总指挥。"

哈日巴根："主要是程主任亲自在我盟蹲点，要从我盟挖'内人党'运动中总结出经验，从这儿推动和指挥整个自治区的运动。任务重啊！"

林塞梅："我干什么工作？"

哈日巴根："现在是第二战役开始的前夜，我们是总参谋部，先行一步，今天晚上就开始行动！你先去买一把锁。"

小林："锁？"

"是的，锁！你的工作离不开锁。"

林塞梅，走在大街上。

她边走边想（**内心独白**）："我的工作离不开锁……这是什么工作呢？"摇摇头，得不出答案。

林塞梅走进一家百货零售店。

一个年老售货员迎上前来。

"买把锁。"她说。

"锁？"

"对，锁。"

售货员警惕地往四处看了看，见无他人，压低声音说：

“锁是当前运动的必需物资，供不应求，早就脱销了。”

她又来到百货大楼。

向一个穿蒙古袍的中年女售货员问：

“有锁吗？”

一听买锁，那个中年女售货员，比骂她祖宗还恼火，没好气色地瞟了她一眼，脸一沉，根本不理她。

“哎，同志，买把锁！”她又说。

这一下火山爆发了！从来没有见过售货员平白无故对顾客发那么大脾气，她一拍柜台，喊道：

“锁，锁，锁！从天津搬来了一家制锁厂，日产五百把锁，还不够你们用！你们锁吧！把草原上的人全锁起来吧！”

旁边一个售货员走过来，在扯那个蒙古族老大姐的衣角，示意她别再说下去了。

她更火了：

“我怕啥！反正一家五口，已经叫他们锁了三口，豁出去了，有锁把我也锁上！”

这么一吵嚷，围聚过来许多人。小林很难为情，赶忙脱身下楼。

她走过一家副食品商店，停住步，想起什么似的，返回来走进了那家商店。

她买了几包点心、几盒饼干和各种罐头，用网兜提着，走出商店。

她走过街道、小胡同和空无人迹的荒凉小径，终于找到了那个年轻司机那间破旧的房子。

她那疲倦的脸上露出了微笑。

她慢慢走到门口，犹豫片刻，末了，鼓起勇气，轻轻叩门。

开门的正是那个青年司机。他双手沾满了面，见她到来，又吃惊，又尴尬，支支吾吾，说：

“你？……请，请进！”

小林进屋。屋里锅碗瓢盆、衣帽裤袜、桌椅板凳……一切东西都表现出没有父母而由一个男青年主持家务的杂乱景象。

她用同情的目光扫视了一遍。

司机的小妹妹看见小林，格外高兴，她跑过来搂住小林的脖子，直叫：“姐姐！姐姐！”

叫得人挺揪心的！

司机正在切面条，笨了吧唧的，面条切得有手指宽。

小林怜悯地笑着说：

“切那么宽，不怕噎着？”

说着洗了洗手，从他手中拿过刀，用胳膊将他轻轻推开，熟练地切起面条来。

小妹妹拍手叫好：“姐姐切得细，姐姐切得好，姐姐切的一定好吃！”

青年司机的两眼湿润了。

女青年的两眼也湿润了。

“你怎么跑到这里来了？”司机问。

“我上街买把锁，跑遍了全市没买到，后来，想起……想起了小妹妹，给她买了点东西。”

“你，你太客气了，花这么多钱……”

“什么客气？要是客气我就不给你切面了。”说着就把刀往他手里递。他们都笑了。

他们三个人，围坐在一张地桌上，有说有笑地吃着热汤面。

小林与司机在苍茫暮色中，并肩走在落叶的林荫道上……

他们走到一盏昏暗的路灯下，停住了。互相默默地对视，那两对眼睛里包含的词汇不少于《辞海》。他们握手，分别。小林匆匆离去。司机站在原地目送着她。但是忽然小林又向他跑了回来，来到他的身边，羞怯地说：

"你看，我还不知道你的名字！"

司机微微一笑说："我也不是跟你一样吗？"

他俩都笑了。

"我叫林塞梅，北京知识青年。"

"塞外的梅花，很好。我叫哈布尔，土产品，本地人。"

"哈布尔，啊，蒙语意思是：春天。更好！我以后还会来看小妹妹的。"

"就是再来看她哥哥，也会受到欢迎的。"

"你坏！"小林娇媚地说着欲离去。

哈布尔赶忙阻止：

"等等，我把一件东西忘记给你了。"

他从衣袋里掏出一把锁来。

小林脸上的笑影即刻消失了，伸出手去接那把锁，黑色的锁。

林塞梅坐在吉普车里，手里拿着那把锁，黑色的锁……

吉普车行驶在夜幕中。蓬草、树木、丘陵在车灯中一闪，迅即向后退去。

车里，除司机之外，还坐着四个人：哈日巴根坐在前面座位上；后排座位上坐着小林和小郭，而在他们二人当中押解着一个扣着手铐并用老宽一块黑布蒙住眼睛的人。

车里的空气沉闷、紧张。

林塞梅头一次参与这样的“革命行动”，心里有些害怕。

“这是个什么人呢？……纵有天大的罪，蒙住人家的眼睛干吗！”小林暗自这么想着（**内心独白**），瞧了瞧那个人。

那个人是个上了年纪的妇女。在蒙眼睛的黑布下面，露出花白的长发。虽然看不着她的全脸，但从露在外面的脸部肌肉的抽搐中，可以想见她心中的愤怒！林塞梅借助一刹那间车灯反射的光亮，突然发现那个老年妇女的左面脸颊上，有一道深深的伤疤，那伤疤与她脸上的皮肤一个颜色，看来是有了一些年头的旧伤。伤口很长，从嘴角底下一直延续到蒙眼睛的黑布里面。

“她一定是一个具有特殊经历的人！”小林这样想着（**内心独白**）：“哈日巴根要把她押到什么地方去呢？”

小林向哈日巴根看去。他坐在前座上，眉头紧皱，并用仇恨的目光扫了一下那个被蒙住眼睛的妇女。前面那被车灯照亮的弯弯曲曲的道路，勾引起他多少不敢露见天日的往事（**内心独白**）：“前面这条坎坷曲折的道路，多么像我这些年走过的路程啊！”——

青年时代，在日伪军官学校受训……

日本投降后，混入八路军……

国民党大举进攻解放区，在撤退途中，与敌遭遇，被俘。他贪生怕死，跪在敌人马镫底下苦求饶他一命。

他给敌人写了我军人数、装备、编制、撤退路线的材料，保全了性命……

他隐瞒了这一切，重返我部队。

整党中，他的变节行为被揭露。他给敌人写的材料，后被我所缴获。物证俱在，只得认罪。

在当时任师政委的乌尔莎娜同志主持下，开会讨论，一致决议：开除其党籍，降级留用。

哈日巴根从前座上突然转过身来，将仇恨的目光投向被蒙住眼睛的那个人，他咬牙切齿在心中骂道（**内心独白**）：

“乌尔莎娜！你压了我二十年，今天你终于成了阶下囚！”

吉普车在丘陵地带颠簸着……

林塞梅突然感到那个被押解的女人在猛力挣脱，接着就是她愤怒的吼声：

“你们这是无耻的绑架！……”

还没等她说完话，郭逢五敏捷地一只手按住她戴手铐的双手，另一只手用力捂她的嘴。

“无耻！……”那女人还在喊，但一半声音被捂在嘴里。

她还在挣扎。

郭逢五重重地打了她一个耳光。他像狼一样凶恶，林塞梅不敢多看他一眼。

哈日巴根转过身来，笑吟吟地轻轻打手势，向郭逢五示意：暂且不必管她。

郭逢五松开了手。

那年老妇女还在喊：

“你们把我绑架到什么地方去？”

哈日巴根从从容容回答说：

“把你带到以你为首的‘内人党’作案的地方去！”

隔离室门打开了，摘下蒙眼睛的黑布，那个年老妇女，被推进屋里。

“锁上！”哈日巴根命令道。

林塞梅用那把黑色的锁，把门锁住。

哈日巴根领着郭逢五、林塞梅走进隔壁一个房间。

这间屋布置得清静、舒适，但所有陈设，如沙发、茶几、窗帘、钢丝床，镀金台灯、纱灯罩、红木桌、太师椅、钢管衣架等等，杂凑一起，不伦不类。

“小林，你就住在这儿。”哈日巴根说，“我有时赶写材料住过这里，设备都是抄家抄来的，不过条件还可以吧？”

小林没说话。

哈日巴根躺在沙发椅里，大口大口吸着烟。

“关押在这儿的这个女人，叫乌尔莎娜，原盟委第一书记。根据我们已经掌握的一些口供，她明面上是共产党的盟委第一书记，暗地里是‘内人党’的盟委第一书记，而且是‘内人党’中央委员会书记之一。她一招供，不但全盟的共产党组织就成为‘内人党’组织，全盟的共产党员，就都成为‘内人党’党徒，而且还可以一下追出他们那个躲在上面的总头目。所以，她是一个十分关键的人物！”

他拿出一沓卷宗，交给林塞梅：

“小林，你先熟悉熟悉这些材料，都是有关‘内人党’的。”

他又转向郭逢五：

“这个地方对外绝对不得泄露！院外日夜都有武装岗哨，没有我的命令，她不能离开这个院子。你们俩负责看守，另有作战组，专管审讯。”

郭逢五：“我值白班，小林值夜班，有情况随时与院外警卫联系。”

哈日巴根：“就这么干吧。”

他站起欲走，但又忽然想起什么，打开皮包，拿出两沓人民币，给小林和郭逢五各扔过去一沓，说：

“这是你们的夜餐费、加班费。”

小林：“不，我不需要钱。”

哈日巴根：“这是合理开支，你不收下，我就要落下从中贪污的罪名喽！”

说完，走出门去。

他们走后，林塞梅感到格外疲惫。她打开行李躺在床上，可怎么也睡不着。索性打开台灯，翻阅起哈日巴根给她的那沓有关所谓“内人党”的材料来。

夜沉沉。墙上的挂钟从九点变为一点。

小林越看那些材料越感到忧闷、迷惘、全身无力，她躺倒在床上，轻轻自言自语着流出眼泪：

“啊，我那可怜的房东老妈妈，原来就是死在这样一些编造的谎言之下！……可怜的房东老妈妈！”

第二天早晨，哈日巴根推门进来。

“我去看看老太婆。”

小林跟着他走出，开了门锁。

哈日巴根走进隔离室，背着手站在门口。

乌尔莎娜扣着手铐，正在阅读一本很厚的书。

屋里光线很暗，为了不叫被关押者知道是在什么地方，窗户不但用厚木板横竖钉着，而且还糊了一层报纸。

哈日巴根问：

“读的什么书？那么厚！”

盟委第一书记的目光，没有离开书本。

哈日巴根走过去抄起她手里的《资本论》，扫了一眼封面，随手扔到床上。

“我们把你关在这里，不是为了叫你闭门读书，是为了叫你在一个陌生的环境里，考虑问题，交代罪行！”

乌尔莎娜放声冷笑：

“陌生的环境！糊住窗户有什么用？我闭着眼睛也能听得出窗外是沙漠水库的波涛声，它多么像人民愤怒的吼声啊！”

“不许你继续放毒！”

“修这座沙漠水库的时候，就在这间房子里，我跟女民工们一起住了三个月，可你还夸耀给我安排了一个陌生的地方！”

哈日巴根沮丧地走过去，几把就把窗纸撕掉，揉成一团，扔到地上。随即从皮包里拿出一张纸来。

“没空跟你闲扯这些！听着，我现在正式向你宣读内蒙古革委会公安局第二号通令：在内蒙古存在一个长期潜伏的庞大的里通外国的反革命组织——内蒙古人民革命党（简称‘内人党’）……”

乌尔莎娜打断了他的宣读：

“好了，好了，这些无稽之谈，我已经听过几十遍了，直截了当说吧，把我绑架到这儿，要干什么？”

哈日巴根：“限你三天之内，交代‘内人党’的全部罪行，并进行‘内人党’党徒登记。第二号《通令》中规定：所有‘内人党’党徒，三天之内拒绝登记者，一律严惩不贷！”

他把一张《通令》往乌尔莎娜面前一扔，扬长而去。

小林走过去，把一个冻窝窝头递到她手里。

乌尔莎娜这时才发现看守她的是一个俊秀而壮实的姑娘。

“你不是本地人吧？”她问。

“我是北京知识青年。”

“到这儿习惯吗？”

“习惯了。”

“你姓什么？”

“姓林。”

小林显然不想再多说什么，离去。

乌尔莎娜：“姓林？……这姑娘长得怎么这样像我年轻的时候啊？”她自嘲地笑了。

小林在灯下，继续阅读哈日巴根给她的那些材料。

早晨，小郭来接班。

他带来了各种糕点、罐头、饮料，请小林与他共进早餐。他对小林格外热情、体贴，性格也似乎变得文雅可爱了。

小林挑逗地问他：“小郭，你这个人叫人难以琢磨：你对乌尔莎娜凶得像只恶狼，现在温顺得像只小猫，你到底是狼，还是猫？”

郭逢五会耍嘴皮子，说：“她是可恨的黑帮，你是可爱的……可爱的同学，能同等对待吗？如果你一定要我回答，我说，对她是狼，对你是猫！”他对自己的回答很满意，得意扬扬地笑了。

小林：“你到这儿工作几个月了？”

小郭：“三个多月了。”

小林：“怪不得学得这么油嘴滑舌！”

小郭：“哎，老哈给你的那些材料，你看了没有？”

小林："我耐着性子重新又看了一遍。"

小郭："觉得写得怎么样？"

小林："听说哈日巴根是个作家，写过一个剧本，还得到过姚文元的好评。所以那些材料编得很像一部剧本。"

郭逢五："不瞒你说，那些'内人党'罪行材料，基本上是老哈凑口供、出点子，我动笔杆子的产物。"

"他是作家，还用得着你？"

"嗐！他那个作家，狗屁不是！一篇文章半箢箩错别字，文理不通，词不达意，全靠我给他往一起捏！"

"噢，写那些混账材料，还有你一份哪！你自己觉得那些材料的真实性怎么样？"

小郭抽着过滤嘴中华牌香烟，说：

"那就看是哪一个阶级的真实性了。"

"真实性还分阶级？"

"那当然！"

"你真善于诡辩！那我可要往疼处刺你一下了！"

"请刺吧，我迎战。"

"你和老哈合写的那份材料中说，这座沙漠水库的大坝，不用大量钢筋水泥和石方，而因地制宜地采用黏性大、隔水性强的红土做坝心，采用海滨沙滩经受潮汐的原理，用大坡度沙坡做堤面，当地人说这是人民群众解放思想的伟大创举，可你们把它写成是什么'内人党'早在十年前就预谋日后叛国时便于炸毁大坝，淹死汉人和追兵。你们这种说法，编造虚构的成分不觉得太多了吗？"

（在小林提出质问这段对话中，出现沙漠水库的壮阔全景，以及它那高大雄伟的钢铁长城一般的大坡度沙坡形成的堤坝，湖水有节奏地向沙坡涌来退去，喧闹、嬉戏……）

郭逢五："写材料时，这件事我也提醒过，可是哈日巴根说，挖'内人党'的大方向是正确的，具体细节有点出入，无关紧要。"

"我不同意这种观点。"

"你不同意？可是材料一送上去，'中央文革'几位首长偏偏看中的正是这一条，指示说，只要把这一条落实下来就是胜利！"他凑近小林，小声而神秘地补充说，"正是为了落实这一条罪证，才把乌尔莎娜秘密押到这儿来，下一步作战组对她就搞车轮战，逼得她一招供，马上就在水库大坝前召开二十万人的大会，她在大会上当众一认罪，便成定论，了结此案。这些都是在你到来之前，定下的战略部署，我给你透透风，千万守口如瓶，一旦泄露，你我……"

林塞梅被郭逢五叙述的这样一场巨大阴谋，吓得心直发抖，但她竭力控制住自己，勉强堆笑说：

"小郭，谢谢你，不愧是老同学，告诉了我这么多重要情况。我该给她放风去了。"

小林跟着乌尔莎娜，走到院子里。

她们严格保持着看守与被看守者之间的界限。

乌尔莎娜戴着手铐，活动活动腰身，而后散步、沉思，时而又默默仰望又高又蓝的天空和那朵朵浮动的白云……

放风的时间结束了，她向隔离室走去。走到门口，她的目光落到那把日夜锁着她的黑色的锁上，她惊疑地停住脚步，伸出手去翻过来倒过去仔细看那把锁，并以一种困惑的目光望小林。小林怕别人看见，催她一句："进去吧！"

她们走进隔离室。

乌尔莎娜："门口那把锁是抄家抄来的吧？"

小林："怎么？"

乌尔莎娜欲言又止："我……噢，没什么。"她忙转换话题："你父母都健在吗？"

"嗯。"

"你叫什么名字？"

"林塞梅。"

"哪个塞？"

"塞外的塞。"

"你应当叫京梅，北京人嘛。"

"不！爸爸妈妈说我是在塞外出生的，所以叫塞梅。"

"咔"一声，门又上了锁，小林走了。

"她生在塞外？……"乌尔莎娜沉思。

当天夜里，哈日巴根领着两个公安警察，又来了。

小林开门后，陪他们站在一旁。

哈日巴根假惺惺地："你是个大人物，用不着跑去派出所登记，这两位警察同志，带来了《内人党成员登记表》，你在这儿填写就行了，一式三份。"

警察把三张登记表放在桌子上。

哈日巴根："我在可能的范围内，尽力照顾你。这几天在外面成千上万的'内人党徒'都被押到公安部门，正在进行登记，但对你可以宽容一些，登记表放在这儿，什么时候登记随你的便，不过我希望不要超过所规定的期限。"

这一次，哈日巴根一点没有吹胡子瞪眼睛，平心静气地把话说完，并叫警察给她开去手铐，就走了。

当小林去锁门的时候，她看见乌尔莎娜拿着《内人党成员登记表》仔细看着，这引起小林的注意。

乌尔莎娜隔离室的电灯一直亮着，小林几次从门上的监视口往里探望，只见乌尔莎娜伏案疾书。写一段念一段，格外认真，见此情景，小林诧异起来（**内心独自地**）：“莫非她是在填写……”她不敢往下想下去了。她回到自己房间拿起书，不想看，打开半导体收音机，又是样板戏，烦死了，关掉！上床，和衣而卧。

她后悔地想（**内心独白**）：“人是复杂的，今天实在不该跟她说那么多话。如果她现在是在填写《内人党成员登记表》——如果她真是个‘内人党’，那我就是丧失了阶级立场，辜负了领导对我的信任！……不，必须揭开这个谜！”

她轻轻走到隔离室门口，以极快的速度，突然开锁，进门，急步走到乌尔莎娜面前，但是说来也怪，除那本《资本论》巍巍然放在桌上之外，别的一切笔墨纸张，全然消失。

“你刚才写什么了？”这回小林以从来不曾有过的严厉而冷酷的口吻问道。

“我在看书。”盟委书记非常镇静。

“不对，你一直在写东西，交出来！”

“没有！”盟委书记摊开双手。

小林怒气冲冲猛地搡了她一把，喝道：

“我要搜了！”

两年来乌尔莎娜被折磨得已是遍体鳞伤，小林搡的那一把不知碰到她的什么伤口，疼得她好半天透不过气来，额头上沁出点点冷汗，脸上那道深深的伤疤也痉挛地抽搐起来，但她依然神色泰然地说：

“搜吧，那是你的权力。”

小林看见她那痛苦的样子，往自己搡她一把的那块地方看了一眼，有些后悔，她找不到别的话，只说了声“快睡！”，把门一锁，走了。

万籁俱寂，乌尔莎娜听听隔壁没有动静，估计女看守可能睡了。她探下身去，从暖气片后面把隐藏起来还没写完的东西掏出来，又匆匆写了起来，一直写到东方燃烧起朝霞的时分。

她收住笔，走到钉着木板的窗户前，向外眺望，朝霞染红了远处起伏的沙原。沙漠水库在这寒冷的季节，以它顽强的生命力在大声喘息——波涛拍击堤岸，发出哗啦哗啦的声音。这声音忽然引起乌尔莎娜一阵强烈的无以抑止的激动！多少往事，就在那灿烂朝霞与波涛声浪中，在她眼前一一展现：

十年前。

乌尔莎娜在主持盟常委会议。

乌尔莎娜：“今天召开盟委常委会，听取修建沙漠水库计划情况的汇报。阿尔斯郎同志，请讲吧！”

乌尔莎娜的丈夫、副盟长阿尔斯郎站到挂在墙上的呼和塔拉沙漠平面图前，向常委们做介绍……

乌尔莎娜在家中为阿尔斯郎准备行装。

哈布尔放学回来了，问：“爸爸，你要上哪儿去？”

乌尔莎娜：“你爸爸，现在是沙漠水库建设工程总指挥了。”

“水库工程不是一个月以后才动工吗？”哈布尔问。

阿尔斯郎：“总指挥要提前进入阵地呀！”

哈布尔：“水库工程开工后，一定让我也去啊！”

阿尔斯郎：“可以，我把你交给一个民工组，让你跟他们一起劳动、生活，叫他们管你。”

巨大的沙漠水库工地。

阿尔斯郎从这里到那里，又指挥，又劳动。

哈布尔跟民工叔叔们一起劳动、吃饭、谈笑……

有一次，阿尔斯郎领着儿子哈布尔回家来了。

乌尔莎娜正在院里洗衣服。他们爷俩都变得那么壮实，那么黑，满身是泥，敞着怀，她头一眼都没认出来，还说：“老乡，找我有事吗？请进来吧！”

当他们父子开怀大笑时，她才认出他们来。她看见他们那副样子，高兴得忘记两手全是肥皂泡沫，径直跑过去，先吻了孩子，而后又在孩子面前第一次吻了丈夫，三个人的脸上全是泡沫，全家人如醉如痴地笑啊，笑……

水库喷放出瀑布般的水流，汹涌飞旋……

蓝色的浪花，像雪山似的喧闹地涌来……

无边的草原，草浪滚滚，肥壮的畜群在游荡……

水鸟从草丛中成群地飞出，掠过蓝色的水面……

金色的田野在收割……

在日落的余晖下荡漾着片片轻帆……

欢乐的乐曲声中姑娘们采摘苹果、葡萄……

沙漠水库的广阔沙滩上，像海滨游泳场一样，聚集着无数消暑的人们，他们自由地游泳、晒太阳，成群地奔向水面，互相追逐、嬉戏，掀起阵阵波涛声……

水库的波涛声淹没了幸福回忆中家人欢乐的笑声……

这里不是温暖的家，而是冰冷的牢房。

在隔壁房间。

小林正在整理床铺和桌子，当她从桌子上的报纸、书籍等杂物中拿起那把黑锁的钥匙时，她住手，眼前浮现出那天与哈布尔分手时的情景……

她马上照镜子，梳头发，又换了件衣服，找出那天哈日巴根扔给她的那沓人民币，放进手提包里。她刚穿上棉大衣，小郭接班来了。她把钥匙交给他时说：

"没有特殊情况，只是她睡得很晚，我进城去一趟。"

小郭看表："正好可以赶上第二趟班车。"

小林赶快往外走。

小林在哲市街头下了车。

走过小胡同，走过荒凉小径……

当她走近哈布尔家的时候，按捺不住喜悦的心情，加快了脚步……忽然听见从屋里传来他小妹妹一边哭一边在喊："哥哥！哥哥！"

小林吃惊，向前急跑，进屋一看，屋里只有小妹妹一个人，她的整个脸上、头发上全是血，而且鲜血还在流！

她忙问："怎么啦，小妹妹？"

小妹妹认出小林，紧紧抱住她，哭着直喊："姐姐，姐姐！"

"你这是怎么啦？"小林掏出手帕替她擦着血。

小妹妹抽泣着，断断续续地说：

"我正在门口玩……来了一帮男孩，骂我是黑帮的狗崽子，就扔石头打我，我脑袋出血，倒在门外，我怕他们还打，硬爬着回到屋里……"

"你哥呢？"

"出车了。"

"什么时候回来？"

"不知道。姐姐，我的好姐姐，别离开我，我怕，怕他们还打我，你别离开我！"

小姑娘跪在小林面前，紧紧抱住她，那嘶哑的哭喊声，即使铁石心肠的人听了也会感到揪心，落泪！

小林哭了，但她顾不上擦眼泪（任它流淌吧！）抱着小妹妹，安慰她说："姐姐不离开你，不离开你。咱们快上医院！"

她找出纸笔，给哈布尔写了一张条子："你妹妹头部受伤，我送她到第一医院。你回来后速去。林塞梅。"

把写的字条压在桌子上，随后脱下大衣包住小妹妹，抱起来往外走。

外面风很大，她顶着风，步履艰难地走着……

汗珠和泪珠在她脸上一齐往下淌……

她抱不动了，又背着小妹妹往前走……

医院病房。

小妹妹头部裹着绷带躺在床上，只有眼睛、鼻子和嘴露在外面，一个护士正在护理着她。

林塞梅满头大汗地走了进来，把几张纸交给护士：

"她的住院手续全办妥了。"

护士看单据。

小林："过一会儿，她哥哥会来看她，我还得坐班车赶回几十里以外的工作地点去，劳你驾，多费点心。"

护士："你是她什么人？"

小林憋了半天："噢，什么人也不是。"

她来到床边，把那沓人民币轻轻放到小妹妹手里：

"小妹妹，你哥哥来看你的时候，把这交给他，姐姐明天再来看你。"

小妹妹轻轻只唤了一声“姐姐！”眼泪便顺脸颊流下去，浸入绷带里。

一辆班车开过。

上面坐着林塞梅。

她突然看见哈布尔手里拿着她留给他的那张字条，向医院方向急速奔跑。

林塞梅探出车窗，喊：“哈布尔！哈布尔！”

他只顾向前拼命奔跑，没有听见她的喊声……

沙尘漫天。天空阴得像一把黑伞。风呜呜叫个不停，就像寡妇哭坟的声音。树木在寒风的肆虐下战栗着，无可奈何地摇动着长长枝条，恰像一位可怜的女人蓬散着长发，在向苍天嘶喊，呼救！

乌尔莎娜从窗外收回目光，走过去坐到桌前，翻开那沓厚厚的文稿，愤然疾书……

突然传来脚步声，接着是开锁的声响。

乌尔莎娜急忙将文稿藏到暖气片后面。

门踢开了。

哈日巴根领着郭逢五、林塞梅闯了进来。

郭逢五径直走过去，给乌尔莎娜先扣上手铐，又用黑布蒙住眼睛，猛力往门外一推。

又是那辆吉普车。

又是哈日巴根坐在前座上。

又是由郭逢五和林塞梅左右押解着乌尔莎娜。

又是在丘陵间颠簸……

乌尔莎娜被带进一座大楼里。

摘去了蒙她眼睛的黑布，但手铐没有去掉。

哈日巴根叫小郭、小林在走廊中看守着乌尔莎娜，他一个人走上楼去。

走廊里，人们匆匆忙忙进进出出。每个人的脸都是呆板的，没有笑意的。他们当中许多人认识乌尔莎娜，见她也被带到这里，呈现出惊诧神情。也有一些人，不认识她，他们手里拎着棍棒、皮带、钢鞭之类的凶器，大摇大摆地从她面前走过。

不时从楼门外押进一些人来，连踢带打的，就像赶着一群牲畜。

乌尔莎娜问着自己（**内心独自地**）："这是什么地方呢？"正在这时，又一批人被驱赶进来，看守们在大声申斥：

"叫你们登记，你们抗拒，好吧，今天所有抗拒登记的'内人党'，叫你们从这个楼门走着进来，爬着出去，甚至是活着进来，死着出去！走！"钢鞭在挥舞、抽打。

这座监狱大楼的夜班开始"战斗"了！

大楼里充满了执刑者嘶哑的狂喊声，猛力的抽打声和受刑者愤怒的抗议声、微弱的呻吟声以及无以忍受的惨叫声……

整个大楼在震动！

乌尔莎娜现在比自己受刑还难受，几乎要站不住了。

郭逢五是这座大楼的"毕业生"，他毫不在乎地抽着香烟，悠闲地吐着烟圈儿。

相比之下，林塞梅对这种环境很不适应，她微闭两眼，头靠着墙，每当传来惨叫声，她的眉宇都痉挛地抽搐一下。

哈日巴根终于从楼上走下来了，他身后跟着四个大汉。他走到乌尔莎娜跟前，故意把声调变得像唠家常似的，说：

“本来我一直努力争取不让你到这样的地方来，有什么问题在我们那儿谈清楚，不就完了吗？但你始终拒绝与我合作。现在，‘内人党’党徒登记期限已过，我已经无能为力了，只能以非常遗憾的心情，把你移交给这四员大将！现在请他们带着你先到这个大楼里的各个房间参观一下，而后，如果你有什么话想讲的话，我还是愿意再奉陪一会儿。好吧，现在请参观！”

乌尔莎娜站在原地愤然说道：

“你以为让一个共产党员看几个受刑的惨状，就会向你和你的主子们的倒行逆施屈服吗？为了维护共产党员的崇高尊严，我已将生死置之度外，我不需要参观，还是直接走进你给我安排的那个单间吧！”

说完，她昂然向前走去。

但没走出几步，突然停住了。

她看见在前面，在走廊中间，有一个人蓬散着头发，衣服已被撕成碎片，满脸胡子上沾满了鲜血，他的两条腿肿得像顶梁柱那么粗，已不能走动，在奄奄一息地向前爬着，使尽全力地爬着，身后拖着长长的水流，那是他失禁的尿迹。

慢腾腾跟在他后面抽着香烟的两个家伙，在低声交谈：

“让他慢慢往前爬吧，咱们也歇歇手。”

“这家伙真死硬！”

“他熬不出这一夜了……”

乌尔莎娜的两眼一直没有从那个爬行的人身上移开。忽然她往后退回一步，她发现那个人好像是她丈夫阿尔斯郎！她不顾一切地要向他扑过去，被身后一个大汉一把拉了回来，但哈日巴根却阻止了他：

“不要管她！这也是今晚叫她参观的项目之一嘛！”

乌尔莎娜慢慢走过去，一步步接近了丈夫；可她的丈夫并没有发现有人向他走来，依然向前爬着……

乌尔莎娜走到他的身边，全身颤抖着跪下去，用扣着手铐的手抚摸他那蓬乱花白的头发，轻轻唤了一声：“老阿！”

阿尔斯郎停止了爬行，几乎使出全身的气力，双手支撑在地上，慢慢抬起头来，满脸是伤痕和血迹，他那双从前美丽而永远闪烁敏锐光芒的眼睛，如今像即将熄灭的灯一样，闪着微弱的光。然而那微弱的光，终于照亮了抚摸他头发的那个人的脸庞，或许由于乌尔莎娜出现得太突然，太不是时候吧，他不相信自己眼睛似的，迟疑了一下，才从干裂的嘴唇里颤抖地挤出几个字来：“是你——老乌？”

乌尔莎娜望着丈夫那失去光泽的两眼，望着他那被折磨得变了形的脸膛，怎么也阻拦不住泪的洪流，啊！那决堤的泪流，滴落在丈夫的脸上、手上、花白的头发上；泪滴碎了，心，也绞碎了！

在她的泪眼中，闪现出：

抗日战争时期，阿尔斯郎头戴八路军军帽的英俊容颜；

解放战争时期，在纷飞战火中的威武身影；

建国后，佩戴大校军衔的风采。

修建水库时，那次回家来脸上沾满肥皂沫的笑容……

……

阿尔斯郎发现妻子的双手扣着手铐，他的两眼突然闪出一缕光亮，那是从心底喷涌而出的愤怒所迸发出来的火花，他伸出膀肿的手，抓住她那冰冷的手铐！从他那干枯的眼窝里涌出生命最深处残留的纯净乳汁——泪水！他用最后一点气力，对她——亲爱的妻子、同志、共同度过数十年风霜雨露生活的战友，只说了一句话：

“活下去！把这里发生的一切，尽快……报告……党……中……”

他昏死过去了。

一盆冷水泼到他的头上。

他又渐渐苏醒过来。

“快爬！”刑讯者在无情地申斥！

在艰难痛苦的喘息中，他又开始往前爬，身后留有长长的冰与血的溪流……

他很想回盼一眼妻子，但就连那一点气力也没有了。

乌尔莎娜跪在原地，用泪眼目送着他……

就在这时，哈日巴根下令了：

“小郭、小林，这里没你们的事了，把乌尔莎娜留下，你们先回去吧！”

林塞梅跟着郭逢五，走出大楼。

上车时，郭逢五说：“对乌尔莎娜的车轮战开始了，三五天完不了，我们也该休息几天了。”

林塞梅一个人来到沙漠水库大坝上散步。

她第一次观赏这座大水库的全貌，它大得望不到边儿，水库周围的沙原上长满了牧草、芦苇、灌木和整齐的防护林带，十分壮观。

湖水在寒风中掀起波涛，像是在发抖。岸边有几处还结着薄冰，但被风浪一冲，薄冰就碎了。冰片被带到很远的地方，消失在波涛之中。

林塞梅沿岸独自走着，连她自己也不知道怎么突然脱口说出这么一句话来：

“这湖水多像眼泪啊！”

林塞梅信步来到水库边上一个很大的苹果园里。这里空荡荡的，只见一位蒙古族老人在修饰园子。那老人看见一个红卫兵打扮的人向他走来，马上放下手里的铁锹，拍打两下身上的尘土，蔑视地扫了她一眼，问：

“现在就走吗？”

小林被他这句没头没脑的话，完全弄蒙了：

“上哪儿去？”

“就看你们往哪儿关呗！”

“关？”

“关也得等我把苹果园修整好，不然白白侍弄了七八年！”

这时，小林才领悟老人的话，想笑，没笑出来：

“老阿爸，我不是来抓您的。”

“抓就抓吧，也不知道谁一下子养了那么多叛国分子、‘内人党’，真是多如牛毛！从我们这儿就抓走了五个，我也早就把行李卷捆好，等着呢！”

“老阿爸，我是随便散步走到这儿来的，你们这儿真静，真美！”

“可是这么好的苹果园，也快没人管了！哎，别说这几棵苹果树了，就连马群都没人放了！人又不是公园里的老虎，都抓去锁起来干什么？这是毛主席的规矩吗？”

“不，不是！”

“准是一帮歹毒的东西们干的，不然不会对我们下这么狠的毒手！”

篝火。

沙漠老人往篝火里添着柴，林塞梅坐在一旁凝视着火苗。两个人的脸都被火光映红了。

沙漠老人："我扎木苏给王爷当了半辈子奴隶。沙漠水库修成后，队里派我来管苹果园，我就把心埋在这片沙窝子里了。这儿多安静啊！黄沙绿水，青山红果……"

远处传来水库的波涛声……

他继续说："可如今，就连我这一辈子都没出过沙窝子的老头子，也有人说我要叛国！呸！话比屁臭！为什么现在谎话说得越大越有人信！……只要不像现在这样胡折腾，这沙窝子可真是一块宝地啊！乌尔莎娜书记说过，再修这样大的两座水库，这一带沙漠全都披上绿袍子，戴上花帽子了！修水库，造福百姓，反能成罪！天理难容啊！唉！要有人能把这些事写成状子，递到毛主席、周总理那儿该有多好啊！"

林塞梅："写状子……"

扎木苏："也不知道，他们把乌尔莎娜书记押到哪儿去了？她儿子担心妈妈已经被害死，到处找他妈妈的尸体。"

小林问："她儿子多大了？"

"跟你年纪相仿。"

"他在哪儿？"

"家被抄个精光，爹妈都被抓走了，他领着一个小妹妹，到处流浪，今儿个在城里，明儿个跑牧区。"

"牧区？……"小林沉吟了一下。

林塞梅骑着马驰过丘陵、山冈、草原……来到了她插队落户的那个小牧村。她看到十户蒙古包，只有两户包顶飘着炊烟，其他八户，门紧闭，无人迹，凄凉一片。

她拴完马，先到那八户没有炊烟的牧户去叩门探望。门都贴着封条。她跑到那两户冒着炊烟的人家去看，满包坐着一群闪着惊恐目光的小孩们。只有两位老奶奶里里外外地关照着他们。

两位老奶奶认出小林来了，当她向她们问候的时候，她们并不热情。那些孩子们一见来人，都惊恐地往老奶奶身后躲，有的吓哭了。

小林问她们：“咱们纳尔特村的人都到哪儿去了？人呢？”

一位老奶奶：“你走以后，来了一伙人逼着乡亲们，三天以内登记什么党？咱们牧民谁也不认识那个党是男的还是女的，没去登记，就全给抓走了。”

另一位老奶奶：“听说都赶到公社，关在一个羊圈里，扔下这些孩子没人管，我们两个老婆子暂时收养着他们，可谁知道啥时候，把我们俩也赶进羊圈里去呢！”

小林走了过去，那些可怜的孩子们稍许消除了恐惧，小林亲切地一一抱起，替他们擦泪、梳头，亲吻他们一张张发木的小脸……

“我已经开始怀疑，会有像你们说的那样一个反革命的‘内人党’！”

小林以强硬的口气对郭逢五说道。

他们俩现在走在沙漠水库宏伟的大坝上。

郭逢五轻轻笑了笑：“我们不是相约出来散步的吗？要开辩论会何必跑到这儿来！”

小林声音变轻了：“内蒙古会有这么多敌人，小郭，我要求你像一个正直、诚实的青年那样回答我，这是可能的吗？”

郭逢五轻柔地：“小林，我回答你又有什么用？我们能够左右这场运动的航线吗？”

小林：“但是我们可以不随波逐流！”

两人并肩缓缓地迎着强劲的湖风前行。

走了很长一段路之后，郭逢五望着浩渺湖面，大发感慨：

“漫长……太漫长了！乌尔莎娜被拉去搞车轮战已经五天五夜了，一个老太婆，怎么受得了啊！”

小郭第一次表现出对乌尔莎娜的同情，虽然显而易见是有保留的同情。

小林听他这么一说，真高兴，她上前拉住小郭的手说：“小郭，你也有这样的同情心？真好！一个人对受难者没有同情心，就成冷血动物了。”

“如果我是个冷血动物，那就不会使出我全部办事的本领，从几百名知识青年中，唯独把你抽调上来。”

“什么？是你？……”

“是的，是我用尽心思，通过哈日巴根把你抽调上来的，哈日巴根还说，只要把挖‘内人党’这一仗拿下来，他就给我们办理调回北京的手续。”

“原来是……”

小郭轻轻抓起小林的双手，将她往自己身边拉：

“我爱你……从中学时代起……”

小林无力地推脱着：

“别，别这样……”

两辆吉普车开进院来。

当盟委第一书记从第一辆车里被两个人架出来时，已经是奄奄一息了。她已经完全失去自己站立的能力。

小林急忙跑去打开隔离室门。

那两个人把她拖到门口，往屋地上一扔，扬长而去。

哈日巴根从第二辆车上走出来，满脸是失败者恼怒的倦容。他走进隔离室瞅了一眼倒在地上的乌尔莎娜。乌尔莎娜的脸部、头部，以及衣服被扯碎而袒露的肩部、胸部，全已血肉模糊得不堪入目！

哈日巴根示意叫小郭、小林走出屋来，他吩咐说：

“这个女妖怪，死硬到底，六天六夜十八个班，也没撬开她的嘴，最后她死过去，冷水浇头救醒后，只好收场。下一步咋个攻法，请示程主任以后再说。”

他说这段话时，一连打了四五个哈欠。

“把我也快拖垮了。拖垮也倒没啥，可悲的是一无所获！……啊，我得睡一会儿了，睡一会儿了。”

他摇摇晃晃向吉普车走去。

车开走后，小林、小郭回到隔离室，把乌尔莎娜抬到床上。小林准备给她擦洗血迹，更换衣服。

小郭小声说：“现在动她，容易发生意外，先叫她睡觉，明天再说。”

……

第二天早晨，小林开门进去观察，乌尔莎娜仍在昏迷中，但她听见响动，艰难地睁开了眼睛。

小林高兴地小声问她：“喝水吗？”

她微微合拢两下眼皮，表示想喝。

小林回到自己房间，往茶缸里冲了一杯奶粉，加了黄油和白糖，又用两个杯子精心地折凉。当小林用小勺喂乌尔莎娜时，她刚咽了两口，就睁大了眼睛，往茶缸子里瞧，当发现缸子里冲的是奶粉时，她的目光紧紧盯在姑娘的脸上。然而，姑娘的脸像一面镜子似的平静，继续一勺一勺地喂她……喂她……

她喝了半缸子奶粉之后，用眼睛示意：不喝了。

小林放下茶缸，用自己手绢替她擦嘴角，轻轻地，精心地。

灯亮了。夜已降临。

小林又在一勺一勺地喂乌尔莎娜。

乌尔莎娜亲切地望着小林，忍着痛伸出手去握住小林的手，经过良久思忖，说：

“小林，我一直想问你一件事情，你能如实地告诉我吗？”

“什么事？”

“门上的那把锁是从哪儿拿来的？”

小林没有立即回答，想了想，她决定如实告诉她：

“是一个叫哈布尔的青年给我的。”

“哈布尔？……”

“您认识他？”

乌尔莎娜反被问得不知该作何回答，于是反问道：

“他认识你？”

“认识……”小林脸红了，低下头去，又补了一句，“他，人很好。”

“他为什么给你锁呢？”

“我到他家去，向他借的。”

“你经常到他家去吗？”

她不好意思回答，微笑着点了点头，又一勺一勺地喂她……

喂完后，小心地帮助她擦脸，换衣服……然而当小林要把沾满血迹的衬衣给她脱下来换一件干净衬衣时，乌尔莎娜轻轻推开了她的手，说：

“流血化脓的，我自己换吧！”

小林不听劝阻，扯开她的前襟一看，“啊”地喊了一声，攥住双拳贴在胸口，半天喘不出气。

她看见乌尔莎娜满身都是烧饼大小的烙伤！有的一块露着新肉，有的一块流着脓水……

“这是拿什么烙的？”

“火炉盖儿。”

小林像射出子弹似的毫无顾忌地骂出：“这帮魔鬼！”

乌尔莎娜惊讶地：“魔鬼？你说谁？”

小林怒不可遏地：“拿烧红的火炉盖儿烙人肉体的那些家伙，不是魔鬼是什么？全是魔鬼！”

她，哭了，哭得那么痛心！

乌尔莎娜今天才真正看清了小林内心世界的真实面貌！她想给小林擦眼泪，但胳膊抬不起来，于是既是安慰小林，又是安慰自己地说：

“革命，不容易呀！我们年轻时，天之骄子，老子天下第一，谁想到几十年后在自己的人民共和国，会有今天！……也好，让所有的苦难，都压在我们这一代人的肩上吧！但是明天，但愿你们永远不再重演这样的历史悲剧，永远不要做这种历史悲剧的牺牲品！我……羡慕你们！”说着她一阵昏迷。

小林一着急，竟喊了声：“乌书记，乌书记！”

乌尔莎娜在小林的喊声中慢慢苏醒过来。这时候，她似乎想起一件事来，用尽全力，翻转身去，抬了一下手，说了句：“暖气片……后头……”

小林赶忙探过身去，往暖气片后面瞧，发现那里有一卷稿纸，她把它掏出来一看，稿纸上方以苍劲的笔体醒目地写着大字标题：

中国共产党人在民族问题上的历史教训——论“内人党”假案

小林的双手颤抖，泪水横流。

乌尔莎娜：“我可能熬不过去了……还没写完……你把它保存好！”

她轻轻合上了眼睛。

“那天我搡了您一把，您受苦了，乌书记！”小林轻声哭着跪在她的床前。

乌尔莎娜闭着两眼微笑着轻轻摇了摇头。

小林还在哭：“您原谅我无知……”

从乌尔莎娜闭着的两眼里滚出泪流。

“不，我把希望寄托在你的身上。”

小林捧着那本厚厚的文稿，慢慢站起来：

“乌书记，您放心！”

“我放心不了啊！程主任臭骂我一通无能！下一回他要亲自出马，跟乌尔莎娜短兵相接，拼出个胜负！”

在小林的房间，哈日巴根正在向小郭、小林交底。

“程主任说了，攻不下乌尔莎娜，就等于全盟挖‘内人党’运动整个失败！”

“这话怎么理解？”小郭问。

“盟委第一书记、‘内人党’的头号党魁，都不承认自己是‘内人党’，全盟的‘内人党’从何有之？‘内人党’一案又何以成文？”

“下一步是怎么安排的？”小林有意地试探。

哈日巴根：“我们已经逮捕了大批‘内人党’党徒，不管他用什么手段吧，反正已经掌握到一批口供，而且也突破了几个关键性人物，程主任认为现在条件已经成熟，他将亲自出马，打一场白刃战。”

小林：“什么叫白刃战？”

哈日巴根：“具体细节就不要问了，几天以后有好戏给你们看！不过现在乌尔莎娜满身是伤，跟程主任见面，不大合适。毛主席教导我们说，要文斗不要武斗嘛。这几天从伙食上、休息上对她宽容一些，叫她恢复恢复精神。”

哈日巴根走了，从外面传来汽车启动的声音。

房间里只剩下小林和小郭二人。

小林以商量的口吻说：“哈副总指挥说，程主任跟乌尔莎娜见面之前，要让她恢复恢复精神，你看有没有必要通知她的家属给她送点营养食品来？”

小郭略思：“可以。她儿子我认识，我去通知。”

“我替你值班，你现在就去！”

小郭迟疑一下：“这个地方绝对不能对外泄露，她的家人不能到这儿来。”

小林：“告诉她家人把东西明天下午三点送到总指挥部去，我去取。”

第二天下午。

在“揪叛国集团总指挥部”大楼前厅。

林塞梅从楼梯上走下来，看了一眼对面墙上的钟表，现在是两点五十五分。

大楼前厅很宽敞，除有一两个中年人同值班室联系着什么事情之外，没有旁人。

小林不认识乌尔莎娜的儿子，她站在楼梯口，寻视可能是乌尔莎娜儿子的青年身影，但没有。她便左右踱步，但时刻注意着进进出出的人影。

不多时，走进来一个青年人，提着一包东西。那青年对这里很陌生，左右观望，不知道该到哪里或跟什么人询问事情。

然而，就在这时，林塞梅认出他来了。她走过去从他身后轻声唤他：“哈布尔！”

哈布尔转身，见小林在此，十分诧异：

“你在这儿干吗？”

小林沉吟，微笑，反问：

“你到这儿来干吗？”

“我给妈妈送吃的东西来了。”

这句话有如一声霹雳，震得小林一时间瞪大了眼睛，张大了嘴，上下打量着哈布尔，半天说不出话来。

哈布尔见她如此模样，感到莫名其妙，往四周望了望，怕有什么人注意他们。他小声说：“是一个姓郭的去通知的。”

小林的感情依然没有平静下来，嘴唇在发颤，眼眶里闪着泪花，她把哈布尔往人们不注意的一个角落引过去，小声但又急迫地说：

“我们离开这个大楼，走，到你家去！”

哈布尔：“不，我还不能离开这里，约定好三点钟有人来取走这些东西。”

小林：“听我的话，快跟我走！”

说完，她快步直奔楼门走去。

哈布尔完全不明白她的意思，站在原地发蒙，但当他从楼窗望见小林走出大楼后连头也不回地匆匆离去的身影时，他感觉到其中必有缘由，拎起提包冲出楼去……

小林走得那么急，哈布尔从后头都追不上她。

穿过小胡同……

穿过荒凉小径……

来到家门前，哈布尔才追上小林，他抢先跑过去拿出钥匙开门，让小林先走进屋去。

哈布尔随后走进门来，完全没有料到就在这时，小林突然把头扎到他的怀里，抽泣着重复地说：

“原来是你呀？原来是你呀？”

她这突如其来的动作和没头没脑的话语，使哈布尔茫然不知所措。他只觉得她的全身在发抖，他轻轻扶她，问：

“出了什么事，林塞梅同志？”

她把头往他怀里扎得更深了，说：

“我，就是那个来取东西的人！”

“什么？你是我妈妈牢房的看守？”他将她一把推开。

林塞梅用泪眼呆呆地望着哈布尔，说：

“是的，从我进城那天起，一直就在秘密隔离所看守你妈妈……”

“那你上次到我家来为什么不说？还假惺惺地救护我妹妹！”

“哈布尔，你这样说，不觉得过于刺伤我的心吗？那时我只知道你的父母都在狱中，但我并不知道乌尔莎娜同志是你母亲。啊……我……假惺惺！”

她伤心地哭了。

哈布尔把那包东西往她手里一递：“那么好吧，拜托你了。”

他把小林留在那里，迅即穿过狭窄的过道，独自走进里屋去了。

然而，小林也悄然跟进了里间。

哈布尔一见她跟进来，发狂似的喊了起来：

“可敬的无产阶级专政的女将，请给我走开！”

小林像什么也没听见，把提包放到地上，靠门框泰然站立，挂着泪珠的眼睛不看哈布尔，而望着风沙迷漫的窗外，那口吻既轻柔又坚定地说：

“不，我不走。从我只知道你是个临时工、司机的时候，你的影子已经埋在我心里了。今天我已经知道我所崇敬的那位英雄妇女，是你的妈妈，那我为什么把你的影子还要默默地埋在心里？……哈布尔，我……爱你！”

这是一句一个少女一生中或许只会说一次的至关重要的话语，即使像哈布尔这样单纯的青年，也感觉到了那感情的冲击波！但他总觉得眼前突然发生的这些事，好像是场梦，近乎对他的一种嘲弄，所以他冷笑一下说：

“母亲的看守，儿子的情人，即使是在最富于虚构的小说里也不曾有过！”

小林离开了她早就该离开了的那个门框，向哈布尔靠拢过去，感情也在向爆发点上转化，她的声音变得有些沙哑，显然是由于过分压抑了心底的火焰：

“我们不是虚构的小说里的人物，我们是生活在这样一个特殊历史过程中的人们。我并不悲观，但我知道伴随我们爱情的不是鲜花，我们这一代人的爱情将在火与血、生与死的壮丽乐章中诞生！是的，我是你妈妈的看守，但也是她最信赖的人！”

她从自己背包里拿出乌尔莎娜托交给她保存的那部文稿，送到哈布尔的眼前：

“这是你妈妈在牢房里戴着手铐用血和泪写成的文稿，全文还没有写完，为了预防意外，她相信我，把它放在我这儿保存。”

哈布尔捧过文稿，认出妈妈的笔迹，喊了声“妈妈！”就哭了。

小林慢慢走过去，掏出手帕，贴近他的身体，轻轻替他擦泪。

哈布尔第一次领略少女的爱抚，一股莫可名状的暖流涌遍他的全身，他握住小林替他擦泪的手，说：

“因为爱我妈妈，才爱我吗？”

“爱你，也爱你妈妈！”

“我目前的境遇使我没有迎接爱情的准备……”

“真正的爱情是不需要迎接的。”

“父母被关押，妹妹被打伤，现在不是时候……”

“不，在严冬季节开放的花朵，才是最有生命力的！”

“小林，我……感激你！”

“不，别这么说……”

在这严寒的季节，在这冰冷的陋室，一对情侣在向命运挑战的感情风暴中，紧紧地拥抱在一起……

在哈布尔家门前，停着一辆吉普车。

郭逢五把头缩在短大衣的领子里，猛吸着烟，不时不耐烦地往哈布尔家门窥望。

小林和哈布尔从屋里往外走。在过道上，从门窗看见停在外面的吉普车和郭逢五。

哈布尔惊慌地：“他们这是……”

小林镇定地：“把包给我拿着，别慌张，由我对付他们。”

哈布尔：“我什么时候能见到妈妈？”

小林：“等我来信。咱们出去！”

在郭逢五咄咄逼人的目光下，小林非常镇定地走出门去，哈布尔跟在她后面。

哈日巴根办公室。

哈日巴根坐在沙发上，瞧一眼坐在旁边一条椅子上的小林，想说什么又没说出口。

郭逢五站在窗前往外无目的地眺望着，一口一口猛吸着烟。

小林泰然自若，说：

“乌尔莎娜的儿子说还有点东西捎给他妈妈，回家去取，我就跟着去了。”

哈日巴根皱了皱眉头：

“你是三点零二分离开这个大楼的，现在是……”

郭逢五：“五点半！”

小林："我向她儿子了解了一些他父母的历史情况。"

哈日巴根："似乎没有人给你布置过这个任务。"

小林已经看出迂回的路被堵死了，便机智地转守为攻：

"噢，你是怀疑我这个北京知识青年跟他们有什么串联吗？"

郭逢五："你跟哈布尔是什么关系？"

小林发怒了：

"混账话！你没有权力对我说这样的话！"

她又转向哈日巴根：

"老哈，看来小郭是你派他去监视我的，既然你已经不相信我了，我马上回自己插队的地方去！"

在小林的主动出击下，哈日巴根被迫采取回避战术，他声色俱厉地喊道：

"一场大战役就要开始，哪有空起内讧？你们俩马上给我回去！"

数日之后，哈布尔把车开到家门口刚停下，邮递员过来递给他一封信，拆阅，内文简短：

明日上午十时，你可见到妈妈。

地点，沙漠水库大坝前。

梅

哈布尔骑自行车，驰出城镇，向沙漠水库奔去。

越接近水库，顿觉气氛森严，公路两旁二三百米远，就有一个武装岗哨；越接近水库，岗哨间隔越密。来到水库附近时，已见好几辆军用卡车上，坐满了雄赳赳全副武装的解放军战士。整个气氛，如临大敌。

奇怪的是水库大坝前，却空无一人。哈布尔把自行车放到一间工房前，肚子有点饿，掏出馒头干啃。

正在这时，只听得一声“立正”令下，远近岗哨和卡车上的士兵，肃然站立。一辆红旗牌轿车，在数辆北京吉普的前导与殿后下，缓缓开上大坝。车队停成了一条线，从这些车辆里像一窝小鸡似的跳出一群“官运亨通”的人们。

他们都朝北凭栏观赏大坝里广阔水面。不大工夫，又都集中到大坝的南沿上，有个穿军装的，指手画脚布置着什么。这时有一辆吉普车爬上了大坝，缓缓开到那群干部与首长附近，停下了。从车上下来了四个人。哈布尔隐约认出走在前头的那个人是‘内人党’假案制造者之一哈日巴根，另外两个青年男女，一个是林塞梅，一个是那个姓郭的青年，在他们中间走着的那个人身穿紫红色蒙古长袍，灰白的头发，被劲风掠起，两只手交叉在身前，显然是戴着手铐。从那个人走路的样子，哈布尔马上就认出来了，她，就是妈妈！

“妈妈！妈妈！”他含着眼泪，声声呼唤着。

乌尔莎娜走在大坝上，她好久没有看见如此令人心旷神怡的广阔湖面了。她向四周观望，脸上充满自豪的神情！

一对刺刀的寒光，挡住了她的去路。

她镇定地环视了一下周围的人们。

从这般刀光剑影的阵势，和满朝文武的阵容，她预感到今天面临的将是一场恶战！

忽然间，从那文武大员们当中，程洪胆一阵八字扭走了出来，他今天为了显示威严，特地穿了一身军装。

他走近乌尔莎娜，像个老相识似的招了招手，而且十分客气地叫她坐在一条凳子上。末尾，以矜持的口吻，开了腔：

“我们初次见面，认识一下吧，我叫程洪胆。”

乌尔莎娜从容地重又对他上下打量一番，说出一句双关语：

“你的大名，草原上的人们世世代代不会忘记的！”

“听得出，你对我是何等地仇恨！”

“因为你在内蒙古播种的就是民族仇恨！”

“多年来，你们大搞民族分裂活动，今天竟敢继续散布民族分裂主义言论！”

“列宁同志说过：‘民族压迫的政策就是民族分裂的政策。’你们现在推行的就是民族压迫的政策，所以搞民族分裂的不是我们，而是你们！你们才是历史罪人！”

“你们搞民族分裂，铁证如山！”

“证据何在？”

“这个沙漠水库大坝，就是你们的罪证。”

“这座水库大坝修建成以后，十年来它经过了多次洪峰的冲击，至今坚如磐石般屹立在这里，这是呼和塔拉人民的聪明才智的结晶！”

“放屁！你们修建它是为了叛国时炸毁它，淹死汉人和追兵！”

“这种说法，不显得过分荒唐和无知吗？”

“我们有权威性的证人！”

程洪胆一摆手，哈日巴根从人群后推出一个人来。

乌尔莎娜一看，不由得自言自语：“啊？唐总工程师！”

程洪胆以胜利者的姿态，干笑着说：

“他就是你的合谋者、同案人，而今已是立功赎罪的见证人！”

唐总工程师戴着度数很深的眼镜，步履艰难地走近程洪胆。程洪胆向他假惺惺地微笑着点点头：

“唐总工程师，鉴于你坦白立功的行动，我现在当众宣布你无罪，立即释放！现在只要求你重复一遍你的供词，请吧！”

偌大的大坝上，鸦雀无声，人们都在等待唐总工程师的供词。

唐总工程师脸色是严峻的。他凝视着呼和塔拉广袤的大地和辽远的天空，字字句句落地有声地说道：

“我，唐良，正式宣布：撤销我过去的一切供词，在你们惨无人道的酷刑下，我曾按照你们编造的谎言违心地招认过假供词，但是在我屈辱地表现软弱的那一刻，我也不曾失去对党中央、毛主席的信赖之情！今天我要正式做证：‘文化大革命’前的内蒙古，是我国的模范民族自治区，她是一个各民族亲如兄弟、团结和睦的社会主义大家庭。可是，现在那种亲密无间的团结与和睦哪里去了？是被你——程洪胆，和你的主子们推行的法西斯大汉族主义路线给破坏掉了。内蒙古人民的鲜血不会白流，历史定将惩罚你们！——这就是我正式的最后的供词！我请求今天在场的党与非党的正直的同志，请把我—— 一个在内蒙古工作多年的汉族老工程技术人员的最后供词，转达给党中央！我知道，当我忠实地说出这些话的时候，等待着我的将是什么！……再见了，呼和塔拉人民！”

说完这一切，他从容镇定地往后走去。

当他走过乌尔莎娜身边时，乌尔莎娜两眼含泪，深情地对他说：

“唐老，多保重！”

他停了一下，平静地说出：

“乌书记，永别了！”

他往前没走出多远，就被冲过来的几条大汉拳打脚踢地拖走了。

程洪胆出师不利，但是锐气未伤，他冲乌尔莎娜说：

“唐良，是你多年用修正主义那一套高价收买的奴才，他的新旧供词，统统无效！历史的见证人是人民，你的‘内人党’一班党徒，早已与你彻底划清了界限，现在我要叫你看一看，你的一班党徒对你的揭发与控诉！”

哈日巴根跑到大坝前沿，手里摇着指挥旗，高喊：

“把‘内人党’党徒们押出来！”

这一招，是乌尔莎娜没有预料到的！她从座位上愤然站起。

程洪胆洋洋得意地：

“怎么样，这一下坐不住了吧？”

大坝下面出现了黑压压一片人的长龙。数以千计的普通牧民、农民、工人、干部和学生像牲畜一样，在棍棒、皮鞭与刺刀的驱使下，从一座破庙大院里被赶出来。他们当中许多人的手脚扣着镣铐，或被捆绑着。那些可怜的妇女们，携儿带女，呼天唤地，一片惨叫声。有些老年人被打残了，由他们的儿孙们背着、搀扶着。

特别引人注目的，是在黑色的长长的人龙后面，出现了绿色的长长的人龙，也是那样扣镣上铐，你搀我扶的。

乌尔莎娜（**内心独自地**）：“啊？内蒙古地区的中国人民解放军指战员们，也都被打成了‘内人党’？”

人流从她前面缓缓走过，她的视线被泪花所模糊。她已愤怒到了极点，她不顾一切地向大坝前沿跑了过去，把扣着手铐的双手高高举起。此刻，任何语言都不足以表达她内心的极度悲愤，她突然放声唱起那首歌颂蒙古民族英雄的著名民歌《嘎达梅林之歌》来：

南方飞来的小鸿雁哟，
不落长江不起飞；
要说造反的嘎达梅林，
是为了蒙古人民的土地。

北方飞来的大鸿雁哟，
不落长江不起飞；
反抗王爷的嘎达梅林，
是为了蒙古人民的利益！

这歌声立刻拨动起无数被打成“内人党”的祖国忠贞儿女们的心弦！人们停住脚步，屏住呼吸，翘望站在大坝前沿那位英雄妇女——她是谁呀？……

走在人流尽前头的，是水库苹果园的沙漠老人扎木苏，他终究还是被抓起来了。是他，头一个认出了乌尔莎娜！他伸出双臂，头一个喊出：

“乌书记！”

人们听说是乌尔莎娜，都翘首眺望，当他们看见她那高高举起的双手上扣着闪光的电镀手铐时，像大海怒吼一样同声哭喊起来：

“乌书记！乌书记！”

此刻，沙漠老人已泣不成声，他突然昂起头来，以洪亮、深沉而悲壮的男低音，继续领唱起来，随之而起的，是男人、女人、儿童和士兵们的雄浑的合唱：

天上的鸿雁从南往北飞哟，
是为了寻求春天的温暖；
反抗王爷的嘎达梅林，
是为了蒙古人民的草原！

天上的鸿雁从北往南飞哟，

是为了迎接太阳的光辉；

反抗王爷的嘎达梅林，

是为了蒙古人民的利益！

在人民的歌声、怒吼声中，程洪胆狼狈不堪，一头钻进红旗牌轿车，在几辆吉普车的保护下，迅速向大坝下面的公路驶去。

人民的歌声、怒吼声，使大地在发颤——这是人民显示意志的时刻。

医院套间病房。

江秘书拿着一沓文件走进外间。

女护士阻拦，用手势示意：不能进去。

江秘书："我是程主任的秘书，有中央急件请首长看。"

女护士："内科主任有话，首长需要绝对静养，他心力衰竭，心律不齐，血压上升，不能看文件。"

江秘书："但是……"

忽然从病房里传出程洪胆的声音：

"叫他进来！"

江秘书胜利地笑了，女护士噘着嘴扭过身去。

江秘书走进病房，来到床边，把文件递给他，说：

"一份是'中央文革'的电话记录，催问挖'内人党'的进度与情况；一份是电报，专门了解水库大坝大会的结果和乌尔莎娜专案的进展情况。"

程洪胆接过文件，连看都没有看一眼，往床头柜的文件堆上一扔：

"我入院五天，给我送来这么一大堆文件，想压死我吗？这些事情，罗明他们完全可以答复嘛！为什么都往我这儿推？"

江秘书顿了顿："人家现在已经放出风来了，说不在其位，不谋其政。"

"噢，他野心不小啊！"

"不，这不是表明他的野心……"

"那是什么？"

"说明他已经准备了退路！"

"退路？"

"罗明这个人老奸巨猾，他过去在内蒙古工作二十多年，颇受重用，'文化大革命'初期三翻两滚，成了'革命领导干部'。开始挖'内人党'，他以为可以拿这块敲门砖，敲开并挤进富丽堂皇的政治宫廷之门，他出的点子比谁少？可现在大火一经烧起，形成怨声载道、无法控制的情势，他怕跟我们一起搬起的那块'内人党'的石头砸了他的脚，所以想往回抽腿。不在其位，不谋其政，言下之意就是关于挖'内人党'的事，我罗明不甚了了！"

"真他妈的卑鄙！"程洪胆腾地坐了起来。

"程主任，您需要冷静……外面人心动荡，传说纷纭，我们的阵脚有点乱了！"

"有什么情况？"

"有的说挖'内人党'已经错了。"江秘书贴近他耳边低声地又说，"还有消息说中央收到了大量控告信，从周总理那里派来了调查组，但没跟我们打招呼。据说直接住到警备区去了。形势对我们很不利，目前当务之急，要稳住阵脚！"

程洪胆认真地沉思起来。

江秘书为了不打断他的思路，不再言语，随便翻阅一张旧报纸。

程洪胆发出命令：

“通知‘内人党’专案组成员马上到我这儿开会。”

江秘书看表：“现在正是午休时间……”

程洪胆：“什么午休，我还病休呢！快打电话通知！”

程洪胆病房的隔壁，是会客室。

“内人党”专案组成员：罗明、哈日巴根、江秘书、‘中央文革’联络员，以及其他四五个人，坐在围成圆圈的沙发上，各个无精打采，有的默默抽烟，有的打哈欠，有的望着窗外想心事，室内笼罩着失败的寂静。

门一开，程洪胆进来了，他穿着医院不合身的花条长睡衣。

大家看见他这副打扮，越发增加了沮丧情绪。

程洪胆坐到沙发上，环顾了一下大家：“实在抱歉！在午休时间把各位召来开会。”

众人毫无反应。

“‘中央文革’多次来电催问挖‘内人党’的进度和情况，可你们连写个汇报的精神都振作不起来了？一次小小的挫折，就伤了元气，这场战斗还如何继续打下去？”

他越说越气，站了起来：

“水库大坝事件，有什么了不起？好得很！它告诉我们：敌人依然很强大，‘内人党’从组织上还远远没有被冲垮，我们必须以更大的……”

“不要来这一套了，我的主任！”

“革命领导干部”罗明突然打断了程洪胆的话，这是一个勇敢的行为，众人将目光都转向他。

罗明抽着烟，看都不看程洪胆一眼，有板有眼地说道：

“敌人是有的，但不会有那么多，你已经打了几十万！时至今日，你还火上浇油，你点着的这场大火，我看你怎么收拾！”

他把几个“你”字说得格外突出。

程洪胆对罗明这一招，早有提防，当即反驳：

“你和哈日巴根在内蒙古工作多年，底细你们最清楚，我程某人初来乍到，哪件事没有跟你们商量过？咱把话亮在这儿：内蒙古到处都是‘内人党’是你罗明说的。”

罗明寸步不让：

“不是！不是我说的！那是哈日巴根到处做报告讲的。”

哈日巴根的脸刷的白了，怒视罗明。

程洪胆抢先又说：

“‘内人党’有多少揪多少，是不是你说的？”

“不错，这句话我说过，但是后来改成：‘揪多少算多少’，那是你程大人的发明。根据你的这一发明，下面又变成：‘要多少揪多少’。这锅粥就是这样搅乱的。我正式声明：现在我们不需要你那个‘更大的’什么东西，所需要的是：暂停和总结。——哎，江秘书，请把我最后这句话记入会议记录。”

程、罗一争，会议卡了壳，谁也不再开腔。

可这恰给削尖脑袋早就等着往上钻的哈日巴根，造成千载难逢的时机，特别是方才罗明的发言使他窝气，他紧紧抓住了这一时机：

“我完全同意程主任的敌情分析和战略部署。挖‘内人党’运动是经‘中央文革’批准的。‘中央文革’派张联络员来一直指导我们工作。”

他转身特地向张联络员微微躬身致意，但那位张联络员保持着旁观者的矜持，对他的恭维，毫无表示。

“挖‘内人党’运动一定要进行到底！”

程洪胆马上向他投来赞赏的眼光。

“现在的焦点，我认为：应当是突破一个，巩固一个，建立根据地，农村包围城市，最后全力攻破乌尔莎娜。”

程洪胆：“很好，说下去。”

“为了主攻乌尔莎娜，目前集中力量侧攻她丈夫、副盟长阿尔斯郎……”

病房。

哈日巴根毕恭毕敬地把程洪胆扶上病床。

程洪胆：“你提出的作战方案和运动步骤，很有见地，很有魄力，同时也是正确的，你要好好干！”

哈日巴根：“但是，罗明……”

程洪胆：“不能任他左右局势，会上不是已经说了吗，暂时由你全面领导运动。”

哈日巴根：“我，我不行，连个党员都不是……”

“什么什么？你为什么还不是党员？”

“我十七年，一直受压。”

“好好干，挖‘内人党’这一仗取得胜利后，我介绍你入党。‘中央文革’首长有话在先：那时就调我到中央工作。我一定把你带上。”

半夜，林塞梅从噩梦中惊醒过来。她睁着眼睛躺在床上，在眼前一片黑暗中浮现出：

阿尔斯郎艰难地爬行……

乌尔莎娜扣着手铐写作……

大坝前人们愤怒的大爆发……

那些被押解的妇女、老人、儿童……

扎木苏老人在呼喊……

小牧村中蒙古包里那些孩子们的惊恐目光……

伴随着这些画面出现在她耳边的是带有强烈冲击波的声音：

乌尔莎娜："你们才是历史罪人！"

大坝前无数群众："乌书记！乌书记！"

唐总工程师："永别了！"

阿尔斯郎："把这里发生的一切，尽快报告党中央！"

林塞梅突然从床上坐了起来，轻轻自语："报——告——党——中——央……"

她起身，下床，从背包里拿出乌尔莎娜的文稿阅读，沉思，踱步……

耳边还在响着阿尔斯郎的声音："尽快报告党中央！"

她转身，打开台灯，坐在桌前，提笔，沉思，写；写一段，轻轻读一遍，又写……

与此同时出现林塞梅的声音：

敬爱的周伯伯！

我是一个北京知识青年，响应伟大领袖毛主席的号召，到内蒙古草原插队落户。离开北京，离开父母时，我决心接受贫下中牧的再教育，但是使我非常苦恼和不能理解的，是在我们那个仅有十户牧民的小牧村中，竟有八户被打成叛国分子、"内人党"！在空前残酷的肉刑下，据说在内蒙古已经挖出几十万所谓"内人党"，数以万计的无辜的人们惨死于刑讯室！周伯伯，这是怎么回事？为什么让英雄的内蒙古人民蒙受这样的屈辱和血的浩劫？周伯伯！我请求您过问内蒙古的问题，并向毛主席报告！

……

外面有人敲门。小林忙收起信。

哈日巴根和郭逢五来了，都拉着脸。

“开她门！”

小林拿上钥匙去开门。

乌尔莎娜正在梳头，见哈日巴根进来，放下梳子，用双手拢了拢散发。

“跟我走！”哈日巴根声音无力。

又是那辆吉普车。

不过今天没有蒙住乌尔莎娜的眼睛。

而且绕道来到乌尔莎娜家门前，把哈布尔叫出来也拉上了车。

哈布尔见到妈妈，紧紧抱住她的胳膊（他不知道她胳膊上伤痕累累），直喊：“妈妈！妈妈！”

乌尔莎娜心事重重，只轻轻抚摸儿子那黑黑的卷曲的头发。车开到关押乌尔莎娜丈夫的那座大楼前，停住了。

他们被引进一间会议室。

过一会儿，哈日巴根领进两个人来。其中一个手里拿着一张纸，随即宣读道：

“现在我代表‘揪叛国集团总指挥部’正式通告：‘内人党’党魁之一阿尔斯郎，于今晨四时畏罪自杀身死。特此通告。”

听完通告，哈布尔喊了声“爸爸！”哭倒在母亲的怀中。但他很快意识到现在更需要关照的是妈妈，他慢慢站起来，搀扶亲爱的妈妈。

然而这时，妈妈严峻得像青铜铸成的一尊塑像。她没有流泪，只见脸上那条伤疤在搐动，悲愤已填满了她的整个胸膛，她好像已预料到有这一天的到来。然而，此刻林塞梅却已完全抑制不住自己的感情，在哈日巴根和郭逢五凶狠、责备的目光下，哭了，放声地哭了，就像失去了自己的亲生爸爸！

见此情景，哈日巴根忙使眼色。刚才宣读通告的那个人说：

“现在你们可以去看尸体。”

他们走过长长的走廊，来到尽西头那间屋的门前。

宣读通告的人，停住脚，转过身，轻轻推开了房门：“这是停尸间，进去吧！”

乌尔莎娜以极大的毅力走到了这间屋的门口。哈布尔担心妈妈会晕倒，寸步不离地搀扶着她。但是，当乌尔莎娜听到“停尸间”这三个字时，她所有的毅力已经到了极限，她再也没有力量迈动脚步了，更没有力量去迈进那道矮矮的门槛，她靠住墙，轻轻合上了双眼。

哈布尔抽泣着在她耳边轻轻唤了声：“妈妈，爸爸就在这间房里。”她睁开了眼睛，一转身，跨进停尸间，一进门就晕倒了。

当她苏醒过来时，躺在当初听取宣读通告的那间会议室的长条板凳上。那几个人都在，只是多了一个穿白大褂儿的，她正在整理注射器和针头。

哈布尔见妈妈苏醒过来，慢慢扶着她坐起来，捧着一包东西说：“这是爸爸的遗物！”

乌尔莎娜两眼发花，没有细看那些遗物，但别在遗物包上的一枚天安门图案像章，却闪着耀眼的光芒映入她的眼帘。她伸手拿起那枚天安门像章，对哈布尔说：“‘文化大革命’开始后，你爸爸被打成叛国分子，他让我把这枚天安门像章给他戴在胸前。他跟我说：‘我们跟随党中央、毛主席，为了建立和建设这个美好的人民共和国南征北战数十年，我们的心永远忠于可爱的祖国，可他们今天把我当成叛国分子进行批斗。从今天起直到死，我要戴上这枚天安门像章，让他们知道内蒙古人的心，永远向着北京，永远忠于祖国！……’现在我把这枚沾着你父亲鲜血的天安门像章，给你佩戴在胸前，你要永远记住爸爸说的话！”

哈布尔跪在妈妈身前，噙着眼泪说：

“爸爸，我永远记住您的话。”

就在这时，在他们母子二人中间递进一张纸来：

“尸体你们已经看过，阿尔斯郎自杀身死，签字吧！”

乌尔莎娜义正词严地：“阿尔斯郎同志是一个老共产党员，我了解他，他绝不会自杀；他的死，是他杀！”

“不签字拉倒，马上火化。”

“不许现在火化！一位有三十年党龄的老党员的尸体，绝不能就这样不明不白地叫你们化为灰烬！终究会有一天，我将以他妻子的名义，以中共呼和塔拉盟委第一书记的名义，在人民法庭上，起诉你们！”

“哈哈哈！……”哈日巴根一阵奸笑，狠狠地说，“做梦去吧，那一天永远不会到来了！”

他转身下令：

“带走！”

乌尔莎娜、哈布尔被推了出去，小林随后跟出。

哈日巴根示意叫郭逢五留下来，指了一下走出门去的小林背影：

“太不像话了！不要忘记，她是你推荐给我的。”

郭逢五：“马上把她调走！”

哈日巴根：“不，不！我早就希望乌尔莎娜有点动作，把她留在她身边。”他对郭逢五耳语（无声），郭逢五会意地不断点头。

早晨，小林刚洗完头发，披散着长长的秀发，显得柔媚而漂亮。

然而她嘴里却哼着忧伤的曲调。她正对着镜子梳头。

镜子里突然出现郭逢五的甜蜜笑容。

小林忙回身："连门也不敲，吓人一跳！"

郭逢五看看小林的容颜：

"小林，你现在这种发式，太美了，等一等，等一等。"

他从手提包里拿出照相机："这将是一张优美的艺术品！"

小林："谁会想到这是在一座可怕的秘密监狱照的呢！"

小郭："暂时不提这些……就这样坐好，好，好，脸再正过来一点。"

他连续照了几张；"我一定给你放大一张。"

"谢谢你！"

小郭放下照相机，又拿出一堆各种高级食品："这是妈妈从北京寄来的。"

"真没出息，靠从北京寄吃的过日子。"

"别那么正经了，快吃。"

小林吃了一块点心，称赞说："还是咱们北京的好吃。"

小郭接过话题："可是北京同学之间那么冷淡，跟一个蒙古族人，而且还是黑帮子女，去，去……"他往下说不出口，嘭地用拳头砸了一下桌子。

小林明白了他的意思，冷静地思索了一会儿，转而脸上浮现出温柔的笑影，慢慢走到小郭身边："小郭，我们是多年的同班同学，我做过什么对不起你的事情吗？"

小郭先是不语，后来吞吞吐吐说出：

"你跟哈布尔是怎么回事？……"

小林机智地反问："你说呢？"

小郭不语。

小林："我们暂且不说黑帮、红帮吧，作为一个人，命运的暴风雨对他们一家人你不觉得过分残酷了吗？我们看守乌尔莎娜，这是工作，毫不含糊，但是从生活上总得让人活下去呀！小郭，作为一个老同学，我希望你谅解我的弱点——过分的同情心。"

小郭："我们每个人都有弱点，我只希望你不要忘记我……"

小林："多年的同学，怎会忘记？"

在隔离室，乌尔莎娜躺在床上，呼吸微弱，嘴唇干裂，那双永远燃烧着火焰的眼睛，也冷却下来。脸上的伤痕、皱纹都加深了。她好像一下老了好几岁。

丈夫的死亡，对她的打击过分残酷、剧烈了。

在小林的房间。

小郭指了一下隔壁："她怎么样？"

小林："已经三天不吃、不喝、不说话。"

小郭："哈日巴根了解这些情况吗？"

小林摇摇头。

小郭："这可不行，发生意外，你我负不起责任，我马上回城去汇报。"

小郭离去。

林塞梅开门走进隔离室。

乌尔莎娜依然一动不动地躺在床上。

小林走近床边："总得吃点东西呀！"

乌尔莎娜两眼呆滞地摇摇头，接着微弱地喘息着说：

"请你向有关方面正式转达我的要求。"

“什么？”

“发给我纸和笔！”

“写什么？”

“我要向党中央写信控告他们！”

小林突然把眼睛睁得大大的，一直望着她。

“你干吗这样瞅我？”

小林仍不说话，眼睛依然睁得大大的，一直盯在她的脸上。

“难道你不相信我写这样的信吗？”她又自己回答说，“我要争取在被他们折磨死之前，完成阿尔斯郎同志的遗嘱……”随着声音的颤抖，她的两眼也湿润了。

“要把这里发生的一切报告党中央，是吗？”小林问。

“是的！”

小林眼睛里闪过一道狡黠的光亮，问：“如果有人已经写了这样的信，您能帮助她修改修改吗？”

乌尔莎娜即将熄灭的两眼，顿然重又燃烧起来，她从床上坐起来说：

“你说什么？再重复一遍！”

“我说如果有人已经写了这样的信，您能帮助她修改修改吗？”

“你？”

小林微笑。

“小林！”乌尔莎娜这样喊着，将她紧紧抱在怀里……

“小林！有你的信！”

早晨，小郭一进大门就喊，小林正在院里做广播体操。

“一定是我妈妈的信！太好了！”她高兴地跑过去接信。

她看信封，上面没有寄信地址。急拆阅，脸色渐渐变了，看完第一遍，又看第二遍。

（画外音）：

姐姐：

我已到哲市，住红卫客店。

有要事相告，望速来一见。

弟　阳阳

她惊愕地抬起头来自言自语："家里出什么事了？……"

小林返回屋里，带上毛巾、浴皂、梳子、内衣等物，故意装在让人看得见的网兜里，对小郭说：

"我进城去洗澡，请你坚守岗位啊！"

她来到城里"红卫客店"。

经过查问，在一间又冷又脏的小房间里，见到了弟弟。

她马上抱住阳阳问："阳阳，你怎么到这儿来了？来之前又为什么不给我拍个电报？"

弟弟未曾答话，先哭了。

阳阳擦着眼泪说：

"妈妈被打成叛徒，已经被揪斗了，爸爸受到连累，也停止了工作，可能也被揪！"

小林："那你跑到这里来干吗？"

阳阳："是妈妈特地叫我来的。"

趁林塞梅进城之机，郭逢五闯进她的房间，对她的所有皮箱、提包和桌子、柜子，正在进行彻底搜查。他搜查得尽量不留痕迹，一件件地把搜查过的物品照原样放回原处……

林塞梅领着弟弟走在大街上。

她经过邮局时，走过去，从背包里拿出一封信来，在投进邮筒里之前，又郑重地看了看信封，上写：

北京　国务院

周总理　亲启

信投进邮筒。

她又领着弟弟前行。

他们来到那条通往哈布尔家的荒凉小径上。

来到两棵大松树下，停住了。

小林给弟弟把大衣领子竖起来，问道：

“妈妈的叛徒罪名，跟呼和塔拉草原有什么关系？”

阳阳：“妈妈把全部情况告诉我了……”

在阳阳的叙述中，出现与叙述相同的回忆画面。

“一九四六年夏天，爸爸妈妈从晋察冀奔赴东北解放区，途经呼和塔拉草原。爸爸妈妈生的第一个儿子亮亮，才一岁。他们坐在大车上，随大部队行军。这时，国民党向呼和塔拉草原进犯，爸爸回作战部队去了。妈妈跟一些怀孕的和有婴儿的女同志，合并到当地地方人民武装——蒙汉联军里，在一位女政委的领导下往乌兰布浪沙漠里撤退。那位女政委，也有个一岁的孩子，是女儿。女政委非常机智、泼辣、能干，大家都很喜欢她，没人叫她的职务和名字，都叫她‘乌大姐’。他们在撤退中，在乌兰布浪沙漠上突然跟一股国民党匪军遭遇，乌大姐和妈妈把孩子都放在沙蒿丛里，掩护别的同志撤退。妈妈叫乌大姐先撤，乌大姐说：‘这地方地形我熟，你快撤！’妈妈跑到沙蒿丛里抱起孩子就后撤，当她撤到沙梁后面回头看去时，只见乌大姐跑到沙蒿从里刚抱起孩子，突然有一个敌人策马冲来，一刀劈去，只听见乌大姐啊地喊了一声，当即跟孩子一起倒了下去。前去支援已经晚了，等到妈妈他们跟大部队会合时，突然发现妈妈抱来的不是自己的儿子亮亮，而是乌大姐的胖姑娘……后来传说乌大姐和亮亮都被敌人砍死了。爸爸妈妈随部队到了东北，接着南下，全国解放。爸爸妈妈虽然失去了大哥亮亮，但他们把乌大姐的女儿抚养成人……”

回忆画面结束。

林塞梅激动地：

“你是说我不是爸爸妈妈的亲生女儿？……”

阳阳：“是的，你是那位乌大姐的女儿！你生在塞外，所以才起名为塞梅。”

林塞梅两眼呆滞地：“原来是这样……”

阳阳：“妈妈这次叫我来，就是让咱俩一定要找到乌大姐的战友们，只有他们才能够证明在那次战斗中，妈妈没有被俘成叛徒。”

小林：“我到这儿已经半年多了，为什么没有听说过我的亲生妈妈——乌大姐那样一位英雄的名字？呼和塔拉大地难道如此轻易地忘却为她的解放而牺牲的一位烈士吗？还有那个只有一岁的亮亮——一位汉族老战士的婴儿，他用鲜血染红了绿色的草原，这样可歌可泣的生活，为什么没有人传颂？……”

阳阳：“这些以后再说，目前最要紧的，是快些找到能够给妈妈做证明的人。妈妈天天在挨批斗啊！……”

小林略加考虑：“我先给你安排一个住处。”

郭逢五搜查了林塞梅的全部物品，只发现有几张给周总理写信时作废的信纸，从信上那些段落也能看出，她向周总理写了控告信。

郭逢五神色惊慌地：“啊，她告到周那里去了！”把那几张纸装进衣袋，锁上门，慌忙走了出去。

门开了，林塞梅领着弟弟阳阳，走进哈布尔的家。

没料到，屋里站站坐坐有丨几个人，　茬全是二十二三岁的青年男女，气氛肃然，乃至森严，他们好像在聚会。

哈布尔在门口迎接他们，还说：“我早就看见你朝这儿走来了。”他转过身去，向同伴们介绍：“她就是我跟你们说过的林塞梅同志。”

那十几个男女青年，都好像早就认识她似的，围上来跟她握手，谈笑。

林塞梅指了一下阳阳：“这是我弟弟，从北京来看我的。”

大家又跟阳阳握手。

小林：“小妹妹还没有出院吗？”

哈布尔：“出院了，我把她送到乡下去了。”

林塞梅环视大家，问哈布尔：“你们在干什么？”

大家脸色顿然严肃起来。

哈布尔也像是有言难出口。

这时，有个长得很漂亮的姑娘，站出来高声说道：

“哈布尔，你不是说林塞梅是最可靠的同志吗？对她还保密干吗？告诉她！”

众：“同意娜兰的意见！”

哈布尔略顿，以极其深沉的语调说：

“我们这屋里的所有人的父亲、母亲，或者父母双亲，在这场挖‘内人党’的大迫害中，被打死了！我们是一群孤儿孤女……”

他说不下去了，小林看到那些可怜同辈人们的脸上都淌着泪流……

那个美丽的姑娘娜兰擦了把泪，接过哈布尔的话，说了下去：

"我们成立了'呼和塔拉草原孤儿孤女进京上访团'，我们一起到北京，去找毛主席、周总理诉苦申冤！"

另一青年："我们的父母都是跟随毛主席南征北战的老战士、老党员，是祖国最忠贞的儿女，可是全被打成了叛国分子！为了表示我们蒙古族人的心永远忠于祖国，现在正要进行血的宣誓，你也参加吧！"

林塞梅："血的宣誓？……"

哈布尔突然喊了声："同志们，排成两行！"

青年男女们排成了两行。

哈布尔拿出用红绸包着的｜几枚闪闪发光的天安门像章，宣誓道：

"我们是一群在挖'内人党'中被迫害致死的蒙古族中国共产党党员们的孤儿孤女，为了继承先烈们的遗志，为了表达我们永远忠于伟大祖国的坚贞信念，我们每个人都往自己的肉体里别进一枚天安门像章，让我们戴着这枚天安门像章去见毛主席、周总理！同志们，开始吧！"

青年们（包括那些姑娘们）热血沸腾，唰地一下敞开了前胸。哈布尔两眼含泪，慢慢走过去，每走到一个人面前，那个人拿起一枚天安门像章毅然刺进胸肌，别在胸前，鲜血从像章后面往下流淌！……

一个又一个……血在流淌……

当哈布尔走到那个漂亮姑娘娜兰面前，他不忍看她往她那丰满的正在发育的前胸刺进像章的别针，他的目光避开了，但眼泪却夺眶而出。

一个又一个……血在流淌……

最后，哈布尔把爸爸留给他的那枚天安门像章，别进自己的前胸。

林塞梅深深地为这一群同辈人的行为所感动，她忽然想起什么似的，掏自己的背包，拿出乌尔莎娜同志的文稿，用双手捧着，对哈布尔，同时也是对大家说：

“这是乌尔莎娜同志在狱中写的文稿，稿子还没有写完，原稿只这一份，为了预防发生意外，我请求大家尽快多誊写几份，妥善保存。”

哈布尔无比激动，双手接过文稿。

一轮圆月，明亮的月！

林塞梅在自己的房间，独自凭窗凝望着深邃夜空中悬挂的那轮洁净的明月。

《明月歌》

（待拟，大意）

啊，明月！人们为你创造了多少优美动人的传说！你，是美丽与美好的形影，你，是纯洁与纯正的化身！

啊，明月！即使是在深邃辽远的天上，也并非没有纷争，那滚滚乌云，不也曾妄图永远遮盖你那美丽的颜容？

啊，明月！乌云终将消失，而你，我们的明月，世界的灯火，永远是美丽的、纯正的，就像我的母亲，母亲！

林塞梅走进母亲的牢房：夜两点。

乌尔莎娜见小林这时候闯进来，惊奇地从床上爬了起来。她看小林一眼，小林根本没有说话的意思。只是从她迈进门槛的第一步起，她的两眼一直盯在乌尔莎娜脸上那条又长又深的伤疤上。

“夜两点了，还没睡？”乌尔莎娜想引出她的话来。

小林依然不语，两眼还是盯在她脸上的刀痕上。

乌尔莎娜不便再说什么，向窗外望着，感慨万端地说：

“在这样明亮的月光下，到大草原上走走，该有多好啊！深静、清爽、滋润……”

“您从前经常在草原上散步……”小林总算开口了。

“何止散步！我们在明亮的月光下，在草原上行军、露宿……”

“在草原上睡觉？”

“早晨醒来，头发都叫露水打湿了！”

说着她抖了抖头发，顺手又拢了拢；她已完全沉醉于战斗岁月那永远给人带来激动的回忆中了。

“你们在乌兰布浪沙漠上行军，露宿过，是吗？”

“乌兰布浪沙漠……啊，那是在一九四六年……”

“在一次战斗中，您和一位汉族同志的一岁的儿子——就是现在的哈布尔，险些死在敌人的马刀下……”

“怎么，你……”

“那时您是政委，可人们都叫你乌大姐。”

“小林，这些你都是跟谁听说的？”

“正是在那次慌忙撤退中，一位汉族女同志错把您的女儿抱走……”

“啊，我那可怜的女儿！……”

“不，您的女儿，没有遭受苦难。”

“她……”

“她这些年来，在那对汉族夫妇的哺养下，已经长大成人！”

“他们都在哪儿？”

“只因为参加过乌兰布浪沙漠那次战斗，那两位汉族老同志现在被诬蔑为曾经被俘，是叛徒，正在天天挨批斗！”

“纯粹是诽谤！陷害！”

“现在他们不得不叫您的亲生女儿，前来找您为他们做历史的旁证人。”

“什么？我的亲生女儿？……”

“是的，是您的亲生女儿！”

“啊，她才一岁就离开了我，可她是从我身上掉下来的骨肉啊！她在哪儿？在哪儿？”

“她……就在您的面前！”

“塞梅，你？……”

小林疯也似的扑过去，跪在乌尔莎娜面前，惊神震鬼地哭喊：“妈妈，我就是您亲生的女儿，我亲爱的妈妈！”

乌尔莎娜泪流满面：

“没想到，咱母女在这种环境中重逢！”

“不，妈妈，正是在这种环境中重逢，才使我为您、为死去的爸爸，感到无比自豪！”

“你爸爸……他没有能够看见你……可他这些年来，多么想你呀！”

“爸爸，爸爸！……我见到了他作为一个老党员、一个祖国的忠诚战士壮烈牺牲的情景。只遗憾的是，我没有能够在他生命结束之前，让他听到我喊他一声爸爸！……”

乌尔莎娜老泪纵横地紧紧抱住女儿：

“刚刚一岁就离开了妈妈，我的心肝，我的亲骨肉！”

哈布尔的家。深夜，窗户用毯子遮挡着。

“孤儿孤女进京上访团”的成员们，正在传抄乌尔莎娜的狱中文稿，气氛严肃而又激动人心。

哈布尔：“同志们，我再重读一遍，请大家核对一下。”

他读文稿：

“在整个内蒙古大地上，对缔造我们伟大祖国——中国的漫长历史中，曾有过辉煌而巨大贡献的蒙古民族，制造假案，正在进行着一场大规模的血腥镇压！对民族，违背马克思列宁主义最基本的观点，而对整个一个民族的绝大多数人民的对祖国的忠诚性发生怀疑，对这一民族的绝大多数人民进行凌辱与镇压，这是反动大民族主义思想的恶性发作！列宁同志说：‘没有什么比对待民族不公平更能阻挠无产阶级团结的发展和巩固的了……’今天，就是在这种民族不公平中，把在中国共产党和毛主席领导下建立起来的我国第一个民族自治区，变成了践踏法纪、播种民族仇恨的地方，变成了各种法西斯刑具的试验场！挖‘内人党’的假案，这场历史悲剧，给予我们的教训是极为沉痛的！在革命的未来征途中，如何避免这样历史悲剧在我国这样一个多民族的国家里重演？这是摆在我们每一个中国共产党人面前的历史课题……”

一群激昂慷慨的青年，在人数众多的欢送者的簇拥下，高举横幅队旗“呼和塔拉草原孤儿孤女进京上访团”（蒙汉两文），列队走进火车站月台，正这时开车的预备铃响了。

林塞梅在月台的一角，把一包东西交给阳阳，并叮咛他：

“这里没有认识你的人，把上访团的所有材料，你带在身上；

这是妈妈历史旁证人的名单，也要注意保存。我们商量好火车就要开动时，他们才进入月台，你看，他们已经都上了车，你也快上！到北京要关照他们！”

阳阳赶紧跑过去，上了车，回头来向林塞梅招手告别。林塞梅见他们都已安全上了车，心里一块石头落了地，她欣喜地跳着向上访团的战友们、向弟弟，摇动双手告别，并喊：

“祝你们胜利归来！”

车厢里上访团的男女青年们，也向林塞梅，以及欢送他们的人们招手……

然而，就在这火车即将启动的当儿，一辆警车发出长长刺耳的鸣叫声，驶进月台，紧跟着便是几十辆摩托车，载满打手到来。

有一个早已埋伏在月台上的家伙，一边跑一边喊：“哈布尔他们上的这个车厢，这个车厢！”

警车、摩托车一齐开到哈布尔上的那列车厢，戴着所谓“群众专政指挥部”袖章的打手们，向那个车厢蜂拥而上，在车厢门口双方发生了激烈的搏斗，“群专”的几个打手受伤退下阵来，就在火车开动的时候，几个打手连捶带打，从车上拉下一个人来。

林塞梅不由得大吃一惊！哈布尔被他们抓下车来了。

火车已经开动。

哈布尔向战友们在喊：“由娜兰带队，你们放心走吧，不要管我！”

从车窗探出那个美丽姑娘娜兰的头来，她的脸上有几处伤，在流血……

哈布尔被押进警车，一阵震耳欲聋的马达声……

林塞梅像只受伤的鸟，无力地移动着脚步，走出车站……

望着阴暗的天空，突然向苍天呼救似的伸出双臂，放声狂喊：

“中国啊！到底是谁需要这样动乱纷扰的生活啊！”

挂着“中国人民解放军哲市警备区司令部”牌子的大院。一辆小卧车开进去，停在楼前。

一位年轻的女军人跳下车来，急步向楼内走去。

她从楼梯跑着上了三楼，来到一个会议室门口，敲门，进去；有十几位部队首长正在开会，

“报告！”年轻的女军人行军礼。

一位老首长见她呼呼气喘的样子，问：

“小王啊，什么事这么着急？”

“沈政委，他们在火车站逮捕了乌尔莎娜的儿子，我担心在途中，可能还要向进京上访团的青年们下毒手！详细情况我已经写了报告。”

她把一份写好的报告，放到沈政委面前。

沈政委沉思片刻，说：

“要铁路管理局军管会主任电话。”

小王要电话。“通了。”把话筒递给沈政委：

“我是总理特派员老沈哪，你们要采取紧急措施，保障哲市一批进京向中央反映情况的青年们的人身安全。对，就是坐这趟车走的。”

火车在飞驶。

化为吉普车在飞驶。

生活在重演。

吉普车里押解着乌尔莎娜。小林和郭逢五还是坐在两边。

乌尔莎娜又被领进了上次听取宣读“通告”的那间会议室里。

哈日巴根又是领进两个人来，其中一个拿着一张纸……

生活在重演。

那个人宣读道：

“现在我代表‘群众专政指挥部’正式通告：现行反革命分子、行凶犯哈布尔，思想一贯反动，长期为其民族分裂主义分子父母翻案。今日携带大批反革命材料，妄图外逃，被我追捕归案，该犯竟动武行凶，打伤我审讯与看守人员八人，其中二人重伤入院，生命垂危……”

“好！好样的！”乌尔莎娜突然爆发出自豪的赞语！

那个宣读“通告”的人，瞪了她一眼，继续念道：

“我指挥部遵照中央首长文攻武卫指示精神，进行反击，该犯在我无产阶级专政铁拳的严惩下，身死，特此通告。”

乌尔莎娜对这个“通告”的结语，似已早有预测，所以听到“身死”二字时，心揪着剧痛了一下，但她用手捂住心口支撑住了。

然而，林塞梅却不然，一听“身死”二字，她不顾一切地哭喊着：“哈布尔！哈布尔！！”转身奔出门外，一个人向那间停尸间疯也似的跑了过去。

停尸间里一块木板上，停放着哈布尔血肉模糊的尸体。

小林抱住哈布尔已经僵硬了的尸体，痛哭着亲吻他那英俊的面容，用手替他梳理沾满血迹的散发，呼唤着，亲吻着……

极度的悲愤，反使乌尔莎娜镇定而又坚强起来。她没有哭，没有晕倒，就像一尊青铜铸成的塑像。然而她的两眼已经变得呆滞，步履迟钝，她一步一步走向停尸间。

小林听见妈妈的脚步声，赶忙起身，抽泣着走过去搀扶妈妈。

乌尔莎娜走进了停尸间，两眼依然呆视前方，继续缓缓地一步步往前走，直到小林将她搀扶到哈布尔尸体前，她才停住脚步，慢慢跪下去看孩儿血肉模糊的面庞。已经死去的哈布尔，好像一直在等待妈妈的到来，当妈妈的手轻轻掠过他的眼前时，他那双死而并未瞑目的两眼，才轻轻闭合。这就是他对母亲从他一岁时起用她的乳汁哺育他长大成人的恩情的唯一报答！此刻，早已在乌尔莎娜心中翻腾着的母爱的狂涛，冲破一切堤坝，顿然倾泻了出来！她猛然扑倒在孩儿的尸体上，用已经哭不出声音的声音痛哭着，在孩儿那没有了知觉的额头上，做母亲的最后的吻别……

当她慢慢抬起头来时，忽然看见哈布尔赤裸的胸脯上有一块金属在闪光，再仔细一看，是他爸爸那珍贵的遗物——天安门像章！那像章别在他的肉体里，与他的肉体粘连在一起，长在一起，已经成为他肉体的一个组成部分！她从他的肉体上取下那枚天安门像章，眼泪落在像章上，滴碎了！

小林此刻在那些看守、打手面前，已毫不掩饰自己感情地叫着“妈妈”，紧紧地抱住了乌尔莎娜。

那些看守、打手目瞪口呆。

乌尔莎娜轻轻抚摸着小林：

“我的孩子！这场历史悲剧，给我们的民族、给我们的党、给我们的人民和我们这个家庭，带来的灾难过分惨重了！”

林塞梅抽泣着坐在哈日巴根办公室的沙发上。

哈日巴根摆弄着一部录音机揿了一下开关后，躺在沙发里，微闭两眼，说：

"生活过于紧张了！我们听一会儿轻松、优美的音乐吧！"

磁带在转动，录音机中传出悦耳的《小夜曲》。

小林还在抽泣……

哈日巴根微闭两眼，躺在沙发上……

《小夜曲》戏弄地回绕在这间屋里……

突然美妙的音乐中止了。

哈日巴根还是保持着原来的姿态。

磁带沙沙地响着，正在向下一个乐曲过渡……

然而，接着传出来的不是音乐，而是乌尔莎娜的声音：

"我要向党中央写信控告他们！"

接着是林塞梅的声音：

"如果有人写了这样的信，您能帮助她修改修改吗？"

录音带显然经过了剪接和复制，接着便又是林塞梅的呼喊声：

"中国啊，到底是谁需要这样动乱纷扰的生活啊！"

录音机"咔"的一声，自动停止了。

哈日巴根还是躺在沙发里，两眼还是闭着，只是脚尖开始在摇晃。

小林知道接受生命的暴风雨考验的时刻已经到来了。她已不再抽泣。

两个人对峙地沉默良久，哈日巴根才轻声慢语地说：

"我对你的信任，是无可非议的！因为你是来自北京的革命小将，但是，我完全没有想到……"

小林坚定地站起来打断他的话："这些话，无须说下去了。活生生的现实斗争，已经使我选定了自己的生活道路，不管你们现在对我做出了什么样的安排！"

两辆吉普车在飞驶，在后面一辆里，乌尔莎娜和林塞梅合扣一副手铐，由武装人员押着。前面一辆吉普车上，坐着哈日巴根。

程主任办公室。

江秘书走进来报告："总算押走了。"

程洪胆："办事这么拖沓，快一个礼拜了才押走！"

江秘书："三百多里以外的沙漠监狱，联系起来很不方便，而且还得给她们俩改名换姓，准备单独牢房，耽误了几天。"

吉普车在飞驰……

乌尔莎娜与林塞梅合扣一副手铐，母女二人相亲相爱地偎依在一起……

忽然，吉普车上空出现两架直升飞机。飞得很低。

在一架里面坐着沈政委、小王和几个解放军战士。

坐在前一辆吉普车里的哈日巴根望见那两架直升飞机已降落在前面的公路上。他惊疑地问："这是怎么回事？"没有人回答他。

吉普车越来越靠近，清楚地看见从飞机上下来了一群解放军首长和士兵。

当吉普车开到近处时，持枪的解放军打手势，命令停车。

哈日巴根下车，走过去。

总理特派员沈政委迎面站立，严肃地宣布："我们奉命前来迎接乌尔莎娜同志和林塞梅同志。"

哈日巴根先是一惊，后又镇定下来，骄横地问："你奉何人之命？"

沈政委："周总理的命令！"

人民大会堂接见厅。灯火辉煌。

从内蒙古各地来京反映情况的人们，聚集在大厅，等候敬爱的周总理的接见。

突然有人说了声："周总理来了！"

人们一齐拥向大厅入口处，周总理迈着矫健的步履，满脸是为全国人民所熟悉的那副亲切笑容，他向大家频频招手。人们喊着"周总理！周总理！"热泪涌流，全场沸腾！

乌尔莎娜和林塞梅上前与总理握手。

沈政委从旁介绍说："这位就是林塞梅同志。"

周总理："小林同志，你的信我看过了，你向中央真实地反映了内蒙古挖'内人党'的严重情况，你为人民办了件好事！"

沈政委："这位是乌尔莎娜同志，盟委第一书记。"

一听乌尔莎娜的名字，周总理迅速停住脚步，用湿润的眼睛良久地望着她，深情地说：

"乌尔莎娜同志，你和你家人的情况，我已经全知道了！……"

乌尔莎娜紧紧握住总理的手，激动得热泪涌流：

"总理啊，我没想到能活着见到您！……可我们那里已经有千千万万的人不能活着见到您了！"

她哭倒在总理胸前。

我们的周总理也哭了！但他没有去擦自己的眼泪，而是轻轻扶起乌尔莎娜，对她说：

"你很坚强，你在牢房里写的那篇文章，我读过了，写得很好！要在党刊上发表，让全党从中吸取教训。"

周总理走到一群男女青年面前，问：

"你们就是孤儿孤女上访团的同志们吗？"

青年男女们眼含热泪，唰地敞开前胸，露出别在肉体上的天安门像章，齐声答："是！"

总理走上前去，伸出颤抖的手，轻轻抚摸他们胸前的天安门像章，一个又一个……总理是那样疼爱这些青年们。青年们流着泪，总理也流着泪，整个大厅肃然安静，没有呼喊，没有音响，只听见人们的抽泣声……

这群青年当中，有一个身穿蒙古袍的十一二岁的小姑娘，总理弯下身去同她握手，那小姑娘一下抱住了周总理，哭着说：

"周爷爷，我们全家只剩下我一个人了！"

总理抱起她来，亲切地说："还有我们大家嘛，我们都是你的亲人！"

沈政委将小姑娘从总理怀中接了过去。

总理来到娜兰跟前，望了望她，无言地替她擦了擦脸上的泪流。

总理的脸上也挂着眼泪，转身，以他那特有的感人而又有力的声音，大声说道：

"谁说你们是叛国分子？你们住在边境上，一甩马鞭子就可以跑到外国去，可是你们心向北京，跑几千里路，到祖国首都来找党中央、毛主席！你们失去了父母，但是你们把天安门像章别在自己的肉体里，表达你们对祖国的忠诚，你们是祖国真正的忠贞儿女！"

那些男女青年们，只喊了声"总理！"全哭了！

周总理转向全体同志，激动地用手帕擦着眼泪说：

"同志们！蒙古民族是个英雄的民族，内蒙古人民是热爱祖国的！但是……你们受苦了！"

听了总理的亲切话语，全场的人都哭了。

乌尔莎娜上前双手紧紧握住周总理的手，泪流满面地说：

"总理啊，有您这一句话，压在我们内蒙古人民心头上的冰山就化了，全化了！”

她转向大家（镜头直向观众）：

“同志们，我们赶快回去，告诉内蒙古各族人民，周总理说：蒙古民族是个英雄的民族，内蒙古人民是热爱祖国的！但是，你们，受苦了！”

——剧终

一九七九年十二月十日至二十二日

附 录

玛拉沁夫文学活动年表

一九四五年

参加八路军。

一九四六年至一九五〇年

内蒙古骑兵十一支队战士。

内蒙古自治学院学员。

内蒙古文工团创作组组员。

内蒙古文联文艺编辑。

一九五一年

在科尔沁草原做群众工作。

创作小说《科尔沁草原的人们》。

一九五二年

一月：中国作家协会主办的《人民文学》月刊以头题位置发表小说《科尔沁草原的人们》，在全国读者中引起强烈反响。

《人民日报》于一九五二年一月十八日发表“文化生活简

评”，称赞《科尔沁草原的人们》是一篇“写了新的主题、新的生活、新的人物，反映了现实生活中先进的力量，用新的伦理和新的道德精神教育人民”的优秀作品。《人民日报》在评论中一连用了五个“新”字来高度评价一位年仅二十一岁的青年作者的处女作，这是没有先例的。

二月：中央有关部门决定将小说《科尔沁草原的人们》改编成电影，玛拉沁夫调北京，任中央电影剧本创作所特邀编剧。

五月：《科尔沁草原的人们》荣获内蒙古自治区文艺评奖文学一等奖。

七月：将《科尔沁草原的人们》改编成电影剧本《草原上的人们》（与海默、达木林合作）。创作中初稿和定稿本，由玛拉沁夫执笔。

八月：入中央文学研究所研究生班学习。

一九五三年

电影《草原上的人们》由长春电影制片厂拍摄，并在全国上映，荣获文化部故事片奖。

一九五四年

四月：中央文学研究所研究生班毕业，任内蒙古自治区文联创作室主任。

五月：到察哈尔草原挂职深入生活，任中共明太旗旗委常委兼宣传部部长。

十二月：加入中国作家协会。

一九五五年

一月：给中国作家协会领导写信，提出中国是多民族的国家，中国文学是多民族的文学，应把发展少数民族文学的工作提到议事日程上来，重视加强全国少数民族文学工作的意见和建议。

三月：中国作家协会正式复函，称："你一月二十日的来信已在中国作家协会第九次主席团常务办公会上进行了讨论。主席团认为，你对于我国多民族文学工作的意见，是正确的。"

四月：中国作家协会召开第一届全国少数民族文学座谈会。在会上，玛拉沁夫就我国文学的多民族性和发展我国少数民族文学工作，做专题发言。

五月：被推选为内蒙古自治区第一届政协常委。

八月：出版短篇小说集《春的喜歌》。

一九五六年

五月：出席第一次全国青年文学创作者会议，受到周恩来总理单独接见。在会上，就培养青年作家问题发言。

六月：被选为内蒙古青年社会主义建设积极分子。

八月：完成长篇小说《在茫茫的草原上》(上部)。

十一月：结束在察哈尔草原挂职深入生活，主持召开内蒙古自治区作家代表大会，被选为中国作家协会内蒙古分会常务副主席，兼《草原》文学月刊主编。

一九五七年

四月：参加中国作家代表团，出席蒙古人民共和国作家代表大会。

五月：长篇小说《在茫茫的草原上》（上部）由作家出版社出版，荣获内蒙古自治区成立十周年文艺评奖文学一等奖。

一九五八年

八月：到包头挂职深入生活，其间任包头市文联副主席、《钢城火花》文学杂志主编、白云鄂博铁矿主矿车间党总支书记。

十月：参加中国作家代表团出席亚非作家（塔什干）会议，并在苏联访问。

十二月：完成电影剧本《草原晨曲》（与珠兰琪琪珂合作）。

一九五九年

十月：《草原晨曲》由长春电影制片厂拍摄，作为国庆十周年献礼片，在全国上映。

十二月：长篇小说《在茫茫的草原上》（下部）脱稿（在随即而来的"反对现代修正主义思潮"的批判运动中，已出版的该书上部受到批判，下部停出，三十二万字手稿在"文革"中被付之一炬）。

一九六〇年

五月：连任内蒙古自治区第二届政协常委。

十二月：《在茫茫的草原上》（上部）受到公开批判，作者从挂职深入生活的基地被调回，接受批判，随之被下放农村，接受改造。

一九六一年

长篇小说受批评，被迫暂时搁下，转而主攻短篇小说，本年度共创作《花的草原》《暴风在草原上呼啸》《旅伴》《篝火旁的野餐》《捕鹿的故事》《神鸟》《杨芝堂》等十几篇短篇小说，当年全部发表。

一九六二年

第二部短篇小说集《花的草原》由作家出版社出版，文学泰斗茅盾作序，对作者进行全面评价："玛拉沁夫富有生活的积累，同时他又富于诗人的气质，这就造就了他的作品的风格——自在而清丽。"同年，《花的草原》被选送联邦德国，参加法兰克福国际书展。

一九六三年

四月：到中国乒乓球队体验生活，写一部反映乒乓球运动员的电影（夏衍任文学顾问、傅其芳任技术顾问、谢晋任导演、玛拉沁夫任编剧），后因开展文艺整风运动，这部电影创作中途停止。

九月：长篇小说《在茫茫的草原上》（上部）修改后，书名改为《茫茫的草原》，重新出版。

一九六四年

九月：报告文学《草原英雄小姐妹龙梅与玉荣》先在《人民日报》上发表，后出版单行本。

十月：全国文艺整风运动开始，玛拉沁夫被定为重点批判对象，受到批判，被迫停笔……当时正处于创作高峰期！

一九六五年至一九七一年

文艺整风，变成重大政治运动，玛拉沁夫被内蒙古自治区文化局党委定为反党分子，决定给予留党察看两年、行政降三级处分。内蒙古文化局党委的这个处分决定，上级党委未批准，故未执行。

随之，“文化大革命”开始，被批斗、查抄、入狱、受刑，数年磨难，幸能生还！

一九七〇年

十月：获得“解放”，并恢复党组织生活。

一九七一年

主动要求去最艰苦的地方毛乌素沙漠深处的乌审召公社劳动锻炼。

一九七二年

四月：停笔八年之后，重新提笔，发表小说《海阔天空》。

六月：被派往全国先进地区参观学习。

十月：被任命为内蒙古自治区文化局副局长。

一九七三年

请创作假，写电影剧本《沙漠的春天》。

一九七四年

《沙漠的春天》被批准投入拍摄。

一九七五年

《沙漠的春天》由长春电影制片厂拍摄完成，在全国上映。

一九七六年

创作电影剧本《祖国啊，母亲！》。

一九七七年

《祖国啊，母亲！》作为内蒙古自治区成立三十周年献礼片，由上海电影制片厂拍摄，并在全国上映。

一九七八年

赴非洲布隆迪、坦桑尼亚、塞舌尔三国访问。

创作一组非洲题材的散文，其中《缝纫鸟》《旅行家树》等散文选入中学语文课本。

一九七九年

完成电影剧本《冰山融化了》，写"内人党"冤案，因题材比较敏感，经协商未拍摄。

一九八〇年

一月：给中共中央宣传部领导写信，提出经十年浩劫后应重振我国少数民族文学事业的建议，受到领导的重视和肯定。中共中央宣传部领导将此信转给中国作家协会，批示落实。这是玛拉沁夫第二次就发展我国少数民族文学问题给中央有关领导写信。中国作家协会党组对中宣部有关此信的批示，十分重视，积极落实，迎来了我国少数民族文学工作第二个飞跃发展的历史时期。

四月：调来北京，参加全国少数民族文学创作会议的筹备工作。

六月：在《人民日报》上发表短篇小说《活佛的故事》，该作品荣获全国优秀短篇小说奖。

七月：出席全国少数民族文学创作会议。出版中篇小说集《第一道曙光》（百花文艺出版社）。

八月：调中国作家协会工作，筹办《民族文学》月刊。

一九八一年

一月：《民族文学》创刊。

三月：任中国作家协会书记处书记。

四月：出版散文集《远方集》（百花文艺出版社）。

十二月：任第一届全国少数民族文学评奖委员会秘书长，主持评奖工作。

主持召开第一届全国少数民族文学创作评奖颁奖大会。

《祖国啊，母亲！》荣获第一届全国少数民族文学评奖电影创作一等奖。

一九八二年

一月：《玛拉沁夫小说选》出版（四川民族出版社）。

三月：主持召开第一届全国少数民族作家（昆明）笔会。

六月：《玛拉沁夫研究专集》出版（此书为学者、专家研究玛拉沁夫文学创作的论文集）。

十一月：被中南民族学院聘任为兼职教授。

一九八三年

四月：主持召开第二届全国少数民族作家（花溪）笔会。

五月：被聘为全国优秀短篇小说评奖委员会委员。

一九八四年

五月：率中国少数民族作家代表团访问南斯拉夫、罗马尼亚，并出席萨格拉布国际作家会议，发表讲演。

七月：主持召开第三届全国少数民族作家（通化）笔会。

八月：主持召开第四届全国少数民族作家（黄山）笔会。

一九八五年

一月：被选为中国作家协会理事、主席团委员，任《民族文学》月刊主编。

六月：主持召开第五届全国少数民族作家（烟台）笔会。

八月：主持第二届全国少数民族文学创作评奖工作。

一九八六年

四月：率中国作家代表团访问联邦德国。

七月：主持召开第六届全国少数民族作家（科尔沁）笔会。

十二月：《玛拉沁夫小说选》出版（内蒙古人民出版社）。

一九八七年

六月：主持召开第七届全国少数民族作家（贵阳）笔会。

八月：主持召开第八届全国少数民族作家（哈密）笔会。

十月：率中国作家代表团访问蒙古人民共和国。

十一月：《玛拉沁夫代表作》出版（黄河文艺出版社）。

十二月：被评为编审。

一九八八年

四月：主持召开第九届全国少数民族作家（南宁）笔会。

七月：主持召开第十届全国少数民族作家（延边）笔会。

八月：长篇小说《茫茫的草原》（上下部）全本由人民文学出版社出版。

九月：英译本《玛拉沁夫小说选》出版（中国文学出版社）。

一九八九年

三月：主持召开全国少数民族作家学会代表大会，被选为中国少数民族作家学会会长。

四月：赴日本讲学。

七月：《玛拉沁夫新作选》出版（辽宁民族出版社）。

八月：蒙古文版《玛拉沁夫作品选》出版（内蒙古人民出版社）。

九月：主持中国作家协会工作。

十一月：主持召开全国报告文学创作会议。

十二月：任中国作家协会党组副书记、书记处常务书记。

一九九〇年

三月：主持杭州创作之家、深圳创作之家揭幕大会。

八月：英译本《爱，在夏夜里燃烧》（中篇小说）出版。

十一月：蒙古文版长篇小说《茫茫的草原》（上下部）出版（内蒙古人民出版社）。

一九九一年

三月：主持召开第四次全国青年作家创作会议，做大会主旨报告。

四月：兼任作家出版社社长、总编辑。

九月：兼任中华文学基金会常务副会长。

十月：被国务院授予“国家有突出贡献专家”称号，享受政府特殊津贴。

一九九二年

十月：任全国文学高级职称评审委员会主任。

十一月：率中国作家代表团出席在墨西哥召开的国际小说研讨会，并在墨西哥、古巴访问。

一九九三年

三月：被推选为第八届全国政协委员。

四月：率中国作家代表团访问日本。

六月：《茫茫的草原》荣获第四届全国少数民族文学创作优秀长篇小说奖。

八月：中国社会科学院研究员朱兵著《玛拉沁夫小说创作论稿——草原交响诗》出版。

一九九四年

一月：广西著名文艺评论家张燕玲著《大草原——玛拉沁夫论》出版。

二月：赴日本讲学。

四月：任中国人民对外友好协会理事。

一九九五年

六月：经中共中央同意，不再担任中国作家协会党组副书记、书记处常务书记职务。

一九九六年

八月：被聘为内蒙古大学客座教授。

十一月：率中国作家代表团出席国际笔会（东京）会议，并在日本访问。

十二月：出席中国作家协会第五次代表大会，被选为主席团委员。

一九九七年

十月：任中国作家协会少数民族文学委员会主任。

一九九八年

一月：连任第九届全国政协委员。

一九九九年

五月：率中国作家代表团访问叙利亚、巴林。

十月：被叙利亚作家协会聘为外籍会员。

二〇〇〇年

五月：率中国作家代表团访问美国。

二〇〇一年

三月：青年学者李晓峰著《玛拉沁夫小说艺术论》出版，该作品荣获第七届全国少数民族文学创作“骏马奖”。

九月：受聘为赤峰民族师范高级专科学校客座教授。

二〇〇二年

七月：出席《科尔沁草原的人们》发表五十周年座谈会，受聘为内蒙古民族大学客座教授。

二〇〇三年

二月：出版散文集《想念青春》（作家出版社）。

二〇〇四年

五月：受聘为西南民族大学客座教授。

二〇〇五年

二月：长篇小说《茫茫的草原》编入“红色经典”系列，重新出版。

二〇〇六年

五月至八月：率团赴浙江、云南、贵州、河南参观学习，体验生活。

二〇〇七年

五至八月：率团赴内蒙古呼伦贝尔、鄂尔多斯参观学习，体验生活。

十二月：率中国作家代表团访问法国。

二〇〇八年

十一月：卸任中国少数民族作家学会会长，受聘为名誉会长。

二〇〇九年

十月：荣获内蒙古自治区政府庆祝新中国成立六十周年颁发的内蒙古自治区文学艺术杰出贡献奖荣誉证书和金质奖章。

荣获中国作家协会庆祝新中国成立六十周年颁发的“从事文学创作六十年”荣誉证章、证书。

二〇一〇年

八月八日在寂静中度过八十寿辰。

二〇一一年

一月：二〇一一年一月出版的《中国共产党历史》第二卷第二七九页中，把玛拉沁夫一九五七年出版的长篇小说《在茫茫的草原上》，称赞为“新中国成立几年来，创作出的反映少数民族人民生活的优秀作品”。

二〇一二年

二月：蒙古文版《玛拉沁夫文集》（八卷集）出版。

二〇一三年

九月：作为老作家代表，出席第七次全国青年作家创作会议，并发表《打造升级版中国文学风景》的讲话。

二〇一四年

十月：参加习近平总书记召开的文艺工作座谈会。

图书在版编目（CIP）数据

玛拉沁夫文集. 卷八，电影文学剧本 / 玛拉沁夫著. -- 北京 ： 作家出版社，2015. 8

ISBN 978-7-5063-8160-4

Ⅰ. ①玛… Ⅱ. ①玛… Ⅲ. ①中国文学 – 当代文学 – 作品综合集 ② 电影文学剧本 – 作品集 – 中国 – 当代 Ⅳ. ①I217.2

中国版本图书馆 CIP 数据核字（2015）第 166161 号

玛拉沁夫文集 卷八 电影文学剧本

作　　者： 玛拉沁夫
责任编辑： 罗静文
装帧设计： 曹全弘
出版发行： 作家出版社
社　　址： 北京农展馆南里 10 号　　**邮　　编：** 100125
电话传真： 86-10-65930756（出版发行部）
86-10-65004079（总编室）
86-10-65015116（邮购部）
E-mail:zuojia@zuojia.net.cn
http://www.haozuojia.com（作家在线）
印　　刷： 北京雅昌艺术印刷有限公司
成品尺寸： 152 × 230
字　　数： 330 千
印　　张： 27.50
版　　次： 2015 年 8 月第 1 版
印　　次： 2015 年 8 月第 1 次印刷
ISBN 978-7-5063-8160-4
（精）定价： 48. 00 元

图书在版编目（CIP）数据